BASTEI
LÜBBE
TASCHENBUCH

Titel in der Regel auch als E-Book erhältlich

Über die Autorin

Antonia Salomon hat zuerst Medizin und dann Literaturgeschichte und Sprachen studiert. Bevor sie freiberufliche Übersetzerin, Lektorin und Journalistin wurde, war sie als Lektorin für namhafte Verlage tätig. Die Selbstheilungskräfte der Natur faszinierten sie von Kindheit an. Mit der Veröffentlichung von DIE HEILERIN VOM STRAHLENFELS geht für die Autorin ein lang gehegter Traum in Erfüllung.

ANTONIA SALOMON

Die Heilerin vom Strahlenfels

Historischer Roman

BASTEI
LÜBBE
TASCHENBUCH

BASTEI LÜBBE TASCHENBUCH
Band 16990

1. Auflage: September 2014

Dieser Titel ist auch als E-Book erschienen

FSC
www.fsc.org
MIX
Papier aus verantwortungsvollen Quellen
FSC® C014496

Originalausgabe

Lektorat: Dr. Lutz Steinhoff/Judith Mandt
Titelillustration: © Lee Avison/Arcangel Images;
© missbehavior.de
Umschlaggestaltung: Pauline Schimmelpenninck
Büro für Gestaltung, Berlin
Satz: two-up, Düsseldorf
Gesetzt aus der Caslon
Druck und Verarbeitung: GGP Media, Pößneck
Printed in Germany
ISBN 978-3-404-16990-0

Sie finden uns im Internet unter
www.luebbe.de
Bitte beachten Sie auch: www.lesejury.de

Des Nachts sitze ich über geheimen Studien,
allein bin ich und sitze auf ehernem Stuhl.
Eine Flamme steigt empor,
sie kommt aus der Einsamkeit
und bringt ans Licht,
woran man nicht vergeblich glaubt.

NOSTRADAMUS

I.

Sie wusste, dass er kam. Schon lange bevor sie das Getrappel der Hufe auf dem staubigen Weg zur Burg herauf vernahm, hatte sie sein Nahen gespürt. Seit dem Morgengrauen hatte sich etwas Schweres, Dunkles auf die klare, kalte Septemberluft gelegt. Und während die Sonne durch den milchigen Himmel brach und die Nebel im Tal unter der Burg Strahlenfels zerstieben ließ, fühlte sie, wie die Landschaft sich verfinsterte.

Sie versuchte, die Bilder voller Blut, Schmerz und Grauen zu verdrängen, doch es gelang ihr nicht. Sie hörte die Schreie, sah die entsetzt aufgerissenen Münder und Augen und roch den Geruch aus Angst, Schweiß, Kot und Urin in den Kerkern. Und dann sah sie die Scheiterhaufen brennen, überall im Land. Und aus den Flammen löste sich immer deutlicher sein hageres, strenges Gesicht und fixierte sie mit stechendem Blick.

Bonifatius von Ebenstatt missbilligte ihre Heilkunst, weil er sie für Hexenwerk hielt. Er hatte es ihr gesagt, nachdem er als vom Papst höchstselbst ernannter »Inquisitor für Franken« aus Rom in seine alte Heimat zurückgekehrt war. Und als sie erwidert hatte, dass sie ihr Wissen den Klöstern und den heilkundigen Nonnen verdanke, hatte er nur unwillig abgewunken.

»In den geheiligten Mauern der Klöster und unter der strengen Aufsicht der Äbtissinnen mag das Handwerk des Heilens durch Frauen ausgeübt werden. Aber wenn sich ein Weib ohne den Schutz und dic Anweisung der Kirche anmaßt, das göttliche Schicksalszepter in die eigenen Hände zu nehmen, wird sie leicht eine Beute der Einflüsterungen Satans. Ein Weib gehört an die Seite ihres Mannes und ihrer Kinder. Da liegt ihre Aufgabe und nirgends sonst. Und nun schweig, Katharina. Gebäre deinem Gemahl endlich ein Kind, wie es sich für eine Ehefrau geziemt.«

Katharina hatte etwas erwidern wollen, doch der Dominikaner, ein Vetter vierten Grades ihres Gatten, hatte sich einfach von ihr abgewandt.

Die Mischung aus Angst und Zorn, die in Katharina von Velden bei dem Gedanken an Bonifatius aufstieg, wurde mit jedem Atemzug stärker.

Eine tiefe Unruhe trieb die Freifrau aus der dunklen, aus grob behauenen Steinen errichteten Burg hinaus in ihren Kräutergarten. Er lag an der sonnenreichen, auch im Herbst noch warmen Südwand und war von einer schützenden Mauer umgeben. Ziellos lief sie zwischen den Beeten umher und sammelte ein paar letzte Blüten und Blätter ein. Dabei musterte sie die unregelmäßigen Steinreihen, welche die einzelnen Beete voneinander abgrenzten, und veränderte hier und da die Lage eines Steines. Um ihrem Rundgang einen Sinn zu geben, ging sie zum Schluss zu dem direkt an der Burgwand angelegten Hochbeet, in dessen Wärme bis in den späten September hinein Gurken, Kürbisse und Salat wuchsen, schnitt einen Salatkopf und eine Gurke ab und legte beides in ihren Korb.

Aber selbst in ihrem Garten fand sie keine Entspannung. Dass die Pflanzen in diesem kalten Jahr früh welk wurden, schien ihre Unruhe noch zu verstärken. Sogar die Sonne, die Katharina sonst stets als Leben spendende Freundin betrachtete, kam ihr seltsam feindlich vor, als wolle sie mit ihren Strahlen jeden Winkel der Burg ausleuchten und dem unwillkommenen Besucher preisgeben.

Und dann hörte sie die Hufe der Pferde seines Trupps. Mit

zögernden Schritten ging sie zum viereckigen, aus Holz erbauten Burgturm und stieg die knarrende Wendeltreppe empor, von wo aus sie eine freie Sicht in das Tal und auf den zur Burg heraufführenden Weg hatte. Verborgen im Schatten der kräftigen Balken, die das spitz zulaufende, mit Holzschindeln bedeckte Turmdach hielten, beobachtete sie, wie die Reiter sich der Burg näherten.

Mit kaltem Griff packte ein Windstoß ihre dunklen Locken von hinten und peitschte sie ihr in das junge Gesicht. Mit beiden Händen streifte Katharina sie zurück, schlang sie zu einem losen Nackenknoten zusammen, zog ein dünnes Perlennetz darüber und zurrte es mit einem Band fest. Fröstelnd schloss sie den ärmellosen schwarzen Wollmantel, den sie über einem schlichten roten Samtkleid trug, mit einer hölzernen Spange und verschränkte die Arme schützend vor der Brust. So verharrte sie reglos und beobachtete das Nahen der Reiter.

Erst als sie die Standarte der Inquisition erkannte, die der Vorreiter des Trupps trug, stieg sie vom Turm hinab und ging in die Halle der Burg, wo ihr Gatte, Reichsritter Thassilo von Wildenstein, lesend vor dem flackernden Feuer saß, um sich nach seinem morgendlichen Ritt durch die umliegenden, zu seinem Besitz gehörenden Dörfer zu wärmen. Über einer braunen Bundhose trug er ein weites Hemd aus ungefärbter Baumwolle, dessen tiefer Ausschnitt den Blick auf einen Verband aus Linnenstreifen freigab. Katharina wechselte ihn täglich, um zwei tiefe Wunden zu versorgen. Thassilo hatte während eines Strafzuges gegen die Venezianer, den er im Auftrag seines Lehnsherrn Kaiser Maximilian I. von Habsburg durchgeführt hatte, gefährliche Schwerthiebe abbekommen. Vor zwei Wochen war der Reichsritter mit letzter Kraft auf Burg Strahlenfels zurückgekehrt. Seine Frau hatte die schon schwärenden Wunden versorgt, und dank der Heiltränke, Salben und Kräuterauflagen war das Wundfieber bald gewichen; die Wunden hatten sich schon nach einer Woche geschlossen. Inzwischen war Thassilo wieder zu Kräften gekommen, sodass er nun wieder seine Aufgaben als Herr über mehrere fränkische Dörfer und Ländereien erfüllen konnte.

Katharina hatte ihm nichts von ihrer Vorahnung gesagt, doch nun trat sie hinter ihren Mann, schob ihre Hand unter seine schulterlangen Haare und legte sie leicht auf seine unverletzte rechte Schulter.

»Willkommen an meiner Seite, meine Schöne«, sagte der Reichsritter, griff nach ihrer Hand und blickte lächelnd zu ihr hoch. Doch als er ihr blasses, besorgtes Gesicht sah, wurde er ernst und zog sie auf den Stuhl neben sich. »Was ist geschehen?«

Katharina setzte sich. »Bonifatius von Ebenstatt kommt.«

»Woher weißt du das?«

»Ich habe ihn vom Turm aus mit seinem Trupp zu uns heraufreiten sehen.«

»Verdammt!«, entfuhr es dem Reichsritter. Er überlegte kurz. Dann strich er seiner Frau besänftigend über die Wange und sah ihr in die Augen. »Bleib ruhig, Weib. Er wird uns einen Besuch abstatten wollen, mehr nicht.«

»Uns einen Besuch abstatten? Wie man es bei guten Freunden tut?«

»Einen Besuch, wie es sich unter Verwandten schickt. Sag der Magd, dass sie eine Vesper für ihn und seinen Trupp bereiten soll.« Er führte Katharinas eiskalt gewordene Finger an seine Lippen und lächelte beruhigend. »Ich werde Gotthelf anweisen, dass er sich mit den anderen Knechten bereithält. Aber ich glaube nicht, dass es so weit kommen wird.«

Katharina wollte etwas sagen, doch dann nickte sie nur und erhob sich. Auf dem Weg zur Küche tastete sie unwillkürlich nach dem scharfen Kräutermesser, das sie stets in einer Lederscheide an ihrem Gürtel trug.

Unruhig wanderten die Blicke des Päpstlichen Inquisitors umher, während er mit sieben Bewaffneten zur Burg Strahlenfels hinaufritt. Eine tiefe Falte teilte seine Stirn, und die Winkel seines Mundes waren heruntergezogen.

Er fürchtete sich nicht vor den Wegelagerern. Auch sorgte er sich nicht wegen ein paar aufsässiger Bauern oder wegen der ketzerischen Wanderprediger, die ihren Irrglauben mit vor Eifer bebenden Stimmen in die Welt hinausschrien. Solche Verfehlungen waren lästig, aber nicht wirklich gefährlich. Was den Inquisitor beunruhigte, waren die sich langsam, aber ungehindert im Lande verbreitenden Irrlehren humanistischer Denker, die eine grundlegende Erneuerung von Reich und Kirche forderten und am Machtanspruch Roms rüttelten.

Ein Funkeln trat in Bonifatius' Augen, als er zur Spitze des Berges hinaufsah, auf dem die Burg Strahlenfels thronte. Nur über einen schmalen, steilen Pfad erreichbar, war die Burg seit fast zwei Jahrhunderten der uneinnehmbare Sitz eines versprengten Zweiges derer von Wildenstein – weitläufige Verwandte der Hohenzollern, unter deren Einfluss sie zu einem gewissen Ansehen gelangt waren. Ketzernest, dachte der Inquisitor. Ich werde dich schon noch lehren, Vetter Thassilo, deinem schamlosen Weib die Zügel anzulegen.

Wie sie ihm zuwider war, diese Sippschaft derer von Wildenstein! Seit Thassilos Ehe mit Katharina von Velden hatte sich Bonifatius' Abneigung noch vertieft. Vor allem Katharinas in ganz Franken bekannte Heilkünste waren dem Inquisitor ein Dorn im Auge, stützten sie sich doch auf ein Jahrtausende altes Kräuterwissen, dessen heidnische Wurzeln die Inquisition unter seiner Führung in ganz Franken ausrotten würde!

Die Zornesfalte grub sich noch tiefer in Bonifatius' Stirn, als er an die unbekümmerte Art der Burgherrin dachte, die mit ihren niederen Reizen selbst Kirchenmänner wie ihn zu unzüchtigen Begierden anzustacheln versuchte. Diese apfelrunden Brüste über der schmalen Taille! Dieser weiche Stoff ihrer Kleider, der ihren Schoß erahnen ließ! Dieser verächtliche Blick, den sie ihm unlängst zugeworfen hatte. »Gottlose Sirene, kehre in dich und übe dich in Zucht und Anstand, oder du wirst auf dem Scheiterhaufen brennen!«, murmelte Bonifatius grimmig.

Er würde Katharina diesmal mit Nachdruck in die Schranken ihres Haushalts verweisen und sie in aller Deutlichkeit vor den Folgen warnen, falls sie sich seinem Befehl widersetzen sollte. Das Schicksal anderer heilkundiger Frauen, die er den reinigenden Flammen des Feuers übergeben hatte, sollte ihr eine heilsame Lehre sein.

Das Fest des Markgrafen Friedrich fiel ihm ein, auf dem man die Heilerfolge der Burgherrin gepriesen hatte. Und er erinnerte sich daran, wie Gräfin Sophie von Abenberg sich ihm dort als Verbündete im Kampf gegen Katharina angeboten hatte.

»Es gehen Gerüchte um, dass auf dem Strahlenfels merkwürdige Dinge geschehen«, hatte die Gräfin dem Inquisitor zugeflüstert. »Und Kinder bekommt sie auch nicht.«

Bonifatius hörte diese Worte nur zu gern. Aber er wusste, dass seine Zeit noch nicht gekommen war. »Verehrte Gräfin, wie Ihr wisst, ist Bischof Georg sehr angetan von Katharina von Velden, und er ist von ihrer Rechtgläubigkeit und Gottesfurcht überzeugt«, hatte er vorsichtig geantwortet. »Und erst kürzlich hat er in einer Predigt darauf hingewiesen, dass Kinderlosigkeit keineswegs immer Hexenwerk ist, sondern oft eine Prüfung Gottes.«

»Bischof Georg ist ein gutgläubiger Mann, der sich an Eurem scharfen, klaren Urteil und an Eurer Strenge ein Vorbild nehmen sollte«, hatte Sophie von Abenberg entgegnet.

»Bischof Georg ist vor allem ein mächtiger Mann«, hatte Bonifatius erwidert und ihr einen vielsagenden Blick zugeworfen.

Zwar war auch Sophie von Abenberg kinderlos geblieben, aber das lag, wie sie Bonifatius, der auch ihr Beichtvater war, anvertraut hatte, daran, dass ihr viel älterer und beleibter Mann schon lange nicht mehr in der Lage war, seine ehelichen Pflichten zu erfüllen. Inzwischen verließ er nur noch selten das Bett. Ein schweres Los für seine Frau, aber sie ertrug es ohne Murren. Es war ein Beweis ihrer tiefen Frömmigkeit, die sie auch durch ihren unbedingten und grenzenlosen Gehorsam Bonifatius gegenüber bewies, ganz anders als die eigensinnige, widerborstige Katharina.

Auf dem schmalen Pfad, der sich den bewaldeten Hang hinaufwand, kam der Trupp nur langsam voran. Das letzte Stück war so steil, dass die Pferde zu scheuen begannen und Bonifatius und seine Männer, die durch ihre roten, mit einem Kreuz versehenen Westen über schwarzen Jacken als Inquisitionsknechte zu erkennen waren, absteigen mussten. Das aus groben Balken zusammengefügte Burgtor stand offen und war unbewacht.

»Die fühlen sich wohl sehr sicher«, sagte der Inquisitor zu dem Hauptmann seines Trupps.

Die Magd Christine, die das Klappern der Hufe gehört hatte, eilte zum Brunnen und zog an der Glocke; erst dann verbeugte sie sich mit schreckensweiten Augen vor dem Inquisitor, der in seinem schwarzen Umhang bedrohlich vor ihr aufragte. Als sie sich wieder aufrichtete, starrte sie wie gebannt auf den allseits gefürchteten Mann, über den man sich in den umliegenden Dörfern und Städten so viel Furchterregendes erzählte.

Die schmale, leicht gebogene Nase in seinem hageren Gesicht und der durchdringende Blick seiner unter den glatten schwarzen Haaren smaragdartig funkelnden grünen Augen verliehen ihm etwas Raubvogelartiges, das sie bis ins Mark gefrieren ließ. Dennoch gelang es ihr nicht, sich von ihm abzuwenden.

»Was glotzt du, Magd?«, herrschte Bonifatius sie an. »Hast du ein schlechtes Gewissen, oder warum stehst du wie angewurzelt da, statt uns zur Hand zu gehen?«

Christine eilte zu ihm, um ihm die Zügel seines Pferdes abzunehmen. Da öffnete sich knarrend das Eingangstor zum Haupthaus.

»Ach, Bonifatius, so eine Überraschung! Ich hoffe doch, dass dein unangemeldeter Besuch erfreuliche Gründe hat«, sagte Thassilo mit tönendem Bass.

»Das liegt ganz an dir und deinem Weib«, gab Bonifatius spitz zurück, sichtlich verärgert über Thassilos ungebührliche Begrüßung.

»Nun gut, tritt ein, Vetter. In der Halle brennt noch ein Feuer im Kamin. Dort kannst du dich wärmen und mit einer Vesper stärken.«

Bonifatius gab seinen Männern ein Zeichen, im Hof zu warten, und betrat hinter Thassilo die Halle der Burg. Dort legte Katharina von Velden gerade ein paar Holzscheite im Kamin nach. Der Inquisitor blieb stehen und musterte die Burgherrin. Ein rotes, von einem schwarzen Mieder zusammengehaltenes Samtkleid umspielte Katharinas schlanken Leib, und das wallende schwarze Haar war nicht, wie es sich für eine verheiratete Frau schickte, unter einer Haube verborgen, sondern nur locker nach hinten gekämmt und mit einem perlenverzierten Netz gebändigt.

Ein paar Zeilen aus dem Hohenlied von König Salomon kamen ihm in den Sinn. »Du bist ein verschlossener Garten, eine verschlossene Quelle, ein versiegelter Born. Deine Gewächse sind wie ein Lustgarten von Granatäpfeln mit edlen Früchten …« In diesem Moment stieg ihm ein herbsüßlicher Duft in die Nase, der eine ferne, unangenehme Empfindung in ihm auslöste. Er sah hoch und entdeckte mehrere große, flache Körbe mit Lavendelblüten, die von der Decke hingen. Sofort spürte er einen bitteren Geschmack im Mund und eine leichte Übelkeit in sich aufsteigen. Benommen senkte er den Blick und schloss die Augen.

Als er sie wieder öffnete, bemerkte er, dass Katharina ihn aufmerksam ansah. Mit einem knappen Nicken grüßte der Inquisitor die Burgherrin, griff nach einem Stuhl und stellte ihn ans Feuer.

»Was verschafft uns die unverhoffte Ehre Eures Besuches, Exzellenz?«, fragte sie.

Ihre Anrede war förmlich und kalt, und der samtige Schmelz ihrer Stimme verstärkte sein Unbehagen. »Ein Besuch unter Verwandten, wie es üblich ist«, gab er verärgert zurück. Er schwieg eine Weile und fuhr dann fort: »Ich habe vor einer Woche die Burg Gutenstein bezogen. Das bedeutet, dass wir uns ab jetzt wohl öfter sehen werden.«

Katharina und Thassilo tauschten einen kurzen Blick, dann fragte Katharina ausweichend: »Gestattet Ihr mir, Euch und Euren Leuten etwas anzubieten, Exzellenz?«

»Ein Becher Wasser genügt«, antwortete der Inquisitor. Er wandte sich ab, um die mit Goldfäden durchwirkten und mit Perlen und Edelsteinen bestickten Gobelins an den Wänden der Halle zu betrachten, die den Passionsweg Christi und paradiesische Gärten zeigten. Sie waren Erbstücke aus Katharinas Familie und gehörten zu den wenigen Wertgegenständen in der Burg.

Katharina gab der Magd, die an der Tür stand, ein Zeichen,

dass die im Hof wartenden Männer bewirtet werden sollten, und goss Wasser in einen Becher. Sie hielt ihn dem Inquisitor hin, doch der schien ganz in den Anblick der Gobelins versunken zu sein. Katharina räusperte sich.

Nur langsam wandte Bonifatius den Blick und sah die Burgherrin an. »Schöne Gobelins habt ihr hier«, sagte er mit gedehnter Stimme. »Sehr schöne Gobelins.«

»Das sind nur alte Wandbehänge, die von Generation zu Generation weitergegeben werden und deren Wert wahrscheinlich gering ist«, erwiderte Katharina auf seine indirekte Drohung und sah ihm kalt in die Augen. Dann setzte sie sich.

»Wenn sie auch künftig weitergegeben werden sollen, müsst ihr erst einmal Nachkommen haben«, konterte der Inquisitor und betrachtete ihren flachen Bauch. »Ihr seid nun seit vier Jahren verheiratet. Kennt ihr eure ehelichen Pflichten nicht, oder hat eure Kinderlosigkeit andere Gründe?«

»Gott wird uns dann Kinder schenken, wenn er es für richtig hält«, wandte Thassilo ein, griff sich einen Stuhl und setzte sich zwischen Bonifatius und Katharina.

»Kinderlosigkeit ist die Schuld des Weibes und seines Lebenswandels«, gab Bonifatius mit drohendem Unterton zurück. »Wenn ein Weib seinen Pflichten nicht nachkommt und sich stattdessen mit fragwürdigen Dingen beschäftigt, um die von Gott vorgegebenen Wege und Schicksale der Menschen zu ändern, dann straft Gott es mit Kinderlosigkeit.«

Schon öffnete Thassilo den Mund, um etwas zu entgegnen, doch Katharina kam ihm zuvor. »Wenn Ihr auf mein Wirken als Heilerin anspielt, so lasst Euch fragen: Diese aus christlichem Mitgefühl geborenen ›fragwürdigen Dinge‹, wie Ihr sie zu nennen beliebt, werden seit Jahrhunderten von den gottesfürchtigen Nonnen in den Klöstern der heiligen katholischen Kirche ausgeübt. Sie werden im Dienste am Mitmenschen und als Beweis göttlicher Gnade in die Welt getragen. Und das soll unrecht sein, nur weil die, die das tun, Frauen sind?«

Bonifatius stieß mit seinem Kopf vor wie mit einem Dolch und fuhr Katharina mit blitzenden Augen an: »Hüte deine Zunge, Weib! Ein loses Mundwerk und spitzfindige Ausflüchte sind der erste Schritt in die Hölle.«

Thassilo erhob sich von seinem Stuhl und stellte sich schützend vor seine Frau. Mit ruhiger Stimme entgegnete er: »Meine Gemahlin hat kein loses Mundwerk. Im Gegensatz zu anderen wählt sie ihre Worte stets mit Bedacht. Spar dir deine haltlosen Beschuldigungen. Vielleicht solltest du selbst stärker darauf achten, was du sagst, denkst und tust, Bonifatius. Ich habe mich vor Kurzem mit Bischof Lorenz über dich unterhalten und erfahren, dass es einigen Unmut über dich gibt, weil du durch deinen Übereifer den Ketzern und Abtrünnigen willkommene Nahrung lieferst.«

Auch Bonifatius stand auf. Wütend stieß er seinen Stuhl zur Seite, sodass er polternd umfiel. »Dass ich mir in diesen Zeiten der Gottlosigkeit und des Abfalls von der heiligen katholischen Kirche nicht nur Freunde mache, indem ich auf die Einhaltung der Regeln für einen rechtgläubigen christlichen Lebenswandel poche, ist mir bekannt«, erwiderte er in scharfem Ton. »Aber es ist auch nicht meine Aufgabe, mir Freunde zu machen. Meine Aufgabe ist es vielmehr, den Glauben und die Kirche zu verteidigen, notfalls mit aller gebotenen Strenge. Und wenn dir das Seelenheil deines unverständigen Weibes am Herzen liegt, Thassilo, dann halte es von allen Hexenkünsten fern, damit es nicht in Satans Fänge gerät. Hexen sind eine Ausgeburt der Hölle. Ihre Seelen können nur noch durch das Feuer gerettet werden, und wer sie verteidigt, ist selbst mit Satan im Bunde.«

»Willst du damit sagen, dass du selbst höchste kirchliche Würdenträger des Bündnisses mit Satan zeihst?«, hielt der

Reichsritter mit noch immer ruhiger Stimme dagegen, »nur weil sie die Stichhaltigkeit deiner Beschuldigungen bezweifeln und nicht daran glauben, dass Folter automatisch zur Wahrheit führt?«

»Wie kannst du es wagen, Thassilo!«, schrie Bonifatius.

»Was wagen? Dich daran zu erinnern, dass auch ein Päpstlicher Inquisitor nur ein Mensch ist, der irren kann? Geh in dich, Bonifatius.«

Der Inquisitor kniff die Augen zusammen und ballte die rechte Hand zur Faust. Doch dann besann er sich und fuhr in ruhigerem, wenn auch immer noch scharfem Ton fort: »Ich bin gekommen, um dein Weib eindringlich zu ermahnen, sich von gefährlichen heidnischen Heilmethoden abzuwenden. Ich wollte das eigentlich als ein um ihr Seelenheil besorgter Verwandter tun, aber anstatt mir dafür dankbar zu sein, dass ich mich extra der Mühen unterzogen habe, auf eure Burg zu kommen, überschüttet ihr mich mit haltlosen Beschuldigungen!« Dann wandte er sich an Katharina. »Wenn du also nicht auf meinen Rat als Verwandter hören willst, dann befehle ich dir hiermit als Päpstlicher Inquisitor, dich von Hexenwerk und Ketzerschriften fernzuhalten.« Er machte eine kurze Pause und richtete den Blick auf Thassilo. »Das gilt auch für dich.«

»Was meinst du damit?«

Der Inquisitor antwortete nicht, sondern drehte sich um und ging hinaus. Thassilo wollte ihm folgen, aber dann hob er nur kurz die Arme und ließ sich auf seinen Stuhl sinken. Schweigend starrte er ins Feuer, während von draußen Befehle und Pferdegetrappel in den Raum drangen.

Katharina trat hinter ihren Mann, legte ihm die Hand auf die Schulter und starrte wie er in die lodernden Flammen.

Thassilo spürte, wie ihre Hand zitterte, wusste sie doch, welche Gefahr sich hinter der Drohung des Inquisitors verbarg. Er kannte den *Malleus Maleficarum*, das als wissenschaftlich fundiert anerkannte Handbuch zur zweifelsfreien Überführung von Hexen. Erst kürzlich hatte er sich mit dem Eichstätter Fürstbischof Gabriel von Eyb, einem entfernten Verwandten, über dieses Buch unterhalten und sich darüber empört, dass es den verdächtigten Frauen keine Möglichkeit ließ, ihre Unschuld zu beweisen, und dass jede ihrer Äußerungen in ein Schuldeingeständnis verdreht wurde.

»Ein übles Machwerk«, hatte der humanistische Fürstbischof ihm zugestimmt. »Bleibt die Angeklagte selbst unter der Folter standhaft, was nur wenigen Frauen gelingt, so wird dies als Beweis für ihre Verstocktheit gewertet, und es wird behauptet, Satan selbst bewirke ihre Standhaftigkeit. Gesteht sie jedoch aus Angst vor immer schrecklicheren Folterungen, dass sie eine Hexe ist, so wird sie zu weiteren Geständnissen gezwungen. Dadurch wird ein vollständiges Gerichtsverfahren nachgewiesen, sodass sie anschließend rechtmäßig verbrannt werden kann.« Und er hatte seufzend hinzugefügt: »Leider, lieber Thassilo, liegt es nicht in meiner Macht, solche Methoden zu verbieten.«

Die ausführliche Beschreibung der Foltermethoden im *Malleus Maleficarum* hatte Thassilo einen nachhaltigen Eindruck davon vermittelt, wie grausam es bei den Hexenprozessen zuging, weil die Folter sich über Tage und manchmal sogar über Wochen hinzog. Und er wusste, dass es für Katharina keine Rettung geben würde, wenn sie erst einmal in die Fänge des Päpstlichen Inquisitors geraten war.

Noch war seine Frau durch seinen Stand als Reichsritter, durch sein gutes Verhältnis zu Kaiser Maximilian und durch seine Bande mit den Hohenzollern geschützt. Aber niemand konnte sagen, wie lange all dies noch ein ausreichendes Bollwerk gegen die Angriffe des fanatischen Bonifatius bilden würde.

Thassilo griff nach Katharinas zitternder Hand und drückte sie gegen seine Wange. Dann zog er sie auf den Stuhl neben sich, legte den Arm schützend um sie und drückte sie an sich. Irgendwann spürte er, wie ihr Körper sich langsam entspannte.

II.

Dumpf hallten seine Schritte, während er tiefer und tiefer in die modrig riechende Finsternis hinabstieg. Der flackernde Schein der Pechfackeln an den grob behauenen Wänden reichte nicht bis zum Boden, und so musste er immer wieder innehalten und mit den Füßen nach den unebenen Steinstufen tasten. Niemand begleitete ihn auf seinem Weg. Niemand außer seinem bebenden Schatten, der größer wurde und wieder kleiner, der ihn überholte, zurückblieb und verblasste, um dann mit jähem Sprung wieder aus der Schwärze aufzutauchen und an ihm vorbeizuhuschen.

Irgendwann spürte er, dass die Treppenstufen flacher wurden. Er trat in einen lang gezogenen, breiten Gang, dessen Mitte durch ein Feuer erleuchtet wurde. Geblendet von der plötzlichen Helligkeit, blieb er stehen. Es dauerte einige Zeit, bis sich seine Augen an das Licht gewöhnt hatten und er die Eisengitter bemerkte, die in regelmäßigen Abständen rechts und links in die Wände eingelassen waren. Sie schienen zu anderen Gängen und zu Gewölben zu führen, die hinter den Gittern in der Dunkelheit verschwanden.

Er ging ein paar Schritte weiter, da vernahm er zu seiner Rechten ein Wimmern. Es verwandelte sich in ein röchelndes Stöhnen, das auf einmal verstummte. Er blieb stehen. Was war das? Doch bis auf das Pochen seines Herzens und seinen gepressten Atem konnte er nichts mehr hören. Langsam ging er weiter. Plötzlich drang von links ein Klirren zu ihm, gefolgt von einem schleifenden Rasseln. Er starrte in das düstere Loch hinter dem Gitter. Die Flammen warfen einen irrlichternden Schein auf die Wände und eine gewölbte Decke. Er trat näher an das Gitter heran und spähte in das Dunkel, aber außer ein paar grob aufeinandergeschichteten Steinen konnte er nichts erkennen.

Jäh fuhr eine Hand auf ihn zu und versuchte, seinen Mantelsaum zu fassen. Er sprang zurück. Ein dürrer nackter Arm streckte sich ihm durch das Gitter entgegen.

»Gnade! Gnade, Herr! Gnade!«, rief jemand mit brechender Stimme.

Thassilo sah nach unten und erkannte die schattigen Umrisse eines Kopfes, der einem Totenschädel ähnelte. Unter blutverklebten Haarsträhnen starrten ihn zwei tief in den Höhlen liegende Augen an.

Durch aufgequollene, blutverkrustete Lippen stieß das Wesen immer wieder hervor: »Gnade, Herr! Gnade!«

»Wer bist du? Und was hast du verbrochen, dass man dich hier einsperrt?«, fragte Thassilo.

Aber der Schattenmensch antwortete nicht, sondern sackte mit einem Seufzer in sich zusammen. Stumm und reglos blieb er auf dem Boden hinter dem Gitter liegen.

Thassilo wollte an das Gitter treten, hielt dann aber zögernd inne. Was, wenn der Gefangene eine List anwandte, um ihn noch einmal und diesmal fester zu packen? Aber ein Blick auf dessen Arme zeigte ihm, dass der nicht mehr viel Kraft würde aufwenden können. Sie waren abgemagert bis auf die Knochen und von Wunden bedeckt. An der rechten Hand fehlten zwei Fingerkuppen, und Thassilo konnte die verschmorten und noch blutenden Fingerstümpfe deutlich erkennen.

Während Thassilo zaudernd dastand, drangen erst von links, dann auch von rechts weitere Stimmen zu ihm.

»Gnade, Herr, Gnade!«

Der Reichsritter sah sich um. Im Dämmerlicht erblickte er noch mehr Geschundene, Männer wie Frauen, die ihm durch die Eisenstäbe ihrer Verliese die Arme entgegenstreckten. Auch sie waren bis auf die Knochen abgemagert und von Wunden übersät.

»Gnade, Herr, Gnade! Gnade, Herr, Gnade!«, ertönte es wieder.

Diesmal kamen die Stimmen aus der Tiefe des Ganges, untermalt vom Schleifen und Rasseln der Ketten.

»Gnade, Herr, Gnade!«

Plötzlich hörte er einen lauten Knall, gefolgt von einem gellenden Schrei. Dann herrschte Totenstille, die nur vom Knistern der Flammen unterbrochen wurde.

Der Reichsritter verharrte reglos. Ein schleifendes Quietschen drang zu ihm, dann ein spitzes, hohes Kreischen. Es kam vom anderen Ende des Ganges. Zögernd ging Thassilo ein paar Schritte weiter und erblickte hinter dem Feuer ein Gewölbe, in dem mehrere Gestalten in dunklen Kutten standen. Große Kapuzen bedeckten ihre Köpfe, sodass ihre Gesichter nicht zu erkennen waren. Jetzt trat eine der Gestalten zur Seite, und Thassilo erschrak. Auf einem Tisch lag eine nackte Frau. An alle vier Gliedmaßen waren grobe Taue geknotet, die mit großen Rädern verbunden waren, an denen die Kuttenmänner drehten, sodass die Glieder langsam auseinandergerissen wurden.

Während Thassilo zu begreifen begann, was die Männer dort taten, hob die Frau mühsam den Kopf und sah ihn mit ihren vor Entsetzen aufgerissenen Augen an. Er kannte das Gesicht, kannte diese Augen. Aber er wusste nicht, wer diese Frau war.

Thassilo wollte zu ihr stürzen und den Männern Einhalt gebieten, doch seine Beine waren schwer wie Blei, und er konnte sich nur unter größten Anstrengungen bewegen. Er öffnete den

Mund, um den Schergen einen donnernden Befehl zu erteilen, doch seiner Kehle entrang sich nur ein Krächzen.

Wieder stieß die Frau einen langen, spitzen Schrei aus. Aber sosehr Thassilo sich auch anstrengte, zu ihr zu gelangen, er kam kaum vorwärts.

Unterdessen setzten die Kapuzenmänner ihr blutiges Handwerk fort, bis der Frau mit grausigem Knirschen erst ein Arm und dann ein Bein vom Leib gerissen wurden. Ihre Schreie gellten durch das Gewölbe und wurden in mehrfachem Echo zurückgeworfen.

Auf einmal drehte sich einer der Folterer um und dann noch einer und noch einer. Jeder griff eine glühende Zange und kam langsam auf ihn zu. Immer deutlicher konnte Thassilo die Umrisse ihrer Gesichter erkennen. Sie sahen alle gleich aus und zeigten alle dasselbe triumphierende Lächeln.

Plötzlich wusste Thassilo, um wen es sich handelte: Es war Bonifatius von Ebenstatt, der Päpstliche Inquisitor, der sich ihm in vielfacher Gestalt langsam, aber unaufhaltsam näherte.

»Wage das nicht, du Ausgeburt Satans!«, schrie Thassilo. »Ich bringe dich um, du Ungeheuer! Ich bringe dich um!«

»Thassilo! Thassilo, beruhige dich!«

Der Reichsritter fuhr im Bett hoch und starrte Katharina an, die ihm die Hand auf den Arm gelegt hatte. Sein Nachtgewand war verschwitzt, auf seiner Stirn standen Schweißperlen. Nur langsam verblassten die Bilder aus seinem Traum. Aber die Schreie und das Klagen der Gefolterten hallten ihm noch immer in den Ohren.

Es dauerte einige Augenblicke, bis Thassilo begriff, dass er sich in seinem Schlafgemach in der Burg Strahlenfels befand. Die nächtliche Dunkelheit in der kleinen Kammer wurde nur durch den schwachen Schein der Öllampe erhellt, die Katharina hochgedreht haben musste. Im fahlen Licht konnte er das besorgte Gesicht seiner Frau erkennen. Er rieb sich die Augen, atmete tief durch und ließ sich zurück auf seine Kissen fallen. Katharina drückte sich an ihn und legte den Arm um ihn.

»Es ist nichts, Katharina, nichts. Ich habe wohl schlecht geträumt. Lass uns weiterschlafen.«

Katharina zwang sich zu einem Lächeln, streckte die Hand nach der Lampe aus und drehte den Docht herunter. Dann schmiegte sie sich wieder an ihn und schloss die Augen.

Thassilo musterte das weiche Profil seiner Frau. Sie war vierzehn Jahre jünger als er, aber auch sie zählte bereits einundzwanzig Lenze – ein Alter, in dem andere Frauen schon Kinder geboren hatten. Er wünschte sich nichts sehnlicher als eigene Nachkommen, aber er genoss auch Katharinas Mädchenhaftigkeit. Irgendwann würden sie schon noch Kinder bekommen, da war er sich sicher.

Auch Thassilo schloss die Augen, doch beide fanden keine Ruhe. Irgendwann richtete Katharina sich auf und drehte den Docht der Lampe wieder hoch. Besorgt sah sie ihn an. »Es war Bonifatius, von dem du geträumt hast, nicht? Es war Bonifatius und seine Drohung.«

»Unsinn. Wie kommst du auf Bonifatius?« Thassilo versuchte zu lachen. »Ich habe geträumt, ich stünde mit meinen Truppen vor Wien und würde eine Horde wilder Muselmanen abwehren. Und gerade eben wollte ihr Anführer meinen getreuen Gotthelf packen …«

»Die Muselmanen vor Wien? Unsinn. Du bist ein schlechter Lügner«, erwiderte Katharina.

Mit gerunzelter Stirn drehte sie sich von ihm weg und zog die Decke über ihre Schultern. Thassilo schmiegte sich an sie. So blieben sie liegen, bis der Morgen graute.

III.

Es war ein klarer, lichterfüllter Januarmorgen. Katharina trat vor die Tür und bemerkte, dass die Sonne an diesem Tag ganz besonders hell in den Burghof schien und alle Farben zum Leuchten brachte: Der frisch gefallene Schnee glitzerte in einem golddurchwirkten Weiß, die Hauben auf den dunkelbraunen Bäumen und den roten, gelben und schiefergrauen Mauern sahen aus wie Zuckerguss und funkelten golden, und der winterharte Efeu an der Burgmauer erstrahlte in einem tiefen Smaragdgrün. Und über allem erhob sich ein makellos blauer Himmel.

Katharina blieb einen Moment lang lächelnd stehen, um das winterliche Farbenspiel zu genießen und zu beobachten, wie die hungrigen Vögel an den nachtblauen, roten und gelben Beeren der Büsche pickten, die sie zu diesem Zweck an die Schutzmauer der Burg gepflanzt hatte. Es war ein ganz besonderer Tag, dachte sie, ein Freudentag.

Summend ging sie zurück in die Küche und stellte sich neben ihre Magd Helga an den Herd, in dem ein Feuer prasselte. Darauf stand ein glänzender, bauchiger Kupferkessel, in den Helga klein geschnittene Rüben, Möhren, Sellerie, Pastinaken, Schalotten und Lauch geworfen hatte, die nun leise vor sich hin köchelten. Katharina dachte voller Dankbarkeit an ihre Mutter und die Benediktinerinnen im Kloster St. Marien, von denen sie ihr umfangreiches Wissen über die Nahrhaftigkeit und die Heilkraft der einzelnen Gemüse- und Getreidesorten, der Kräuter, Öle und Gewürze hatte. Durch beständiges Ausprobieren hatte sie sich Rezepte für wohlschmeckende Alltagsspeisen zusammengestellt, die darüber hinaus auch eine heilende Wirkung besaßen.

Sie blickte auf das im Kessel wellende rote, grüne, gelbe und weiße Gemüse – eine Farbmischung, die, wie sie herausgefunden hatte, eine ideale Zusammensetzung von Nahrungsmitteln ergab. Sie dachte an die harntreibende, reinigende Kraft des weißen Sellerie, der die auswurffördernde, herz- und darmstärkende und wurmaustreibende Wirkung des grünen Lauchs und der außen rötlichen, innen gelben Möhren sinnvoll ergänzte. Wie zur Bestätigung schloss sie die Augen und sog den würzigen Duft tief ein. Dann trat sie zum Regal, auf dem ein großer Topf mit Hirse stand, und hob den Deckel. Sie tauchte eine mittelgroße Schüssel hinein und füllte sie, schüttete die Hirse in den Kessel und nickte der Magd zu, die daraufhin das Ganze mit einem langen Holzlöffel umrührte.

Die Freifrau ging zum Küchentisch und bückte sich kurz, um Helgas Kindern, dem einjährigem Sohn und der dreijährigen Tochter, zuzulächeln, die auf einer Decke unter dem Tisch mit Holzklötzchen spielten. Thassilo und Katharina gestatteten ihrem Gesinde, ihre Kinder auch während der Arbeit in der Burg in ihrer Nähe zu haben. Katharina richtete sich wieder auf, füllte einen Becher bis zur Hälfte mit Olivenöl, nahm eine Schale mit getrockneten und klein geschnittenen Kräutern – Petersilie, Majoran, Giersch, Löwenzahn, Wegerich, Oregano, Minze, Thymian, Lavendelblüten – vom Tisch und ging damit zum Herd, um alles in den Kessel zu schütten. Anschließend fügte sie noch etwas Pfeffer, Gelbwurzpulver und Salz hinzu, ließ Helga ein letztes Mal umrühren und bedeckte die Suppe zum Garen mit einem Deckel. Der würzige Duft der Suppe erfüllte inzwischen die ganze Küche.

»Ich habe Hunger!«, rief die dreijährige Ruth.

»In einer knappen Stunde gibt es die zweite Vesper, du nimmersattes Weibsbild!«, erwiderte Katharina lachend. »Helga, schneid schon mal das Brot und deck den Tisch.«

»Wird der Reichsritter auch hier sein?«

»Ja, Helga, er sieht noch unten im Dorf und in unserem Armenhaus nach dem Rechten und müsste bald kommen.«

Helga schnitt einen Laib duftendes Dinkelbrot in Scheiben, legte sie in einen Korb aus geflochtenen Weidenzweigen und ging damit in die schummrige, halbhohe Vorhalle der Burg, deren Wände aus unverputztem, grobem Mauerwerk bestanden und deren Decke durch schwere Querbalken aus Eichenholz gestützt wurde. Dort zündete sie vier Pechfackeln an. Auch tagsüber drang kaum Licht in den Raum, der nur durch wenige schmale Fenster erhellt wurde, die zudem bis zum späten Frühjahr mit Pergament gegen die kalte Zugluft abgedichtet waren. Nachdem sie den Tisch gedeckt hatte, ging sie in die Küche zurück und half ihrer Herrin beim Kleinschneiden von Haselnüssen und Äpfeln, die sie zusammen mit Rosinen über eine Schüssel mit Dinkelbrei streuten, der als Nachtisch gereicht wurde.

Wäre jetzt ein Fremder in die geräumige Küche der Burg gekommen, hätte er Herrin und Magd kaum unterscheiden können. Beide trugen eine wadenlange dunkelbraune Wolljacke mit halblangen Ärmeln über einem schlichten hellblauen Kleid aus doppelt gewebter, mit wärmenden Wollfäden verstärkter Baumwolle, das bis zum Boden reichte. Katharinas Kleid unterschied sich von dem ihrer Magd nur durch eine feine umlaufende Borte in dunklem Grün, in die kleine blaue Lilien eingewebt waren. Und während Helga das blonde Haar mit einer hölzernen Spange hochgesteckt hatte, zierte Katharinas pechschwarzes Haar eine silberne Spange mit kleinen, zu einem Blütenzweig angeordneten Rubinen. An den Füßen trugen beide Frauen über dicken Wollstrümpfen schmucklose Holzpantoffeln.

Katharina summte weiter vergnügt vor sich hin, während die Kinder unter dem Tisch kreischend und jauchzend auf die Hölzer schlugen. Helga wollte ihre Kinder zur Ruhe ermahnen, aber die Freifrau hielt sie zurück, legte das Messer in den Schoß und sah die Kleinen mit einem versonnenen Lächeln zärtlich an.

Helga musterte ihre Herrin. Den ganzen Morgen schon hatte sie sich über ihre Fröhlichkeit gewundert. Zwar war die Freifrau stets freundlich und ausgeglichen, aber meist wirkte sie ernst. Selten hatte die Magd sie so gut gelaunt, ja geradezu ausgelassen erlebt. Was hatte das zu bedeuten?

Die Freifrau erhob sich. »Ich werde mich jetzt umziehen, Helga«, sagte sie und wandte sich zur Tür.

Erstaunt sah die Magd sie an. »Erwartet Ihr noch Besuch?«, fragte sie.

»Ja, Helga, meinen Gatten.« Katharina strahlte sie an und eilte durch die Tür.

Helga runzelte die Brauen und kratzte sich am Kopf. Was war geschehen? So war die Freifrau doch sonst nicht.

Singend sprang Katharina die Stufen zur Schlafkammer hinauf. Summend legte sie ihr schlichtes Alltagskleid ab und zog zur Feier des Tages ihr Festgewand aus gelbem Samt und dazu ihr mit Blütenranken besticktes schwarzes Mieder an. Dann schlüpfte sie in ihre gelben Samtpantoffeln. Die Stirn- und Schläfensträhnen ihrer hüftlangen Haare flocht sie zu kleinen, dünnen Zöpfen, die sie am Hinterkopf mit einer Silberspange zusammensteckte. Es sollte ein Festtag werden.

Vorsichtig legte sie die Hand auf ihren Bauch. Kurz nachdem Thassilo im Morgengrauen fortgeritten war, hatte sie gespürt, wie sich darin etwas regte. Nun gab es keinen Zweifel mehr: Sie war guter Hoffnung.

Eigentlich hatte sie es von Anfang an gewusst, gleich nach jener Nacht und schon lange, bevor ihre Blutungen im November ausgeblieben waren. Aber sie war sich nicht sicher gewesen. Sie sah an sich hinab. Selbst jetzt konnte sie nur bei sehr genauem Hinsehen eine leichte Wölbung erkennen. Doch die zarte Bewegung in ihrem Leib und die kaum merkliche Vergrößerung ihrer Brüste, die sie vor ein paar Tagen zum ersten Mal bemerkt hatte, waren eindeutige Zeichen.

Sobald Thassilo heimkam, würde sie es ihm sagen. Sie wusste, dass er außer sich sein würde vor Freude, zumal die von Wildensteins nach dem frühen Tod seiner zwei Brüder auszusterben drohten. Auch sie selbst freute sich, von dem Mann, den sie so sehr liebte, ein Kind in sich zu tragen.

Auf einmal spürte Katharina einen leichten Schwindel, und sie legte sich auf das Bett. Auch von hier aus würde sie hören, wenn Thassilo mit seinen beiden Knechten zurück in den Burghof kam. Wegen des hohen Schnees, der die Landschaft bedeckte, hatte er nur einen kurzen Ausflug zum Dorf am Fuß der Burg und zum dortigen Armenhaus unternommen, um zu überprüfen, ob vor allem die Alten und Kranken mit genug Holz und Getreide versorgt waren, damit sie weder hungern noch frieren mussten – eine Fürsorgepflicht gegenüber ihren Untertanen, welche die Burgherren sehr ernst nahmen.

Durch die kleinen, milchigen Doppelscheiben drangen gedämpft die Strahlen der Sonne. Lächelnd schloss sie die Augen.

Das erste Mal hatte sie Thassilo auf einem Volksfest gesehen. Sie sah ihn mit seinen leicht gewellten, dunklen Haaren und seinem kräftigen, aber zugleich geschmeidigen Körper noch deutlich vor sich. Als Erstes waren ihr seine wachen, aufmerksamen Augen aufgefallen, die etwas Weiches und doch Bestimmendes, Zielstrebiges hatten.

Das war nun fast fünf Jahre her. Damals war sie siebzehn Jahre alt gewesen und er einunddreißig. Ihre Eltern hatten am Anfang gezögert, einer Heirat mit dem Reichsritter zuzustimmen. Zwar stammte er aus einem angesehenen Geschlecht, aber aus einer ärmeren Linie. Er verfügte weder über das Vermögen noch über die Hausmacht oder die Beziehungen, die andere Ehekandidaten zu bieten hatten. Und ihre Eltern, die selbst aus altem, verarmtem Adel stammten, wünschten sich einen reichen Mann mit Einfluss an der Seite ihrer Tochter, und sei es ein Spross aus einem aufstrebenden Patriziergeschlecht, die zur eigenen Aufwertung gern mittellose Jungfrauen aus alten Adelsgeschlechtern zum Weibe nahmen.

Voller Dankbarkeit dachte Katharina an ihre Eltern, die sie nicht gezwungen hatten, einen ihnen genehmen Mann zu heiraten. Dabei hatte sie die Geduld ihrer Eltern auf eine harte Probe gestellt, denn vor Thassilo hatte niemand vor Katharina Gnade gefunden. Doch die humanistisch geprägten von Veldens wollten ihre jüngste Tochter nicht gegen deren Willen verheiraten. Auch ihre beiden Schwestern hatten ihren Ehemann frei bestimmen dürfen.

Katharina hatte frei heraus gesagt, was sie von ihren Freiern hielt. Der eine war ihr zu ungehobelt, der andere zu alt und halsstarrig, der nächste zu oberflächlich und dumm, ein weiterer zu unbeherrscht und selbstgerecht. Und kaum einer von ihnen war schriftkundig. Lesen und Schreiben aber war für Katharina, die als eine der wenigen Frauen in Franken in der von Benediktinerinnen geführten Klosterschule von St. Marien eine lateinische Ausbildung genossen hatte, unverzichtbar. Ein Mann, der nicht schriftkundig war, konnte all die ihr am Herzen liegenden Werke nicht lesen und war ihr daher kein ebenbürtiger Gesprächspartner. So einer kam für sie nicht in Frage.

»Wie kann ich mit einem Mann das Bett teilen, den ich verachte oder vor dem es mich ekelt?«, hatte sie immer wieder gesagt. »Seht sie euch doch alle an: alte Böcke, rohe Tyrannen oder aufgeblasene Gecken, die glauben, dass sie meinen Widerstand schon brechen werden, wenn sie mich erst einmal als rechtlose Ehefrau in ihrer Gewalt haben. Keiner von denen hat mich nach meinen Interessen und Neigungen gefragt. Keiner von denen ist auf meine Frage eingegangen, ob ich als seine Frau weiterhin als Heilerin tätig sein darf und ob und wie er mich dabei unterstützen wird.«

Als sich ihr siebzehnter Geburtstag näherte, war sie noch immer nicht verheiratet, und ihre Eltern begannen sich zu fragen, ob es richtig gewesen war, ihre Tochter so freizügig zu erziehen. Katharina hatte ihren Vater nach einem Disput zu ihrer Mutter sagen hören:

»Oft redet und denkt sie wie ein Mann. Und was für verquere Vorstellungen sie von der Ehe hat! Vielleicht liegt es daran, dass sie das letzte Kind ist, das Gott uns vergönnt hat, und dass wir den ersehnten Sohn nicht bekommen haben. Darum habe ich Katharina ein wenig zu meinem Sohn gemacht und sie in die Welt der Bücher und der Wissenschaften eingeführt. Vielleicht hat das ihren Charakter verdorben. Gebe Gott, dass sie trotzdem noch einen Mann findet, der ihrer Widerspenstigkeit Herr wird, damit sie nicht zu einer alten, rechthaberischen Jungfer wird, die bei einer ihrer Schwestern oder im Kloster ihr Leben fristen muss.«

Dennoch hatte er sie nicht zur Ehe gezwungen, und das rechnete sie ihm hoch an.

Während eines Besuches in Nürnberg, wo gerade das Volksfest zu Ehren des heiligen Lorenz stattfand, war es dann geschehen: Katharina erinnerte sich noch ganz genau, wie sie auf dem Nürnberger Hauptmarkt einen ihr unbekannten Mann bemerkt hatte. Der Fremde stand mit zwei Ratsherren zusammen, mit denen er sich angeregt unterhielt. Sein lebhafter Gesichtsausdruck und seine samtweichen Augen, die einen merkwürdigen Kontrast zu seinem kräftigen, hoch gewachsenen Körper bildeten, fesselten sie vom ersten Augenblick an. Und ihr gefiel sein dunkelbraunes Haar, das ihm bis auf die Schultern reichte und in der Sonne glänzte. Wenn er lachte, zeigte er ebenmäßige weiße Zähne, und seine tiefbraunen Augen gaben seinem kantigen Gesicht etwas Sanftes.

Als er plötzlich zu ihr herüberblickte und in seinem Gespräch innehielt, senkte Katharina verlegen den Kopf und merkte, wie ihr eine heiße Röte ins Gesicht stieg. Sie wollte sich schon zum Gehen wenden, da spürte sie, wie eine Hand ihren Unterarm berührte. Als sie sich umdrehte, stand der fremde Mann vor ihr, der sich mit galanter Verbeugung als Thassilo von Wildenstein vorstellte und sie zum Tanz aufforderte.

Nach dem ersten Tanz zog er sie an den Rand der Tanzfläche, wo die Musik weniger laut war, und verwickelte sie in ein langes Gespräch. Er wollte alles über sie, ihre Familie und ihre Interessen wissen und beantwortete seinerseits ihre Fragen offen und ohne Ausflüchte. »Meine Einkünfte reichen für Nahrung, Kleidung, Feuerholz im Winter und ein paar kleine Annehmlichkeiten, aber nicht für einen aufwendigen Lebensstil«, sagte er unumwunden. Diese Aufrichtigkeit gefiel ihr ebenso wie sein Lächeln, die Art, wie er den Kopf zur Seite legte, seine breiten, starken Schultern oder die Aufmerksamkeit, mit der er sie ansah und das, was sie sagte, in sich aufnahm und dabei immer wieder nachfragte. Und als sie ihm erzählte, dass sie eine ausgebildete Heilerin war und das auch bleiben wollte, sagte er die Worte, mit der er sie endgültig für sich gewann: »Das solltet Ihr auch, und Ihr solltet Euch von nichts und niemandem daran hindern lassen.«

Katharina erinnerte sich noch genau an den verblüfften Blick, den ihr Vater ihr zuwarf, als Thassilo sie schließlich an seinem Arm zurück zu ihren Eltern geleitete. »Ihr scheint ja einen ungewöhnlich erfreulichen Einfluss auf meine Tochter zu haben«, sagte Marcus von Velden, als er das Strahlen in den Augen seiner Tochter bemerkte. »Ritter …«

»… Thassilo von Wildenstein, jüngst von Seiner Majestät dem Kaiser zum Reichsritter erhoben«, ergänzte Thassilo mit einer leichten Verneigung. »Die Freude ist ganz auf meiner Seite, Freiherr von Velden. Und meine Freude würde sich ins Unermessliche steigern, wenn Ihr und Eure Gemahlin gemeinsam mit Eurer Tochter mir Eure Aufwartung auf meiner bescheidenen Burg Strahlenfels machen würdet.«

Als er sah, wie Katharinas Eltern sich erstaunt ansahen und zögerten, fügte er schnell hinzu: »Wie wäre es mit morgen früh? Wie ich hörte, habt Ihr hier in Nürnberg für eine Nacht Quartier bezogen.«

»Ihr seid fürwahr ein Mann der Tat«, sagte der Freiherr kopfschüttelnd.

»Nun, wie ich merke, kommt meine Einladung vielleicht ein wenig zu überraschend«, fuhr Thassilo fort. »Aber es wäre mir eine große Ehre, wenn ich einem derart belesenen Mann wie Euch, Freiherr von Velden, meine Bibliothek zeigen dürfte. In meiner Bibliothek habe ich eine prachtvolle Abschrift von Dantes *La vita nuova* aus dem Jahr 1375, über die ich gern Euer Urteil einholen würde. Außerdem stehen dort einige jener Schriften, die man heutzutage nicht mehr auf den öffentlichen Märkten findet. Zu Unrecht, wie ich meine.«

»Ihr seid nicht nur ein entschlossener, sondern auch ein mutiger Mann«, erwiderte Marcus von Velden. Er hatte sofort verstanden, dass Thassilo von Wildenstein auf die von der Kirche auf den Index gesetzten und öffentlich verbrannten Schriften anspielte. Neugierig geworden, nahm er nach kurzem Zögern Thassilos Einladung an. »Die Illustrationen aus dem vierzehnten Jahrhundert interessieren mich sehr«, erwiderte er mit einem wissenden Lächeln.

»Gut, dann morgen früh um die zehnte Stunde.«

Kaum hatte Thassilo sich entfernt, wurde Katharina von ihren Eltern mit Fragen bedrängt. Sie wollten ganz genau wissen, worüber sie sich mit diesem Mann unterhalten hatte und was sie ihm gegenüber empfand. Aber Katharina war so verwirrt, dass sie kaum zu antworten vermochte. Das Einzige, was sie mit Sicherheit sagen konnte, war, dass sie Thassilo von Wildenstein so schnell wie möglich wiedersehen wollte.

Den Abend nutzten Katharinas Eltern, um Erkundigungen über den Reichsritter einzuholen. Dabei erfuhren sie, dass er sich großer Beliebtheit erfreute und als mutig, umgänglich und verlässlich galt.

Katharina hatte noch lebhaft in Erinnerung, wie sie den größten Teil der Nacht schlaflos am Fenster gestanden und zu den Sternen hinaufgeblickt hatte. Dabei hatte sie sich vorgestellt, dass er von seiner Burg aus dieselben Sterne sehen konnte. Und tatsächlich gestand ihr Thassilo später, dass auch er in jener Nacht kaum hatte schlafen können und die Sterne betrachtet hatte.

Als sie sich am nächsten Morgen mit ihren Eltern Burg Strahlenfels näherte, begann Katharinas Herz laut zu pochen. Und als sie am Fuß des Burgberges aus der Kutsche stiegen, um auf bereitstehenden Pferden den schmalen Weg hinauf zur Burg zu reiten, zitterten Katharinas Hände so heftig, dass sie nur mit Mühe die Zügel zu halten vermochte.

Vor dem Burgtor, das mit den Wappenfarben derer von Velden in Schwarz, Gelb und Grün geschmückt war, stand Thassilo. Katharina errötete, als sie ihn erblickte, und senkte die Augen, als er sie mit einer tiefen Verneigung begrüßte. Während sich die Männer in die Bibliothek zurückzogen, führte Christine, Thassilos Magd, die Frauen in den großen Kräutergarten, den einst Thassilos früh verstorbene Mutter angelegt hatte.

Es dauerte nicht die verabredete eine, sondern mehr als drei Stunden, bis die Männer, noch immer ins Gespräch vertieft, aus der Bibliothek in den Kräutergarten kamen, wo die Frauen inzwischen an einem Tisch in der Sonne saßen und zu Rosinenküchlein Holunderblütentee mit Honig tranken.

Als die von Velden sich schließlich erhoben, um die Burg zu verlassen, nutzte Thassilo die Gelegenheit, um Katharina unter vier Augen zu fragen, ob sie sich vorstellen könne, seine Frau zu werden. Und als sie errötend nickte, hielt er bei ihrem Vater um ihre Hand an. »Ich bin nur ein armer Ritter, aber ich weiß, dass ich Eure Katharina glücklich machen kann«, versicherte er.

Von Velden erbat sich eine sechsmonatige Bedenkzeit. In dieser Zeit besuchte Thassilo die Familie mehrmals, und dabei konnten Katharina und er sich im elterlichen Garten auch allein unterhalten. Obwohl das junge Paar füreinander wie geschaffen zu sein schien, ließen Katharinas Eltern nichts unversucht, um doch noch einen reicheren Mann für ihre Tochter zu finden. Aber Katharina wies alle ab, und so entschied Freiherr von Velden schließlich:

»Eine Ehe sollte nicht nur aus Berechnung, sondern auch aus Neigung geschlossen werden. Und immerhin stammt Ihr, Thassilo von Wildenstein, aus gutem Hause, seid gebildet und der Einzige, den Katharina als ihren Bräutigam akzeptiert. Also gebe ich euch beiden meinen Segen.«

Lächelnd dachte Katharina an ihre Hochzeitsnacht in der Burg. Sie hatte ihren Mann angstvoll in dem riesigen Ehebett erwartet, die Decke bis zum Hals hochgezogen. Zitternd hatte sie dagelegen und versucht, sich so klein wie möglich zu machen. Sie hatte lange auf ihren Mann warten müssen, der, wie er ihr später erklärte, ihr erst einmal Zeit geben wollte, sich an ihre neue Umgebung zu gewöhnen.

Als Thassilo dann endlich kam, war er nicht, wie sie befürchtet hatte, sofort über sie hergefallen, sondern hatte ihr nur sanft die Hand geküsst, sich neben sie aufs Bett gesetzt und ihr eine lange Reiseerzählung vorgelesen. Dann hatten sie sich bis zum Morgengrauen über die Sitten und das Leben in anderen Ländern unterhalten, die Thassilo auf seinen Kriegszügen und diplomatischen Missionen für den Kaiser aus eigener Anschauung kannte, Italien zum Beispiel und Österreich, Frankreich, Spanien, Ungarn und das Osmanische Reich. »Auf meinen kurzen Reisen als Gesandter des Kaisers habe ich mehr erfahren als auf meinen langen Kriegszügen, denn im Krieg kann man ein Volk kaum kennenlernen«, hatte Thassilo eingeräumt.

Auch in den folgenden Nächten hatte er sich zurückgehalten. Wieder hatte er Katharina aus Büchern vorgelesen, und wenn sie sich dann an ihn schmiegte, hatte er sie immer wieder sanft auf Arme, Hals, Brust und Nacken geküsst, war mit der Zunge zart und lockend über ihre Haut gefahren, hatte ihr das Nachtgewand bis zu den Knien hochgeschoben und ihre Beine gestreichelt, es aber dabei belassen. Noch drei Wochen hatte er gewartet, bis ihre Lust auf ihn groß genug geworden war und sie ihn selbst bedrängte. Als sie dann das erste Mal miteinander schliefen, überstiegen die Freuden der körperlichen Liebe alles, was Katharina sich erträumt hatte. Und diese gemeinsame Lust hatte bis jetzt angehalten.

Katharina schreckte aus ihren Gedanken auf, als sie Pferdegetrappel und lauten Gesang durch die undichten Fensterscheiben hörte. Rasch stand sie auf, strich sich über ihr Haar und das Kleid und lief die Treppe hinab, um Thassilo zu begrüßen.

Als er die Burghalle betrat, um sich an den Esstisch zu setzen, und seine Frau die Treppe herabkommen sah, blieb er verwundert stehen. Selten hatte er Katharina zu Hause in solch edlem Aufzug gesehen. Nachdenklich kratzte er sich am Kopf.

»Habe ich irgendeinen wichtigen Tag vergessen, oder bekommen wir heute hohen Besuch?«, fragte er.

Katharina schüttelte lächelnd den Kopf. »Setz dich, mein lieber Mann, ich habe dir etwas zu sagen.«

Als er bemerkte, dass Katharina Mühe hatte, ein Strahlen zu unterdrücken, hob Thassilo die Brauen, kniff die Augen zusammen und legte den Kopf schräg. »Soll das heißen, dass du …?«

Katharina nickte errötend und senkte den Blick.

Mit schnellen Schritten war Thassilo bei ihr, schloss sie in die Arme und drückte sie mit aller Kraft an sich. »Wie ich mich freue!« Liebevoll sah er ihr in die Augen. »Schade, dass wir eingeschneit sind. Am liebsten würde ich sofort losreiten und es in ganz Franken verkünden.«

Katharina lächelte. »Das wird kaum gehen. Aber was spricht dagegen, dass wir hier auf der Burg mit dem Gesinde ein kleines Fest feiern?«

IV.

Thassilo fuhr aus dem Schlaf hoch. Er sah aus dem Fenster. Draußen begann ein warmer Junitag. Die ersten Strahlen der aufgehenden Sonne erleuchteten den Himmel und ließen den bösen Traum zerstieben, in dem er wieder einmal gefangen gewesen war. Er freute sich auf das Kind, das Katharina nun schon bald zur Welt bringen würde, und er konnte es kaum noch abwarten, bis es endlich so weit war. Aber er dachte auch mit Sorge an die Zukunft. Im Herbst würde er für seinen Kaiser in den Krieg ziehen und dann seine Frau mit dem neugeborenen Kind allein auf der Burg zurücklassen müssen. Immer öfter strichen räuberische Banden durch das Land und machten die Straßen unsicher. Und in jüngster Zeit begannen sich auch aus ihren Diensten entlassene Landsknechte zusammenzurotten, um Gehöfte und ungesicherte Landsitze und Burgen zu überfallen und auszurauben.

Und dann war da noch Bonifatius, dessen Drohung wie ein dunkler Schatten über der Burg hing. Zwar würde Katharina nun nicht mehr kinderlos sein, aber sie versorgte und heilte auch weiterhin Kranke und war aus christlicher Nächstenliebe nicht bereit, das aufzugeben.

Im schwachen Licht des Morgengrauens betrachtete er seine friedlich neben ihm schlafende Gattin. In wenigen Wochen würde es so weit sein, hatte die Hebamme gesagt. In wenigen Wochen würde seine Frau das Kind zur Welt bringen, auf das sie so lange gewartet hatten.

Hoffentlich ging alles gut bei der Geburt. Erst vor vier Wochen war Martha, seine Base, im Kindbett gestorben. Ihr Kind hatte sich vor der Geburt gedreht, und es war der Hebamme nicht gelungen, das Kind zurückzudrehen. Als Martha nach einer Nacht mit qualvollen Wehen immer schwächer wurde, hatte ihr Mann, Graf Heinrich von Reichenbach, nach dem berühmten jüdischen Medicus Isachar geschickt – sehr zum Unwillen von Marthas Beichtvater Hieronymus zu Silberswalden. Der wollte den christlichen Arzt Sebaldus Birnbacher holen lassen, damit er der Frau das Kind aus dem Bauch schnitt. Schließlich sei, so hatte er beharrlich betont, die Rettung des Kindes und nicht die der Mutter erste Christenpflicht. Trotzdem ließ Heinrich nach Isachar schicken, der mit seinen sanfteren Methoden mehr als ein Mal bewiesen hatte, dass er sowohl die Mutter als auch das Kind zu retten vermochte.

Die Wege waren schlammig und aufgeweicht, und Isachar traf erst viele Stunden später auf Burg Hoheneck ein. Inzwischen lag Martha schon im Sterben. Das Kind in ihrem Leib war, wie Isachar feststellte, schon tot, und er hielt es für sinnlos, es der sterbenden Mutter noch aus dem Bauch zu reißen. Also beschränkte er sich darauf, Martha eine schmerzstillende Opiumtinktur zwischen die blutleeren Lippen zu träufeln. Die Wirkung setzte bald ein, und Marthas Gesichtszüge begannen sich zu entspannen. Eine Stunde später starb sie.

Thassilo blickte auf seine schlafende Frau, die viel zarter und schmaler gebaut war als Martha. Er musste sie unbedingt vor allen Sorgen und Aufregungen schützen, damit sie ihre ganze Kraft auf die Geburt ihres Kindes verwenden konnte. Vorsichtig schob er seine Hand unter ihr Nachthemd, um die Wärme ihrer weichen, glatten Haut zu spüren. Eine Woge der Lust überkam ihn, doch er zügelte sich, zog seine Hand zurück und legte sie auf ihren Arm.

Katharina war von seinen Berührungen aufgewacht. Fest

drückte sie ihren Kopf an seine Brust und rieb ihre Stirn daran. »Hab noch ein wenig Geduld«, flüsterte sie. Er konnte ihren gewölbten Bauch, in dem ihr gemeinsames Kind heranwuchs, deutlich fühlen, und zog sie an sich.

V.

Sie spürte den harten Griff starker Hände, die ihre Arme packten und sie hochrissen. Schlaftrunken öffnete sie die Augen und erblickte mehrere dunkle Gestalten in ihrem Schlafgemach. Einer hielt eine Fackel, in deren flackerndem Schein sie eine rote Weste mit dem Kreuz über schwarzem Tuch erkannte. Ihr stockte das Blut. Sie waren wieder da. Sie waren gekommen, um sie zu holen. Diesmal würde es endgültig sein.

Maria Mühlhauser schrie gellend auf und wehrte sich aus Leibeskräften, doch die Schergen zogen sie aus dem Bett und schleiften sie durch den Raum zur Treppe und hinunter ins Erdgeschoss. Als sich ihnen zwei Diener in den Weg stellen wollten, die durch die Schreie ihrer Herrin aufgeschreckt worden waren, sprangen vier Bewaffnete aus dem Dunkel des Eingangs und überwältigten sie.

»Im Namen der Inquisition, gebt den Weg frei!«, rief einer von ihnen und hielt den Dienern die Standarte der Inquisition und ein Siegel mit dem päpstlichen Wappen entgegen. Daraufhin ließen diese die Arme sinken und traten zur Seite. Entsetzt sahen sie zu, wie die Schergen ihre Herrin durch die Tür stießen. Das Letzte, was sie in der nächtlichen Dunkelheit von ihr erkennen konnten, war ihr Haar, das sich aus der Schlafhaube gelöst hatte und in langen dunklen Strähnen über ihr weißes Nachthemd hinabwallte.

Unbarmherzig wurde Maria immer weiter von ihrem Haus fortgerissen. Schon bald begannen ihre nackten Füße zu bluten.

Doch sie spürte keine Schmerzen, sie spürte nur einen eisigen Schrecken, der ihr Innerstes gefrieren ließ.

Sie flehte und schrie, doch keiner der Männer zeigte Erbarmen, und es gab niemanden, der herbeieilte, um sie vor ihrem schrecklichen Schicksal zu retten.

Es war noch dunkel, und die Wolken am Himmel sahen fast schwarz aus. Nur ab und zu gaben sie den Blick frei auf kalt funkelnde Sterne und die dünne Sichel des Mondes.

Der Trupp zählte acht Knechte. Drei von ihnen waren beritten. Einer ritt mit der Standarte der Inquisition und einer Fackel voran, und zwei, mit Lanzen und Schwertern bewaffnet, bildeten den Schluss. Die anderen trugen Schwerter. Zwei hielten Maria fest, zwei gingen zur Absicherung mit Fackeln rechts und links außen, und einer ging hinter Maria.

Schon bald hatten sie das Privathaus der Nürnberger Tuchhändlerwitwe, das am Rande von Rothembrunn nahe der Rednitz stand, hinter sich gelassen. Mehrere Hunde hatten laut gekläfft, doch keiner der Bewohner des kleinen Ortes hatte sich gezeigt. Wahrscheinlich hatten sie bemerkt, was hier vor sich ging, aber sie wagten es nicht einzugreifen, weil sie Angst hatten, dass sie dann ebenfalls in Haft genommen und unter Anklage gestellt würden.

VI.

Die lichte Helle des Frühsommermorgens lockte Katharina in ihren Kräutergarten, wo sie die ganze Kraft der Natur besonders deutlich würde spüren können. Doch als sie in ihrem Garten stand, hatte sie das Gefühl, dass irgendetwas anders war. Irgendetwas stimmte nicht. Dieser Morgen hatte etwas merkwürdig Kaltes, Schneidendes, das sich auch durch die Wärme der aufsteigenden Sonne nicht verflüchtigte. Katharina fror trotz der halblangen braunen Strickweste, die sie über ihr Baumwollkleid gezogen hatte.

Sie versuchte, sich auf die Kräuter zu konzentrieren, zwischen denen sie dahinschritt, und sich an das zu erinnern, was sie von ihrer Mutter gelernt hatte: Jedes dieser Kräuter hatte unterschiedliche Wesensmerkmale, die der Heilkundige kennen musste, wenn er seinen Patienten wirklich helfen wollte.

»Das Grundwesen der Pflanzen offenbart sich in ihrer Gestalt«, hatte ihre Mutter gesagt. »Die lanzenförmigen Blätter des Spitzwegerichs heilen Schnitt- und Stichwunden, die tellerförmigen Blätter des Breitwegerichs schwärende Wunden und Brandwunden, und der Augentrost mit seinen augenartigen Blüten hilft bei allen möglichen Augenkrankheiten. Doch nicht alle Pflanzen zeigen ihre Heilkraft auf so deutliche Weise, und viele besitzen mehrere Heilkräfte gleichzeitig. So lässt sich zum Beispiel das Hirtentäschel mit seinen täschchenförmigen Blättern nicht nur zum Stillen von Blutungen anwenden, sondern auch gegen Durchfall, Augenreizungen und Blasenentzündungen.«

Immer wieder bückte sich Katharina, um ein Blättchen abzuzupfen, es zwischen den Fingern zu zerreiben und den würzigen Duft tief einzuatmen. Hier und dort schnitt sie Blätter und Blüten ab und legte sie in einen flachen Korb, um sie später zum Trocknen in die Kräuterkammer zu bringen: Veilchen gegen Asthma, Günsel zur Wundheilung und Blutreinigung, Zichorie zur Beruhigung und Belebung von Magen und Darm und außerdem gegen Rheuma und Gicht.

Als sie spürte, wie sich ihr Kind regte, blieb sie stehen und legte lächelnd die Hand auf ihren gewölbten Leib. Sie wartete, bis ihr Kind wieder ruhig geworden war, dann ging sie weiter. Mit klarer, heller Stimme sang sie das Klagelied einer von ihrem Geliebten verlassenen Maid aus dem *Codex Buranus*, dessen Lieder in ganz Europa bekannt und sehr beliebt waren:

Floret silva nobilis
floribus et foliis.
Ubi est antiquus
meus amicus?
Hinc equitavit.
Eia, quis me amabit?

»Hier ist dein Herzensfreund, du Blume unter den Frauen«, hörte sie eine muntere Stimme hinter ihrem Rücken.

Katharina drehte sich um. Es war Felix Graf von Eisenfelden, Thassilos Vetter zweiten Grades. Mit einer weit ausladenden Bewegung zog er sein mit bunten Federn und funkelnden Edelsteinen reich geschmücktes Barett vom Kopf und verbeugte sich vor Katharina, ein ironisches Lächeln auf den Lippen.

»Ich verneige mich vor Eurer Anmut, Teuerste, die auch in diesem schlichten Gewand vorteilhaft zum Ausdruck kommt.«

Katharina erwiderte seine Verbeugung, indem sie leicht den Kopf neigte.

»Du Heuchler! Mit meinem dicken Bauch habe ich allenfalls die Anmut eines wandelnden Weinfasses! Und die Schlichtheit dieses Kleides würde einem Bauernmädchen sicher besser anstehen als der Frau eines Reichsritters. Offenbar genießt du es, lieber Felix, eine Dame in Verlegenheit zu bringen.«

»Ich bitte Euer Gnaden untertänigst um Verzeihung!« Felix lachte.

Doch dann wurde er ernst und zog die Stirn in Falten. »Ich würde gern noch ein wenig mit dir plaudern, aber ich muss Thassilo sprechen, sofort.«

»Was ist geschehen, Felix?«, fragte Katharina, die nun auch ernst geworden war. »Thassilo ist ausgeritten, aber er müsste zur zweiten Morgenvesper zurück sein. Du musst dich also noch ein wenig gedulden. Und bis dahin wirst du mir bitte erzählen, was dich hergeführt hat.«

Der Graf warf einen Blick auf ihren Bauch und zögerte.

»Felix, ich bitte dich«, drängte Katharina. »Ich bin zwar schwanger, aber nicht blind. Ich sehe dir doch an, dass irgendetwas nicht in Ordnung ist. Wenn du schweigst, machst du mir mehr Angst, als wenn du mit mir sprichst. Außerdem erfahre ich es nachher ohnehin.«

»Lass uns erst einmal ins Haus gehen. Ich bin hungrig und durstig von dem Ritt.«

Katharina nickte und nahm wortlos den Arm, den Felix ihr reichte. Schweigend gingen die beiden zum Haupthaus. Die Kräuter, so schien es Katharina, hatten auf einmal all ihren Duft verloren, und eine bleierne Schwere lastete über dem Garten.

Sie schritten durch die Halle und stiegen die Stufen zur Küche hinauf, die vor der Tür in einen breiten Absatz mündeten. Von dort aus führten ein paar Stufen nach links durch eine weitere Tür zu einem offenen Mauervorsprung, der zu einer Terrasse umgebaut worden war. In die Seitenwand war ein großes Loch geschlagen worden, das sich mit einem doppelten Fenster verschließen ließ und im Sommer als Durchreiche zur Küche diente. In der Mitte der Terrasse stand der gedeckte Vespertisch.

Felix rückte Katharina einen Stuhl hin, trank in einem Zug ein Glas Wasser aus und setzte sich ihr gegenüber.

»Bonifatius hat heute im Morgengrauen die Mühlhauserin aus ihrem Rothembrunner Haus holen lassen und sie wieder der Hexerei beschuldigt. Ich bin zufällig einem ihrer Bediensteten begegnet, der gerade auf dem Weg hierher war, um euch um Hilfe zu bitten. Ich habe mich angeboten, euch die Nachricht zu überbringen, und ihn gebeten, stattdessen zu Bischof Georg zu reiten, um ihn um Hilfe zu bitten. Die Mühlhauserin wird wahrscheinlich noch heute verhört.«

Katharina starrte Felix entsetzt an, die Hände schützend auf den Leib gelegt.

»Diesmal ist Bonifatius zu weit gegangen«, fuhr dieser fort. »Jeder weiß, dass die Mühlhauserin eine gottesfürchtige Frau ist und keine Hexe. Wir müssen etwas unternehmen und ihm Einhalt gebieten.«

»Mein Gott, die arme Maria!«, stieß Katharina hervor. »Aber was können wir denn jetzt noch tun, wo wir uns doch mit Bonifatius überworfen haben!«

»Was ist denn geschehen?«

»Bonifatius war im November hier und hat mir gedroht, dass er gegen mich vorgehen wird, wenn ich mein Wirken als Heilerin nicht aufgebe. Daraufhin hat Thassilo ihn in die Schranken gewiesen.«

»Da hat Thassilo recht getan. Aber ihr müsst auf der Hut sein. Bonifatius wird nichts unversucht lassen, um sich an euch für die mangelnde Unterwürfigkeit zu rächen. Leider ist er kraft seines Amtes sehr mächtig, also seid klug und sucht das versöhnliche Gespräch mit ihm.«

»Das haben wir ja schon! Auf einem Fest des Markgrafen haben wir ihn noch einmal gesehen und ihn gegrüßt, aber er hat uns keines Blickes gewürdigt. Er duldet keine Kritik und keinen Widerspruch.«

Felix nickte nur.

»Wann wird der Bote bei Bischof Georg sein?«, fragte Katharina.

»Wenn er gut durchkommt, müsste er ihn bis Mittag erreichen und uns vielleicht noch heute, spätestens morgen die Antwort des Bischofs bringen. Ich habe ihm gesagt, er soll gleich hierher zum Strahlenfels reiten.«

»Sehr gut, Felix. Leider ist Bischof Lorenz auf Besuch beim Erzbischof in Mainz, und Bischof Gabriel reist gerade durch sein Bistum. Bonifatius hat also einen günstigen Zeitpunkt gewählt. Wen könnten wir sonst noch um Hilfe bitten?«

»Mich, deinen getreuen Gemahl!« Thassilo trat zu ihnen auf die Terrasse. »Sei gegrüßt, lieber Vetter. Was führt dich zu so früher Stunde zu uns?«

Katharina sah zu ihrem Mann hoch. Ihre Züge verrieten eine tiefe Besorgnis. »Thassilo. Gut, dass du da bist. Es ist etwas Furchtbares geschehen. Maria …«

»Die Mühlhauserin?«

Katharina nickte. »Bonifatius hat sie wieder verhaftet.«

»Wann?«

»Heute früh, in Rothembrunn«, antwortete Felix. »Ich habe einen Boten zu Bischof Georg geschickt. Bischof Lorenz und Bischof Gabriel sind ja auf Reisen.«

»Wen können wir denn noch um Hilfe bitten?«, fragte Katharina.

Thassilo überlegte. »Was ist mit der Gräfin von Abenberg? Kann sie nicht ihren Einfluss geltend machen?«

»Sie könnte schon, aber sie wird nicht wollen«, entgegnete Felix. »Dazu hat sie viel zu viele Vorteile durch Bonifatius. In der Eingangshalle von Schloss Abenberg hängt seit Jüngstem ein großer Gobelin: Judith im Bade. Bisher hing er im Empfangssaal des Hauses der Grabinger-Witwe, der Bonifatius im Februar den Prozess gemacht hat. Da sie, wie Bonifatius verkünden ließ, gestanden hat, eine Hexe zu sein, fiel ihr Vermögen nach ihrem Tod auf dem Scheiterhaufen an die Kirche. Bonifatius hat es flugs an einige einflussreiche Leute verteilen lassen, damit sie ihm auch weiterhin wohlgesonnen sind und ihn nach Belieben schalten und walten lassen.«

»Das hätte ich von Sophie nicht gedacht«, sagte Thassilo kopfschüttelnd, »auch wenn sie schon immer hoffärtig und verschwendungssüchtig war. Aber die Gier nach dem Besitz anderer hat schon so manches Herz zu Eis werden lassen.« Er setzte sich an den Tisch. »Wer kommt sonst noch in Frage? Den Markgrafen direkt anzusprechen hat wohl keinen Sinn.«

»Auch Markgraf Friedrich zieht seinen Nutzen aus Bonifatius' Vorgehen. Die eingezogenen Witwenvermögen sind ihm ein willkommenes Zubrot für seine aufwendige Hofhaltung«, sagte Felix. »Er wird ihn gewähren lassen, solange er ihm nicht in die Quere kommt. Und wie ist es mit Friedrichs Sohn Georg? Der hat die großzügige Spende der Mühlhauserin zur Renovierung der Sankt-Jakobus-Kirche ausdrücklich gelobt.«

»Mit Georg ist es nicht anders.« Thassilo seufzte. »Als ich vor Wochen vorsichtig anzudeuten versuchte, wie weise der bedachte Umgang des Nürnberger Rats mit Anschuldigungen wegen Hexerei sei, schnitt er mir ungehalten das Wort ab und lobte den Eifer, mit dem Bonifatius seine Hexenverfolgung betreibt. Von ihm ist keine Unterstützung zu erwarten.«

»Auch im Fall von Maria nicht? Immerhin zahlt sie nicht nur an den Nürnberger Rat Steuern, sondern wegen ihrer Ansbacher Geschäfte auch an Markgraf Friedrich«, warf Katharina ein.

»Warum sollten sich der Markgraf und seine Söhne mit den anteiligen Steuern begnügen, wenn sie einen Großteil des Vermögens selbst haben können? Und in diesem Fall wird sich Bonifatius Markgraf Friedrich gegenüber mit Sicherheit äußerst spendabel zeigen«, erwiderte Thassilo.

Die drei starrten schweigend vor sich hin. Schließlich stand Thassilo auf.

»Lass uns nach Nürnberg reiten, Felix. Nach der Frühmesse ist Ratssitzung. Wir müssen den Nürnberger Rat dazu bringen, dass er einschreitet. Schließlich ist die Mühlhauserin eine Nürnberger Kauffrau, und sie wird wegen ihrer Zuverlässigkeit und Ehrlichkeit allgemein geschätzt. Es kann doch nicht sein, dass all das plötzlich nichts mehr zählt. Durch ihre Mildtätigkeit wird das Volk ruhig gehalten. Und dann ist da noch ihr heilerisches Wirken. Denkt nur daran, wie aufopfernd sie die Kranken im Nürnberger Spital gepflegt hat, als vor vier Jahren die Ruhr in Nürnberg gewütet hat. Das ist bis heute unvergessen. Und viele Ratsherren und deren Frauen tragen die erlesenen Stoffe der Mühlhauserin. Darauf werden sie ungern verzichten wollen. Mein Einschreiten könnte den Kaiser befremden, die Gefahr sehe ich auch, aber Rothembrunn ist mein Lehen. Ohne ein direktes Verbot kann er mir, da die Zeit drängt, keinen Ungehorsam vorwerfen, allenfalls Eigenmächtigkeit.«

Auch Felix erhob sich. »Du weißt, was du damit riskierst. Der Markgraf wird dir diesen Pakt mit den Nürnbergern nie vergeben.«

»Schick doch Gotthelf zu ihm«, schlug Katharina vor und fuhr, als Thassilo abwehrend die Hand hob, lächelnd fort:

»Gotthelf trifft natürlich sehr spät bei ihm ein und erzählt, er sei unterwegs von Wegelagerern überfallen worden, auf der Flucht vor ihnen vom Pferd gestürzt und habe daher nur zu Fuß und entsprechend spät beim Markgrafen eintreffen können.«

Felix winkte ab. »Eine gute Idee, aber leider zu riskant. Was, wenn Gotthelf sich verplappert? Ein derartiger Täuschungsversuch wird Markgraf Friedrichs Zorn noch weit mehr reizen als Thassilos Gang zum Nürnberger Rat.«

»Keine Sorge, Felix«, gab Thassilo zurück. »Gotthelf ist viel zu klug, er wird sich nicht verplappern.«

»Außerdem«, ergänzte Katharina, »können wir ihm, wenn es um Maria geht, ganz besonders trauen. Sie hat seinen verwaisten Neffen als Gärtnerburschen bei sich aufgenommen und lässt ihn jetzt sogar eine Schule besuchen. Und was die Anrufung des Rats betrifft: Was hältst du davon, Thassilo, dem Markgrafen zu schreiben, dass du fürchtest, durch das ungerechtfertigte Vorgehen gegen die mildtätige Mühlhauserin könnte ein Aufruhr angefacht werden. Nach der Missernte im letzten Jahr haben schließlich nur die vielen Besuche der Mühlhauserin bei den Bauern und die von ihr betriebene Armenküche die Aufrührer zurückdrängen können. Es könnte durchaus zu Aufständen der Hungernden kommen, wenn man ihrer Unterstützerin den Prozess macht. Wenn du sagst, dass es deine große Sorge um den Landesfrieden war, die dich gezwungen hat, zu handeln und den Beistand der Nürnberger Ratsherrn zu erbitten, wird das den Markgrafen sicher besänftigen.«

Thassilo und Felix warfen sich einen kurzen Blick zu, dann sagte Thassilo mit einem Lächeln: »Bin ich nicht zu beneiden, dass ich ein Weib an meiner Seite habe, das nicht nur schön ist, sondern auch noch klug? Gut, dann werde ich jetzt gleich einen Brief an den Markgrafen schreiben.«

Thassilo verließ die Terrasse. Katharina folgte ihrem Mann,

um ihre Magd Anna nach Gotthelf zu schicken. Als sie zurückkam, schlang Felix gerade ein großes Stück vom Kuchen hinunter.

»Packt euch etwas davon ein, damit ihr nicht ganz entkräftet vor den Rat tretet«, sagte Katharina lachend und reichte ihm ein Leinentuch.

Thassilo trat wieder auf die Terrasse und reichte Katharina sein versiegeltes Schreiben an den Markgrafen. »Sorge dich nicht, wenn es lange dauert in Nürnberg. Damit müssen wir rechnen«, sagte er zum Abschied.

Katharina nahm den Brief. »Ich werde Gotthelf anweisen, was er dem Markgrafen und seinen Bediensteten gegenüber sagen soll. Und sobald der Bote von Bischof Georg eingetroffen ist, schicke ich Heinrich zu euch.«

Thassilo gab seiner Frau einen Kuss, dann ging er mit Felix zu den im Hof bereitstehenden Pferden. Katharina stieg auf den Turm, um den beiden nachzublicken, die zum Schutz gegen Wegelagerer von mehreren Bewaffneten begeleitet wurden. Am Fuß des Burgberges angekommen, drehten sich die beiden noch einmal um und winkten ihr zu. Katharina hob die Hand und winkte zurück.

Während sie wartete, bis die Reiter zwischen den Bäumen des nahen Waldes verschwunden waren, dachte sie an Maria. Die Unglückliche! Zwei Jahre war es her, dass sie Maria das letzte Mal gesehen hatte. Früher waren sie oft zusammen gewesen. Regelmäßig hatten sie gemeinsam das Benediktinerinnenkloster Sankt Marien aufgesucht, um dort in der Bibliothek heilkundige Bücher zu studieren oder an den medizinischen Unterweisungen der Nonnen teilzunehmen. Und oft waren sie zusammen über Märkte und durch Läden geschlendert, um besonders schöne Bänder, Bordüren, Schnallen und Knöpfe für Kleider, Gürtel und Kissen einzukaufen.

Doch seit ihr Mann vor drei Jahren ermordet worden war und erst recht, nachdem der Päpstliche Inquisitor sie kurz darauf der Hexerei angeklagt und hochnotpeinlich verhört hatte, war eine schreckliche Veränderung bei Maria eingetreten. Aus der lebenslustigen, stets zu Späßen aufgelegten Freundin war eine bleiche, kränkliche Frau geworden, die sich von den Menschen und auch von Katharina zurückzog und kaum noch ein Wort sprach. Ihr Geschäft ließ Maria inzwischen von irgendwelchen Leuten aus Augsburg führen, und die Briefe, die Katharina ihr schrieb, blieben unbeantwortet.

Katharina erinnerte sich noch genau daran, wie sie im Laden des Ehepaars Mühlhauser gewesen war und sich einen festlichen Stoff für ein Kleid ausgesucht hatte, als ein Bote zu Maria kam. Er überreichte ihr ein Schreiben mit dem Siegel der Fugger, mit denen Marias Mann Florian Mühlhauser befreundet war.

»Das ist sicher ein Grußschreiben«, sagte Maria, erbrach das Siegel und las. Auf einmal wurde sie bleich, griff sich ans Herz und taumelte.

»Was ist geschehen?«, fragte Katharina.

Statt einer Antwort schüttelte Maria nur den Kopf, ließ die Arme sinken und den Brief zu Boden fallen. Dann stürzte sie in eine hinter dem Laden liegende Kammer und schloss die Tür hinter sich ab.

Vergeblich rüttelte Katharina an der Klinke. Sie bückte sich nach dem Brief und überflog die Zeilen. Marias Mann Florian war kurz vor Augsburg, wohin er in Geschäften unterwegs war, von Wegelagerern erstochen worden. Seinen Leichnam würde man nach Nürnberg bringen.

Wochenlang hatte Maria in einer Art Starre verharrt und sich in ihr Privathaus zurückgezogen. Auch mit Katharina wollte sie nicht reden. Plötzlich hatte sie sich dann mit großem Eifer auf die liegengebliebene Arbeit ihres Mannes gestürzt und gleichzeitig begonnen, sich für die Armen und Kranken einzusetzen. Sie hatte Geld unter den Bedürftigen verteilt und Armenküchen eingerichtet. Katharina hatte ihr ihre Hilfe angeboten, aber Maria hatte abgelehnt. Auch zu den Benediktinerinnen wollte Maria sie nicht mehr begleiten.

Dann war Maria wegen ihrer heilerischen Tätigkeit von Bonifatius verhört worden. Zwar war sie durch das Eingreifen dreier fränkischer Bischöfe und des Markgrafen wieder freigelassen worden, aber seit damals hatte sie sich ganz zurückgezogen, auch von Katharina. Und nun diese zweite Verhaftung.

Eine bleierne Müdigkeit legte sich auf Katharinas Lider, und die grellen Sonnenstrahlen drangen ihr wie spitze Stacheln in die Stirn. Schweren Schrittes stieg sie die Stufen vom Turm wieder hinab.

VII.

Maria hatte längst aufgehört, sich zu wehren. Kraftlos sackte sie in sich zusammen, als die Knechte sie in die Mitte eines halbrunden Raumes vor einen Tisch warfen, der auf einem Podest stand und mit mehreren Stapeln von Blättern und Büchern bedeckt war.

»Steh sie auf«, befahl eine schartige Stimme, die sie nur allzu gut kannte.

Seit dem Verhör im letzten Jahr verfolgte diese Stimme sie bis in ihre Träume. Im Verlauf jenes Verhörs war sie mehrfach gefoltert worden. Mit Grauen dacht sie an die Stiche in Gesicht, Arme und Brüste, die man ihr zugefügt hatte, und noch immer hörte sie das entsetzliche Knacken und Knirschen und fühlte den alles durchdringenden Schmerz, als man ihr die Hand gebrochen und ihr anschließend mit einem Hammer den Finger zertrümmert und zusätzlich mit einem Stein zerquetscht hatte.

Von der Folter gezeichnet, hatte sie seither kaum noch schlafen und essen können. Damals hatte der Päpstliche Inquisitor sie auf den Druck des Bamberger Fürstbischofs Georg freilassen müssen, bevor er sie zu einem Geständnis hatte zwingen können. Doch seit einer Woche war der Fürstbischof, wie ein durchreisender Tuchhändler Maria berichtet hatte, schwer erkrankt, und Bonifatius wollte offenbar die Gelegenheit nutzen, sie endgültig zu vernichten.

»Sie weiß ja wohl, warum sie hier ist«, fuhr die Stimme fort.

Maria rührte sich nicht.

»Ha, sie glaubt wohl, sie muss nicht antworten. Gut, dann wollen wir ihr die Zunge lösen.«

Langsam hob Maria den Kopf. Die Gestalt vor ihr war in einen langen, weiten Mantel gehüllt, unter dem die Stickerei eines mit Goldfäden reich verzierten Wamses hervorblitzte. Der Schein der Fackeln legte auf das von einer Kapuze halb verschattete, hagere Gesicht des Inquisitors ein gespenstisches Flackern.

»Nein!«, stieß sie hervor. »Bitte nicht! Das ertrage ich kein zweites Mal.«

»Du brauchst es auch kein zweites Mal zu ertragen, wenn du endlich alles gestehst.«

»Was soll ich denn gestehen?«

»Das weißt du ganz genau, Hexe.«

»Ich bin keine Hexe.«

»Wie du willst«, erwiderte der Inquisitor achselzuckend und nickte einem großen, in der Ecke des Raumes wartenden Mann zu, dessen Gesicht hinter einer ledernen Maske verborgen war und dessen muskulöser Körper nur von einem Beinkleid bedeckt war. »Zieh sie hoch.«

»Nein!«, rief Maria und streckte dem Inquisitor die Arme flehend entgegen. »Bitte nicht! Ich kann doch nicht sagen, ich bin mit dem Satan im Bunde, dann versündige ich mich! Ich lebe nach Gottes Geboten. Fragt alle, die mich kennen. Und fragt Bischof Georg. Wie Ihr wisst, hat er sich damals für mich verwendet. Er hat meinen Lebenswandel überprüft, er hat die Menschen befragt, die mich kennen, er hat auch mich selbst noch einmal ausführlich verhört, und er ist zu dem Schluss gekommen, dass ich unschuldig bin. Ihr wisst das, denn er hat Euch eine Abschrift seines Urteils zukommen lassen.«

»Was erlaubt sie sich, so mit der heiligen Inquisition zu sprechen!«, rief der Inquisitor und nickte dem Maskierten zu. Der packte Marias Arme, riss sie nach hinten und band die Hände mit einem groben Seil zusammen. Dann griff er nach einem Haken, der an einer langen Kette von der Decke hing. Bonifatius hob kurz die Hand, und der Maskierte hielt inne. Er ließ Maria los, sodass sie wieder zu Boden sank.

Der Inquisitor musterte sie schweigend. »Du kannst mich nicht täuschen, Hexe«, sagte er schließlich mit gefährlich ruhiger Stimme. »Dass du als Weib selbst Bischof Georg in die Irre führen konntest, beweist doch nur, dass du mit Satan im Bunde bist. Ich habe erdrückend viele Zeugnisse gegen dich gesammelt, die deine schändliche Zauberei bestätigen und belegen, dass du auch am Hexensabbat teilgenommen hast.«

Bonifatius schwieg, um seine Worte wirken zu lassen. Schließlich zog er ein Blatt aus einem der Papierstapel auf dem Richtertisch hervor. »Hier haben wir beispielsweise die Aussage von Elke, der Magd der Gräfin Abenberg. Sie hat uns gestern Mitteilung gemacht, dass sie dich vor wenigen Tagen spät abends auf einem Besen zum Kamin hat herausfahren sehen.«

»Elke, die Magd der Gräfin Abenberg?« Maria sah den Inquisitor an und schüttelte den Kopf. »Gräfin Abenberg … Stammen die Behauptungen von ihr? Exzellenz, ich schwöre Euch bei der heiligen Muttergottes: Das sind Verleumdungen!«

»Schweig! Ich glaube dir kein Wort, du Lügnerin!«, rief der Inquisitor.

Maria sah zwischen dem Gerichtsschreiber in der hinteren Ecke des Raumes und dem Inquisitor hin und her. Fieberhaft dachte sie nach. Sie musste erklären, wie es wirklich gewesen war. Dann würde der Inquisitor ihr glauben müssen! Dann musste er ihr glauben! »Ich bin gewarnt worden, aber ich habe nicht weiter auf die Warnungen geachtet«, fuhr sie fort. »Die Gräfin Abenberg hat, nachdem mein Mann vor drei Jahren ermordet wurde, wieder und wieder bei mir anschreiben lassen.

Inzwischen schuldet sie mir Geld für sechzig Ballen Goldbrokat, zwanzig Ballen Atlasseide, vierzig Ballen Samt, achtzig Ballen Wolle und fünfzehn Rollen feinste Spitze. Letzten Monat kam sie wieder zu mir und wollte noch mehr haben. Aber ich habe ihr gesagt, dass sie zuerst bezahlen muss. Daraufhin hat sie mir gedroht, das würde mir noch leid tun. Sollte die Gräfin darum …«

»Schweig, Teufelin!«, herrschte Bonifatius sie an. Längst hatte er dem Schreiber ein Zeichen gegeben, woraufhin dieser aufgehört hatte mitzuschreiben und Marias letzte Sätze aus dem Verhörprotokoll strich. Dann nickte der Inquisitor dem Folterknecht zu. Der packte Maria und riss sie hoch. Er schob den Haken durch das Tau, mit dem er ihre Hände gefesselt hatte, und zog sie mit einer Winde langsam nach oben. Verzweifelt versuchte Maria, sich dagegen zu wehren. Sie streckte ihre Beine, stellte sich auf die Zehenspitzen, doch es war umsonst. Ihre Füße verloren den Halt – und dann hing sie hilflos in der Luft.

Sie sah, wie der Inquisitor dem Folterknecht noch einmal zunickte. Daraufhin griff dieser zu einem großen, viereckigen Gewicht aus Eisen, das am oberen Ende eine große Öse hatte. Der Maskierte zog ein Seil hindurch und band es um ihre Füße. Dann zog er sie mit der Winde noch einen halben Meter weiter hoch, bis auch das an ihren Füßen befestigte Eisengewicht in der Luft hing. Ein ziehender, schneidender Schmerz fuhr durch Marias Körper, und sie hatte ein Gefühl, als ob ihr die Arme aus den Schultern gerissen würden.

VIII.

Langsam füllte sich der Versammlungssaal des Rathauses. Das wie ein dumpfes Summen klingende Gemurmel der zusammenstehenden Männer wurde immer wieder durch die Begrüßungsrufe neu eintreffender Nürnberger Ratsherren unterbrochen. Mit seinen schwarzbraunen Augen unter buschigen, allmählich grau werdenden Brauen musterte Matthäus Stromer das Treiben. Der nun fast fünfzig Lenze zählende Kaufmann galt als ebenso besonnener wie durchsetzungsfähiger Mann, der sich mit seiner ruhigen, zielstrebigen Art viel Respekt verschafft hatte, weshalb er vor drei Jahren zum Bürgermeister von Nürnberg gewählt worden war. Wie die meisten anderen Ratsherren trug auch er eine knielange, weite Schaube aus kostbarem schwarzem Damast, dazu einfarbige schwarze Beinkleider und eine schwarze Kappe. Die prunkvolle Goldkette lag schwer auf seinem Respekt gebietenden Bauch, der sich unter einem reich bestickten Wams aus rotem Samt wölbte.

Sein Blick fiel auf den jungen Bartholomäus Holzschuher. Die Falten um seine Augen zogen sich zusammen und wurden noch tiefer, als seine noch immer vollen Lippen sich zu einem Lächeln formten. Denn anstatt auf die Kleidervorschriften des Rats zu achten, war Holzschuher in modischen rot-grün-gelb gestreiften Beinlingen erschienen, wie sie sich die jungen Leute in jüngster Zeit aus Venedig kommen ließen. Doch damit nicht genug. Über seinen auffälligen Beinkleidern trug Holzschuher eine eng anliegende feuerrote Schecke, die eher einem Wams als einem Rock glich und die so kurz war, dass sie die Sicht auf den ebenfalls in Feuerrot abgesetzten Hosenlatz aus weicher Seide freigab. Die von den Landsknechten übernommenen weiten Schlitzärmel waren mit leuchtend gelber Seide gefüttert, die bei jeder Bewegung zwischen den schwarzen Stoffstreifen hervorblitzte und die selbst die goldgelben Locken des jungen Mannes verblassen ließ.

Stromer bemerkte die strafende Miene, mit welcher der sittenstrenge Karl Imhof, ein Spross der gleichnamigen Kaufmannsfamilie, den jungen Gecken beäugte, und er konnte nur mit Mühe ein Lachen unterdrücken. Als Holzschuher zu ihm herüberblickte und sich zum Gruß respektvoll verneigte, begrüßte er den jungen Mann mit einem knappen, amüsierten Nicken. Mit Zeige- und Mittelfinger der rechten Hand tippte er sich zweimal kurz auf die linke Schulter und tat dann so, als ziehe er mit beiden Händen einen Mantel über die Schultern. Holzschuher nickte und legte sich die über die Schulter geworfene Schaube um.

Kopfschüttelnd und die Stirn in Falten gelegt, kam Imhof auf Stromer zu. Er konnte kaum an sich halten. »Unerhört, wie die Würde dieser Versammlung durch das ungebührliche Auftreten solcher Gecken verletzt wird!«

Stromer klopfte ihm beruhigend auf die Schulter. »Lieber, verehrter Karl, nicht jeder verhält sich so vorbildlich wie du, und manch einer erreicht erst mit den Jahren die erforderliche Reife. Andererseits – ist es nicht das Vorrecht der Jugend, manchmal über die Stränge zu schlagen? Ich kann mich noch gut an meine eigene Jugend erinnern und daran, wie sich damals alle ereifert haben, als ich mit besonders ausgefallenen Baretten die Aufmerksamkeit und Anerkennung der Frauen zu erringen suchte.«

»Ich bitte dich, Matthäus, zwischen einem bunten Barett und dieser zur Sittenlosigkeit auffordernden Zurschaustellung des sündigen Körpers besteht doch wohl ein deutlicher Unterschied!«, empörte sich Imhof.

Stromer seufzte gekünstelt. »Andere Zeiten, andere Sitten.« Er klopfte Imhof noch einmal auf die Schulter, dann wurden seine Gesichtszüge plötzlich ernst. »Wie auch immer, wenn ein Verstoß gegen die Kleiderregeln unser einziges Problem wäre, könnten wir uns glücklich schätzen. Heute Morgen habe ich die Nachricht bekommen, dass gestern schon wieder ein Kaufmannszug auf dem Weg nach Nürnberg überfallen und ausgeraubt wurde. Und als die Kaufleute sich mit ihren bewaffneten Knechten wehrten, kam es zu einem üblen Gemetzel. Keiner von ihnen hat überlebt.«

»Es wird Zeit, dass jemand diesen verdammten Wegelagerern den Garaus macht!«, rief Imhof.

Immer häufiger wurden durchreisende Kaufleute und Bürger der Stadt Opfer der in den umliegenden Wäldern lauernden Räuber. Viele der Ausgeraubten wurden verletzt oder sogar umgebracht, und manche von ihnen wurden entführt, und sie konnten nur gegen Zahlung eines hohen Lösegeldes wieder freikommen. Kaum jemand traute sich noch ohne bewaffnete Begleitung auf die unsicheren Überlandstraßen. Und wer sich solch einen Schutz nicht leisten konnte wie die vielen kleineren Händler und die Fahrenden, mied die Stadt.

Jeder kannte die Raubritter und Räuberhauptmänner, die hinter den meisten Überfällen steckten, aber bisher hatte man ihrem Treiben keinen Einhalt gebieten können, auch nicht durch freiwillige Schutzgeldzahlungen. Stromer wusste sehr wohl, woran das lag: Sie wurden durch hochgestellte Verbündete geschützt. Selbst Hans Baum, der ein Mitglied der einflussreichen Nürnberger Kaufmannsfamilie Tucher dreiundzwanzig Wochen lang gefangen gehalten und schließlich ein stattliches Lösegeld von dreitausend Rheinischen Gulden erpresst hatte, trieb nach wie vor sein Unwesen. Und dies, obwohl Kaiser Maximilian höchstselbst die Reichsacht über ihn verhängt hatte. Aber da Hans Baum sowohl vom Markgrafen als auch von fränkischen Rittern und vom Grafen von Henneberg gedeckt wurde, hatte man seiner bisher nicht habhaft werden können.

Stromers Gesicht verfinsterte sich. »Leider ist das noch nicht alles, wie du gleich erfahren wirst. Der Päpstliche Inquisitor hat heute Nacht wieder jemanden verhaftet.«

Ohne auf eine Reaktion von Imhof zu warten, schritt der Bürgermeister an den Kopf der Versammlungstafel. Er wartete, bis die Ratsherren ihre Plätze eingenommen hatten, dann läutete er eine Glocke. Nachdem Ruhe eingetreten war, erhob er die Stimme:

»Die Ratssitzung ist eröffnet. Eigentlich wollten wir heute darüber beraten, wie wir die Wegelagerer bekämpfen können, meine Herren, aber es hat sich noch etwas ereignet, das unser sofortiges Handeln erfordert: Heute vor Sonnenaufgang hat der Päpstliche Inquisitor Bonifatius von Ebenstatt zum zweiten Mal unsere Nürnberger Bürgerin Maria Mühlhauser verhaften lassen, um sie wieder der Hexerei anzuklagen. Diesmal hat er sie auf Burg Gutenstein bringen lassen.«

Entsetztes Schweigen folgte, das schließlich von Konrad Löffelholz, einem hochangesehenen Land- und Waldbesitzer, mit dem Ruf »Das können wir nicht hinnehmen!« beendet wurde. Er hatte sich schon bei der ersten Anklage lautstark für die Tuchhändlerswitwe eingesetzt mit dem Argument, eine Anklage wegen Hexerei gegen eine derart gottesfürchtige Frau sei nur ein leicht durchschaubarer Vorwand, sich ihres Vermögens zu bemächtigen, und damit ein Angriff auf die gesamte Nürnberger Kaufmannschaft.

Seit Gründung der freien Reichsstädte tobte ein erbitterter

Kampf zwischen den aufstrebenden Patriziern und dem an ihren Gewinnen nicht beteiligten Adel, der nach immer neuen Wegen suchte, doch noch seinen Tribut von den als »Pfeffersäcke« verunglimpften Kaufleuten zu fordern, und sei es durch Raubzüge. Die Stadt Nürnberg wehrte sich seit Langem vehement gegen derartige Übergriffe, war aber 1502, vor sieben Jahren, im Gefecht bei Affaltersbach von Prinz Kasimir, dem Sohn von Markgraf Friedrich von Ansbach-Bayreuth, vernichtend geschlagen worden. Diese Niederlage, die die Macht Nürnbergs gegenüber den Hohenzollern empfindlich geschwächt hatte, saß als schmerzender Stachel tief im Fleisch der Ratsherren, die alle entweder persönlich in dieser Schlacht mitgekämpft oder Familienangehörige hatten, die gegen Kasimirs Truppen angetreten waren. Viele waren dabei verletzt oder sogar getötet worden.

Konrad Löffelholz ballte die Faust, als er an all das dachte, und atmete tief durch. Dann fuhr er fort: »Der neuerliche Übergriff auf die Nürnberger Kaufmannswitwe Maria Mühlhauser durch den mit dem Markgrafen verbündeten von Ebenstatt stellt das Überschreiten einer Grenze dar, das wir als Bedrohung der Sicherheit auch anderer Nürnberger Kaufleute verstehen müssen.« Mit gerunzelter Stirn sah er den Bürgermeister an.

»Das sehe ich ähnlich«, stimmte dieser ihm zu. »Zudem ist das ein Angriff auf das Nürnberger Stadtrecht, demzufolge die Mühlhauserin der Gerichtsbarkeit des Rates untersteht, der vor ihrer Verhaftung zumindest hätte gehört werden müssen.«

Ein lautes Stimmengewirr war die Antwort. Beschwörend hob Matthäus Stromer die Hände, und die Ratsherren verstummten.

»Das ist noch nicht alles. Vorgestern hat die Mühlhauserin dem Nürnberger Magistrat ein Gesuch eingereicht, er möge ihr beim Eintreiben einiger Tausend Gulden helfen, welche die Gräfin Abenberg ihr schuldet. Ich habe noch am selben Tag einen Boten zur Gräfin geschickt. In meinem Schreiben habe ich sie gebeten, sich zu den Forderungen der Mühlhauserin zu erklären, und ihr deutlich gemacht, dass die Reichsstadt Nürnberg die Klärung dieser Angelegenheit als Frage von öffentlichem Interesse betrachtet.« Stromer blickte in die Runde. »Wir alle wissen um die Unsitte des Adels, bei unseren Kaufleuten anschreiben zu lassen und die offenen Rechnungen dann nicht zu bezahlen. Ich kann mich des Verdachts nicht erwehren, dass ein Zusammenhang zwischen der Verhaftung und dieser Sache besteht.«

Nun brach ein Tumult unter den Ratsherren los.

Matthäus Stromer läutete mahnend die Glocke und hob noch einmal die Hände. »Meine Herren, ich bitte um Gehör! Bitte!« Nach und nach kehrte Ruhe im Versammlungssaal ein, und er konnte fortfahren. »Natürlich müssen wir sofort etwas unternehmen. Von Ebenstatt wird wahrscheinlich noch heute mit dem Verhör beginnen.« Das Gemurmel im Saal schwoll wieder an. »Wir müssen also überlegen«, fuhr Stromer mit lauter Stimme fort, um die empörten Zwischenrufe der Ratsherren zu übertönen, »wie wir dem Inquisitor Einhalt gebieten können. Denn wenn es ihm gelingt, der Mühlhauserin ein Geständnis abzupressen, können wir sie kaum noch vor dem Scheiterhaufen retten. Diesmal wird er ein leichteres Spiel haben, da die Mühlhauserin seit dem letzten Verhör geschwächt ist. Es bleibt uns also wenig Zeit. Aber, meine Herren, der Fall ist heikel, denn wir müssen auch das Wohl der Stadt im Auge haben.« Er sah in die Runde. »Bevor wir abwägen, wie wir handeln können, lasst uns über mögliche Verbündete nachdenken. Da ist zunächst Bischof Georg: Zwar hat er Markgraf Friedrich gebeten zu intervenieren und gemeinsam mit den Bischöfen Lorenz und Gabriel eine Rüge gegenüber dem Inquisitor ausgesprochen, sodass die Mühlhauserin noch einmal freigekommen ist, aber die Möglichkeiten der Bischöfe, einem von Rom ernannten Inquisitor wirksam entgegenzutreten, sind begrenzt. Dann Markgraf Friedrich: Der war damals zwar sehr ungehalten über die Verhaftung der Mühlhauserin, doch offenbar ist es von Ebenstatt gelungen, ihn umzustimmen, sonst würde er es nicht wagen, sie noch einmal anzurühren.«

»Dieser Hohenzoller! Ist doch klar, warum. Bei seinem Geprasse kann er das Geld der Mühlhauserin gut gebrauchen!«, rief Bartholomäus Holzschuher, dessen Vater in der Schlacht der Stadt Nürnberg gegen die Hohenzollern schwer verwundet und nach einem Jahr Siechtum gestorben war. »Jeder weiß, dass Friedrich gemeinsame Sache mit von Ebenstatt macht!«, setzte er zornerfüllt hinzu.

Antonius II. Tucher, Vorderster Losunger, strich sich mit der Hand über den Kopf und nickte schließlich. Der Spross des angesehenen, seit fast zwei Jahrhunderten im Stadtrat vertretenen Kaufmannsgeschlechts der Tucher war aus Rücksicht auf die weitläufigen Handelsinteressen seiner Familie zu diplomatischer Vorsicht gegenüber den Hohenzollern gezwungen und trat als Haupt der gemäßigten Friedenspartei daher immer wieder als Mittler zwischen diesen und der Reichsstadt Nürnberg auf. Andererseits sah auch er in der eigenmächtigen Verhaftung eines Mitglieds des Nürnberger Kaufmannsstandes durch den mit dem Markgrafen verbündeten Inquisitor eine ernstzunehmende Bedrohung. »Es ist mehr als eine großzügige Geste, dass Markgraf Friedrich den Inquisitor auf Gutenstein einziehen ließ«, ergänzte er, gab jedoch gleichzeitig zu bedenken: »Genau das aber macht die Situation schwierig für uns, denn dadurch steht von Ebenstatt unter seinem Schutz.«

»Dann vermasseln wir eben beiden das Geschäft und befreien die Mühlhauserin aus den Klauen des Hohenzollerschen

Inquisitors!«, rief Kriegshauptmann Endress III. Tucher, der seit der Niederlage Nürnbergs gegen Prinz Kasimir gern jede Gelegenheit nutzte, sein kriegerisches Geschick unter Beweis zu stellen. »Mehr als zehn bis fünfzehn Mann hat von Ebenstatt nicht unter Waffen. Das ist ein Kinderspiel!«

»Wenn wir militärisch gegen von Ebenstatt vorrücken, haben wir nicht nur die Inquisition gegen uns, sondern auch Friedrichs Truppen«, gab Antonius Tucher zu bedenken.

»Einen Feldzug gegen uns kann sich der Markgraf doch gar nicht leisten. Dem laufen jetzt schon die Landsknechte davon, weil er sie nicht bezahlt, sondern das Geld lieber mit seinen Mätressen verprasst«, entgegnete Jakob Behaim, ein entschiedener Gegner des Markgrafen, seit die Hohenzollern die Ländereien seiner Familie beschlagnahmt hatten, ohne eine Entschädigung dafür zu zahlen. »Der wird lieber stillhalten.«

»Da bin ich mir nicht so sicher«, widersprach Hans Volckamer, ein anderer Ratsherr. »Wenn es hart auf hart kommt, wird er seinen Landsknechten entgegenkommen, indem er ihnen einen Teil ihres Soldes ausbezahlt.«

»Und wenn wir Thassilo von Wildenstein einschalten, in dessen Lehen das Wohnhaus der Mühlhauserin liegt? Vielleicht könnte er in dieser Sache vermitteln«, warf Matthäus Stromer ein.

»Pah, der Reichsritter!«, polterte Bartholomäus Holzschuher los. »In seinen Adern fließt doch auch Hohenzollernblut, und außerdem ist er mit von Ebenstatt verwandt. Nie wird er sich gegen seinen einflussreichen Vetter und gegen die Hohenzollern erheben, durch deren Gunst und Gnade er aufgestiegen ist.«

»Gut, lassen wir von Wildenstein erst einmal außen vor«, sagte der Bürgermeister. »Wie sich die Sache darstellt, sehe ich nur zwei Möglichkeiten: Erstens ein Schreiben an den Kaiser mit der Bitte um Intervention. Zweitens unser direktes militärisches Eingreifen …«

In diesem Augenblick wurde die Tür aufgestoßen, und der Ratsdiener Franz Hiebel stolperte herein, dicht gefolgt von Thassilo von Wildenstein und Felix von Eisenfelden. Franz Hiebel verbeugte sich mit hochrotem Kopf vor dem Bürgermeister. »Ich habe sie aufzuhalten versucht, aber die Herren wollten nicht warten! Sie haben mir sogar Gewalt angedroht, wenn ich sie nicht sofort zu Euch lasse!«

»Schon gut, Franz«, sagte Matthäus Stromer und entließ den Ratsdiener mit einem Kopfnicken. Dann wandte er sich den beiden Männern zu. »Reichsritter von Wildenstein, Graf von Eisenfelden, ich vermute, dass Ihr triftige Gründe habt, unsere Sitzung derart ungestüm zu stören.«

»So ist es, Herr Bürgermeister«, erwiderte Thassilo und ließ seinen Blick über die Ratsherren schweifen, die aufgesprungen waren und ihn und seinen Vetter erstaunt – manche sogar feindselig – anstarrten. »Wir wissen, dass wir in diesem Saal keine gern gesehenen Gäste sind, aber es ist etwas geschehen, das mich zwingt, alle Vorbehalte außer Acht zu lassen, da es ein sofortiges Einschreiten der Reichsstadt Nürnberg erfordert. Der Päpstliche Inquisitor Bonifatius Freiherr von Ebenstatt hat heute bei Morgengrauen …«

»… die Mühlhauserin wegen angeblicher Hexerei verhaftet«, beendete Matthäus Stromer Thassilos Satz. »Genau darüber beraten wir gerade.«

Thassilo sah ihn erstaunt an.

»Wir denken daran«, fuhr der Bürgermeister fort, »ein Schreiben an den Kaiser mit der Bitte um Intervention zu schicken, damit …«

»Sobald von Ebenstatt davon erfährt, wird er sich beeilen, vollendete Tatsachen zu schaffen«, unterbrach Felix ihn.

Thassilo legte ihm mahnend die Hand auf den Arm und wandte sich an den Bürgermeister. »Ist das die einzige Möglichkeit zu handeln, die Ihr seitens der Stadt erwägt?«

Der Bürgermeister zögerte kurz, bevor er antwortete. »Die zweite Möglichkeit wäre, dass die Stadt Nürnberg umgehend militärisch eingreift. Das Problem besteht allerdings darin, dass der Markgraf dies vermutlich als feindlichen Akt auffassen wird. Daher haben wir überlegt, Euch um Hilfe zu bitten, in dieser Sache zu vermitteln.«

»Eine gute Idee«, sagte Felix und zwinkerte Thassilo zu.

»Ja, eine gute Idee«, wiederholte Thassilo lächelnd. »Ich habe inzwischen einen Boten mit einem Schreiben zum Markgrafen geschickt. Darin bitte ich ihn um Erlaubnis, Euch zu Hilfe zu rufen.«

Matthäus Stromer starrte ihn ungläubig an. »Ihr habt *was?*«, stieß er schließlich hervor. »Und wenn Markgraf Friedrich auf Euer Schreiben hin seine Truppen losschickt, damit sie den Inquisitor schützen?«

»Wenn wir schnell handeln, kommt er zu spät. Das Pferd, das wir unserem Knecht geben konnten, lahmt leider, und so wird Friedrich das Schreiben wohl nicht vor dem Abend in Händen halten«, erklärte Thassilo. »Außerdem ist ein Bote auf dem Weg zu Bischof Georg.«

»Potzblitz, und das von einem Hohenzollern!«, platzte es aus Bartholomäus Holzschuher hervor.

»Als Reichsritter bin ich ein Lehnsmann des Kaisers und dem geltenden Recht und der Gerechtigkeit verpflichtet, und als solcher muss ich alles in meiner Macht Stehende tun, das mir anvertraute Lehen zu schützen«, entgegnete Thassilo. »Daher kann ich es nicht zulassen, dass durch die unbedachten Handlungen des Inquisitors neue Unruhen unter den Bauern entstehen. Bonifatius von Ebenstatt hat offensichtlich jedes

Maß verloren. Niemand ist mehr vor seinem Zugriff sicher, wenn er weiter ungehindert schalten und walten kann.«

Laute zustimmende Rufe unterbrachen Thassilo, und es dauerte eine Weile, bis er sich wieder an den Bürgermeister wenden konnte. »Falls sich der Rat der Stadt zu einem Eingreifen entschließt, so stehen ihm mein Vetter Graf von Eisenfelden mit vier Waffenknechten und ich selbst mit sechs Waffenknechten tatkräftig zur Verfügung. Doch erlaubt mir noch, einen dritten Vorschlag zu machen.«

»Einen dritten Vorschlag?«, fragte der Bürgermeister misstrauisch.

»Wie wäre es, wenn wir beides gleichzeitig täten?«

»Wie meint Ihr das?«

»Nun, die Mühlhauserin sofort aus den Händen von Bonifatius zu befreien und gleichzeitig den Kaiser zu bitten, beim Markgrafen gegen das Treiben des Päpstlichen Inquisitors zu intervenieren. Wie Ihr sicher wisst, hat Bonifatius von Ebenstatt sich im Falle der Mühlhauserin über das Urteil und die Ermahnungen dreier Bischöfe hinweggesetzt. Nachdem sie befreit ist, bleibt die Mühlhauserin vorläufig eine Gefangene der Stadt Nürnberg, und Ihr könnt Bischof Georg bitten, sie ein zweites Mal zu verhören und das Ergebnis seines Verhörs dem Kaiser mitzuteilen.«

»Hervorragend!«, rief Matthäus Stromer und sah zu den Ratsherren. Diese nickten eifrig. »Meine Herren, möchten Sie noch über diese Möglichkeiten beraten oder sofort abstimmen?«

»Sofort abstimmen!«, schallte es ihm entgegen.

»Dann bitte ich alle, die für die Annahme des von Thassilo Reichsritter von Wildenstein eingebrachten Antrags sind, die Hand zu erheben.« Alle Ratsherren streckten die rechte Hand in die Höhe. Stromer sah sich um. »Offenbar sind alle dafür.

Gibt es Gegenstimmen?« Niemand hob den Arm. »Keine Gegenstimme. Stimmenthaltungen?« Wieder meldete sich niemand. »Keine Stimmenhaltung, keine Gegenstimme. Der Antrag ist also einstimmig angenommen. Hiermit erkläre ich die Ratssitzung für geschlossen.«

Der Bürgermeister erhob sich. »Du, Endress, stellst sofort ausreichend Bewaffnete bereit. Ich werde dich begleiten. Das Gesuch an den Kaiser diktiere ich, sobald ich zurück bin.« Er wandte sich an die beiden Besucher. »Und nun zu Eurem ehrenwerten Angebot, Reichsritter von Wildenstein und Graf von Eisenfelden: Ich weiß Euren Mut zu schätzen. Aber wir haben genug Bewaffnete, um die Mühlhauserin in unsere Gewalt zu bringen. Es wäre meiner Meinung nach ohnehin klüger, wenn vor allem Ihr, Reichsritter von Wildenstein, Euch im Hintergrund halten würdet.«

»Ungern«, sagte Thassilo und umfasste den Griff seines Schwertes.

»Glaubt mir, es ist geschickter, wenn wir nicht sofort alle Karten auf den Tisch legen. Dann könnt Ihr dem Markgrafen gegenüber als Mittler auftreten und dadurch der Stadt Nürnberg von größerem Nutzen sein, als wenn Ihr Euch so überdeutlich auf unsere Seite stellt.«

»Hm«, seufzte Thassilo, »Ihr habt wohl recht.« Er warf Felix einen Blick zu. Der nickte nur. »Dann reiten wir zurück zum Strahlenfels und halten uns dort bereit, falls es Schwierigkeiten gibt. Aber schickt uns sofort einen Boten, wenn es brenzlig werden sollte. Und haltet uns auf dem Laufenden.«

IX.

Dicke, schwere Wolken bedeckten schon den ganzen Vormittag lang den Himmel, und so fiel nur fahles Licht durch die drei schmalen, hohen Fenster in das Turmzimmer von Burg Gutenstein. Bonifatius lehnte sich in seinem Sessel zurück und wartete. Die Mühlhauserin lag reglos vor ihm auf dem Steinfußboden. Ihr Kopf war seitlich in seine Richtung gesackt, sodass er von seinem Podest aus die Züge ihres totenbleichen Gesichts gut erkennen konnte. Dunkle Ringe umgaben ihre geschlossenen Augen. Ihre Wangen waren eingefallen und bildeten tiefe Mulden unter den vorspringenden Jochbeinen, über denen sich die wächserne Haut papierdünn spannte. Ihre aufgesprungenen, einst vollen Lippen waren nur noch ein schmaler Strich.

Langsam ließ Bonifatius den Blick über ihren Leib wandern, der sich deutlich unter dem nassen, mit Blut, Urin und Schweiß durchtränkten Nachthemd abzeichnete. Ihre Oberschenkel waren entblößt, und auch wenn die Haut von tiefen Brandwunden gezeichnet war, konnte er seinen Blick nicht abwenden von ihrem nackten Fleisch.

Er spürte, wie sein Atem schneller ging, und schloss die Augen. Sie ist eine Hexe, sagte er sich, eine gefährliche Hexe! Du musst stark sein! Lass dich nicht blenden von ihr! Er zwang sich, tief und gleichmäßig zu atmen. Erst als sich seine Atmung normalisiert hatte, öffnete er wieder die Augen.

Abscheu erfüllte ihn, Abscheu vor der Frau, die da vor ihm lag. Obwohl sie Höllenqualen durchlitten hatte, zeigte sie sich noch immer störrisch und verstockt. Welch teuflische Kraft in ihr steckte!

Bonifatius sah auf die große, schwere Pendeluhr an der Wand, deren gleichmäßiges Ticken die Stille im Raum noch unterstrich. Mehr als sieben Stunden dauerte das Verhör nun schon an. Die Mühlhauserin wurde zwar immer schwächer, trotzdem war sie noch immer nicht bereit, ein vollständiges Geständnis abzulegen. Aber vielleicht änderte sich das ja, wenn sie aus ihrem Höllental aus Schmerzen erwachte und er ihr die Ausweglosigkeit ihrer Lage noch einmal eindringlich vor Augen führte.

Der Gerichtsschreiber zu seiner Linken stieß ein leises, zittriges Seufzen aus. Bonifatius warf ihm einen strafenden Blick zu. Der um die sechzig Lenze zählende, kahlköpfige Mann hielt den Kopf gesenkt, und so bemerkte er den Tadel nicht. Sein ausgemergelter Körper wirkte alt und verbraucht in dem zerschlissenen schwarzen Samtrock. Die Feder hatte er vor sich auf das Pult gelegt, und seine gichtigen Finger umklammerten die Platte. Die Kerzen hatte er gelöscht, weil ihm das fahle Tageslicht genügend Helligkeit bot. Bonifatius räusperte sich laut. Sogleich fuhr der Schreiber erschrocken hoch und blinzelte ihn an.

Mit gerunzelter Stirn wandte Bonifatius sich von ihm ab und überlegte. Lange würde die Mühlhauserin nicht mehr durchhalten, das wusste er aus Erfahrung. Zwar hatte sie aus lauter Angst vor noch schlimmeren Schmerzen verzweifelt angeboten, ein Schuldbekenntnis abzulegen und all ihr Vermögen der Kirche zu überschreiben, wenn er nur endlich aufhörte, sie weiter zu foltern, und sie in Ruhe ließ. Doch als er sie aufforderte, ihren Pakt mit dem Teufel einzugestehen und all ihre Taten genauestens zu schildern, hatte sie sich weiterhin hartnäckig geweigert.

»Bei meiner Seele und allen Heiligen, ich flehe Euch an, das kann ich nicht, weil es nicht wahr ist!«, hatte sie gerufen.

»Lüge nicht, Hexe! Deine Lügen helfen dir nicht. Das Einzige, was du dadurch erreichst, ist, dass wir dich weiter quälen müssen«, hatte Bonifatius entgegnet.

Daraufhin hatte sie laut schluchzend die Heilige Jungfrau um Beistand angefleht. Was für eine Unverschämtheit gegenüber der heiligen Inquisition! Aufgebracht hatte Bonifatius seinem Folterknecht ein Zeichen gegeben und auf eine lange Zange gewiesen, die vorn in vier langen, spitz zulaufenden Zinken endete.

Der Maskierte hatte die Zange gepackt und sie ins Feuer gehalten, bis sie glühte. Dann war er auf die Mühlhauserin zugetreten. »Nein! Nein! Bitte nicht!«, hatte sie gefleht. Der Folterknecht hatte zum Inquisitor hinübergesehen, und als dieser nickte, hatte er sein Werk fortgesetzt und ihr die glühenden Zinken ins Fleisch gebohrt. Sofort hatte sie angefangen, gellend zu schreien. Bonifatius hatte diese äußerst schmerzhafte, aber nicht unmittelbar lebensbedrohliche Tortur so lange fortsetzen lassen, bis die Mühlhauserin die Besinnung verloren hatte.

Wieder musterte Bonifatius die leblos vor ihm Liegende. Aus den Wunden an Armen und Beinen sickerte zwar nur wenig Blut, was daran lag, dass das glühende Eisen die Blutgefäße verschmort hatte, dennoch war ihr ausgelaugter Körper inzwischen in einem bedenklichen Zustand.

Er erhob sich, stieg hinunter von seinem Podest und ging langsam um die Mühlhauserin herum. Ein wirrer Kranz aus nassen dunklen Locken umgab ihren Kopf, und die kleine Ohrmuschel lag frei. Durchscheinend weiß sah sie aus, und Bonifatius wunderte sich, wie seltsam unschuldig diese Frau in ihrer Ohnmacht wirkte. Ihre Schultern waren beinahe kindlich schmal und ihre Hände feingliedrig und zart.

Gegen seinen Willen wanderte sein Blick weiter, hin zu den prallen Brüsten. Ein heißer Stoß durchfuhr ihn, als er bemerkte, wie sich die Brustwarzen unter dem nassen dünnen Stoff des Nachthemdes abzeichneten.

»Hexenbrüste!«, murmelte er, als er einen Druck in den Lenden spürte, und ging weiter. Als er an ihren Füßen angekommen war, sah er rasch zum Schreiber hinüber, der weiterhin zu dösen schien, und dann zum Henkersknecht, dessen Augen stur geradeaus gerichtet waren. Schnell beugte er sich vor, um einen Blick unter das hochgeschobene Nachthemd auf ihre Scham zu erhaschen. Dunkel und lockend lag sie da, als wartete sie auf ihn. Bonifatius spürte, wie ein Hitzestoß ihn durchfuhr, und der Geruch aus Schweiß, Urin und Blut, den der geschundene Leib der Mühlhauserin ausströmte, steigerte sein Verlangen noch. Ein prickelnder Schauer der Lust lief ihm über den Rücken.

In diesem Moment öffnete die Mühlhauserin die Augen und sah ihn an. Bonifatius erschrak und stolperte einen Schritt rückwärts. Doch schnell hatte er sich wieder in der Gewalt. Mit kalter Stimme sagte er: »Wenn du nicht endlich zur Vernunft kommst, war das erst der Anfang.«

Langsam stieg er wieder auf das Podest und setzte sich in den Sessel. Als die Angeklagte aufstöhnte, beugte er sich vor und sagte: »Du musst es endlich begreifen. Uns geht es nicht darum, dich zu quälen, Mühlhauserin. Es bereitet uns überhaupt keine Freude, dir Schmerzen zuzufügen.« Er legte eine Pause ein und musterte sie lange. Erst danach fuhr er fort: »Aber was bleibt uns übrig, wenn du nicht geständig bist?« Er legte die Stirn in Falten, schüttelte langsam den Kopf und schnalzte mit der Zunge. »Warum machst du es uns und dir selbst denn nur so schwer? Alles, was wir von dir wollen, ist ein Geständnis. Wir wissen, dass du ein schwaches Weib bist, das mit großer List von Satan verführt wurde. Sag dich los von ihm, und gestehe deine Sünden. Dann wird dir vergeben, du wirst wieder aufgenommen in den Schoß der heiligen Mutter Kirche, und deine Seele wird gerettet werden.«

»Gibt es irgend etwas, das Euch von meiner Unschuld überzeugen könnte?«, stieß die Mühlhauserin mit krächzender Stimme hervor.

»Von deiner Unschuld, Hexe?«, rief Bonifatius und beugte sich noch weiter vor. »Bildest du dir tatsächlich ein, dass die heilige Inquisition nicht weiß, was sie tut? Glaubst du wirklich, wir würden Anklage erheben, wenn wir uns unserer Sache nicht sicher wären? Wenn uns nicht mehrere Anzeigen gegen dich vorlägen und darüber hinaus zahlreiche Zeugenaussagen, die deine Hexerei und deinen Pakt mit dem Teufel zweifelsfrei belegen?« Seine Stimme wurde drohend. »Diesmal wird dich niemand mehr retten können, weder Bischof Georg noch Bischof Lorenz.«

»Ihr werdet mich also in jedem Fall auf den Scheiterhaufen bringen.«

Bonifatius lehnte sich wieder zurück und lächelte. »Selbstverständlich werde ich dich auf den Scheiterhaufen bringen. Es gibt keine Rettung für dich. Und mach dir eines klar: Wenn du nicht geständig bist, werden wir noch schmerzhaftere Mittel einsetzen, damit Satan endlich aus deinem schändlichen Leib herausfährt.«

Während er ihr drohte, konnte er keine Regung, kein erneutes Erschrecken in ihrem Gesicht entdecken. Er presste die Lippen aufeinander und zog die Mundwinkel nach unten. Die Sache musste endlich zu einem Ende kommen, damit die Hexe noch die Kraft hatte, ein vollständiges Geständnis abzulegen und es zu unterzeichnen. Dann konnte er sie endlich den Flammen übergeben.

»Nun, wie hast du dich entschieden? Wirst du jetzt ein Geständnis ablegen?«, fragte er schließlich.

Die Mühlhauserin antwortete nicht, sondern starrte nur schweigend vor sich hin.

Bonifatius seufzte. Sie war also noch immer nicht so weit. Er brauchte jetzt etwas Starkes, Schnelles. »Nun gut. Du willst es ja nicht anders«, sagte er, sah zum Folterknecht hin und zeigte auf ein doppeltes Eisen, das an der Wand hing. Der Maskierte nahm es, legte das linke Bein der Mühlhauserin hinein und blickte zum Inquisitor hoch. Der nickte, und sofort zog der Folterknecht das Gewinde an dem Eisen an, sodass das Bein zusammengedrückt und zugleich ein dicker viereckiger Nagel hineingetrieben wurde. Einem schmatzenden Laut folgte ein lautes Knirschen und Knacken.

Bonifatius beobachtete, wie sich das Gesicht der Angeklagten qualvoll verzog und sie das Kinn gegen die Brust presste. Dann stieß sie einen langen, gellenden Schrei aus, der sich schließlich in einem gurgelnden Brüllen löste. Sie bäumte sich auf und wand sich unter dem Griff des Maskierten, doch der drückte sie mit starkem Griff auf den Boden.

»Es ist genug.« Bonifatius hob die Hand, und sofort stand der Maskierte auf und trat einen Schritt zurück. Bonifatius wartete eine Weile, bis das Schreien der Frau in ein heiseres Röcheln übergegangen war. »Wenn du jetzt nicht gestehst, machen wir weiter«, sagte er mit ruhiger Stimme.

Die Mühlhauserin krümmte sich vor Schmerzen und schien nichts zu hören.

»Begreif endlich, dass ich gar nicht anders handeln kann«, sprach Bonifatius weiter. »Satan hat von dir Besitz ergriffen und hält dich davon ab, deine Seele durch ein Geständnis zu retten. Darum muss ich dich foltern lassen, um Satan durch die Schmerzen aus dir herauszutreiben. Und das muss ich so lange tun, bis du gestehst. Versteh mich richtig: Nicht dir fügen wir diese Schmerzen zu, sondern Satan, denn der spürt, solange er von deinem Leib Besitz ergriffen hat, den Schmerz genau so stark wie du.« Er wies auf ein kopfförmiges eisernes Gebilde, das auf einem Bord lag. »Sieh dir beispielsweise diese Schandmaske an. Sie ist innen mit scharfen Nägeln bestückt, die sich in dein Gesicht bohren werden. Man kann sie zuvor erhitzen, um die Wirkung noch zu erhöhen. Überlege dir genau, ob wir sie dir wirklich anlegen sollen oder ob du nicht lieber gegen Satan in dir ankämpfen und dich durch ein Geständnis von ihm befreien willst.«

Die Mühlhauserin erstarrte. »Nein! Nein! Ich gestehe!«, rief sie mit brechender Stimme.

»Was gestehst du?«

»Dass ich eine Hexe bin.«

Bonifatius hob wieder die Hand, und der Folterknecht löste das Eisen. Blut sickerte aus Marias Bein, das sofort anschwoll.

»Gebt mir das Geständnis. Ich unterschreibe alles …« Ihr versagte die Stimme.

»Na, warum nicht gleich so.« Bonifatius machte dem Folterknecht ein Zeichen. Dieser gab der Mühlhauserin daraufhin einen Becher Wasser, damit sie weitersprechen konnte. Sie versuchte zu trinken, aber ihre Hände bebten so stark, dass sie das meiste verschüttete.

»Aber noch haben wir das Geständnis nicht, Mühlhauserin«, fuhr Bonifatius fort. »Das musst du erst noch ablegen.«

»Was soll ich denn gestehen? Sagt mir, was ich gestehen soll!« Marias Stimme war hoch und heiser vor Schmerz und Qual, und ihr Körper begann so stark zu zittern, dass sie den Becher fallen ließ. Mit einem lauten Klirren fiel er zu Boden.

»Leg ihr eine Decke um, sie kühlt zu sehr aus«, wies Bonifatius den Folterknecht an. Dieser nahm ein verdrecktes Tuch, das mehr einem Lumpen glich als einer Decke, und warf es Maria über die Schultern. Bonifatius nickte dem Schreiber zu, der daraufhin seine Feder zückte, und setzte das Verhör fort. »Wir wollen alles ganz genau wissen«, sagte er. »Wann hast du den Pakt mit dem Teufel unterzeichnet?«

»Wann?« Die Mühlhauserin sah ihn verständnislos an. »Vor zwei Jahren?«, sagte sie schließlich zögernd.

Bonifatius drehte sich zu dem Schreiber hin und hob die Hand, sodass dieser nicht weiterschrieb, und wandte sich wieder der Mühlhauserin zu. »Vor zwei Jahren erst? Das glaube ich dir nicht. Willst du Satan in deinem Leib schützen, indem du die heilige Inquisition belügst?«, sagte er drohend.

»Was soll ich denn sagen?«, rief sie. »Ich weiß nicht, was ich sagen soll.«

»Sollen wir deinem Gedächtnis auf die Sprünge helfen?«

»Nein!«, wimmerte sie. »Ich will ja alles sagen, was Ihr verlangt. ... Vor drei Jahren? Vor drei Jahren?«

Bonifatius nickte. »Die Angeklagte gesteht, vor drei Jahren einen Pakt mit dem Teufel geschlossen zu haben«, diktierte er dem Gerichtsschreiber. Dann wandte er sich wieder an Maria, die sich schwer atmend und mit schmerzverzerrtem Gesicht auf dem Boden krümmte. »In welcher Gestalt ist Satan dir begegnet?«

»In welcher Gestalt?« Sie zögerte wieder. »Als schwarz gekleideter Herr.«

Bonifatius schwieg und wartete. Er wusste durch seine zahlreichen Verhöre, dass sie nun endlich bereit war, ein Geständnis abzulegen.

»Und er hinkte«, fügte sie hinzu. »Ja, er hinkte ... Und er hat ein Barett auf dem Kopf getragen ... mit zwei schwarzen Pfauenfedern ...«

Bonifatius sah, wie ihr Körper plötzlich erschlaffte und ihr

Gesicht schweißnass wurde. Er wollte ihr noch einen Becher mit Wasser geben lassen, aber es war zu spät. Mit einem leisen Röcheln sackte die Mühlhauserin in sich zusammen.

»Du bist vorhin mit der Zange zu kräftig vorgegangen!«, schalt Bonifatius den Folterknecht »Die Stiche sind viel zu tief.« Rasch stieg er vom Podest, bückte sich und ergriff ein Handgelenk der Ohnmächtigen. Ihr Puls war sehr schwach und unregelmäßig. »Wie oft muss ich dir denn noch erklären, wie du es zu machen hast?«

»Verzeiht, Euer durchlauchtigste Gnaden«, antwortete der Maskierte und verbeugte sich. »Soll ich ihr einen Eimer Wasser über den Kopf schütten?«

»Nein.« Bonifatius ging zurück auf das Podest und setzte sich wieder. »Leg ihr die Decke unter, sie ist schon ganz ausgekühlt. Sie hat nicht mehr viel Kraft, und wir brauchen noch heute ihr Geständnis.«

Der Maskierte hob Maria leicht an, breitete das Tuch unter ihr aus und zog ihr das Nachthemd über die entblößten Schenkel. Dann schlug er die Tuchränder über ihren Körper und trat zurück. In diesem Moment kamen die Strahlen der Sonne hinter den Wolken hervor. Sie drangen durch die schmalen Turmfenster und fielen direkt auf die am Boden Liegende, als wollten sie sie zusätzlich wärmen.

Bonifatius betrachtete sie. Wie lange wollte sie sich noch an ihr verlogenes Selbstbild als fromme, mildtätige Helferin der Kranken und Bedürftigen klammern? Hatte sie nicht schon genug Schaden angerichtet, indem sie mit ihren heidnischen Ritualen in Gottes Entscheidungen eingriff und den Kranken vorgaukelte, nicht Gott, sondern ihre Heilkünste bestimmten über ihr Schicksal? Wie sehr er sie hasste, diese überheblichen und verstockten Hexenweiber!

Es dauerte lange, bis sich die Mühlhauserin wieder bewegte.

Irgendwann schlug sie wimmernd die Augen auf. Bonifatius wartete noch einen Augenblick lang, dann setzte er das Verhör fort. Dabei folgte er den Empfehlungen des *Malleus Maleficarum*, dem allgemein anerkannten Handbuch für Hexenprozesse, das sein dominikanischer Glaubensbruder Heinrich Kramer verfasst hatte.

»Wie hat sich dir diese Gestalt denn zu erkennen gegeben? Wodurch wusstest du, dass es sich um den Teufel handelte?«, fragte er.

Die Mühlhauserin antwortete nicht. Mit flackerndem Blick sah sie sich im Raum um. Offenbar musste sie sich erst einmal besinnen, wo sie sich befand.

»Rede! Oder müssen wir nachhelfen?«, schrie Bonifatius ungeduldig.

»Durch den Pakt«, antwortete sie stöhnend, und ein Zucken durchlief ihren Körper.

»Durch welchen Pakt?«

Die Mühlhauserin schluckte schwer. »Ich sollte ihm meine Seele verschreiben.«

»Aha. Und was hat er dir dafür versprochen?«

»Versprochen?« Sie sah den Inquisitor fragend an, schließlich stammelte sie: »Unbegrenzte Macht hat er mir versprochen … und Reichtum.«

»Und dann?«

»Dann habe ich den Pakt unterschrieben.« Ihre Stimme war immer leiser geworden, sodass Bonifatius sich vorbeugen und dann sogar aufstehen und sich neben sie stellen musste, um sie zu verstehen.

»Womit? Mit was hast du den Pakt unterschrieben?«

»Mit meinem Blut.«

Bonifatius nickte und wiederholte für den Gerichtsschreiber ihre Worte. »Die Mühlhauserin gesteht, den Pakt mit dem

Teufel mit ihrem Blut unterschrieben zu haben.« Dann wandte er sich wieder an die Angeklagte. »Und was ist danach geschehen?«

»Danach?«

»Was hat Satan mit dir gemacht? Erzähl uns ganz genau, was Satan mit dir gemacht hat.«

»Ich weiß nicht, was Ihr meint.«

»Du weißt sehr genau, was ich meine!«, beharrte Bonifatius. »Gestehe, was Satan mit dir gemacht hat!« Er winkte den Folterknecht zu sich.

»Nein!«, flehte Maria. »Sagt mir doch, was ich gestehen soll, und ich gestehe es! Aber foltert mich nicht wieder!« Tränen liefen ihr über die Wangen, und sie begann kraftlos zu schluchzen.

Der Inquisitor sah zum Gerichtsschreiber hinüber und hob die Hand, damit dieser nicht mitschrieb, dann schickte er den Folterknecht zurück auf seinen Platz. Erst danach beugte er sich ein Stück hinunter zu der am Boden liegenden Frau. »Du hattest eine Buhlschaft mit Satan, nicht wahr? Gib es zu«, sagte er leise.

Maria starrte ihn an. »Eine Buhlschaft? Mit Satan? O Gott, was verlangt Ihr von mir!«

»Sollen wir deinem Gedächtnis auf die Sprünge helfen?«

»Nein, nein! Ich gestehe … Ich hatte eine Buhlschaft mit Satan …« Ihre Lippen bebten. Sie schloss die Augen und weinte lautlos.

Bonifatius atmete tief durch. Jetzt hatte er sie genau da, wo er sie haben wollte. »Welcher Art? Erzähl es in allen Einzelheiten! Was hat Satan mit dir gemacht, und was hast du als seine Buhle getan? Die heilige Inquisition will alles wissen, alles! Nur wenn sie alles weiß, kann sie dir helfen, deine Seele zu retten.«

Die Mühlhauserin nickte nur.

»Und? Sag schon! Wie hat es sich angefühlt?« Bonifatius

beugte sich noch ein Stück weiter hinunter. Eine siedende Hitze stieg in ihm auf.

»Er hat …« Ihre Stimme wurde immer leiser.

»Sprich lauter! Ich verstehe dich nicht.«

Ihre Lippen zitterten und versuchten, Worte zu formen. Es war ihr deutlich anzumerken, dass sie zu erschöpft war, um weiterzusprechen, und eine Pause benötigte. Also wartete Bonifatius, und während er wartete, nahm er in dem Geruch aus Blut, Angstschweiß und Urin einen seltsam süßlich-herben Duft wahr, und zugleich stiegen die verschwommenen Züge einer Frau in ihm auf, die mit strengem, unbewegtem Gesicht langsam auf ihn zukam. Ihre straff zurückgekämmten Haare waren von einer Haube bedeckt, um den Hals trug sie einen steifen Spitzenkragen, und in der ihm entgegengestreckten Hand hielt sie einen Dornenkranz. In diesem Augenblick bewegte die Mühlhauserin den Kopf, und die Erscheinung verschwand wieder. Er holte tief Luft und musterte die Angeklagte.

»Gestehe laut und deutlich, wie die Buhlschaft mit Satan abgelaufen ist«, forderte er sie erneut auf. Die Mühlhauserin antwortete nicht. Er beugte sich dicht zu ihr, und seine Stimme wurde zu einem gefährlichen Flüstern. »Was genau hast du gefühlt, Hexe, als du mit Satan kopuliert hast?«

Sie stieß einen jammernden Klagelaut aus und krümmte sich zusammen.

»Na, wird's bald?«

»Es hat sich eiskalt angefühlt«, wimmerte sie.

»Was hat sich eiskalt angefühlt?«

»Alles.«

»Was heißt alles? Du musst uns ganz genau beschreiben, was du gefühlt hast und was Satan mit dir gemacht hat.«

»Satans ganzer Körper … er war eiskalt«, begann die Mühlhauserin stockend. »Er hat … seinen eisigen Körper … an mich gepresst … und ich habe … seinen eiskalten Bauch … und seine eiskalten Hände gespürt. Mit denen hat er mich gepackt.«

Bonifatius bemerkte erst jetzt, dass das Tuch von ihrem Leib heruntergerutscht war. Wie gebannt starrte er auf ihre Brüste. »Wo hat Satan dich gepackt? Du musst es ganz genau erzählen.«

»Er hat mich … an den Armen gepackt … an den Oberarmen … ganz fest, sodass … ich mich nicht rühren konnte.«

»Und dann? Was hat Satan dann gemacht? Wenn er mit dir kopuliert hat, wird er wohl kaum nur deine Arme gehalten haben, oder?«

»Er hat mir … mit seiner langen Zunge … über Hals und Brust geleckt«, stieß die Mühlhauserin stockend hervor.

»Und wie ist es dann zur Kopulation mit Satan gekommen? Erzähl uns genau, wie er mit dir kopuliert hat und wie sich das angefühlt hat.« Bonifatius räusperte sich. Seine Kehle war wie ausgedörrt, und eine drängende Hitze pochte in seinen Lenden.

»Satan ist … in mich … eingedrungen …«

»Und? Sag schon, hat dir das gefallen?«

»Es hat … sich kalt angefühlt, eiskalt.«

»War es groß, sein Glied, mit dem er in dich eingedrungen ist? Und was hat er dann gemacht?« Bonifatius' Stimme zitterte. »Du musst mir alles erzählen, jede Einzelheit, um deiner Seele willen!«

»Es war riesengroß … und schuppig … und eiskalt, und dann ist er … mit mir … in die Lüfte geflogen, die waren … so dünn … und so weit …«

Ihr Kopf sackte zur Seite.

»Und dann?« Eine glühende Wut durchfuhr Bonifatius. Sollte diese lüsterne Hexe ihm doch noch entgleiten, bevor sie ein Geständnis abgelegt und es unterzeichnet hatte? Wie von Sinnen trat er zu, trat gegen ihren Bauch, dann gegen ihr gequetschtes Bein, so fest er konnte. »Hexe!«, schrie er dabei. »So kommst du mir nicht davon!«

Doch die Mühlhauserin rührte sich nicht mehr.

Das Brausen in ihrem Kopf wurde immer lauter. Dunkelheit umgab sie, undurchdringlich und schwer, sodass sie kaum atmen konnte. Doch auf einmal drang ein Strahl zu ihr, hell und klar. Wie eine gleißende Leiter aus Licht sah er aus. Winzige funkelnde Sterne stiegen daran empor und wirbelten hinauf bis in den Himmel, höher und immer höher, hinein in das unendliche Blau der Ewigkeit, in der es kein Leid mehr gab, keine Angst und keinen Schmerz. Auf einmal spürte sie, wie ihr geschundener Körper sanft emporgehoben wurde, weg von dem Feuermeer aus Schmerzen, dorthin, wo es nur seliges Vergessen gab.

X.

Vorsichtig schüttete Katharina den dampfenden, süßlich-dumpf riechenden Sud aus Beinwellwurzeln, den sie seit dem Vormittag hatte köcheln lassen, durch ein doppeltes Baumwolltuch in einen Krug und gab ihn der Magd Helga.

»Sag dem Gründiger-Jürgen, er soll sich damit Umschläge um sein faulendes Bein machen. Nimm fünf Leinenlappen mit, dann hat er welche zum Wechseln. Er soll sie zwischendurch immer wieder gründlich auswaschen und kochen und zum Trocknen in die Sonne hängen. Und sag ihm, er soll den Beinwellsud aus dem Krug auf die Lappen gießen und nicht die Lappen in den Krug tauchen, weil er sonst die Fäulnis in den Sud bringt und ihn verdirbt.« Sie wies auf den Tisch. »Dort stehen ein Tiegel und ein Fläschchen. In dem Tiegel ist eine Paste aus frischem Wegerich. Die soll er sich zusätzlich auf das kranke Bein streichen – aber seine Finger müssen unbedingt sauber sein! In dem Fläschchen ist ein Kräuterelixier, davon soll er mehrmals am Tag einen Schluck trinken, das reinigt das Blut und heilt das Bein von innen. Morgen soll er es genauso machen, eine Woche lang. Jeden zweiten Tag bekommt er neuen Sud. In einer Woche sehe ich mir sein Bein wieder an. Und sag ihm, dass er bis dahin nicht aufs Feld gehen soll. Er soll zu Hause bleiben und sein Bein hochlegen, sonst ist die ganze Mühe umsonst. Das ist ein Befehl. Sag ihm das, und sag es auch Kaspar, damit der ihn sofort wieder nach Hause schickt, falls er doch aufs Feld kommt.«

»Danke, Herrin«, erwiderte Helga. Sie nahm einen Korb, tat

alles hinein und machte sich im fahlen Licht des wolkenverhangenen Nachmittages auf den Weg zu den Gesindehäusern in Simmelsdorf, das zu den Besitzungen des Reichsritters gehörte.

Nachdem ihre Magd gegangen war, wandte sich Katharina dem nächsten Sud zu. Seit sich herumgesprochen hatte, dass die Herrin von Burg Strahlenfels auch Bedürftige, die nicht zu ihrem Gesinde gehörten, behandelte, ohne etwas dafür zu verlangen, kamen außer Kaufleuten und Adeligen auch Bauern, Knechte und Mägde aus der Umgebung zu ihr, um sie bei Verletzungen oder Krankheiten um Rat und Hilfe zu bitten. Da ihr der Ansturm von Hilfesuchenden jedoch schon bald zu groß geworden war und sie nicht immer Fremde auf der Burg haben wollte, war sie mit dem Nürnberger Spital übereingekommen, dass sie einen Nachmittag lang pro Woche in einer Kammer im Spital mittellose Patienten behandelte. Im Gegenzug stellte sie für das Spital regelmäßig Sude, Elixiere und Salben her, so auch heute.

Sie drehte die venezianische Sanduhr neben dem Herd um und streute klein geschnittenen Schachtelhalm in einen Eisentopf mit wellendem Wasser. Mit einem großen Holzlöffel rührte sie den Sud um und bedeckte den Topf anschließend mit einem Deckel, der in der Mitte zwei kleine Löcher hatte, damit der Dampf abziehen konnte.

Während der Sand durch den Trichter rann, legte Katharina die Kräuter, die sie am Morgen gepflückt hatte, auf dünne Baumwolltücher, die in einen Rahmen gespannt waren, brachte sie in einen dunklen, luftigen Raum hinter der Küche und schob sie zum Trocknen in extra angefertigte Holzgestelle.

Beim Blick auf die Baumwolltücher musste sie an Maria denken, die sie ihr geschenkt hatte, und die innere Unruhe, die sie schon den ganzen Tag über quälend spürte, entlud sich in einem plötzlichen Strom von Tränen. »Halte durch, Maria. Bitte halte durch. Thassilo ist auf dem Weg zu dir und wird dich bald aus den Klauen von Bonifatius befreien«, flüsterte sie.

Sie setzte sich auf einen Küchenstuhl, legte die Hände auf die Knie, schloss die Augen und senkte den Kopf. Sie wollte versuchen, sich innerlich ganz zu entleeren, sich von allen Gefühlen und Gedanken zu befreien. Dazu stellte sie sich einen großen See mit klarem Wasser vor, in den sie alles, was sie dachte und fühlte, fließen ließ, sodass es gereinigt und geläutert wurde, bis es immer dünner und durchscheinender wurde und sich schließlich im klaren Blau des Sees auflöste. Befreit von all ihren Nöten, Wünschen, Ängsten und Bedürfnissen, atmete sie immer langsamer und tiefer ein und aus. Schließlich stellte sie sich, wie sie es von ihrer Mutter gelernt hatte, den lange nachhallenden Ton einer großen, schweren Glocke vor, der regelmäßig angeschlagen wurde, um sich damit auf die ruhige, tiefe Grundschwingung aller Schöpfung einzustimmen. In diesem Zustand völliger Entspannung versuchte sie, die eingrenzende Hülle ihres Körpers zu überschreiten und in einen inneren Kontakt zu ihrer Freundin zu treten.

Sie spürte, wie ihr Inneres die Grenzen von Raum und Zeit ablegte wie einen zu schweren Mantel und sich stofflos auf die Suche nach der eingekerkerten Freundin begab. Sie sah die dicken Mauern des Turms von Burg Gutenstein vor sich, drang durch sie hindurch, glaubte die Umrisse eines am Boden liegenden Körpers vor sich zu sehen und einen schwachen, kaum wahrnehmbaren Atem zu hören. Sie kreiste um die Gestalt, umschloss sie tröstend, bemühte sich, zu ihrem Inneren vorzudringen. Doch es gelang ihr auch diesmal nicht, ebenso wenig wie all die anderen Male, die sie es an diesem Tag schon probiert hatte. Alles, worauf sie wieder und wieder stieß, war ein kalter, leerer Nebel, der sich diesmal plötzlich zu einem sirrenden dunklen Strudel verdichtete und sie hinabzuziehen drohte, sodass sie den Versuch schnell abbrach.

Verzweifelt aufstöhnend warf Katharina den Kopf in den Nacken, rieb sich mit beiden Händen übers Gesicht und erhob sich. Sie trat ans Fenster und sah ratlos auf den Burghof hinab. Vielleicht strengte sie sich nicht genug an. Vielleicht war sie durch ihre Schwangerschaft aber auch einfach zu erschöpft. Wie als Antwort spürte Katharina einen Tritt. Seufzend legte sie die Hand auf den Bauch. Doch ihre Gedanken blieben bei Maria.

Die Nürnbergerin war die Erste gewesen, mit der sich Katharina nach ihrem Einzug auf Burg Strahlenfels angefreundet hatte. Damals hatte Marias Mann Florian noch gelebt, einer der beiden reichsten Tuchhändler der Stadt Nürnberg, der nicht nur die Nürnberger Patrizier, sondern auch den fränkischen Adel und Klerus im Umland mit kostbaren Stoffen belieferte, und die kinderlos gebliebene Frau hatte viel Zeit gehabt, eigene Interessen zu verfolgen. Wie Katharina beschäftigte sie sich von Kindesbeinen an mit den Lehren der Mystiker, deren Heilkunde nicht nur auf dem überlieferten Kräuterwissen der Germanen gründete, sondern auch auf alten Schriften und Lehren aus Ägypten, Griechenland und dem arabischen Raum, ja sogar aus Indien und China. Die mystische Heilkunde beschränkte sich nicht, wie die seit jüngster Zeit an den Universitäten gelehrte Medizin, auf einzelne Organe, sondern war auf den ganzen Menschen gerichtet und schloss auch sein Lebensumfeld und sein Inneres in die Betrachtungen mit ein.

Um mehr darüber zu erfahren, hatten die beiden Frauen beschlossen, gemeinsam das Benediktinerinnenkloster St. Marien aufzusuchen, das nicht weit von Burg Strahlenfels entfernt lag. Die Nonnen betrieben nicht nur ein großes Spital für Alte und Sieche, das sich an den Lehren der Mystikerin und Äbtissin Hildegard von Bingen ausrichtete, sondern boten für den kleinen Kreis der lese- und heilkundigen Frauen aus dem Raum Nürnberg auch Kurse zur Heillehre der Hildegard an. Katharina und Maria hatten diese Kurse regelmäßig besucht und gelernt, wie sich durch die Verwendung von Edelsteinen und Kräutern und durch den gezielten Einsatz von Nahrungsmitteln die Gesundheit erhalten ließ und Krankheiten geheilt werden konnten. Nach den Kursen hatten sie noch gern in den alten Schriften gelesen, die sich in der Klosterbibliothek befanden.

»Eigentlich bin ich ein Mensch, der lieber mit seinen Händen arbeitet und gern draußen ist, statt in einer dunklen Bibliothek zu hocken und in staubigen alten Schriften zu blättern, die oft noch in fremden Zungen geschrieben sind und erst einmal übersetzt werden müssen«, hatte Maria irgendwann einmal zu Katharina gesagt. »Aber mit dir zusammen macht sogar dieses mühselige Entziffern Spaß, weil dir das Übersetzen leicht fällt und du immer gleich alles daraufhin überprüfst, ob und welchen Nutzen es hat.«

Katharina seufzte. All das war lange her und endgültig vorbei. Nach Florians Tod und seit dem ersten Verhör war Maria dem Kloster ferngeblieben und hatte sich zurückgezogen, auch von ihr. Und die Nonnen hatten ihre Kurse eingestellt. Denn angestachelt vor allem von den Dominikanern, den Urhebern auch der päpstlichen Hexenbulle, und getragen von den sich ausbreitenden Ängsten im Volk vor bedrohlichen, dunklen Mächten, bekämpften immer größere Kreise innerhalb der Kirche das alte Heilwissen, weil es angeblich aus heidnischen Quellen schöpfte und die schwachen Weiber empfänglich machte für die Ränke Satans. Was für ein Unsinn!, dachte Katharina und schüttelte den Kopf. Nicht dunkle Mächte bewirkten den Schaden oder Segen von gebrauten Kräutertränken, sondern die in den von

Gott geschaffenen Kräutern enthaltenen Säfte, deren Wirkung, Dosierung und Anwendung man kennen musste, um sie heilend einzusetzen. Und nicht böse Geister, sondern machtgierige, verantwortungslose kirchliche und weltliche Herrscher waren es, die das Volk ausplünderten und ins Elend stürzten. Doch obwohl sich auch innerhalb der Kirche zur Vernunft mahnende Stimmen erhoben, nahm der Hexenwahn immer mehr zu und hatte auch die Benediktinerinnen zum Rückzug bewogen. Zwar betrieben die Nonnen weiterhin die Apotheke und das Spital, und ihre Heilerfolge bewiesen, wie wirksam ihre Medizin war, aber nach außen hin gaben sie sich von nun an verschlossen. Katharina durfte nur unter dem Versprechen, Stillschweigen zu wahren, ihr Studium in der Klosterbibliothek fortsetzen und in der Klosterapotheke und im Spital mithelfen.

Katharina hatte mit Maria aber nicht nur das Kloster besucht, sondern auch viele freie Nachmittage zusammen mit ihr verbracht. Sie erinnerte sich noch lebhaft an Marias ausgelassenes Lachen, wenn sie sich in den langen Wintertagen auf der Burg oder in der Hinterstube des Mühlhauserschen Tuchgeschäftes aus Stoffresten elegante Kleider für festliche Anlässe zugeschnitten hatten, die in dem florierenden Tuchladen übriggeblieben waren. Die Näharbeit ließen sie von Näherinnen erledigen; anschließend schmückten sie selbst die Kleider noch mit kunstvollen Stickereien.

»Spieglein, Spieglein an der Wand, du bist die Allerschönste hier im Land!«, hatte Maria kurz vor Katharinas neunzehntem Geburtstag gerufen und ihre Freundin vor den mannshohen Silberspiegel im Tuchmacherladen geschoben, damit diese sich in ihrem neuen Gewand betrachten konnte. Es bestand aus einem Mieder aus dunkelblauem Samt, einem aus roten, dunkelblauen und tannengrünen Seiden- und Samtstoffstreifen zusammengesetzten Rock und weiten Ärmeln aus ungefärbter

Baumwolle, in die zwei waagerechte Streifen aus durchbrochener Spitze eingesetzt worden waren.

»Nein, du, du bist die Allerschönste hier«, hatte Katharina ihr widersprochen und Maria vor den Spiegel gezerrt. Diese trug zu einem hellgrünen Samtmieder geschlitzte gelbe Samtärmel, die mit weißer Seide gefüttert waren, und einen Rock aus hellgrünen, schwarzen, gelben und weißen Samt- und Seidendamaststreifen, in die unterschiedliche Muster eingewebt waren. Eine unbeschwerte Zeit war das gewesen, ohne Sorgen und drohende Gefahren.

Doch dann war das Furchtbare geschehen. Marias Mann Florian war auf einer Reise nach Venedig, wo er kostbaren Seidendamast hatte einkaufen wollen, der bei den Nürnberger Patrizierfamilien so sehr begehrt war, ermordet worden. Nur wenig später hatte Bonifatius Maria das erste Mal verhaftet und notpeinlich verhört. Als gebrochene, um Jahre gealterte Frau war sie zurückgekehrt und hatte von da an die Öffentlichkeit gemieden und selbst zu Katharina kaum noch Kontakt gepflegt.

Als Katharina schwanger geworden war, hatte Maria sich aufrichtig gefreut und nach langer Zeit wieder einmal gelächelt und gesagt: »Möge das kleine Wesen in deinem Bauch eine Zeit erleben, die frei ist von der Finsternis der Gegenwart.«

Katharina hatte in Marias traurige Augen geschaut und das Grauen erahnt, das ihre Freundin hatte durchleiden müssen. Sie hob die Hand, um sie tröstend auf Marias Arm zu legen, aber diese senkte den Blick und entzog sich ihr.

»Mögen sonnigere, freudvollere Zeiten kommen«, hatte Katharina daraufhin erwidert. Maria hatte nicht darauf reagiert, sondern nur schweigend vor sich hin gestarrt.

Ein paar Tage später hatte ein Knecht von Maria einen Ballen allerfeinster Baumwolle und eine Spindel mit weißer Spitze auf Burg Strahlenfels gebracht und Katharina ein Schreiben überreicht. »Ein kleines Geschenk zum Nähen der Wäsche. Wenn es ein Mädchen ist, wird sich der Reichsritter von Wildenstein genauso in sie verlieben wie in seine zauberhafte Gattin. Und wenn es ein Junge wird, dann freut sich Thassilo über den Stammhalter. Reines Glück und Freude wünscht Dir Deine Freundin Maria.«

Katharina hatte diesen Gruß als Zeichen genommen, dass Maria allmählich wieder zurück ins Leben fand. Doch dann war sie ein zweites Mal in die Fänge des Päpstlichen Inquisitors geraten. Bei dem Gedanken daran, was er Maria alles antun könnte, legte sich ihr ein würgender Schmerz um die Kehle, und sie faltete die Hände zum Gebet.

Auf einmal hörte sie das Getrappel von Pferden. Sofort lief sie zum Küchenfenster und sah in den Hof. Als sie Thassilo und Felix erblickte, atmete sie halb erleichtert, halb erschrocken durch und eilte nach unten.

»Was ist geschehen?«, rief sie. »Habt ihr nichts ausrichten können?«

»Doch«, antwortete Thassilo. »Aber der Rat der Stadt will selbst gegen Bonifatius zu Felde ziehen und hat uns nach Hause geschickt.« Er umarmte sie. »Komm, lass uns etwas essen, wir sind hungrig. Dann erzählen wir dir alles.«

Sie setzten sich auf die Terrasse und aßen frisch gebackene Brotfladen, Kräuterquark mit Zwiebeln und Löwenzahnsalat mit Leinöl und Essig, den Katharina mit den Blüten von Gänseblümchen und Veilchen bestreut hatte. Sie wusste, das gab Kraft, regte die Verdauung an, reinigte das Blut, säuberte die Atemwege und schützte vor den weit verbreiteten Wurmerkrankungen. Katharina beherzigte die Worte der Hildegard von Bingen, wonach Gott gegen jede Krankheit ein Kraut wachsen ließ. Man brauche sich nur zu bücken und sich aus der Apotheke Gottes zu bedienen.

Während sie aßen, berichteten die Männer Katharina von den Beschlüssen des Nürnberger Rates.

Katharina seufzte. »Dann können wir jetzt nur abwarten und darauf hoffen, dass sie nicht zu spät kommen.«

Thassilo nickte. »Ja, mehr können wir wirklich nicht tun.«

»Würdet ihr mich nach dem Essen in die Kapelle begleiten, damit wir gemeinsam für Maria beten?«, fragte Katharina.

»Ja, das tun wir gern«, antwortete Felix und fügte lachend hinzu: »Wenn ihr denn mit einem Sünder wie mir zusammen beten mögt.«

»Und ob wir das mögen!«, rief Thassilo und schlug ihm auf die Schulter. »Schließlich ist ein reuiger Sünder Gott näher als ein selbstgerechter, der immer nur die Sünden anderer sieht.«

Die Kapelle befand sich im hinteren Burghof. Thassilos Urgroßvater hatte sie bauen lassen. Ihr kleiner gotischer Turm ragte mit seinen knospenartigen Holzschnitzereien wie ein langgezogener Zuckerhut in den Himmel. Die drei tauchten die Finger in das Weihwasser am Eingang und betraten den achteckigen Raum. Die grob behauenen Wände waren geweißelt und mit senkrechten, die fehlenden Säulen nachbildenden Linien in Rot, Blau, Gelb und Weiß bemalt, den Wappenfarben derer von Wildenstein. Helles Licht fiel durch das gelb getönte Glas der umlaufenden spitzbogigen Fenster, über denen sich ein Runddach aus Holz erhob, das sich kegelförmig zum Turm hin verjüngte. Vor dem Altar bekreuzigten sie sich und knieten vor dem großen Kruzifix nieder.

»Katharina, sprich du die Fürbitte für Maria«, bat Thassilo.

Sie falteten die Hände, dann blickte Katharina zu dem Kruzifix empor, um sich zu sammeln.

»Herr, unser Gott«, begann sie schließlich, »voller Angst und Not rufen wir zu Dir, ratlos und ohnmächtig angesichts der

Gewalt, von der Deine treue Magd Maria in diesen Stunden bedroht wird. Wir wollen für sie beten.

Herr im Himmel, allmächtiger Gott aller Schöpfung, beschütze Maria in ihren schweren Stunden. Gib ihr Kraft von Deiner Kraft und rühre an das Gewissen von Bonifatius. Wandle sein Herz, und schenke ihm ein heilsames Erschrecken, damit er erkennt, dass er sich gegen Dich und damit auch gegen sich selbst versündigt, wenn er Deine Botschaft der Liebe und des Friedens in eine Botschaft des Hasses und der Gewalt verkehrt. Lass ihn einhalten in seinem Tun, damit die Kirche und der Glaube in Franken wieder zu einem Hort der Wahrheit und der Gerechtigkeit werden, der den Menschen Hoffnung und Zuversicht schenkt, statt sie in Angst, Not und Verzweiflung zu stürzen.

Herr, Dein Sohn ist durch Leid und Tod hinübergegangen in Deine Herrlichkeit. Er hat seinen Leib und sein Blut hingegeben, um uns zu erlösen und durch seine Hingabe den Weg zu Dir zu öffnen, zu unserem Vater im Himmel wie auf Erden. Schau, Herr, in Deiner Barmherzigkeit auf Maria herab, die nun ein zweites Mal von dem Inquisitor Bonifatius von Ebenstatt verhaftet wurde und fürchten muss, von ihm wieder misshandelt und gedemütigt zu werden, damit sie die ungeheuerliche Lüge ausspricht, mit Satan im Bunde zu sein und ihm zu dienen statt Dir, o Herr. Wir bitten Dich, Vater, lass das nicht zu.

Vater, erbarme Dich Deiner ergebenen Dienerin Maria Mühlhauser, deren ganzes Streben darin besteht, durch ihre Taten Deine Botschaft der Liebe zu verkünden. Erbarme Dich auch der Hungernden und Notleidenden, die durch Marias großzügige Zuwendungen Linderung erfahren und vor dem Hungertod bewahrt werden. Im Namen all dieser Elenden flehen wir Dich an: Nimm ihnen nicht ihre Wohltäterin.

Herr, erbarme Dich.

Christus, erbarme Dich.

Heilige Mutter Gottes, verwende Dich für Maria, damit sie nicht zuschanden gemacht wird durch Verblendung, Anmaßung und Gier.

Heiliger Vater im Himmel, erbarme Dich.

Herr, wir wissen, dass wir, die wir hier für Maria Fürsprache halten, selbst elende Sünder sind. Vergib uns unsere Schuld, Herr, und höre dennoch unser Flehen. Lass Maria in ihrer Not Deine unendliche Liebe spüren. Darum bitten wir Dich. Amen.«

Katharina ließ den Kopf auf die Hände sinken und begann bitterlich zu schluchzen.

»Amen«, sagte Thassilo und legte ihr sanft die Hand auf die Schulter.

»Amen«, sagte auch Felix.

Als sie sich schließlich erhoben und die Kapelle verließen, teilten sich auf einmal die Wolken. Die Sonne brach sich kraftvoll Bahn und tauchte die kleine Kapelle in ein strahlendes goldenes Licht.

XI.

Als die Truppe unter dem Kommando von Kriegshauptmann Endress Tucher den gewundenen Pfad hinauf zur Burg Gutenstein erreichte, hatte die Sonne den Zenit schon überschritten. Sie brannte mit einer solchen Kraft, dass den geharnischten Männern der Schweiß über Stirn und Nacken perlte.

Die Männer sahen nach oben, aber außer dem dichten Grün der Bäume konnten sie nichts erkennen. Sie sprangen von ihren Pferden und umwickelten die Hufe mit dicken Lappen, damit sie nicht zu früh gehört werden konnten. Dann setzten sie ihren Weg schweigend fort. Zwei der Bewaffneten trugen lange Seile und Anker für den Fall bei sich, dass sie über die Burgmauer klettern und das Burgtor heimlich von innen öffnen mussten. Aber als sie oben ankamen, sahen sie, dass das Tor halb zerfallen war und jeder Fremde ungehindert eindringen konnte. Ihre Waffen griffbereit, ritten die Männer in den Burghof. Niemand schien sie bemerkt zu haben.

Matthäus Stromers Blick fiel auf einen Scheiterhaufen in der hinteren Ecke des Burghofs. Ein hoher, kräftiger Stecken mit einem Eisenring in der Mitte, an dem eine kleine Plattform befestigt war, ragte aus einem Stapel sorgfältig aufgeschichteter Holzscheite hervor. Über die Holzscheite führte ein Brett. Der Bürgermeister sah zu Tucher hinüber und bemerkte an dessen Blick, dass sie beide denselben Gedanken hatten: Sie kamen offenbar noch nicht zu spät.

Die halb aus Holz, halb aus Stein gebaute Burg wirkte

ebenso zerfallen wie das Tor. Nur der große runde Steinturm, ein Seitengebäude und die Stallungen schienen instand gesetzt worden zu sein. Mit einer knappen Handbewegung schickte Tucher zehn seiner Männer aus. Sie sollten das Seitengebäude und die Burgruine umstellen und sichern. Zwei weiteren Männern gab er das Zeichen, im Hof bei Matthäus Stromer zu bleiben. Mit den restlichen dreizehn Bewaffneten ging er leise zur Tür des Turmes. Sie war nicht verschlossen.

Tucher postierte zwei seiner Leute an der Eingangstür. Mit den übrigen schlich er die Wendeltreppe hinauf. Im ersten Stock blieben sie vor einer geschlossenen Tür stehen. Tucher bedeutete fünf Männern, die Treppe nach oben zu sichern. Dann öffnete er vorsichtig die Tür, und zusammen mit seinen Männern betrat er den Raum, der sich dahinter erstreckte. Er hatte richtig vermutet: Ein großer Tisch auf einem Podest im hinteren Teil und die Folterwerkzeuge an Wänden und Decke zeigten, dass hier die Verhöre stattfanden. Tucher sah sich um. Der Raum schien leer zu sein. Er wollte sich schon zum Gehen wenden, als einer seiner Männer auf eine dunkle Nische neben den schmalen Fenstern deutete. Blitzschnell sprang Tucher nach vorn und zog einen großen, kräftigen Mann hervor. Dessen Gesicht war hinter einer Ledermaske verborgen.

»Wo ist der Inquisitor?«, herrschte Tucher ihn an.

Der Mann deutete nach oben. »Seine Gnaden haben sich in sein Arbeitszimmer zurückgezogen.«

»Ist er allein?«

Der Maskierte nickte.

»Und wo ist seine Gefangene?«

Der Maskierte zeigte hinter das Podest. Erst jetzt entdeckte Tucher die Frau, die dort reglos am Boden lag, halb bedeckt von einem dreckstarrenden, blutgetränkten Lumpen. »O mein Gott!«, flüsterte er. Er eilte zu ihr, kniete sich hin und schob seinen Arm vorsichtig unter den Kopf der Mühlhauserin. Ihr Körper war eiskalt und ihre Haut gelblich und wächsern. Ihre Schultern hingen unnatürlich verdreht nach hinten. »Ausgerenkt«, murmelte er. Er zog den Lumpen von ihr weg und ließ seinen Blick über ihre entblößten, mit Wunden übersäten Arme und dann zu den Beinen gleiten. Das Nachthemd hatte sich hochgeschoben, und er sah den zerquetschen Unterschenkel. Er legte seinen Finger an die Halsschlagader der reglosen Frau und spürte ein schwaches, unregelmäßiges Pulsen. Behutsam ließ er ihren Kopf wieder auf den Boden sinken, dann nahm er seinen Umhang von den Schultern und deckte sie damit zu.

In diesem Moment sah er aus den Augenwinkeln, wie der Maskierte zur Tür stürzen wollte. Aber Tuchers Männer waren schneller. Sie schlossen die Tür, rissen ihm die Arme nach hinten und führten ihn zu ihrem Hauptmann.

»Los, nehmt ihm die Maske ab! Ich will sehen, welches Ungeheuer dieser frommen Frau so etwas angetan hat!«, rief er aufgebracht.

»Das dürft Ihr nicht! Im Namen der Inquisition, das dürft Ihr nicht!«, rief der Maskierte.

»Halt's Maul!« Tucher stand auf, griff an die Maske und riss sie herunter. Verblüfft hielt er inne. »Was? Du, Berger-Hannes?« Vor ihm stand der Metzger des Weilers Langenberg.

»Der hohe Herr Inquisitor hat es mir befohlen«, stammelte dieser. »Er hat gesagt, dass ich selbst mit dem Teufel im Bund bin, wenn ich mich weigere, ihm zu helfen, die Hexe zu überführen. Und er hat gesagt, dass er dann auch meine Frau und meine Kinder der Hexerei anklagt.«

Tucher achtete nicht weiter auf ihn, sondern wandte sich an seine Leute. »Knebelt ihn, und kettet ihn an einen der Ringe an der Wand.« Er sah sich suchend um, ging zum Tisch und rüttelte an der Tischplatte. Sie ließ sich mühelos von den beiden mit Schubladen versehenen, hüfthohen Schränkchen rechts und links hochheben. »Nehmt die Tischplatte, legt meinen Mantel darauf und wickelt die Mühlhauserin darin ein«, befahl er. »Dann tragt ihr sie auf der Platte hinunter. Aber seid vorsichtig. Einer hält sie fest, damit sie nicht hinunterfällt. Von Ebenstatt und der Berger-Hannes haben sie böse zugerichtet. Falls sie zu sich kommt, hat sie große Schmerzen. Dann gebt ihr etwas von diesem Branntwein.« Er zog eine kleine Flasche aus einer Tasche an seinem Gürtel, gab sie seinem Waffenknecht Matthes und zeigte auf die noch auf dem Tisch liegenden Blätter. »Die nehmen wir als Beweismittel mit.« Dann riss er den Vorhang von einem der Fenster. »Den legen wir ihr unter den Kopf, damit er höher liegt als die Schultern. Und passt auf, dass ihr nicht an den Armen zieht. Die haben sie ihr ausgekugelt.« Sein Blick fiel wieder auf das blutunterlaufene, stark angeschwollene Bein. »Wartet! Vielleicht ist es gebrochen.«

Mit seinem Degen schnitt Tucher einen Streifen von einem anderen Vorhang ab, drehte ein Bein aus dem Stuhl hinter dem Tisch, band es mit dem Stoffstreifen an das Bein der Ohnmächtigen und gab seinen Männern ein Zeichen, die Frau behutsam auf die Tischplatte zu legen. Ein Zittern lief durch den geschundenen Körper, während Tucher ihn in seinen Mantel hüllte. Die Lider zuckten, aber die Augen blieben geschlossen, und ihrer Kehle entrang sich ein leises Röcheln. »Haltet durch, Mühlhauserin«, flüsterte Tucher und zog eine Wasserflasche aus seiner Gürteltasche. Er befeuchtete sein Schnupftuch und tupfte damit über die Lippen und das von Schweiß und Tränen verklebte Gesicht der Gefolterten. Dann nickte er seinen Männern zu und wies nach draußen. »Lasst sie uns nach unten bringen. Und achtet darauf, dass ihr die Platte nicht schräg haltet, wenn ihr die Treppe hinuntergeht.«

Plötzlich sprang krachend die Tür auf, und der Inquisitor trat mit wutverzerrtem Gesicht in den Raum. »Wie könnt ihr es wagen, hier einzudringen!«, brüllte er.

Keiner von Tuchers Waffenknechten wagte es, sich dem Päpstlichen Inquisitor in den Weg zu stellen.

»Wachen!«, schrie er. »Wachen!«

Tucher zögerte kurz, dann trat er auf den Inquisitor zu, riss ihn am Arm noch weiter in den Raum herein und schlug die Tür hinter ihm zu.

Wütend und erschrocken zugleich starrte der Inquisitor den Hauptmann an. »Aus dem Weg, Endress Tucher, sonst wird er mich kennenlernen.«

»Das ist nicht nötig, wir kennen ihn schon sehr gut«, erwiderte Tucher im gleichen Ton und trat einen Schritt auf den Inquisitor zu. Ohne den Blick von ihm zu wenden, befahl er: »Karl, hol den Bürgermeister! Und sag den anderen, sie sollen jeden niedermachen, der ohne meine ausdrückliche Zustimmung durch diese Tür will. Jeden, verstehst du.«

»Wie kann er es wagen, solch dreiste Reden zu führen! Das wird er büßen, Tucher, das wird er bitter büßen!«, schrie der Inquisitor.

»Wir werden ja sehen, wer hier etwas bitter büßen wird«, entgegnete Tucher ungerührt. »Ich führe nur die Befehle des Nürnberger Rates aus. Aber ich darf ihm versichern, dass ich das aus ganzem Herzen und mit voller Überzeugung tue. Denn als freier Bürger einer freien Stadt sind mir Willkür und Eigenmächtigkeit zuwider.«

»Willkür und Eigenmächtigkeit?« Die Stimme des Inquisitors überschlug sich. »Weiß er nicht, wen er vor sich hat? Als Päpstlicher Inquisitor stehe ich über jedem irdischen Recht und Gesetz.«

»Seit wann denn das?«, ertönte es von der Tür her. Matthäus Stromer war eingetreten. »Auf diesem Grund und Boden gelten immer noch die Rechte und Gesetze des von Gottes Gnaden eingesetzten Kaisers. Und gegen dieses kaiserliche Recht und Gesetz habt Ihr, Bonifatius Freiherr von Ebenstatt, verstoßen, indem Ihr eine Nürnberger Bürgerin ohne vorherige Rücksprache mit dem Nürnberger Rat und sogar ohne dessen Anhörung verhaftet und unter der Folter verhört habt. Und nicht nur das: Ihr habt Euch damit auch gegen den Willen und das Urteil der Bischöfe gestellt. Damit seid Ihr zu weit gegangen.«

»Zu weit gegangen? Gegenüber einer Hexe zu weit gegangen? Will der Rat der Stadt Nürnberg etwa Recht und Gesetz missbrauchen, um eine Hexe zu schützen?«

»Eine Hexe?« Stromer bemühte sich, ruhig zu bleiben. »Wer sagt denn, dass die Mühlhauserin eine Hexe ist?«

»*Ich* sage das. *Ich*, der vom Papst persönlich in dieses heilige Amt berufene Inquisitor.«

Ein leises Röcheln drang durch den Raum. Alle Blicke richteten sich auf die Mühlhauserin. Ein Zucken lief durch ihren Körper, dann lag sie wieder reglos da. Stromer trat zu ihr. »O mein Gott! Was habt Ihr diesem armen Weib nur angetan!«, rief er.

»Wagt es nicht noch einmal, den Namen Gottes in einem Atemzug mit dieser Hexe zu nennen!«, erwiderte der Inquisitor mit drohender Stimme.

»Die Mühlhauserin ist so wenig eine Hexe wie wir«, entgegnete der Bürgermeister. »Oder wollt Ihr uns gleich alle der Hexerei anklagen, weil wir Euer willkürliches Urteil infrage stellen?«

»Warum nicht? Warum sollte ich nicht den ganzen Nürnberger Rat anklagen, wenn er eine Hexe schützt?«

»Das wird ja immer schöner! Der Herr Inquisitor bezichtigt willkürlich irgendwelche Frauen, eine Hexe zu sein, und klagt jeden, der dem widerspricht, auch gleich der Hexerei an!«

»Sie hat gestanden, dass sie eine Hexe ist. Leider war ich gezwungen, ihr mit der Folter die teuflische Zunge zu lösen. Aber das, was sie dann zu Protokoll gegeben hat, überführt sie eindeutig als Hexe.«

Matthäus Stromer zögerte und warf einen kurzen Blick zu Tucher hinüber. Aber der starrte nur zornig vor sich hin. Ein Geständnis galt als unumstößlicher Beweis.

Der Inquisitor schien zu bemerken, wie die Entschlossenheit der Männer bröckelte.

»Raus jetzt!«, befahl er. »Die Sache wird Folgen haben. Offenbar wird es Zeit, dass der Stadt Nürnberg wieder einmal eine Lektion erteilt wird.«

»Das Geständnis ist nur durch Folter zustande gekommen«, wandte Stromer ein, aber er wusste, dass er damit nichts ausrichten konnte.

»Geständnis ist Geständnis. Ihr wisst ganz genau, dass jedes Gericht ein solches Geständnis anerkennen wird, unabhängig davon, mit welchen Mitteln es herbeigeführt wurde.« Siegesgewiss sah Bonifatius in die Runde und betrachtete die Ohnmächtige. »Und ich sehe keine Anzeichen dafür«, fügte er hinzu, »dass die Mühlhauserin ihr Geständnis widerrufen wird. Also raus hier!«

Stromer blickte stirnrunzelnd zur Mühlhauserin hinunter. Die Rechtslage war eindeutig: Ein Geständnis war in der Tat ein Geständnis, und wer geständige Hexen verteidigte, machte sich selbst der Hexerei verdächtig. Niedergeschlagen wandte er sich zur Tür. Er hob die Hand, um den anderen zu bedeuten, ihm zu folgen, als plötzlich ein Röcheln durch den Raum drang.

»Ich widerrufe!«

Hatte er richtig gehört? Er beugte sich zur Mühlhauserin hinunter. »Was habt Ihr gesagt?«

»Ich widerrufe!«

Das war rechtlich eindeutig. Durch ihren Widerruf galt die Tuchhändlerin wieder als unschuldig. Sofort versperrte Tucher erneut die Tür, während sich Stromer neben die Mühlhauserin kniete und ihr mit bebender Hand über das Gesicht strich.

Ihre Lider flackerten, dann öffnete sie langsam die Augen. »Ich widerrufe«, flüsterte sie. »Ich bin keine Hexe. Der Inquisitor hat mich unter der Folter zu einem falschen Geständnis gezwungen … Ich habe es nicht unterzeichnet … Ich widerrufe.«

Ihre Stimme war schwach und leise, aber alle im Raum hatten ihre Worte gehört.

»Du Teufelin!«, schrie der Inquisitor und trat einen Schritt auf sie zu. Sofort stellte sich ihm ein Soldat in den Weg. »Was erdreistest du dich, Hexe! Soll ich dich noch einmal verhören? Willst du das?«

»Nichts werdet Ihr tun, von Ebenstatt, gar nichts!«, entgegnete der Bürgermeister, der zornig herumgewirbelt war. »Wir alle haben gehört, dass die Mühlhauserin widerrufen hat, und wir wissen jetzt, dass Ihr, Bonifatius von Ebenstatt, eine Unschuldige nicht nur unrechtmäßig entführt, sondern auch noch durch Folter zu einem falschen Geständnis gezwungen habt. Und wir alle können bezeugen, dass Ihr sie weiterhin mit roher Gewalt bedroht, weil es Euch nicht um die Wahrheit geht, sondern nur darum, die Mühlhauserin zu vernichten. Das wird ein böses Nachspiel für Euch haben, von Ebenstatt!« Er gab den umstehenden Soldaten ein Zeichen. »Knebelt und fesselt ihn, und dann bindet ihn neben seinem Gehilfen an die Ringe in der Wand!«

»Fasst mich nicht an!«, brüllte der Inquisitor. Doch es war umsonst. »Das werdet Ihr büßen, Matthäus Stromer, Ihr und Eure ganze Bande!«

XII.

Du pflichtvergessener Tölpel, reite sofort zum Markgrafen, damit er mir Truppen schickt!«, herrschte Bonifatius seinen Hauptmann Antonius Deleda an, nachdem dieser ihn erst nach Stunden von den Fesseln befreit und ihm den Knebel gelöst hatte. »Und schick zur Abenberg, damit sie Mittel für neue Truppen bereitstellt. Warte, ich schreibe erst noch zwei Briefe.«

»Herr, was ... was ist geschehen?«, stammelte Deleda.

»Was geschehen ist? Siehst du das nicht? Während du und deine ebenso nichtsnutzigen Kerle bei Glücksspiel und Branntwein gesessen und eure Pflichten vernachlässigt habt, sind wir vom Nürnberger Rat überfallen worden, der auch noch die Hexe entführt hat!«

Der Hauptmann riss entsetzt die Augen auf. »Herr, wir haben weder Branntwein getrunken noch ...«

»Schweig, Elender!«

»Gnädigster Herr, Ihr habt uns doch strengstens verboten, während eines Verhörs den Hof oder den Turm zu betreten ...«, stieß Deleda hervor.

»Ich habe dir befohlen zu schweigen!«, herrschte Bonifatius ihn an. »Ich verlange von meiner Wache, dass sie mich vor einem Überfall schützt, einerlei, welche Befehle ich gegeben habe!«

Der Hauptmann schwieg. Er hatte gelernt, den Befehlen seines Herrn blind zu gehorchen, aber nicht, gegen sie zu verstoßen.

»Diese Satane!«, ereiferte Bonifatius sich. »Der Markgraf hätte viel entschiedener gegen dieses Ketzernest durchgreifen müssen! Aber diesmal kommen sie nicht so glimpflich davon. Der heiligen Inquisition eine geständige Hexe aus den Händen zu reißen! Dafür soll das teuflische Nürnberg brennen!«

Ohne seinen Hauptmann noch eines Blickes zu würdigen oder sich um seinen immer noch geknebelten und angeketteten Folterknecht zu kümmern, goss sich der Inquisitor ein Glas Wasser ein und leerte es in einem Zug. Dann setzte er sich an den Verhörtisch und begann zu schreiben. Hauptmann Deleda verließ leise den Raum, um die Vorbereitungen für den nächtlichen Ritt zu treffen und dem Boten für die Gräfin Abenberg Bescheid zu geben.

Während er sein Pferd sattelte, dachte er über das Geschehene nach. Ob sein Herr wirklich gegen Nürnberg zog? Das bedeutete Krieg. Familien würden auseinandergerissen und Freundschaften in tödliche Feindschaften verwandelt werden. Außerdem hieß Krieg Hunger, denn dann wurden die Felder nicht bestellt, und der aufblühende Handel würde zum Erliegen kommen.

Antonius Deleda war ein italienischer Landsknecht, der früher im Heer des Papstes gedient hatte und nun dem Päpstlichen Inquisitor zugeteilt worden war. Doch der Dienst für seinen neuen Herrn missfiel ihm. Zwar war er Soldat, und es war seine Pflicht, die Befehle seines Herrn auszuführen, aber es bereitete ihm immer größeres Unbehagen, irgendwelche Weiber verhaften und sie der Folter ausliefern zu müssen, weil sie in Verdacht der Hexerei geraten waren. Außerdem ärgerte er sich darüber, dass er bisher nur einen Bruchteil seines ohnehin kargen Soldes ausbezahlt bekommen hatte.

Seine neue Heimat jedoch gefiel ihm. Er hatte Freundschaften geschlossen und vor zwei Monaten auf dem Nürnberger

Markt ein hübsches Bauernmädchen namens Cordula kennengelernt, deren Wangen so rund und rot waren wie die Äpfel, die sie ihm feilbot. Als er einen ihrer Äpfel in die Hand nahm und erst seine Zunge und dann seine Lippen spielerisch darüberstreifen ließ, bevor er abbiss, hatte sie mit keckem Lachen gesagt: »Wenn Ihr genauso schnell vor dem Altar seid wie mit der Zunge, dann soll der Pakt wohl gelten, Hauptmann Antonius.«

»Solch ein Handel will wohlüberlegt sein«, hatte er abwehrend erwidert, den Blick aber nicht von ihren Augen lösen können. Seither war er an jedem Markttag zu ihr gegangen, um Äpfel zu kaufen. Und er hatte darüber nachzudenken begonnen, ob er seinen Söldnerberuf nicht besser aufgeben und mit Cordula als Bauer sesshaft werden sollte.

Der Krieg wird unsere Zukunft gefährden, dachte der Hauptmann bitter. Aber was konnte er ausrichten gegen den Willen eines Päpstlichen Inquisitors? Seufzend stieg er die Turmtreppen wieder hinauf, um vor dem Verhörzimmer auf den Brief und die Befehle seines Herrn zu warten. Kaum war er oben angekommen, öffnete sich die Tür, und eine dunkle Gestalt mit flatterndem Umhang kam ihm entgegen. Antonius Deleda fuhr erschrocken zurück und machte unwillkürlich das Kreuzzeichen. Vor sich sah er das verschattete Gesicht des Inquisitors. Einen Moment lang hatte er ihn für den Teufel gehalten.

»Reite zum Markgrafen, und bring mir seine Truppen mit, wenn dir dein Leben lieb ist! Und lass das Geld der Abenberg holen!«, befahl der Inquisitor ungehalten und gab dem Hauptmann zwei versiegelte Schreiben. »Du reitest ohne Begleitung. Die Wachen bleiben hier.«

»Jawohl, Herr«, erwiderte der Hauptmann und eilte die Treppe hinunter. Unten angekommen, nahm er sich drei Fackeln, zündete eine an, schob sie in die Halterung am oberen

Ende der Standartenstange der Inquisition und sprang auf sein Pferd, um in die finstere Nacht und in die Wälder hinauszureiten. Die steckten zwar voller Räuberbanden, aber die fürchtete er nicht so sehr wie die gnadenlose Härte des Inquisitors.

XIII.

Als Katharina, Thassilo und Felix das Klappern von Hufen hörten, sprangen sie von ihren Stühlen auf und eilten hinunter in den Burghof.

»Wo ist sie?«, rief Katharina dem bewaffneten Trupp entgegen.

»Auf dem Weg nach Nürnberg, zum Spital«, antwortete der Anführer.

»Wie geht es ihr?«

»Sehr schlecht. Sie ist übel zugerichtet worden. Der Herr Bürgermeister bittet Euch, zum Spital zu reiten und ihr zu helfen.«

»Dann lasst uns keine Zeit verlieren.«

Katharina nickte Thassilo und Felix zu, griff nach ihrer stets bereitstehenden Medikamententasche und nach ihrem Umhang und eilte zum Stall.

Thassilo warf seinem Vetter einen verzweifelten Blick zu. Was, wenn durch die Bewegungen des Pferdes unterwegs plötzlich Wehen ausgelöst wurden? Er lief hinter seiner Frau her und nahm ihr die Tasche ab.

»Lass uns bis zur Biegung zu Fuß gehen, Katharina, das erste Stück ist zu steil für dich.«

Katharina sah den Anführer des Trupps fragend an.

»Wir haben sehr viel Zeit, Euer Gnaden«, erwiderte dieser. »Wir sind im scharfen Galopp hierher geritten, und der Trupp mit der Mühlhauserin ist weit zurückgeblieben. Mit der Bahre kommen sie nur langsam voran.«

»Wurden ihr die Knochen gebrochen?«, fragte Katharina.

»Das weiß ich nicht. Ein Bein ist stark geschwollen und ganz blau, darum hat der Hauptmann es geschient. Die Arme sind ausgekugelt, und sie hat Brandwunden und Stiche.«

»Ist sie bei Bewusstsein?«

»Das war sie nur ganz kurz. Und da hat sie sofort ihr Geständnis widerrufen. Dann ist sie wieder ohnmächtig geworden.«

Katharina griff nach ihrer Tasche, nahm ein kleines Fläschchen heraus und gab es dem Anführer. »Bitte lasst einen von Euren Leuten zum Trupp zurückreiten und der Mühlhauserin hiervon jede Viertelstunde ein paar Tropfen in den Mund träufeln. Das wird ihre Schmerzen ein wenig lindern.«

»Jawohl, Euer Gnaden«, antwortete der Anführer. »Wenn Ihr erlaubt, werde ich das selbst tun. Ich bin der Mühlhauserin einigen Dank schuldig.«

»Das sind wir alle«, erwiderte Katharina mit einem traurigen Lächeln.

Als die Stadtmauern vor ihnen auftauchten, atmete Thassilo erleichtert auf. Sorgenvoll hatte er beobachtet, wie Katharina sich während ihres Rittes immer wieder den Bauch hielt und wie sich ihr Kleid am Rücken vom Schweiß dunkel färbte. Fast zwei Stunden hatten sie für den Weg benötigt, den man in gestrecktem Galopp in weniger als einer Stunde zurücklegen konnte. »Wir haben genügend Zeit. Stromer und Tucher werden mit der Mühlhauserin noch langsamer reiten als wir«, hatte er seiner ungeduldigen Frau immer wieder versichert.

Im Nürnberger Spital erfuhren sie, dass er recht gehabt hatte: Die Mühlhauserin war noch nicht da. Katharina tauschte ihr schweißnasses Kleid gegen einen frischen Kittel, wie ihn dort alle Ärzte und Krankenpflegerinnen trugen. Dann bat sie Schwester Heidrun, die ihr im Spital meist zur Hand ging, nach Physikus Menachem Baruch zu schicken, einem jüdischen Arzt, der auf Knochenbrüche und Gelenkverletzungen spezialisiert war und der für das Nürnberger Spital arbeitete.

Nun konnten alle nur noch warten. Katharina setzte sich zu Thassilo und Felix in die Vorhalle und sah zu, wie die Männer genüsslich vom Honigbrot aßen. Sie selbst war viel zu aufgewühlt und angsterfüllt, um etwas zu essen, und nippte stattdessen unruhig an ihrem Tee. Schließlich stand sie auf und ging in der Halle hin und her.

Irgendwann hörte sie, dass der Nürnberger Trupp angekommen war. Sie eilte ins Krankenzimmer und zupfte und zog, um ihre Unruhe zu bändigen, an den makellos glatten Laken. Dann endlich wurde die in einem großen Tuch hängende Platte mit der Mühlhauserin hereingetragen. Tuchers Männer hoben den reglosen Körper vorsichtig auf das Bett und zogen sich zurück, um Katharina, dem inzwischen eingetroffenen Arzt und der Krankenschwester Platz zu machen.

Der rund vierzig Lenze zählende Menachem Baruch war ein stattlicher, großer Mann mit breiten Schultern, schwarzbraunen Augen unter dicken, dunklen Brauen, schwärzlich schillernden, mit zahlreichen weißen Haaren durchzogenen Locken und einem langen, graumelierten Bart über einem vorgewölbten Bauch. Wie es vorgeschrieben war, trug er einen hohen, spitz zulaufenden Judenhut und die üblichen langen Schläfenlocken.

Katharina musste all ihre Kraft aufbringen, um sich beim Anblick ihrer durch die Folter gezeichneten Freundin von Schmerz und Mitgefühl, die in ihr brannten, nicht überwältigen zu lassen. Ihre Kehle war wie zugeschnürt, und ihre Hände zitterten, aber es gelang ihr, Menachem Baruch mit einem Lächeln zu begrüßen. Danach wuschen sich beide die Hände in einer Schüssel mit heißem Wasser und einer reinigenden

Kräutertinktur, die auf einem Tischchen neben der Tür stand. Baruch hatte diese Maßnahme im Spital eingeführt, ebenso das Tragen von sauberen Kitteln, die anders als in den anderen Spitälern nach jeder Operation gewechselt wurden. Alle Ärzte und Krankenschwestern hielten sich daran, denn der Erfolg gab dem jüdischen Arzt recht: Seit der Einführung dieser und weiterer Reinlichkeitsmaßnahmen trat der gefürchtete Wundbrand im Spital von Nürnberg weit seltener auf als sonst üblich, und so war Maria mit ihren zahlreichen offenen Wunden hier auch denkbar gut aufgehoben.

Zusammen mit Menachem Baruch trat Katharina an das Bett der Mühlhauserin und legte ihr sanft die Hand auf die Stirn. Wieder bemühte sie sich, Kontakt zu Marias geschundenem Körper aufzunehmen und beruhigende, heilende Schwingungen in ihn zu leiten. Aber auch diesmal reagierte Marias Körper nicht. Er gab kein Lebenszeichen von sich, nur ab und zu huschte ein kaum wahrnehmbares Flackern über Marias Lider.

Menachem Baruch stellte sich neben sie und musterte Marias geschundenen Körper. Katharina zog derweil ein Fläschchen aus ihrer Tasche. »Seid Ihr einverstanden, Doktor Baruch, wenn ich der Mühlhauserin ein wenig Opiumtinktur gebe, bevor Ihr sie behandelt? Ich vertraue Euch, deshalb habe ich Euch rufen lassen.«

»Ja, Opium ist eine ausgezeichnete Idee«, sagte der jüdische Arzt lächelnd und fügte hinzu: »Dann wollen wir mal anfangen.«

»Sie hat durch einen Boten, den ich vorgeschickt habe, viertelstündlich einige Tropfen bekommen. Werden zwanzig jetzt reichen?«

»Nein, gebt ihr das Dreifache. Das hier wird kein Kinderspiel«, erwiderte Baruch. Als er Katharinas Zögern bemerkte, setzte er hinzu: »Ich habe, falls der Puls wegsackt, ein starkes Mittel dabei.«

Katharina öffnete das Fläschchen, schob behutsam die Hand unter den Kopf der Mühlhauserin und träufelte ihr langsam mehrere Tropfen zwischen die aufgesprungenen Lippen. Zu ihrer Erleichterung bemerkte sie, dass Maria schluckte.

»Werdet Ihr die Schultergelenke einrenken?«

Der Physikus nickte. »Dann bekommt sie wenigstens etwas Erleichterung. Aber vorher müssen wir das Bein versorgen.« Er nahm seinen spitzen Hut ab, zog sich eine Kappe über Kopf und Hals, die nur das Gesicht freiließ, stopfte seine langen Schläfenlocken und seinen üppigen Bart hinein, wusch sich noch einmal die Hände und betrachtete Marias Bein.

»Wir haben schon alles vorbereitet«, sagte Katharina. Auf ihren Wink hin stellte Heidrun einen Kasten mit unterschiedlichen Schienen und einen zweiten mit aufgewickelten Stoffstreifen neben das Bett. Außerdem brachte sie eine Schüssel mit Wasser und ein Handtuch, um das Bein zu reinigen. Als sie die um das Stuhlbein geschlungenen Stoffstreifen lösen wollte, hob Baruch die Hand.

»Danke. Lassen Sie mich das machen«, sagte er. Mit einem scharfen Chirurgenmesser schnitt er die Stoffstreifen auf und entfernte die Behelfsschiene. Dann reinigte er das zu einer dunklen Masse aufgequollene Bein und tastete die Knochen ab.

»Kann man es retten?«, fragte Katharina.

»Wir werden es versuchen. Das Schienbein ist angesplittert, die übrigen Knochen scheinen heil geblieben zu sein. Aber es wurden Nägel in das Bein getrieben, und dadurch wurde viel Gewebe zerquetscht«, antwortete Baruch und winkte der Schwester zu. »Das Besteck bitte.«

Mit einer Pinzette zog er die losen Knochensplitter aus dem aufgerissenen Schienbein, schnitt die schon grünlichgrau verfärbten Fleischstückchen ab, schob andere mit einem Haken in die offene Wunde und tupfte sie mit einer dunklen Tinktur ab. Währenddessen beugte sich Katharina über den Kopf der stoßartig atmenden Maria, strich ihr das Haar aus der Stirn und flüsterte ihr ein paar beruhigende Worte ins Ohr. Baruch schiente das Bein und strich es mit einer gelblich-braunen Paste ein. Katharina ging zu einem schmalen Brett am Fenster, ritzte mit einem kleinen, scharfen Messer einige Breitwegerichblätter ein und reichte sie dem Chirurgen.

»Danke, sehr gut.« Baruch bedeckte die Wunde mit den Blättern, umwickelte alles mit einem Stoffstreifen und befestigte ihn mit einer kleinen Schließnadel. Wortlos erhob er sich, tastete die Schultern der Mühlhauserin ab, kniete sich über sie und ließ die Gelenke mit vier blitzschnellen Griffen zurück in die Schulterkapseln springen.

Alles war so rasch gegangen, dass Maria erst jetzt einen gellenden Schrei ausstieß und die Augen angsterfüllt aufriss. Baruch beugte sich, noch immer rittlings über ihr kniend, zu ihr hinab und strich ihr über das Gesicht. »Es ist schon vorbei, Maria Mühlhauser. Ihr habt es überstanden. Jetzt müsst Ihr nur noch gesund werden. Ihr seid im Spital der Stadt Nürnberg, und der Rat der Stadt gewährt Euch Schutz und Beistand. Ihr habt nichts mehr zu befürchten.«

Während Baruch auf sie einsprach, entspannte sich Marias Gesicht. Langsam schloss sie die Augen, und der Arzt erhob sich und zog sich die Kappe vom Kopf. »Jetzt überlasse ich Euch das Feld, Freifrau von Velden«, sagte er und nahm einen kräftigen Schluck aus einer Flasche, die an seinem Gürtel hing.

»Was empfehlt Ihr?«

»Vermutlich dasselbe wie Ihr.«

»Symphytumsalbe für den Bruch, Arnika für den Schock und zur Heilung, dazu Crataegus für den Kreislauf. So jedenfalls habe ich es von Euch gelernt.« Als der Arzt nickte, zog sie zwei Fläschchen und einen Steinguttiegel aus der Tasche und gab alles der Krankenschwester. »Je fünfzig Tropfen aus den Flaschen auf ein Glas Wasser und mit einem kleinen Löffel viertelstündlich tropfenweise in den Mund rinnen lassen. Wasche sie, so gut es geht, und versorge die anderen Wunden.« Sie wandte sich wieder dem Arzt zu und wies mit dem Kopf zur Tür. »Darf ich Euch noch kurz sprechen?«

Menachem Baruch nickte, setzte seinen hohen, spitzen Hut wieder auf und ging zur Tür. Als sie draußen waren, sagte er: »Ihr habt es ja gesehen, die Fäulnis hat schon eingesetzt. Aber vielleicht schafft sie es trotzdem.«

»Kommt Ihr morgen wieder und seht nach ihr?«

»Ja.«

»Wann entscheidet Ihr?«

»Schwer zu sagen. Amputieren können wir jetzt noch nicht. Dazu ist sie viel zu schwach.«

»Gut. Dann bis morgen, Doktor Baruch.«

XIV.

Markgraf Friedrich von Ansbach-Bayreuth war nach drei durchzechten Nächten und einem Tag voller Kopf- und Gliederschmerzen endlich in einen tiefen Schlaf gefallen, da riss ihn eine Stimme aus seiner Nachtruhe. Unwillig öffnete er die Augen und erblickte seinen Kammerdiener Sebaldus Freiherr von Grünfelden.

»Raus!«, schrie er und warf ein Glas nach ihm.

Der Kammerdiener war auf solch eine Attacke vorbereitet. Eine Verbeugung vortäuschend, duckte er sich, sodass das Glas über ihn hinwegflog und an der Wand zerschellte. »Euer durchlauchtigste Durchlaucht, ich würde niemals Euren Schlaf zu stören wagen, wenn es nicht einen wichtigen Anlass dafür gäbe.«

Der Markgraf hob unwillig die Brauen.

»Ein Bote ist gekommen, Euer Durchlaucht, und beharrt darauf, Euch unverzüglich und persönlich eine eilige und wichtige Nachricht von Reichsritter Thassilo von Wildenstein zu überbringen.«

»Thassilo von Wildenstein?«, knurrte der Markgraf und spähte auf das Ziffernblatt der prächtig verzierten Uhr auf seinem Nachtschrank, die von einem goldenen Atlas getragen wurde. »Die zwölfte Stunde ist schon angebrochen. Was gibt es denn so Wichtiges, dass der Reichsritter es mir unbedingt mitten in der Nacht mitteilen muss?«

»Ich weiß es nicht, Durchlaucht. Aus dem Boten war nichts herauszubekommen. Soll ich ihn fortschicken, oder soll ich ihm sagen, dass er zu warten hat, bis Euer Gnaden bereit sind, seine Nachricht zu empfangen?«

»Mmh«, grunzte der Markgraf und strich sich über seinen rötlich blonden Bart. »Thassilo von Wildenstein ist zwar ein übler Querulant, aber auch ein besonnener Mann. Er wird es kaum wagen, Uns um diese Zeit mit Unwichtigem zu behelligen.« Er seufzte tief. »Also schick er den Boten herein.«

Der Kammerdiener öffnete die Tür. Gotthelf Schönfelden trat ein und verneigte sich tief. Auf einen Wink hin überreichte er dem Markgrafen das versiegelte Schreiben des Reichsritters. Friedrich musterte das zerrissene Hemd und den zerfetzten Umhang des Boten. »Ist er unter die Räuber gekommen?«, fragte er.

»Ja, durchlauchtigster Herr«, antwortete Gotthelf außer Atem. »Und auf der Flucht ist mir dann auch noch mein Pferd durchgegangen und durchs Gebüsch gestürmt. Dabei bin ich gestürzt und musste meinen Weg in der Dunkelheit zu Fuß fortsetzen. Deshalb komme ich erst jetzt. Mein Herr hat mir befohlen, Euch seine Botschaft so schnell wie möglich zu überbringen. Ich bin gelaufen, so schnell ich konnte.«

Lachend strich sich der Markgraf über den mächtigen Bauch und bedeutete dem Boten, draußen auf Antwort zu warten. Erst als dieser das Zimmer verlassen hatte, brach er das Siegel auf und faltete das Schreiben auseinander. Während er las, verfinsterte sich sein Gesicht. Er sprang aus dem Bett, ließ sich von dem herbeieilenden Kammerdiener einen reich bestickten Morgenrock umlegen und schritt mit gerunzelter Stirn auf und ab. Schließlich ließ er Thassilos Boten hereinrufen.

»Sag er seinem Herrn, dass Wir den Fall prüfen und ihm dann Mitteilung machen. Bis dahin soll Reichsritter Thassilo von Wildenstein nichts unternehmen. Hat er mich verstanden?«

»Ja, Euer Gnaden. Ihr werdet den Fall prüfen, und mein Herr soll auf das Ergebnis warten und so lange nichts unternehmen.«

Gotthelf Schönfelden verließ das Schloss mit geballten Fäusten. »Zum Teufel mit dir, Friedrich!«, fluchte er, als er den Waldrand erreichte, wo er seine Stute Annabella versteckt hatte. »Nichts wirst du gotteslästerlicher Fettsack zur Rettung der Mühlhauserin tun, gar nichts. Zum Teufel mit solch gewissenlosen, vergnügungssüchtigen Herren wie dir, die dem Volk das Blut aussaugen, nur um mit ihren Huren und Hofschranzen herumzuprassen, während die Bauern hungern. Aber der Tag der Abrechnung wird kommen, du gottloser Schmarotzer, der du selbst den Pakt mit dem teuflischen Bonifatius nicht scheust!«

Gotthelf stieß einen kurzen Pfiff aus, und schon kam ihm Annabella, die er nie anzubinden brauchte, mit leisem Wiehern entgegengelaufen. Er tätschelte ihr den Hals, griff in seine Tasche und gab ihr ein Stück trockenes Brot. Dann schwang er sich in den Sattel. »Auf, nach Hause, Annabella, bevor die Wegelagerer aus ihren Höhlen kriechen«, sagte er und ritt los. Im hellen Mondlicht zeichnete sich der Weg deutlich vor ihm ab. Damit niemand ihn hören konnte, hatte er dicke Lappen um die Hufe gebunden.

Er war noch nicht weit geritten, als er vor sich den lauten Hufschlag eines anderen Pferdes hörte. Annabella hob schnaubend den Kopf. Gotthelf sprang ab und führte die Stute hinter ein Gebüsch. Dann schlich er zum Weg zurück. Da kam auch schon ein Reiter herangeprescht, der in seiner Linken das Banner der Inquisition trug. Am oberen Ende des Stabes, an dem das Banner hing, war eine brennende Pechfackel befestigt. »Dummkopf!«, murmelte Gotthelf. »Glaubst du wirklich, dass dich dieser jämmerliche Lappen vor den Räubern schützen kann? Die sind eher gierig auf den Goldstock, an den der Fetzen gebunden ist.«

Das Gesicht des Reiters, der offenbar auch zum markgräflichen Schloss ritt, war nicht zu erkennen. Gotthelf bekreuzigte sich, während er hinter ihm her blickte, und flüsterte: »Gott stehe dir bei, Mühlhauserin, dass dich diese Satane nicht verbrannt haben und nun dem Markgrafen den Vollzug ihrer Teufelei melden.« Einen Moment lang überlegte er, ob er dem Kerl hinterherstürmen und ihm die Nachricht an Friedrich aus dem Leib prügeln sollte. Aber dann entschied er sich, seinen Weg zur Burg Strahlenfels fortzusetzen.

Markgraf Friedrich war kaum wieder eingeschlummert, da wurde er ein zweites Mal geweckt. Wutentbrannt fuhr er hoch. »Wie kann er es wagen, Uns schon wieder in Unserer Nachtruhe zu stören?«, fuhr er seinen Kammerdiener an.

Sebaldus von Grünfelden wusste, dass er Kopf und Kragen riskierte, wenn er seinen Herrn derart reizte. Aber schon wieder war ein Bote mit einer scheinbar dringenden Nachricht erschienen, der sich nicht abweisen ließ.

»Euer durchlauchtigste Gnaden, ein Bote des Päpstlichen Inquisitors Bonifatius Freiherr …«

»Ein Bote von Ebenstatts? Mitten in der Nacht? Bring er ihn herein, sofort!«

»Jawohl, Euer Gnaden«, antwortete der Kammerdiener und führte Hauptmann Antonius Deleda herein. Staub bedeckte dessen Kleidung, und seine Haut war schweißnass.

Der Markgraf ergriff das Schreiben des Boten, brach das Siegel, las die Botschaft, knüllte das Papier zusammen und sprang aus dem Bett. »Verdammt, die Nürnberger! Auch das noch«, murmelte er und bedeutete dem Boten, draußen zu warten. Unruhig ging Friedrich, den ihm vom Kammerdiener bereitgehaltenen Morgenmantel wegschiebend, in seinem langen Nachtgewand vor dem Kamin auf und ab. »Hol er mir meinen Sohn Kasimir«, befahl er schließlich.

Kaum hatte Prinz Kasimir das Schlafgemach seines Vaters betreten, kam dieser auch schon zur Sache. »Von Ebenstatt hat die Mühlhauserin ein zweites Mal der Hexerei angeklagt und heute Morgen ohne Abstimmung mit dem Nürnberger Rat oder mit Thassilo von Wildenstein verhaftet. Er hat sie sofort auf Burg Gutenstein hochnotpeinlich verhört. Daraufhin sind die Nürnberger in die Burg eingedrungen und haben die Mühlhauserin mitgenommen. Ob sie den Transport nach Nürnberg überlebt hat, ist unbekannt. Nun verlangt von Ebenstatt Truppen für einen Feldzug gegen die Nürnberger.«

Kasimirs schmales, mit langen Narben an Wangen und Stirn überzogenes Gesicht zeigte keine Regung. Im Gegensatz zu seinem verschwenderischen Vater und seinem prinzipientreuen Bruder Georg war er ein kluger, stets auf den eigenen Vorteil bedachter Stratege. Mit gesenktem Kopf ging er ein paar Schritte auf und ab. Dann blieb er stehen, fuhr sich mit der Hand durch die schulterlangen roten Haare und musterte seinen Vater mit seinen eisgrauen Augen.

»Die Sache ist heikel und will wohlbedacht sein, durchlauchtigster Vater«, sagte er schließlich. »Was geht uns von Ebenstatts Zwist mit den Nürnbergern an, und welchen Sinn hat es für uns, da einzugreifen? Zwar habe ich die Nürnberger bei Affalterbach geschlagen, aber Ihr wisst ja selbst, Vater, wie teuer uns das Abenteuer gekommen ist. Inzwischen sind die Nürnberger erstarkt, und auch wir ziehen Nutzen aus ihrem florierenden Handel, sodass wir uns hüten sollten, sie ohne triftigen Grund anzugreifen. Zudem ist die Mühlhauserin weit über die Grenzen Nürnbergs hinaus bekannt und sehr beliebt. Ihr

Tod würde also viel böses Blut erzeugen. Darum halte ich es für unklug, wenn wir in dieser Sache vor aller Welt für von Ebenstatt Partei ergreifen, zumal sich die Bischöfe von Bamberg, Würzburg und Eichstätt gegen ihn gestellt und seine Beschuldigung, die Mühlhauserin sei eine Hexe, als haltlos bezeichnet haben.«

»Aber er hat uns schon mehrmals mit schönen Stücken aus dem Besitz der Hexen bedacht.«

»Die wiegen wohl kaum den Schaden und die Kosten auf, die uns durch von Ebenstatt entstehen könnten.«

»Da magst du recht haben. Doch was, wenn von Ebenstatt sich an uns rächt, weil wir seinem Wunsch nach Truppen nicht nachkommen? Wenn er Personen, die uns eng verbunden sind, der Hexerei zeiht?«

»Seht Ihr, Vater, genau das meine ich. Von Ebenstatt ist uns immer weniger nützlich, stattdessen wird er immer gefährlicher. Also liegt es nicht in unserem Interesse, seine Macht und seinen Einfluss noch zu mehren. Im Gegenteil.«

»Hm.« Friedrich überlegte. »Und welche Botschaft würdest du ihm schicken? Würdest du ihn offen tadeln wegen seines eigenmächtigen Vorgehens gegen die Mühlhauserin und ihm jede Unterstützung verweigern?«

»Ich würde ihn hinhalten und ihm schreiben, dass ein Schlag gegen die Nürnberger gut überlegt und vorbereitet sein will und seine Zeit braucht. Vielleicht würde es sich anbieten, ihm zu schreiben, dass Ihr vorab den Kaiser über die Sache unterrichten müsst, wenn Ihr gegen eine Reichsstadt vorgehen wollt. Das wird selbst einem Päpstlichen Inquisitor einleuchten. Gleichzeitig könnte man Boten zu den Bischöfen von Bamberg und Würzburg und auch zu Thassilo von Wildenstein schicken, um sie kommentarlos über den Stand der Dinge zu unterrichten. Deren Reaktion würde den Druck auf von Ebenstatt erhöhen und seine Aufmerksamkeit in mehrere Richtungen lenken, ohne dass es Euch auch nur einen Gulden kostet.«

»Du bist ein meisterlicher Stratege, mein Sohn. Genau das werde ich tun. Diktier du dem Schreiber die Briefe, und bring sie mir dann zum Unterzeichnen.«

»Wie Ihr wünscht, Vater. Aber wenn Ihr erlaubt, erst morgen. Heute sollten wir es genug sein lassen und uns zur Ruhe begeben.«

»Ja, es wird endlich Zeit zu schlafen, nachdem ich zweimal von Boten aus dem Schlaf gerissen wurde.«

»Zweimal? Wer hat Euch denn das erste Mal gestört?«

»Ein Bote von Thassilo von Wildenstein.«

»Ein Bote des Reichsritters?«

»Ja. Er brachte mir ein Schreiben, in dem er mich über die unrechtmäßige Verhaftung der Mühlhauserin unterrichtet und mich als ihren Landesvater um sofortige Intervention bittet.«

»Dann weiß er also schon davon. Hat er sonst noch etwas geschrieben, etwa Stellung bezogen?«

»Ja. Er meint, dass eine Intervention erforderlich sei, weil bei einer Hinrichtung der Mühlhauserin ein Aufstand der Bauern und Armen zu befürchten sei, da sie ohne deren Almosen verhungern würden.«

»Da hat er nicht unrecht. Ein weiterer Grund, uns von Ebenstatt gegenüber bedeckt zu halten.«

»Genug Kasimir, ich will nichts mehr hören. Lass uns jetzt schlafen gehen.«

»Gute Nacht, Durchlaucht.«

»Gute Nacht, mein Sohn.«

XV.

Freifrau von Velden, die Mühlhauserin …«

Katharina schreckte hoch. Es dauerte einen Moment, bis sie begriff, dass sie auf dem schmalen Spitalbett lag. Schlaftrunken richtete sie sich auf. Im flackernden Schein der Kerze erkannte sie Schwester Heidrun, und sie verstand sofort. Rasch stand sie auf und eilte an Marias Bett.

Mit weit aufgerissenen Augen starrte die Kranke an die Decke. Offenbar nahm sie ihre Umgebung nicht mehr wahr. In langen, unregelmäßigen Stößen rang sie nach Luft. Ihre Stirn glühte, und sie schwitzte stark. Katharina wusste, was das bedeutete: Maria kämpfte nicht nur mit dem Wundbrand. In dem kalten Turmzimmer hatte sie sich auch noch eine Lungenentzündung geholt.

»Hast du ihr noch einmal Opium gegeben?«, fragte sie Schwester Heidrun.

Diese nickte. »Zwanzig Tropfen.«

»Gut. Hat jemand nach Pater Gundolf geschickt?«

Wieder nickte Heidrun. Katharina berührte dankend ihren Arm, dann setzte sie sich an Marias Bett und streichelte der Fiebernden die Hände.

Maria richtete ihren brechenden Blick auf sie. Ein Lächeln huschte über ihr Gesicht. »Katharina …«

»Meine liebe Maria. Hast du Schmerzen? Soll ich dir etwas geben?«

Maria bewegte lautlos die Lippen. Katharina beugte sich zu ihr hinunter. »Was hast du gesagt, liebe Maria?«

»Hüte dich … vor dem Inquisitor …«, flüsterte Maria. »Er …«

»Ich weiß, Maria. Ruh dich aus. Wir reden später darüber. Schlaf ein wenig, damit du wieder gesund wirst. Wir alle brauchen dich …«

Doch Maria hörte nicht mehr zu. Noch während Katharina zu ihr sprach, sackte ihr Kopf zur Seite. Mit einem müden Rasseln hob sich ihr Brustkorb ein letztes Mal, dann senkte er sich für immer.

XVI.

Es war noch früh am Morgen. Ein nebliger Schleier lag über den Feldern, doch die Junisonne schickte schon ihre ersten Strahlen auf die Erde. Susanne und Alois Baier arbeiteten auf dem Acker hinter ihrer Hütte. Das Frühjahr hatte spät begonnen, und es hatte viel geregnet, sodass ein Teil der erst spät aufgegangenen Saat verschimmelt war. Nun versuchten sie, das wenige, das ihnen noch geblieben war, zu retten, indem sie mit dicken Stöcken tiefe Rillen zwischen den aufkeimenden Pflanzen zogen, damit das Wasser ablaufen konnte.

Beide waren in Lumpen gekleidet. Ihre Füße waren nackt, weil die einzigen Schuhe, die sie besaßen, aus Birkenholz gefertigt waren, das sich in dem nassen Boden schnell vollsog.

Susanne trug ihr Jüngstes, das erst zwei Monate alt war, in einem Tuch auf dem Rücken. Die anderen drei Kinder halfen ihren Eltern auf dem Feld.

Nach einiger Zeit zog der dreijährige Hannes greinend am Rock seiner Mutter.

»Mama, ich hab' Hunger.«

»Ich hab' auch Hunger, Mama«, sagte die vierjährige Ilse.

»Geht auf die Wiese am Wald, und pflückt euch ein paar Kräuter«, antwortete Susanne und warf Alois einen verzweifelten Blick zu. »Und heute Abend nach der Arbeit gehen wir zur Suppenküche der Mühlhauserin. Dort gibt es etwas Warmes, dann seid ihr wieder satt.«

»Ich will aber nicht schon wieder bis heute Abend warten!«, rief Ilse.

»Kinder«, sagte Alois mahnend, »ihr wisst doch, dass wir nichts mehr zu essen haben. Eure Mutter hat euch heute Morgen das letzte Stück Brot gegeben. Wie oft soll ich euch denn noch sagen, dass wir bis zur Ernte warten müssen. Inzwischen müssen wir von dem leben, was wir im Wald und auf den Wiesen finden. Esst von den Kräutern, die überall wachsen, die machen auch satt. Klaus geht mit euch hin. Und nehmt ein Tuch mit, dann könnt ihr noch mehr Kräuter pflücken. Eure Mutter kann dann heute Abend eine Suppe daraus kochen.«

Der fünfjährige Klaus nickte, griff sich ein Tuch, nahm seine beiden murrenden Geschwister an die Hand und lief mit ihnen zur Wiese.

»Lange stehen wir das nicht mehr durch«, sagte Susanne, nachdem sie eine Weile schweigend weitergearbeitet hatte. »Du musst mit den anderen zu von Ebenstatt gehen und ihn bitten, uns bis zur Ernte die Abgaben zu erlassen. Er weiß doch, dass die Missernte im letzten Jahr unsere Vorräte aufgezehrt hat. Das Einzige, was wir ihm jetzt noch geben können, ist unsere Kuh, aber dann haben wir noch nicht mal mehr Milch für die Kinder.«

Alois hörte auf zu arbeiten und stützte sich auf seinen Stock. »Das haben wir doch schon im letzten Monat versucht. Er lässt sich nicht erweichen. Und du weißt, er hat uns sogar gedroht, dass er uns der Aufrührerei anklagt und uns den Prozess macht, wenn wir ihn nicht weiter beliefern.«

»Und wenn wir uns an Markgraf Friedrich wenden? Schließlich gehört unser Weiler ihm. Von Ebenstatt ist nur der Lehnsmann.«

»Ha, der Markgraf! Glaubst du wirklich, dass er einfache Bauern wie uns in Schutz nehmen wird gegen den Päpstlichen Inquisitor?«

»Eine feine christliche Nächstenliebe ist das! Klaus hat wieder die ganze Nacht gehustet. In seinem Alter braucht er regelmäßig etwas Kräftiges zu essen. Wie mager er geworden ist!« Tränen traten ihr in die Augen. »Ich habe solche Angst, dass er …« Sie schluckte und sprach nicht weiter. Mit zitternden Fingern wischte sie sich über die Augen.

»Ich weiß auch nicht, wie es weitergehen soll, Weib«, erwiderte Alois niedergeschlagen und machte sich wieder an die Arbeit.

Plötzlich hörten sie jemanden rufen. »Alois, Susanne!«

Sie sahen auf und drehten sich um. Ein großer, breitschultriger Mann eilte über den schmalen Feldweg auf sie zu.

»Das ist doch der Brandner-Karl«, sagte Alois erstaunt. »Was will der denn schon so früh hier auf dem Feld?«

»Es ist etwas Furchtbares geschehen!«, rief der Mann schon von Weitem. Sein abgezehrtes Gesicht glühte, weil er so schnell gelaufen war. »Stellt euch vor: Die Mühlhauserin ist tot!«

Susanne und Alois erschraken und bekreuzigten sich.

»Die Mühlhauserin …«, sagte Susanne mit zitternder Stimme. »Wie kann das sein?«

»Ich war auf dem Markt in Nürnberg und bin abends noch in den *Schwan* eingekehrt«, berichtete der Brandner-Karl. »Als ich gegen Mitternacht zum Marktplatz zurückgegangen bin, hatten sich dort viele Menschen versammelt. Sie haben mir erzählt, dass Bonifatius von Ebenstatt die Mühlhauserin wieder verhört hat. Der Rat der Stadt hat gleich einen Trupp losgeschickt, um sie zu befreien, und sie ins Spital gebracht. Aber der Inquisitor hat sie so übel zugerichtet, dass man nichts mehr für sie tun konnte. Sie ist noch in der Nacht gestorben.«

»Mein Gott, bitte nicht!«, rief Susanne entsetzt.

»Bist du sicher, dass die Nachricht stimmt?«, fragte Alois.

Der Brandner-Karl nickte. »Der Budinger-Rudolf, der sie mit befreit hat, wollte es auch nicht glauben und hat sich heimlich in ihr Krankenzimmer geschlichen. Mit eigenen Augen hat er ihren Leichnam gesehen! Und er hat sie sogar angefasst, um ganz sicher zu sein! Sie war schon eiskalt.«

»Dieser verfluchte Ebenstatt, das soll er büßen!«, rief Alois. »Wir haben sowieso nichts mehr zu verlieren. Der Dreckskerl soll seine gerechte Strafe bekommen!«

Der Brandner-Karl stemmte die Fäuste in die Hüften. »Du hast recht, Alois, jetzt ist das Maß endgültig voll!«

»Alois, tu das nicht!«, flehte Susanne. »Was soll denn aus uns werden?«

»Wir müssen uns wehren. Wir haben gar keine andere Wahl. Tag und Nacht placken wir uns ab, trotzdem verhungern wir. Und warum? Weil dieser feine Herr keine Gnade kennt«, erwiderte Alois. »Dem werden wir's zeigen! Los, Karl, lass uns zu den anderen gehen und beraten, was zu tun ist. Und du, Susanne, du gehst mit den Kindern und den andern Weibern ins Kloster St. Marien und bittest die barmherzigen Benediktinerinnen um Schutz und Beistand. Sie werden euch bestimmt nicht wegschicken. Außerdem bekommt ihr dort wenigstens etwas zu essen.«

Susanne nickt nur. Sie wusste, dass sie ihren Mann nicht umstimmen konnte. Sie würde tun, was er ihr befohlen hatte, und darauf hoffen, dass alles ein gutes Ende nahm.

XVII.

Bonifatius von Ebenstatt hatte gerade sein Mittagsmahl in der Essnische seines Arbeitszimmers beendet und tupfte sich den Mund mit einer Serviette ab, als er draußen im Hof Lärm hörte. Es klirrte, Männerstimmen riefen Befehle. Sein Mund verzog sich zu einem schmallippigen Lächeln. Seid Ihr so eilfertig, Friedrich? Das ist gut, dachte er erfreut. Er stand auf und blickte aus dem Turmfenster in den Hof hinab.

Was war das? Mehrere Männer stürmten durch das Tor. Doch sie trugen nicht, wie Bonifatius erwartet hatte, Rüstungen, Lanzen und Schwerter, sondern hielten lange Messer, Schlegel, Sensen und Mistgabeln in den Händen. Und sie waren auch nicht beritten, sondern kamen zu Fuß. Ihre Kleidung bestand aus grobem, ausgeblichenem Tuch, das an vielen Stellen zerrissen und geflickt war.

»Will Friedrich mich verhöhnen?«, stieß der Inquisitor hervor. Doch dann stutzte er, denn die Männer postierten sich neben der Tür zum Turm, umstellten das Wirtschaftsgebäude und überwältigten die herbeieilenden Wachen. Und nun hörte er auch, was sie riefen.

»Komm raus, Bonifatius, du mörderische Missgeburt Satans! Komm raus, damit wir dir den gerechten Tribut zahlen können!«, schrie einer, dessen Gesicht er nicht kannte. Offenbar einer seiner tributpflichtigen Bauern. Denen würde er es zeigen! Höchste Zeit, dass er hart durchgriff! Und dann er sah ein Gesicht in der Menge, das ihm gut bekannt war: das vom Brandner-Karl.

»Mörder! Menschenschinder!«, brüllte ein anderer Bauer.

»Lasst ihn brennen!«

»Ja, lasst ihn brennen, wie er es mit der frommen Mühlhauserin machen wollte!«

»Lasst ihn brennen! Lasst ihn brennen!«, riefen nun alle im Chor.

Bonifatius zog blitzschnell den Kopf zurück, damit man ihn nicht entdeckte. Aufrührerisches Gesindel!, dachte er. Rädern und vierteilen wird man euch dafür!

Doch vorher musste er sich in Sicherheit bringen. Aber was sollte er tun? Er hastete die Stufen hinunter und hetzte in das Verhörzimmer, dessen Tür besonders dick war und an der Innenseite zwei starke Riegel besaß. Er schob sie vor, dann riss er die restlichen Vorhänge von den Fenstern, schnitt sie mit seinem Kurzschwert in Streifen und knotete sie aneinander.

Plötzlich bemerkte der Inquisitor, dass er beobachtet wurde. Hilde, seine Magd, stand mitten im Raum und starrte ihn verständnislos an.

»Was glotzt du so?«, fuhr er sie an.

Plötzlich kam ihm eine rettende Idee. »Los, runter mit deinem Kleid, schnell!«, rief er ihr zu und begann sich auszuziehen.

»Bei meiner Seele, nein, gnädigster Herr!«, flehte die Magd und stürzte zur Tür, um die Riegel aufzuschieben. Doch der Inquisitor war schneller und versperrte ihr den Weg.

»Nein, gnädigster Herr, nein!« Die Magd stolperte rückwärts und fing an zu schreien.

Bonifatius packte sie an den Schultern und schüttelte sie. »Wirst du wohl still sein, du dummes Ding! Es ist nicht so, wie du denkst. Wir sind überfallen worden, und ich muss so schnell wie möglich fliehen. Unerkannt, verstehst du? Darum brauche ich deine Kleider. Und jetzt zier dich nicht länger! Du willst deinem Herrn doch helfen, oder?«

Hilde nickte zögernd, dann zog sie Rock und Bluse aus. Der Inquisitor riss ihr die Sachen aus der Hand und zog sie an. Zum Schluss band er sich Hildes verschwitztes Kopftuch um und zog es tief in die Stirn. Das musste reichen. Der Lärm unten im Burghof wurde immer lauter. Nicht mehr lange, und die Aufrührer würden die Treppe heraufstürmen. Er schnallte sich seinen Gürtel mit einem Dolch und einem Geldsack um die Taille, knotete ein Ende der zusammengebundenen Stoffstreifen am Fensterstutzen fest und ließ sich auf der Rückseite des Turmes in den ausgetrockneten Burggraben hinab. Dann rannte er den Burgberg hinunter.

Als er am Fuß des Berges zurück zur Burg blickte, sah er eine Rauchsäule aufsteigen. »Ihr Gottlosen, das werdet ihr mir büßen!«, rief er und schüttelte die Faust gen Himmel.

XVIII.

»Heda, wer ist er? Und was will er?«, riefen die Wachen und hoben ihre Spieße, als eine dunkle Gestalt in der Abenddämmerung auf sie zugehumpelt kam. Ein Händler konnte es nicht sein, denn er führte keine Ware bei sich. Auch nahm er nicht, wie es sich für die niederen Stände gebührte, den hinteren Eingang, sondern hielt geradewegs auf das Hauptportal zu, das allein der Herrschaft vorbehalten war. Aber es war kein Herr. Er trug zwar ein Spitzenhemd und eine reich bestickte Weste, aber nur eine einfache Bauernhose und auch keine Kopfbedeckung.

»Was erdreistet ihr euch, Tölpel!«, polterte die Gestalt und ging unbeeindruckt weiter auf die Wachen zu. »Aus dem Weg, sonst mach' ich euch Beine! Meldet dem Markgrafen, dass der Päpstliche Inquisitor Bonifatius Freiherr von Ebenstatt ihn zu sprechen wünscht!«

»Bist du toll, Mann!«, erwiderte eine der Wachen und stellte sich ihm in den Weg. »Der Päpstliche Inquisitor! Mach dich von dannen, sonst sorge ich dafür, dass dir dein grober Scherz mit grober Münze vergolten wird. Der Inquisitor ist ein Mann, der keinen Spaß versteht, und wenn er von deinen Possen erfährt, wird er dafür sorgen, dass dir und den Deinen rasch das Lachen vergeht.«

»Ich selbst bin der Inquisitor, du Tor! Siehst du diesen Ring?«, rief Bonifatius und hielt der Wache die rechte Hand mit dem Siegelring vor die Nase, der das päpstliche Wappen trug. »Ich bin überfallen worden und musste mich verkleiden, um unerkannt von Burg Gutenstein zu fliehen. Also mach den Weg frei, und melde mich unverzüglich dem Markgrafen. Ich muss ihn sprechen, und zwar sofort!«

Verwirrt durch das herrische Auftreten der Gestalt und beeindruckt von dem Ring, wichen die Wachen zurück und machten dem Fremden den Weg frei, der mit schnellen Schritten auf das Schloss zustrebte und durch das Hauptportal im Innern verschwand.

Der Markgraf saß mit seinen Höflingen und Mätressen an der Tafel und ließ sich gerade den vierten Gang auftragen, als ihm der Kammerdiener Meldung machte, ein merkwürdig gewandeter Fremder gebe vor, Bonifatius von Ebenstatt zu sein.

»Von Ebenstatt! Schon wieder dieser von Ebenstatt! Muss er mir denn jeden Abend verderben?«, grollte der Markgraf und wandte sich an den Kammerdiener. »Niemand wird so verwegen sein, sich als Bonifatius von Ebenstatt auszugeben. Also lass ihn herein.« Dann gab er seinen Mätressen ein Zeichen, die Tafel zu verlassen.

Als die Gestalt eintrat und mit nur mühsam unterdrücktem Humpeln auf die Tafel zukam, riss der Markgraf ungläubig den Mund auf. Dann rief er mit kaum unterdrücktem Grinsen: »Welch überaus origineller Aufzug, von Ebenstatt! Kein Wunder, dass meine Wachen Euch nicht zu mir lassen wollten.«

»Es ist jetzt nicht die Zeit für Scherze, Durchlaucht«, sagte Bonifatius säuerlich. »Eure markgräfliche Burg Gutenstein ist von aufrührerischen Bauern gestürmt und niedergebrannt worden, und ich bin diesen Mordbrennern nur mit knapper Not und in unwürdiger Verkleidung entkommen. Ich war gezwungen, unterwegs einem Bauern seine Beinkleider abzukaufen, und den langen Weg bis zu Euch habe ich sogar zu Fuß zurücklegen müssen.«

Der Markgraf zog die Stirn in Falten. Nachdem er auch die Höflinge aus dem Raum geschickt hatte, erhob er sich von der Tafel und ging langsam auf den Inquisitor zu. »Die Bauern haben Burg Gutenstein niedergebrannt, sagt Ihr?«

»Das haben sie. Es waren die Bauern von Unterriedbach, das weiß ich ganz genau. Ich habe den Brandner-Karl vom Turmfenster aus erkannt.«

»Die Bauern von Unterriedbach, sagt Ihr?«

»Ja, von Unterriedbach. Es hätte nicht viel gefehlt, und ich wäre in der Burg verbrannt.«

»Die Bauern von Unterriedbach waren bisher immer friedlich.« Er sah den Inquisitor prüfend an. »Ein wenig viel Gewalt, die Euch entgegenschlägt, nicht wahr, Exzellenz? Und das auf Unsere Kosten.«

»Was soll das heißen?«, fuhr Bonifatius auf, zügelte sich jedoch sofort wieder. »Ich bin nur ein einfacher Diener Gottes und bemühe mich, Seinem Willen und Seinen Gesetzen Geltung zu verschaffen. Wenn das Gewalt erzeugt, so ist es eine Gewalt, die sich gegen den Willen und die Gesetze des Allmächtigen wendet.«

»Es gibt einflussreiche Stimmen in der Kirche, die Zweifel daran haben, dass es wirklich in allen Fällen Gottes Wille und Gesetze sind, denen Ihr Geltung verschafft, verehrter Inquisitor«, erwiderte Friedrich und setzte sich in einen Sessel. Er bot dem Inquisitor keinen Platz an, sodass dieser wie ein Bittsteller vor ihm stehen bleiben musste.

»Wollt Ihr damit etwa sagen, dass …« Bonifatius unterbrach sich und senkte den Blick, um die rasende Wut in seinen Augen zu verbergen. Er ballte die Fäuste und rang um Fassung. Der Marktgraf war ein mächtiger Mann, und Bonifatius konnte es sich nicht leisten, dass er ihm die Gunst entzog. Er atmete tief durch und sah wieder hoch. »Die Bauern haben ihre mordbrennende Hand nicht nur gegen mich gehoben, sondern auch gegen mein Amt und damit gegen die heilige Kirche. Und sie haben dies in Eurer Burg getan, Durchlaucht.«

»Mmh.« Der Markgraf überlegte. »Ja, das haben sie.«

»Sie haben Eure Burg niedergebrannt. Wenn dieses Beispiel nicht Schule machen soll, müsst Ihr hart durchgreifen.«

»Was Wir müssen und was nicht, werdet Ihr gütigst Uns selbst entscheiden lassen, von Ebenstatt«, entgegnete der Markgraf scharf. »Wir werden überlegen, was zu tun ist, und Euch zu gegebener Zeit Unsere Entscheidung mitteilen. Ihr dürft Euch jetzt entfernen.«

Sprachlos über das rüde Verhalten des Markgrafen, zog Bonifatius sich mit einer knappen Verbeugung in die Empfangshalle zurück.

Nachdem Bonifatius den Raum verlassen hatte, klingelte Friedrich nach seinem Kammerdiener. »Hol meinen Sohn Kasimir«, befahl er. »Er soll in die Bibliothek kommen.«

Als Prinz Kasimir die neben dem Speisesaal liegende Bibliothek betreten hatte, legte Friedrich ihm seufzend die Arme auf die Schultern. »Du hast recht gehabt, mein Sohn«, sagte er kopfschüttelnd und setzte sich. »Von Ebenstatt geht zu weit und kostet uns allmählich mehr, als er uns einbringt. Sein Vorgehen gegen die Mühlhauserin hat die Bauern von Unterriedbach aufgewiegelt, sodass sie Burg Gutenstein gestürmt und niedergebrannt haben. Von Ebenstatt ist ihnen nur mit knapper Not entkommen und hat sich zu uns geflüchtet. Ich habe gerade mit ihm gesprochen.«

»Schade, dass er ihnen entwischt ist. Das hätte unser Problem auf einen Schlag gelöst«, erwiderte Kasimir grimmig. Sein Vater warf ihm einen warnenden Blick zu. Sogleich hob er beschwichtigend die Hände. »Schon gut, Vater, schon gut.«

»Wir werden wohl nicht umhinkommen, an den Unterriedbachern ein Exemplum zu statuieren. Oder was meinst du, mein Sohn?«

Kasimir nickte. »Eine andere Möglichkeit bleibt uns nicht. Wenn Ihr ihnen das durchgehen lasst, Vater, untergräbt das Eure Autorität.«

»Dann zieh morgen los und verhafte sie, damit ich über sie zu Gericht sitzen und sie hinrichten lassen kann.«

»Gut, Vater.«

XIX.

Inzwischen war es Juli geworden. Katharina und Thassilo saßen wie jeden Morgen auf der Terrasse, wo Christine ihnen süßen Dinkelbrei mit Erdbeeren und Sauerrahm servierte. Die Sonnenstrahlen brachen warm und kräftig durch das Morgengrauen, und die Vögel wetteiferten mit ihrem Gesang von Bäumen, Büschen und Zinnen. Doch weder der Reichsritter noch seine Frau konnten diesen herrlichen Morgen genießen. Keiner von beiden rührte den duftenden Brei an, nur von dem Fliederblütentee tranken sie ein paar Schlucke.

Schließlich erhob sich Thassilo. »Es wird Zeit«, sagte er.

Katharina nickte, ohne hochzusehen. Auch seinen Abschiedskuss nahm sie wortlos hin. Als sie hörte, wie der Schlag der Hufe immer leiser wurde, ging sie ins Haus und setzte sich in einen Sessel.

Das Atmen fiel ihr schwer an diesem Tag, und eine kalte Übelkeit trieb ihr den Schweiß auf die Stirn. Sie goss sich ein Glas Wasser ein und gab ein paar Tropfen Pulsatilla dazu, die ihr der jüdische Arzt Isachar geschickt hatte. Sie sollten bewirken, dass sich das Kind, das sich vor zwei Tagen in eine gefährliche Steißlage gedreht hatte, in die richtige Lage für die Geburt zurückbewegte.

Katharina atmete tief durch und legte die Hand auf ihren Bauch. Als sie ein heftig strampelndes Bein und dann eine winzige Faust spürte, musste sie lächeln. Doch dann verfinsterte sich ihr Gesicht wieder. Heute würde der Markgraf sein Todesurteil über die Unterriedbacher Bauern auf dem Richtplatz von

Ansbach öffentlich vollstrecken lassen. Danach würde es ein Volksfest geben mit Musikanten, Gauklern und freiem Essen und Trinken. Damit möglichst viele Schaulustige kamen, hatte Markgraf Friedrich seine Bauern, Knechte und Mägde aus der Umgebung von Ansbach für diesen einen Tag von der Arbeit befreit und zur Hinrichtung befohlen. Nur so würde das grausame Exempel, das Friedrich an den Bauern statuieren wollte, seine abschreckende Wirkung entfalten können.

Zudem hatte der Markgraf alle Adelsfamilien der Umgebung eingeladen, auch Thassilo und Katharina. Doch während Katharina der Hinrichtung wegen der nahen Geburt fernbleiben konnte, musste Thassilo der Einladung Folge leisten. Friedrich hatte Thassilo sogar einen Platz in der Ehrenloge reservieren lassen. Das war ein Affront gegenüber dem Päpstlichen Inquisitor, doch freuen konnten sie sich nicht darüber.

Katharina holte einen Korb und ging hinaus in ihren Kräutergarten. Als sie sich bückte, spürte sie einen schneidenden Schmerz. Die Wehen setzten ein. »Hol die Hebamme«, befahl sie ihrer Magd Anna, die mit ihr hinausgegangen war. »Es ist so weit.«

Nach sechs Stunden hatte sich das Kind noch immer nicht gedreht, und der Hebamme gelang es nicht, die Steißlage zu verändern. Die Wehen kamen in immer kürzen Abständen, aber das Kind steckte vor dem Geburtskanal fest. Katharina wusste, was das bedeutete.

»Schick einen Knecht zu Physikus Rodenfeld. Er soll sofort kommen«, sagte sie zu Anna. »Lass ihm ausrichten, dass die Wehen vor sechs Stunden eingesetzt haben und dass das Kind in Steißlage liegt. Bereite alles für eine Operation vor, wie ich es dir beigebracht habe.«

Heinrich Rodenfeld war wie Menachem Baruch Chirurg im

Spital von Nürnberg, hatte sich aber auf Bauchoperationen spezialisiert und schon mehreren Frauen in dieser aussichtslosen Lage geholfen. Die meisten Kinder hatten überlebt, aber auch einige Frauen, wobei ihnen schlimme Verwachsungen zurückblieben.

Katharina hatte lange gezögert, einen Eingriff durch Rodenfeld vornehmen zu lassen, da sie fest davon überzeugt war, mithilfe von Pulsatillatropfen, sanft drehenden Bewegungen des Unterleibs mit hoch liegendem Becken, Sammlung ihrer inneren Kräfte, Gebeten und den gekonnten Griffen der erfahrenen Hebamme doch noch eine Wende herbeiführen zu können. Doch als sie spürte, dass die Wehen immer heftiger und ihre Kräfte immer schwächer wurden, beschloss sie, ihr Schicksal in Gottes Hand zu legen und sich nicht aus Angst vor den Schmerzen gegen ihr Ungeborenes zu versündigen.

Sie lag auf mehreren weißen Linnentüchern, die über eine dicke Schicht aus Stroh gebreitet waren. Obwohl Rodenfeld schon bald eintreffen musste, hatte Katharina die Hoffnung auf eine natürliche Geburt noch nicht aufgegeben, und so nahm sie weiterhin in kurzen Abständen einen Schluck der verdünnten Pulsatillatinktur.

Wieder und wieder fluteten die Krämpfe der Wehen durch ihren Leib. Von Mal zu Mal wurden sie heftiger und schmerzvoller, doch die Lage des Kindes wollte sich trotzdem nicht ändern. Stöhnend und mit schweißnassem Haar bäumte Katharina sich auf und sah flehend zur Hebamme hoch. Diese blickte ungeduldig zu der großen Sanduhr, die sie inzwischen schon acht Mal umgedreht hatte. Zwei weitere Stunden waren vergangen.

»Physikus Rodenfeld wird sicher bald da sein«, sagte sie.

Doch was wie eine Beruhigung wirken sollte, klang in Katharinas Ohren wie eine Drohung. Verzweifelt schloss sie die

Augen, legte die Hände auf ihren gewölbten Bauch und horchte flehentlich in sich hinein. »Bitte tu mir das nicht an, mein kleiner Liebling«, flüsterte sie dem Kind zu, das sich inzwischen nicht mehr bewegte. War es womöglich schon tot? Sie schloss die Augen und bemühte sich, mit den Händen eine Verbindung zu ihrem Kind aufzunehmen. Tief atmete sie ein und ließ beim Ausatmen all die Kraft, die sie noch in sich fand, in ihr Kind strömen.

Plötzlich spürte sie einen heftigen Tritt, und ein stechender Schmerz fuhr ihr durch den Unterleib. Mit ungeahnter Wucht stieß er sie in eine alles überflutende Finsternis. Ein sternenförmig aufbrechendes Licht erfüllte ihre Stirn und versank in einem tiefen Dunkel. Katharina spürte noch, wie die Hebamme ihr die Beine auseinanderdrückte, und wollte sich vorbeugen, doch dann bäumte sich ihr Körper unter dem gewaltigen Ziehen einer neuen Wehe auf und riss Ihren Kopf nach hinten. Schlagartig wurde es dunkel um Katharina. Dunkel und totenstill.

XX.

Thassilo war das Herz schwer, als er mit seiner Schutzwache gen Ansbach ritt. Auch weil er seine Frau jetzt, wo sie jederzeit niederkommen konnte, nur ungern allein ließ. Zudem fürchtete er, dass dieser furchtbare Tag ein böses Omen für die Geburt sein könnte.

Als der Reichsritter sich der mit farbenprächtigen Stoffen behängten Tribüne näherte, sah er, dass die schweren Pfähle schon in der Mitte des Richtplatzes aufgestellt worden waren. Davor lagen die Räder, auf die der Henker die Verurteilten flechten würde, nachdem er ihnen Arme und Beine gebrochen hatte. Dann würden seine Helfer die Räder oben auf den Pfählen befestigen und die Schreienden ihrem Schicksal überlassen, bis der Tod sie schließlich erlöste, was mehrere Stunden, zuweilen sogar Tage dauern konnte. In nebliger Ferne glaubte Thassilo die Stimmen aus seinem Traum zu hören: »Gnade, Herr, Gnade!« Aber es stand nicht in seiner Macht, gnädig zu sein. Und nichts konnte Markgraf Friedrich davon abhalten, sein hartes Urteil über die Aufständischen vollstrecken zu lassen.

Thassilo fing die düsteren Blicke seiner Schutzknechte auf. Ebenso wie er standen sie insgeheim auf der Seite der Bauern. Aber sie wussten, dass ihr Herr nichts zu deren Rettung unternehmen konnte.

Mit einer knappen Geste entließ Thassilo seine Wache und gab Gotthelf ein paar Münzen. »Reitet zum *Goldenen Hahn* und wartet, bis das hier vorbei ist. Dann kommt wieder her, und wir machen uns schleunigst auf den Heimweg.«

Gotthelf gab den anderen ein Zeichen, wendete sein Pferd und ließ seine Stute Annabella lostraben. Die anderen folgten ihm. Dankbar, dass sie nicht bei der Hinrichtung dabei sein mussten, ritten sie zu dem hinter einem Hügel liegenden Gasthaus und betraten den Schankraum. Hier war das unerbittliche Dröhnen der Trommeln, das das Spektakel begleitete, nur noch leise zu hören.

»Lasst uns auf eine glückliche Niederkunft unserer Herrin und auf einen gesunden Nachkommen trinken!«, rief Gotthelf und erhob sein Glas.

Die anderen prosteten ihm zu. »Auf eine glückliche Geburt!«

»Und auf einen schnellen Tod der Unterriedbacher«, ergänzte Gotthelf.

Seine Kameraden schwiegen bedrückt. »Ein vergeblicher Wunsch«, sagte Hans Schwarzenwald schließlich.

»Können wir ihnen nicht irgendwie helfen und ihren Qualen ein schnelleres Ende bereiten?«, fragte Gotthelf.

»Wie das?«, erwiderte Hans. »Der Markgraf hat Wachen aufstellen lassen.«

»Aber bestimmt nicht die ganze Nacht hindurch.«

»In diesem Fall aber schon. Er weiß, dass viele den Unterriedbachern gern zu Hilfe eilen würden.«

Wieder schwiegen die Knechte und lauschten gegen ihren Willen dem dumpfen Schlag der Trommeln.

»Und wenn wir ihnen einen Trunk geben, der ihrem Elend ein Ende bereitet?«, schlug Gotthelf vor.

»Wie sollen wir das denn machen? Wir kommen doch gar nicht an sie ran«, meinte Thomas Krüger.

»Doch, mit einem Schwamm«, antwortete Gotthelf.

Die anderen sahen ihn fragend an.

»Wie ihr wisst, befeuchtet man die Lippen der Verurteilten

mit Branntwein oder Essigwasser. Man müsste nur zusätzlich etwas in den Krug tun, in dem der Schwamm aufbewahrt wird«, fuhr Gotthelf erklärend fort.

»Ich bin mir nicht sicher, ob es diesmal so einen Krug gibt«, wandte Thomas ein.

»Wir müssen es auf jeden Fall versuchen«, entgegnete Gotthelf. »Der Krug steht für jedermann erreichbar am Richtplatz, und es ist nicht verboten, den Verurteilten den Schwamm zu reichen.«

»Aber vorher müsste einer von uns etwas hineinschütten«, sagte Hans.

»Kein Problem«, antwortete Gotthelf und zog ein Fläschchen aus der Tasche.

»Aber das ist doch gefährlich«, mischte Paul sich ein. »Wenn einer von uns hingeht und den Unterriedbachern die Lippen befeuchtet und die dann gleich alle sterben, fällt das doch auf, oder? Ich tu's jedenfalls nicht. Ich habe Weib und Kinder.«

»Denk dran, was die Verurteilten erleiden müssen. Wir sind es ihnen schuldig, denn sie haben für eine gerechte Sache gekämpft«, entgegnete Gotthelf, und Paul senkte kleinlaut den Kopf. »Zudem gibt es Mittel, die nicht sofort wirken, sondern erst später. Und außerdem wird die Gefahr für jeden von uns kleiner, wenn so viele wie möglich mitmachen. Die Wut der Menschen ist groß, und wenn wir mit gutem Beispiel vorangehen, werden die anderen uns bestimmt folgen.«

Als sich die Knechte wieder dem Richtplatz näherten, hatte die Hinrichtung noch nicht begonnen. In deutlichem Abstand zur Tribüne drängten sich die Schaulustigen um den Platz. Aber anders als sonst bei Hinrichtungen, wenn die Menge das grausame Spektakel mit Genugtuung und sogar mit Schadenfreude verfolgte, war diesmal kein aufgeregtes Stimmengewirr zu hören. Vielmehr herrschte ein tiefes Schweigen, das nur ab und zu von einem Flüstern unterbrochen wurde.

In der zweiten Reihe der Ehrenloge sahen sie ihren Herrn, der mit unbewegter Miene vor sich hin starrte. Der Päpstliche Inquisitor saß in der letzten Reihe und warf dem Markgrafen eisige Blicke zu. Der Sitz neben ihm war leer, und niemand schenkte ihm mehr als ein knappes Kopfnicken aus der Ferne. Den Grund dafür kannten Thassilos Knechte: Es war nicht etwa Mitleid mit den Bauern, sondern vielmehr der Umstand, dass der Markgraf ein Schreiben vom Kaiser höchstselbst erhalten hatte, in dem er aufgefordert worden war, dem wahllosen Treiben des Inquisitors Einhalt zu gebieten und Recht und Ordnung wieder herzustellen. Die Nachricht darüber hatte sich in ganz Franken verbreitet wie ein Lauffeuer. Daraufhin hatte sich der Adel, der sich wegen der Überschreitungen der Standesgrenzen durch den Inquisitor ohnehin vor den Kopf gestoßen fühlte, von dem Inquisitor abgewandt. Nur Sophie Gräfin von Abenberg, die als Einzige ein blau-rotes Prunkgewand trug und üppigen, in der Sonne funkelnden Schmuck angelegt hatte, winkte ihm wohlwollend lächelnd zu. Er beantwortete ihren Gruß mit einem knappen, ausdruckslosen Nicken.

Gotthelf blickte sich suchend um und entdeckte zu seiner Erleichterung in einer Ecke des Richtplatzes den Krug mit dem Schwamm, der, auf eine Lanze gespießt, den Verurteilten bis zu ihrem qualvollen Ende immer wieder an die Lippen gehalten wurde. Meist enthielt der Krug nicht nur Essigwasser gegen den Durst, sondern zusätzlich Branntwein, der mit einem schmerzlindernden Extrakt versetzt war. Den konnten sie aufsaugen und sich so ein wenig Linderung verschaffen. Zumindest diese Gnade gewährte der Markgraf den Delinquenten.

Gotthelf wartete, bis die Fanfaren als Zeichen ertönten, dass die Hinrichtung begann. Während die Menge abgelenkt war, drängte er sich bis zu dem Krug vor und goss, ohne dass jemand etwas bemerkte, den Inhalt seines Fläschchens in die Branntweinmischung. Dann verschwand er wieder in der Menge und ritt mit seinen Kameraden in das Gasthaus zurück, um dort das Ende der Hinrichtung abzuwarten.

Die Fanfaren verstummten, und der dunkle, bedrohliche Schlag der Trommeln setzte wieder ein. Als Erstes wurden die Bauern mit gespreizten Armen und Beinen an Pflöcken auf dem Boden festgebunden. Thassilos Herz schnürte sich zusammen und begann lauter und lauter zu pochen, als der Henker an den ersten Bauern herantrat und damit begann, ihm mit dem Richtrad die Unterschenkel zu zerschmettern.

Der gellende Schrei des Bauern bohrte sich wie eine Eisenstange in Thassilos Kopf, und sein Magen krümmte sich. Er beugte sich vor, senkte den Kopf und schloss die Augen, während die Schreie zu einem Gebrüll wurden, das nichts Menschliches mehr hatte. Selbst auf den Schlachtfeldern hatte Thassilo nur selten solche Schreie gehört.

Er sah hoch und senkte den Blick gleich wieder. Inzwischen hatte der Henker dem Bauern beide Arme und Beine mehrfach gebrochen, und die Henkersknechte machten sich daran, den vor Schmerzen Wahnsinnigen, der jetzt nur noch seinen Kopf und seinen Rumpf bewegen konnte, auf das Rad zu flechten. Währenddessen trat der Henker zum nächsten Bauern hin und ließ das mit scharfen Eisenkanten versehene Richtrad auf dessen Beine niedersausen.

Die Schreie fuhren Thassilo so schmerzhaft durch die Glieder, dass er das Gefühl hatte, man würde auch ihm alle Knochen brechen. Obwohl er die Augen geschlossen hatte, sah er das grausame Geschehen in aller Deutlichkeit vor sich, sah die aufgerissenen Münder der Bauern, ihre vor Angst und Schmerz aufgerissenen Augen und den Henker mit seinen Knechten, die Teufeln gleich ihr blutiges Werk vollbrachten.

Plötzlich tauchte Katharinas durchscheinend bleiches, schmerzverzerrtes Gesicht vor Thassilos geistigem Auge auf. Ihr Anblick verdrängte alles um ihn herum und ließ sein Herz noch schneller schlagen. Die pechschwarzen Haare hingen ihr schweißdurchtränkt in die nasse Stirn, ihr Mund verzog sich qualvoll, und er konnte ein leises Stöhnen hören, als sich ihr Körper aufbäumte und sie den Kopf mit aufeinandergepressten Zähnen nach hinten beugte.

Er wollte aufspringen, dem unmenschlichen Treiben auf dem Richtplatz ein Ende setzen und so schnell wie möglich zurück zu seiner Frau reiten. Aber das konnte er nicht. Er musste schweigend auf seinem Ehrenplatz auf der Tribüne sitzen bleiben, bis es endlich vorbei war.

Nachdem die Trommeln leiser geworden waren, kehrten Thassilos Knechte zum Richtplatz zurück. Zu ihrem Erstaunen sahen sie, dass sich eine lange Reihe vor dem Krug mit dem Branntwein gebildet hatte und dass einer nach dem anderen den Schwamm hineintauchte und ihn den Hingerichteten an einer Lanze an die Lippen hielt. Diese saugten eifrig daran. Gotthelf beobachtete, dass der Inquisitor erbost aufsprang und rief, dass dem ungesetzlichen Treiben sofort Einhalt geboten werden müsse. Aber der Markgraf zuckte nur mit den Schultern, und so wagten die Knechte des Inquisitors nicht einzugreifen. Die Wirkung der in den Krug geschütteten Tropfen setzte schnell ein, und die ersten Verurteilten fielen in eine tiefe Ohnmacht, aus der sie nicht mehr erwachen würden.

Voller Zorn und Entsetzen sah Gotthelf zum Baier-Alois hinüber, dessen Eltern er gekannt und den er hatte aufwachsen sehen. Alois war immer sanftmütig und duldsam gewesen und hatte schon als kleiner Junge selbst die schwersten Arbeiten ohne Murren erledigt. Was hatten der Henker und seine Knechte nur mit ihm gemacht! Sein entseelter Blick war von Schmerz und Verzweiflung entstellt.

Gotthelf spürte eine Hand auf seiner Schulter. Erschrocken drehte er sich um. Es war sein Herr Thassilo von Wildenstein.

»Es ist vorbei, wir können jetzt zurückreiten.«

XXI.

Als Thassilo in den Burghof kam und dort ein fremdes Pferd stehen sah, blieb ihm das Herz stehen. Mit großen Schritten hetzte er die Treppen hinauf ins Schlafzimmer. Katharina lag bleich und mit geschlossenen Augen auf dem Bett und rührte sich nicht, und auf dem Boden verstreut entdeckte er blutgetränkte Laken und Tücher.

»Katharina, liebste Katharina, was ist geschehen?«, flüsterte Thassilo. Er kniete sich neben sie und griff ihre Hand. Sie war eiskalt. »Katharina!«, rief Thassilo immer wieder. »Katharina!« Aber sie reagierte nicht. Atmete sie noch? Er legte seine Hand auf ihre Brust, aber er konnte keinen Herzschlag spüren.

Thassilo stürzte hinaus und rief nach den Mägden und Knechten. Aber niemand kam. Er eilte die Treppen hinunter in die Küche. Auch hier war keine Menschenseele. Auf dem Herd stand ein großer Kessel mit köchelndem Wasser. Thassilo rannte in den Hof.

»Heda!«, brüllte er. »Ich brauche Hilfe! Sofort! Heda!«

Aber niemand eilte herbei. Er lief vom Hof zum Kräutergarten. Dort fand er Anna. Sie pflückte Blätter und Blüten in einen Korb.

»Anna, was ist geschehen?«, rief Thassilo außer Atem. »Und wo ist Rodenfeld? Schick ihn sofort zu meinem Weib, sie atmet nicht!«

Anna lächelte ihn an. »Ihr habt eine Tochter, Herr«, erwiderte sie mit ruhiger Stimme.

»Eine Tochter? Wo ist sie? Und was ist mit meiner Frau?«

»Eure Tochter wird von Christine oben auf der Terrasse gebadet. Dort sitzt auch der Physikus Rodenfeld und stärkt sich. Die Hebamme ist schon gegangen. Eure Frau hat ein wenig Schlafmohn genommen, um sich auszuruhen. Sie hatte eine schwere Geburt und hat uns alle hinausgeschickt. Wir dürfen sie jetzt nicht stören.«

»Mein Gott!« Thassilo atmete tief durch. »Hat sie bei dem Schnitt das viele Blut verloren? Bestimmt hatte sie große Schmerzen.«

»Bei welchem Schnitt? Nein, nein, Herr! Sie musste nicht geschnitten werden. Das Kind hat sich doch noch gedreht. Aber Eure Frau ist bei der Geburt gerissen und musste genäht werden. Dabei hat sie viel Blut verloren und ist ohnmächtig geworden. Sie hatte den ganzen Tag lang Wehen und war sehr schwach geworden. Aber Physikus Rodenfeld meint, dass sie in ein paar Tagen wieder aufstehen kann. Die Herrin hat mir gesagt, was für Kräuter ich pflücken soll, damit alles wieder heilt. Daraus koche ich ihr jetzt einen Sud.«

»Danke, Anna«, sagte Thassilo und eilte zurück über den Hof in die Burg und auf die Terrasse. Dort hob Christine gerade einen winzigen Säugling aus der Wanne und hüllte ihn in ein großes Tuch. Als sie den Reichsritter sah, hielt sie ihm das Bündel strahlend entgegen. Er nahm es vorsichtig in die Arme und betrachtete es. Behutsam strich er über das schrumpelige kleine Gesicht und über den schwarzen Haarschopf, der steil in die Höhe stand. »Ist sie nicht wunderschön?«, sagte er voller Stolz und blickte zu Heinrich Rodenfeld, der am Tisch saß und sich frisch gebackenes, in Salz und Öl geröstetes Gerstenbrot mit gebratenen Zwiebelringen schmecken ließ und dazu Bier trank.

»Na ja, wunderschön wird sie hoffentlich später einmal«, erwiderte der Chirurg kauend. »Momentan sieht sie eher aus wie ein schrumpliger Zwerg mit lauter blauen Flecken.«

Thassilo lachte laut auf. Erleichtert gab er Christine das Bündel zurück. »Ich hole Wein, damit wir unsere Tochter gebührend auf dieser Welt begrüßen können. Ruf du alle Knechte und Mägde zusammen. Heute und morgen wird gefeiert. Alle sollen herkommen und mit uns essen und trinken.«

»Ich muss leider aufbrechen. Es wird schon bald dunkel, und der Weg zurück nach Nürnberg ist weit«, sagte Rodenfeld bedauernd und erhob sich.

»Ihr habt weder Weib noch Kind, die Euch vermissen, Rodenfeld. Also bleibt hier und feiert mit uns.«

Rodenfeld grinste. »Da lasse ich mich nicht lange bitten.«

XXII.

Katharina hob den Kopf und sah benommen in die goldene Abenddämmerung hinaus, die sich vor ihrem offenen Schlafzimmerfenster auszubreiten begann. Sie musste mehrere Stunden geschlafen haben. Aber nicht der brennende, stechende Schmerz, der durch ihren Unterleib zog und in Krämpfen gipfelte, hatte sie geweckt, sondern ein leises, hoffnungslos klingendes Wimmern. Sie richtete sich in ihrem Bett auf und beugte sich über die Wiege, die daneben stand. Mit vor Schwäche noch zitternden Armen hob sie das kleine Geschöpf heraus, das sofort mit seinen Ärmchen nach ihr zu greifen versuchte.

»Ist ja gut, mein Kleines, ist ja gut«, flüsterte sie, öffnete ihr Hemd und legte sich das Neugeborene an die Brust, wo es sofort eifrig zu saugen begann.

»Du armes Kleines, du musst ja ganz ausgedörrt sein vom langen Warten«, murmelte Katharina und fuhr mit dem Zeigefinger über die gerunzelte Stirn, auf der zwei große blaue Geburtsflecken saßen. Vorsichtig strich sie über die winzige Hand, die sich sofort mit festem Griff an ihrem Zeigefinger festklammerte. Die Faust, die sich bildete, war ebenso schrumpelig wie die kleinen, dünnen Ärmchen und die angewinkelten Beinchen, die sich aus dem langen Hemd geschoben hatten, das das Neugeborene über einer viel zu groß wirkenden Windel trug.

Nur mit Mühe erinnerte sich Katharina daran, dass Christine ihr vor ein paar Stunden das Kind zum ersten Mal an die Brust gelegt und ihr gesagt hatte, dass es ein Mädchen war. Obwohl Katharina wusste, wie sehr sich Thassilo einen Sohn gewünscht hatte, fühlte sie, wie ein warmes Glücksgefühl sie durchströmte, und sie dankte Gott, dass sie beide die Geburt trotz der bösen Vorzeichen so gut überstanden hatten. Katharina ließ den Blick über ihre Tochter gleiten, die sie aus großen blauen Augen aufmerksam zu mustern schien und den mütterlichen Zeigefinger noch fester umklammerte. »Du wirst einmal eine starke und selbstbewusste Frau werden, meine kleine Sophia, und die Männer werden dich vergöttern, allen voran dein Vater«, flüsterte Katharina der Neugeborenen ins Ohr und nannte sie damit bei dem Namen, den Thassilo für den Fall, dass es ein Mädchen werden würde, vorgeschlagen hatte.

Allmählich wurde das Saugen schwächer, und schließlich sackte das Köpfchen mit geschlossenen Augen kraftlos zur Seite. Katharina schloss ihr Hemd, trank ein Glas Wasser, das auf dem Nachttisch bereitstand, und legte sich ihr Kind über die Schulter, bis es sein Bäuerchen gemacht hatte. Dann nahm sie ihre Tochter in die Arme, um sie genau zu betrachten. Sanft strich sie über die kleinen Schultern und die gekrümmten Ärmchen und betrachtete lächelnd den schwarzen langen Pflaum auf dem Kopf, der sich wie ein Hahnenkamm aufstellte.

In diesem Moment streckte sich die kleine Sophia und riss ihren zahnlosen Mund zu einem herzhaften Gähnen auf. Dabei zog sie ihr Gesichtchen in tiefe Falten, sodass Katharina hell auflachen musste. Doch plötzlich erstarb ihr Lachen und wich purem Entsetzen. Ihre Augen weiteten sich, und mit aufgerissenem Mund zuckte sie von ihrem Kind zurück und entriss ihm den Finger.

»Jesusmaria!«, stieß sie hervor und starrte auf die entblößte Schulter des Kindes. Der breite Träger des Hemdes war hinuntergerutscht, und ein daumennagelgroßer rotbräunlicher Fleck zeigte sich am Ansatz des Schulterblattes. »Ein Hexenmal«, flüsterte Katharina.

Sie starrte auf die leicht gewölbte Hautverfärbung.

Ihr Herz begann zu rasen, und eine eisige Angst durchfuhr ihr Inneres. Voller Entsetzen dachte sie daran, dass solche Muttermale in den Hexenprozessen als Beweis dafür genommen wurden, dass eine Frau eine Hexe war.

Sie stellte sich vor, wie man ihre unschuldige Tochter vor den Verhörtisch zerrte und ihr Muttermal der Hexenprobe unterzog. Das geschah aber alles nur zum Schein, denn die Verurteilung ihrer Tochter stand von vornherein fest. Die Hexenjäger würden keinen richtigen Dorn benutzen, sondern einen versenkbaren und nur so tun, als würden sie damit in das Mal stechen, um nachzuprüfen, ob es blutete. Doch nur wenn Blut kam, war die Unschuld erwiesen, und das wollte die Inquisition auf jeden Fall verhindern, denn sonst müsste sie zugeben, dass sie sich geirrt hatte, und die Inquisition irrte nie.

Katharina malte sich aus, wie man ihre Tochter wegzerrte, hinaus auf den Platz, auf dem schon der Scheiterhaufen wartete. Ein tiefes Grauen erfasste sie, und alles um sie herum überzog sich mit einem finsteren, drohenden Schatten. Sie schlug die Hände vors Gesicht und begann, lautlos zu weinen. Wäre es nicht besser gewesen, das Kind hätte sich vor der Geburt nicht gedreht, und sie wären beide gestorben? Ein rasender Schwindel ergriff sie, und sie drückte beide Hände fest gegen die Schläfen, um wieder zu Sinnen zu kommen.

Mit aller Macht zwang sie sich, langsam und tief durchzuatmen. Erst allmählich beruhigte sie sich. Sie sah ihr Kind an, das mit hinuntergeschobenem Hemd hilflos vor ihr lag und schreiend mit seinen Händchen nach irgendetwas zu greifen versuchte. Wie konnte Gott ihr nur so etwas antun!, dachte Katharina verzweifelt. Wie sehr hatten Thassilo und sie sich auf ihr Kind gefreut!

Plötzlich durchfuhr es Katharina wie ein gleißender Blitz.

Wie konnte sie sich derart versündigen, statt dankbar zu sein für das wunderbare Geschenk, das Gott ihr mit diesem kleinen Mädchen gemacht hatte, das offenbar kerngesund war und keinen Makel aufwies außer einem lächerlichen Leberfleck auf der Schulter, den Abergläubische zum Hexenmal erklärt hatten!

Vorsichtig schob sie den Träger des Hemdes wieder über den Leberfleck. Von nun an würde sie dafür sorgen, dass ihre Tochter nur langärmelige, hochgeschlossene Hemden trug. Und sie würde sie allein baden und pflegen, damit niemand den Flecken zu sehen bekam. Außerdem musste sie in den nächsten Tagen auf geschickte Art herausfinden, ob Rodenfeld oder Christine, die bei der Geburt dabei gewesen waren, das Muttermal bemerkt hatten.

Die kleine Sophia schrie immer lauter, und eine Woge des Mitleids und der Zärtlichkeit stieg in Katharina auf. Schützend nahm sie ihre Tochter in die Arme und wiegte sie hin und her. »Verzeih mir, meine kleine Sophia, verzeih mir!«, flüsterte sie und schob ihren Zeigefinger zurück in die winzige Hand. Sofort packte die Kleine zu und hörte auf zu schreien. Sie verzog den Mund zu einem girrenden Lachen und griff mit ihrem freien Händchen nach Katharinas langen Haaren.

»Wie ich sehe, sind Mutter und Tochter wohlauf«, hörte sie Thassilos vertraute Stimme, der, eine Hand hinter dem Rücken versteckt, an ihr Bett trat. »Rate mal, was ich hier habe, meine Schöne«, sagte er, nahm die Hand nach vorn und streckte ihr ein kleines Kästchen entgegen. Es war aus schwarzem Ebenholz, kunstvoll geschnitzt und mit blumenartigen Silbergirlanden verziert. In der Mitte funkelte ein feuriger Rubin. Ohne auf Katharinas Antwort zu warten, öffnete Thassilo das Kästchen und zog eine doppelte Goldkette hervor, an der mehrere Süßwasserperlen befestigt waren. »Diese Kette hat mir meine Mutter gegeben«, erklärte er. »Sie ist seit Jahrhunderten im Besitz derer von Wildenstein und wird von Generation zu Generation weitergegeben, wobei für jeden neuen Nachkommen eine neue Perle an diese Kette angefügt wird, sodass die Trägerin mit der Kette gleichsam die ganze Linie der Wildensteins um den Hals hängen hat. Die Perle für unsere kleine Sophia habe ich schon hinzufügen lassen.«

»Ein schönes Geschenk!«

Thassilo kniete sich neben sie und legte ihr die Kette um den Hals.

»Ist alles in Ordnung?«, fragte er und sah seiner Frau prüfend in die Augen. Ihr Lächeln schien ihm mühsam und zögerlich zu sein, und so setzte er nach. »Ist unsere kleine Tochter gesund, und hast du die Geburt gut überstanden?«

»Ja, Thassilo, ja, es ist alles in Ordnung«, versicherte Katharina. Sie zwang sich, ihre Stimme ruhig und fest wirken zu lassen. »Ich bin nur noch ein wenig erschöpft von all dem und benommen von dem Schlafmohn, den ich zu mir genommen habe. Und ich muss mich erst einmal daran gewöhnen, dass ich nun wirklich eine Tochter habe und Mutter geworden bin.«

»Das verstehe ich, Katharina. Deshalb werde ich euch beide nun schlafen lassen. Wenn du mich brauchst: Ich bin draußen auf der Terrasse und feiere mit Rodenfeld und dem Gesinde die Geburt unseres Kindes, und ich werde auch in deinem Namen mit den anderen auf unser Glück anstoßen.«

Katharina ließ sich lächelnd mit ihrer Tochter zurück in die Kissen sinken. Thassilo beugte sich über seine Frau, küsste ihr die Stirn und verließ den Raum.

Als Physikus Rodenfeld am Mittag des nächsten Tages in ihre Schlafkammer kam, um nach ihr und Sophia zu sehen, hatte Katharina sich vorbereitet. Mit hellroter Tonerde, weißlich braunem Lehm und einer öligen Essenz aus ihrem Medikamentenkorb hatte sie eine Paste angerührt und abschließend noch ein paar Tropfen Wasser zugefügt. Damit hatte sie das Muttermal bestrichen.

Die Paste war rasch eingezogen und hinterließ auf der Haut eine matte, helle Schicht, die so gut deckte, dass das Mal in der verschatteten Schlafkammer nur noch bei genauem Hinsehen entdeckt werden konnte. Zur Sicherheit hüllte Katharina ihre kleine Tochter noch in eine leichte Decke ein. Dabei achtete sie darauf, dass der Stoff die dünne Pastenschicht nicht berührte und womöglich wegrieb.

Physikus Rodenfeld äußerste sich hochzufrieden über den Zustand von Mutter und Tochter. Den Leberfleck erwähnte er nicht. Er hatte das Neugeborene nur unmittelbar nach der Geburt gesehen, als es noch blutverschmiert war und ein Leberfleck nicht weiter auffiel, und sich dann um den Dammriss der Mutter gekümmert.

»Es wird sicher zwei, drei Wochen dauern, bis das ausgeheilt ist, Freiin«, hatte er erklärt. »Da Ihr bei der Geburtswehe ohnmächtig wart, habt Ihr das Kind im Liegen geboren, wodurch Ihr böse gerissen seid. Ich konnte es nicht verhindern, denn das Kind kam genau in dem Augenblick, als ich den Raum betrat. Ich habe zwar alles sofort recht gut zusammennähen können, aber die Heilung an dieser heiklen Stelle ist langwierig.«

»Hat denn die Hebamme den Riss durch Abstützen nicht verhindern können?«, hatte Katharina gefragt.

»Die scheint so verblüfft gewesen zu sein, dass das Kind nun doch noch auf natürlichem Wege kam, dass sie nur dastand und glotzte und eiligst das Zimmer verließ, als sie mich kommen sah. Denn Ihr habt so stark geblutet, werte Freiin, dass es aussah, als sei Euer ganzer Leib auseinandergerissen worden. Es hat mich einige Mühen gekostet, die Blutung zu stoppen.«

»Dann wart nur Ihr bei mir?«

»Ich und Eure wackere Magd Christine, die sofort beherzt zugepackt hat und der ich dann Euer Neugeborenes in den Arm gedrückt habe, damit sie es badet.«

»Ich danke Euch, Physikus Rodenfeld«, sagte Katharina erleichtert darüber, dass ihm nichts aufgefallen war. Und auch jetzt schien Rodenfeld das Muttermal unter der abdeckenden Schicht nicht zu bemerken. Jedenfalls sagte er nichts, auch nicht, als Katharina ihn auf die Geburtsflecken ansprach, von denen Sophias Körper übersät war.

»Da würde ich gar nichts machen, die verschwinden von allein«, sagte er nur. »Und wenn Ihr unbedingt etwas tun wollt, dann streicht ihr ein wenig Arnikasalbe darauf, die Ihr sicher in Eurer Apotheke habt. Die könnt Ihr auch gut für Euren Dammriss nehmen. Und nehmt ein paar Sitzbäder in einem Sud aus Eichenrinde. Aber das wisst Ihr ja alles selbst, Freiin.«

Auch Christine erwähnte das Muttermal nicht, als sie, nachdem Rodenfeld gegangen war, Katharinas Schlafkammer aufräumte und ihrer Herrin eine stärkende Suppe ans Wochenbett brachte. Sie starrte jedoch immer wieder suchend auf die mit der Paste verdeckte Stelle an der Schulter der kleinen Sophia.

Katharina überlegte fieberhaft. Sollte sie beiläufig erwähnen, dass es da einen hässlichen Fleck gegeben habe, der sich aber durch eine besondere Heilcreme innerhalb weniger Stunden zurückgebildet habe und inzwischen fast ganz verschwunden sei? Aber würde Christine ihr das glauben? Ober würde sie sich in einem unbeobachteten Moment Gewissheit verschaffen wollen? Und wenn sie dann sah, dass das Muttermal noch da war, würde sie dann nicht durch die Lüge ihrer Herrin erst recht misstrauisch werden?

Katharina spürte, wie ihr eine siedende Hitze über den Rücken lief. Sie atmete tief durch, dann sagte sie vorsichtig:

»Die Geburt muss für das Kind eine schreckliche Tortur gewesen sein. Der kleine Körper ist von Geburtsflecken übersät. Rodenfeld sagt, dass die bald wieder verschwunden sind.«

»Ja, Herrin, die Geburtsflecken sind bald wieder verschwunden«, antwortete Christine, ohne Katharina anzusehen.

»Erzähl mir, wie die Geburt verlaufen ist«, forderte Katharina ihre Magd auf.

Während sie sich in der Schlafkammer zu schaffen machte, schilderte Christine in knappen Worten, was geschehen war.

»Waren außer Rodenfeld und dir noch andere Personen bei der Geburt dabei, während ich ohnmächtig war?«

Christine schüttelte den Kopf und hielt inne. Dann trat sie an das Bett ihrer Herrin und sah ihr direkt in die Augen.

»Ihr braucht keine Angst zu haben, Herrin«, sagte sie mit fester Stimme. »Nur Physikus Rodenfeld und ich waren bei der Geburt dabei. Er hat das Neugeborene nur abgenabelt und es mir dann gegeben, damit ich es säubere. Er hat sich gleich wieder um Euch gekümmert, denn Ihr habt nach dem Riss ungewöhnlich stark geblutet, und die Nachgeburt wollte nicht kommen. Er kann nichts bemerkt haben. Ich war mit dem Kind allein, als ich es gebadet habe. Und als ich das Muttermal gesehen habe, habe ich ihm gleich ein Hemdchen übergezogen. Außer mir hat es niemand gesehen.« Sie räusperte sich. »Unter der Creme kann man das Mal übrigens noch immer sehen, denn dadurch, dass es etwas hochsteht, wirft es einen leichten Schatten.«

Katharina spürte, wie sie errötete. Sie wollte zu einer Erklärung ansetzen, aber Christine fuhr fort:

»Ich weiß, dass es kein Hexenmal sein kann, Herrin, denn wie sollte ein Neugeborenes, das noch gar nicht denken kann, eine Hexe sein und Schadenszauber anrichten können? Aber ich weiß auch, dass es Menschen gibt, die so abergläubisch sind, dass sie überall Werke Satans vermuten und selbst unschuldige Tiere und Kinder in Verdacht haben, vom Teufel besessen zu sein. Dabei hat Pfarrer Stauffer gesagt, dass das gar nicht geht, weil nur der vom Teufel besessen sein kann, der aus freien Stücken einen Pakt mit ihm eingeht, und das können Tiere und kleine Kinder gar nicht. Aber manche Menschen sind zu dumm, um das zu begreifen. Darum habe ich das Mal auch gleich verdeckt und mit niemandem darüber gesprochen. Und das werde ich auch in Zukunft nicht tun.«

Katharina schwieg beschämt. Schließlich sagte sie: »Ich danke dir, Christine, ich danke dir sehr. Ich vertraue dir, aber ich gebe zu, dass ich große Angst hatte. Doch deine offene Rede hat mich beruhigt. Solch ein Muttermal ist nichts als ein in die Haut eingewachsenes Stück Mutterkuchen, aber das wissen viele nicht, und weil sie es sich nicht erklären können, halten sie es für gefährlich.«

Katharina nahm ihre schlafende Tochter von der Schulter, streifte ihr ein Hemd mit langen Ärmeln über und wiegte sie in ihren Armen. Tränen traten ihr in die Augen.

»Je älter sie wird, desto gefährlicher kann dieser Leberfleck für sie werden«, sagte sie mit zitternden Lippen. »Sie wird ihn ihr Leben lang verbergen müssen, und solange sie klein und unverständig ist, müssen wir darauf achten, dass niemand es zu Gesicht bekommt.« Sie sah Christine eindringlich und flehend an. »Wir dürfen mit niemandem darüber reden. Versprichst du mir das, Christine? Mit niemandem.«

Christine nickte. »Auch mit dem Reichsritter nicht?«

Katharina senkte den Blick und schüttelte den Kopf. »Ich weiß es einfach noch nicht.«

»Gut, Herrin, ich verspreche, dass ich mit niemandem darüber spreche.«

Katharina sah wieder zu Christine hoch und lächelte traurig.

»Danke, Christine. Hoffen wir, dass sich die Zeiten zum Guten ändern und dass sich keine Frau mehr zu fürchten braucht, nur weil sie einen Leberfleck, Sommersprossen oder rote Haare hat.«

XXIII.

Hell und rein klangen die Glocken der kleinen Burgkapelle. Katharina hatte sie sich zur Taufe ihrer Tochter gewünscht. »Sophia soll ihr Christenleben fröhlich beginnen«, hatte sie zu Thassilo gesagt und ihn gebeten, die feierlich und finster klingenden alten Glocken gegen neue auszutauschen, deren klarer und leichter Ton besser zu dem freudigen Ereignis passte. Das war vor sechs Wochen gewesen, sieben Tage nach der Geburt.

Thassilo hatte Katharina den Wunsch erfüllt, auch wenn er alles andere als angetan gewesen war. Wegen der Missernte des letzten Jahres mussten sie dringend sparen, und die Rücklagen waren fast aufgebraucht. Auch mussten das Dach der Burg, durch das es schon an mehreren Stellen hereinregnete, und der Kamin, der nicht mehr richtig zog, dringend ausgebessert werden. Aber als Katharina ihn mit schalkhaft zur Seite geneigtem Kopf angesehen hatte, waren die Falten auf seiner Stirn verflogen. »Du unvernünftiges Frauenzimmer!«, hatte Thassilo lachend gesagt. »Aber vielleicht hast du recht. Und für das Wunder der normalen Geburt unserer kleinen Sophia sind wir unserem Herrgott einen Dank schuldig.«

»Ich wusste, dass du einverstanden sein würdest!«, hatte Katharina gerufen und war ihm um den Hals gefallen. Seufzend hatte Thassilo seine Frau auf den Schoß gezogen und sie an sich gedrückt. Er liebte den Duft von Veilchen und Lavendel, den ihr Haar verströmte. Und er liebte die weiche Wärme ihres geschmeidigen Körpers, der ihm endlich ein Kind geboren hatte, auch wenn es nur eine Tochter war. Thassilo hatte sich einen

Stammhalter gewünscht, der das Wappen und das Erbe derer von Wildenstein weitertragen konnte, aber nun freute er sich ebenso sehr über das winzige Mädchen.

Der Klang der Glocken verebbte. Katharina und Thassilo erhoben sich, als der Bamberger Fürstbischof Georg III. Schenk von Limpurg ihnen bedeutete, mit der kleinen Sophia ans Taufbecken zu treten. Zärtlich und stolz zugleich blickte Thassilo zu seiner Frau hinüber, die in ihrem schlichten Kleid würdevoll wirkte, aber auch mädchenhaft und verführerisch. Unter einem ärmellosen, über der Brust zum Mieder geschnürten schwarzen Mantel trug sie ein dünnes weißes Kleid, dessen leichter Baumwollstoff ihre schlanken Arme durchscheinen ließ. Um Katharinas Hals hing die schwere doppelte Goldkette derer von Wildenstein, die nun mit einer weiteren Süßwasserperle verziert war. Auf anderes Geschmeide hatte sie verzichtet. Auf dem Kopf trug sie ein schmuckloses schwarzes Samtbarett, durch dessen Schlitze ebenfalls dünner weißer Stoff hervorlugte. Wie wohltuend Katharinas Erscheinung sich von der prunksüchtigen, überladenen Aufmachung der Taufgäste abhob, dachte Thassilo stolz.

Auch Fürstbischof Georg, Katharinas Beichtvater, schien über ihre uneitle Erscheinung erfreut zu sein, denn ein wohlwollendes Lächeln trat auf seine Züge, als sie ihm strahlend ihre Tochter entgegenstreckte. Sophia verfolgte alles mit großen Augen, und als das Wasser ihre Stirn benetzte, antwortete sie mit einem girrenden Lallen. In diesem Moment ergoss sich ein warmer Lichtstrahl durch das mittlere Chorfenster über die Gemeinde. »Du sonniges Freudenkind«, sagte der Bischof lachend und machte das Kreuzzeichen über Sophia, die mit ihren zappelnden Ärmchen nach ihm zu greifen versuchte.

Katharina hatte sich geweigert, den Säugling, wie es Sitte war, zu einem unbeweglichen Bündel zu schnüren. »Das ist unmenschlich. Ein Kind muss seinen Körper und seine Seele frei entfalten können und darf nicht eingezwängt werden«, hatte sie entgegnet, als ihre Verwandten ihr vorhielten, nur Bauern- und Bettlerkinder würden nicht verschnürt, und zu viel Bewegungsfreiheit in frühen Jahren fördere ein lasterhaftes, zügelloses Leben. Doch Thassilo hatte seine Frau unterstützt. »Das Gegenteil ist richtig. Wer sich in frühen Jahren frei entfalten kann, ist als Erwachsener reif genug für ein wahrhaft sittsames Leben.«

Und so strampelte und zappelte Sophia in einem spitzenbesetzten langen Taufkleid über dem Becken. Mit ihren kleinen Ärmchen griff sie sogar nach dem Gewand des Bischofs. Ein Raunen ging durch die Kapelle. Aber der Bischof nahm sacht die Faust des Täuflings, öffnete sie behutsam und befreite sich aus dem festen Griff. Dann fuhr er mit der Taufzeremonie fort.

»Und so taufe ich dich auf den Namen Sophia Magdalena Susanna Margarete Katharina von Wildenstein. In nomine patris et filii et spiritus sancti. Amen«, sagte er und machte das Kreuzzeichen über dem fröhlich vor sich hin lallenden Kind. Katharina nahm es wieder in ihre Arme, statt es der Amme zu geben. Auch das beobachtete manch einer der Gäste mit Unmut. Auf ein Zeichen des Bischofs schritten Katharina und Thassilo zurück zu den Bänken, und alle setzten sich wieder. Gemeinsam stimmten sie einen Choral an. Dann entließ der Bischof die Taufgemeinde.

Katharina und Thassilo traten zusammen mit dem Bischof als Erste aus der Kapelle, um ihre Gäste zum Festplatz zu führen. Auf einem Rasenstück vor dem ummauerten Burggarten war eine lange, festliche Tafel aufgebaut worden.

Als sich alle gesetzt hatten, tischten die Mägde die Speisen auf. Neben kunstvoll geschnitzte Holzteller mit noch warmem, in Butter ausgebackenem Weißbrot stellten sie kleine Schüsseln mit Kräuterquark, Radieschen, Rettich, eingelegtem Gemüse und Salaten. Dann trugen sie dampfende Schüsseln mit Hirse- und Dinkelbrei, Knödeln und geschmälzten Spätzle und große Teller mit überbackenem Zwiebel-, Brennnessel- und Lauchkuchen auf. Den Mittelpunkt der Tafel bildeten kunstvoll mit Blättern und Blüten geschmückte Gemüseplatten und Pyramiden aus Spinatmaultaschen und gelben Küchlein, die mit kostbarem Safran gebacken worden waren. Auf jedem Platz stand ein Gedeck mit zwei Tellern, Bestecken, Mundtuch und drei unterschiedlichen Gläsern. Die über den Tisch gestreuten Blüten waren ebenso wie die Gläser und die Glasur der Teller in den Farben Rot, Blau, Gelb und Weiß gehalten, den Wappenfarben derer von Wildenstein.

Thassilo, der am Kopf der Tafel saß, erhob sich. Er griff nach seinem Glas, wies auf die mit der kleinen Sophia im Arm neben ihm sitzende Katharina und sagte, sich dem Bischof zu seiner Rechten, dann den übrigen Gästen zuwendend:

»Eure fürstbischöfliche Exzellenz, der Ihr unsere Tauffeier mit dem Glanz Eures Amtes und Eurer Persönlichkeit bereichert habt – liebe Verwandte und Freunde, die ihr die unbequeme Reise zu unserer bescheidenen Burg auf euch nahmt – mein liebes Weib Katharina! Ich will keine ermüdende Rede halten, sondern nur allen danken und die Tafel eröffnen.«

Die Gäste prosteten Thassilo und Katharina mit dem leicht perlenden Weißwein zu, der so kühl war, dass die Gläser beschlugen.

Felix von Eisenfelden langte kräftig zu. Kauend hielt er eines der gelben Küchlein hoch: »Alles vom Feinsten, ihr Lieben! Wein vom Rhein und aus Burgund! Selbst am Safran habt ihr nicht gespart!« Darauf erhoben die anderen Gäste ihre Gläser und tranken auf die Kochkünste der Hausfrau und auf die Gastfreundschaft des Hausherrn.

In diesem Augenblick gab Thassilo ein Zeichen, worauf Gotthelf zur Burgmauer ging und ein Tuch von einer Stange zog, das vor einem vorne offenen Holzschuppen hing. Darin hatte sich ein Orchester verborgen, das jetzt mit Flöten, Schalmeien, Fiedeln, Laute, Leier, Trommeln, Rasseln und Tamburinen hervortrat und den überrascht applaudierenden Gästen aufspielte. Die Musikanten waren vorbeiziehende Fahrende, denen Thassilo für ein paar Wochen Quartier und Verpflegung in einem leer stehenden Gesindehaus am Fuß der Burg gewährte und die sich nun für die Gastfreundschaft des Reichsritters erkenntlich zeigten.

Kaum waren die ersten Töne erklungen, da forderte Felix die sechzehnjährige Ursula von Sternberg zum Tanz auf. Als er sie vor vier Jahren zuletzt gesehen hatte, war sie noch ein pausbäckiges, bezopftes Mädchen gewesen. Nun hatte sie sich zu einer kräftigen, aber anmutigen Jungfrau entwickelt, die offenbar wie Katharina der schlichten, natürlichen Kleidung den Vorzug vor der aus Spanien kommenden einengenden Strenge geschnürter Korsagen und hochgeschlossener Krägen gab.

»Schau dir unseren Felix an«, flüsterte Katharina Thassilo zu. Beide beobachteten, wie Felix Ursula auf die Wiese neben der Tafel führte und sich tief vor ihr verneigte, bevor er den Tanz mit ihr begann und andere Paare ihrem Beispiel folgten. »So aufmerksam habe ich ihn ja schon lange nicht mehr gesehen.«

»Ursula ist ein kluges, bodenständiges Mädchen. Sie könnte seinem Charakter die Festigkeit geben, die er braucht.«

»Ihr Männer denkt doch immer gleich an den Nestbau«, sagte Katharina lachend.

»Warum auch nicht«, rief Thassilo, griff sich seine Tochter und hielt das aufjauchzende Kind in die Luft. »Wenn dabei so süße Küken wie meine kleine Sophia herauskommen.«

Katharina lächelte. Doch plötzlich zog ein Schatten über ihr

Gesicht, und ihre Augen füllten sich mit Tränen. Sie senkte den Kopf und wandte sich ab.

»Was hast du, Katharina?«, fragte Thassilo.

Doch Katharina schüttelte nur den Kopf. Sie musste an Maria denken, die sie so gern auf diesem Fest bei sich gehabt hätte und die Sophias Patentante geworden wäre. Und inmitten dieser von Tanz, Musik und Gelächter durchzogenen Sommeridylle sah sie das ausgezehrte Gesicht der Sterbenden und die fürchterlichen Wunden vor sich, die ihr der Inquisitor zugefügt hatte. Katharina spürte, wie eine glühende Woge aus Hass und Zorn in ihr aufstieg, und sie konnte sich nur mühsam zügeln.

XXIV.

Der Herbst war kalt gewesen, und der Winter stand vor der Tür. Der Wind pfiff durch die Fensterrillen und strich eisig über das eheliche Bett, in dem Katharina gerade fröstelnd tiefer unter die Decke kroch. Thassilo neben ihr schlief noch. Bald würden sie wieder die hölzernen Läden vor die Fenster klappen müssen, um ein wenig Schutz vor der Kälte zu bekommen. Doch das würde die Räume in der Burg noch dunkler machen.

Katharina hob den Kopf. Hatte da jemand gerufen? Sie lauschte, aber sie hörte nichts, und so ließ sie den Kopf wieder sinken. Wahrscheinlich war es das Heulen des Windes gewesen.

»Herrin, Herrin!«

Katharina setzte sich auf. War das nicht Annas Stimme? Sie hatte sich also doch nicht verhört. Schnell stand sie auf, ging zur Tür und öffnete sie.

Vor ihr stand ihre Magd. »Herrin!«, stieß sie schwer atmend hervor und hielt eine Lampe hoch. »Herrin! Da unten liegt ein altes Weib. Ich glaube, es ist eine Zigeunerin. Wahrscheinlich ist sie tot.«

»Ein altes Weib? Wo?«

»Unten. Im Schuppen. Hinter dem Holz.«

»Wer hat sie gefunden?«

»Ich. Beim Holzholen. Ich bin gestolpert und habe ein paar Scheite umgestoßen. Die wollte ich aufheben, und da habe ich sie gefunden. Sie rührt sich nicht. Ich glaube, sie ist tot.«

»Warte. Ich komme«, sagte Katharina. Sie eilte zum Bett zurück und zog den Morgenrock an.

»Ich begleite dich!«, rief Thassilo und sprang aus dem Bett. Auch er warf sich seinen Morgenrock über. Er zögerte kurz, dann griff er nach seinem Degen.

»Meinst du, dass du den brauchst?«, fragte Katharina.

»Besser ist besser. Bei Zigeunern kann man nie wissen.«

Sie eilten hinter Anna, die ihnen mit der Lampe den Weg leuchtete, die Treppen hinunter und über den Hof zum Schuppen. Vor der Tür gab Thassilo den Frauen ein Zeichen, dass sie zurückbleiben sollten. Er nahm Anna die Lampe ab und verschwand hinter dem Holzstoß.

Einige Augenblicke lang war es still.

»Gütiger Gott! Katharina, bitte komm her!«, hörten die beiden Frauen Thassilo plötzlich rufen.

Sofort drängten sie in den Schuppen. Im flackernden Schein der Lampe sahen sie eine alte Frau in zerfetzten, blutigen Kleidern auf dem Boden liegen. Die Reifen, die sie an den mit Stichen übersäten Armen und Beinen trug, funkelten im flackernden Licht der Lampe. Auf der Höhe ihrer Brust hatte sich eine kleine Blutlache am Boden gebildet.

»Ich glaube, sie lebt noch«, sagte Thassilo.

Katharina nickte. »Sonst würde sie nicht mehr bluten.« Sie wandte sich zu ihrer Magd um, die sich hinter ihr versteckte. »Schnell, Anna, geh in die Gerätekammer, und schütte ihr ein Bett aus Stroh auf. Leg ein Laken darüber, und bezieh eine Wolldecke. Sobald wir sie gebadet und entlaust haben, bringen wir sie in die Burg. Lass Gotthelf den kleinen Ofen von der Terrasse holen und ein Feuer anzünden, damit wir sie wärmen können. Und bring mir eine Schüssel mit heißem Wasser und ein Tuch. Wir werden sie inzwischen hochheben und in die Gerätekammer tragen. Dort ist mehr Platz.«

Katharina wollte schon ihren Morgenmantel ausziehen, um die Alte darauf zu legen, aber Thassilo kam ihr zuvor. Er breitete seinen eigenen Morgenrock auf dem Boden aus, legte die Zigeunerin darauf, schlug ihn um ihren Körper und hob sie hoch. Ein beißender Geruch aus Schweiß und Urin stieg ihm in die Nase, aber er ließ sich nichts anmerken. »Ich schaffe das schon allein, Katharina. Sie ist federleicht. Geh du vorweg, und leuchte uns.«

Anna gab ihrer Herrin die Lampe und lief zur Scheune, um Stroh als Unterlage zu holen und Gotthelf Bescheid zu sagen. Als die beiden zum Geräteschuppen kamen, standen Katharina und Thassilo schon wartend da. Anna schüttete mehrere Lagen Stroh auf und lief noch einmal los, um die Laken und die Decke zu holen. Atemlos kam sie zurück, breitete das Laken aus und trat zur Seite, damit ihr Herr die Zigeunerin darauf betten konnte. Während Thassilo sich hinkniete und die Alte vorsichtig niederlegte, stieß diese einen tiefen Seufzer aus und flüsterte etwas.

»Wasser!«, rief Katharina. »Sie hat Durst! Bezieh du die Decke, Anna. Ich gehe inzwischen zum Brunnen.«

Thassilo hielt sie zurück. »Hol du lieber deine Arzneien, Katharina, ich kümmere mich um das Wasser. Du, Gotthelf, machst inzwischen Feuer und räumst die Geräte zusammen, damit hier mehr Platz ist.«

Als Katharina mit ihrem Notfallkorb zurückkam, flößte Thassilo der Alten gerade Wasser ein. Das meiste rann ihr über Hals und Kinn, aber es gelang ihr, mit jedem Schluck ein paar Tropfen zu sich zu nehmen. Dann sackte sie wieder in sich zusammen.

»Dank«, flüsterte sie. Ihre Augen waren noch immer geschlossen.

Thassilo stand fröstelnd auf und wollte seinen Morgenmantel

wieder überziehen, aber Katharina hielt ihn zurück. »Besser, wir waschen ihn erst. Geh nach oben, und zieh dich an. Und wirf dein Hemd in den Hof, damit wir es mitwaschen können. Sicher ist sicher. Ich kümmere mich um die Kranke, dann komme ich nach, und wir besprechen, was zu tun ist.«

»Gut.« Thassilo nickte. Mit schnellen Schritten ging er durch den eisigen Novembermorgen zur Burg hinüber.

»Mach ihr einen dünnen Hirsebrei mit geriebenem Apfel und einem Esslöffel Honig. Setz den Brei mit Kamillentee an, und flöß ihn ihr mit einem Löffel ein«, sagte Katharina zu Anna und beugte sich über die Alte. »Du bist in Sicherheit, alles wird gut. Wir werden dir helfen, dass du wieder zu Kräften kommst«, flüsterte Katharina der Zigeunerin zu. »Ich bin heilkundig und werde dich jetzt untersuchen.«

Sie öffnete das Kleid der Alten und besah sich die Wunden. Zuerst tastete sie Arme und Beine ab und dann die Rippen. Es war nichts gebrochen. Die Stiche waren schmal und tief, aber es waren nur Fleischwunden. Doch dann runzelte Katharina die Stirn. Einer hatte den rechten Lungenflügel getroffen, und durch das in die Lunge fließende Blut rasselte der Atem der Zigeunerin. Der Stich war nicht tief und daher vielleicht nicht tödlich, aber das ließ sich jetzt noch nicht sagen. Mit schnellen, sicheren Bewegungen bestrich Katharina die Wunden mit einer Paste.

»Ich werde dir eine Essenz aus Hirtentäschel geben, die stoppt die Blutung. Außerdem bekommst du ein wenig Opiumtinktur gegen die Schmerzen«, sagte Katharina und nahm aus dem Korb zwei Fläschchen und einen kleinen Holzlöffel. Da hinein träufelte sie ein paar Tropfen. »Hier, das wird dir Erleichterung verschaffen«, sagte Katharina. Sie hob den Kopf der Zigeunerin an und schob den Löffel zwischen deren Lippen. Daraufhin öffnete die Alte den Mund ein kleines Stückchen.

»So ist's gut«, lobte Katharina und ließ den Kopf der Alten vorsichtig zurück aufs Laken gleiten. Dabei musterte sie die Haare. Sie waren fettig und verfilzt, und Katharina glaubte auf der schuppigen Kopfhaut winzig kleine Bewegungen zu sehen. Läuse, dachte sie. Aus dem Korb nahm sie einen Glastiegel mit einer gelblichen Paste aus Nehmöl, mit der sie erst sich, dann die Alte einrieb.

»Nimm du auch was, Anna, dann brauchst du keine Angst mehr vor dem Ungeziefer zu haben«, sagte sie zu ihrer Magd, die mit dem dampfenden Brei zurückgekehrt war und das Gesicht verzog. »Und wenn du fertig bist, machst einen großen Kessel voll Wermutsud. Einen Teil davon gießt du in einen Bottich mit Wasser, den du im Hof aufs Feuer stellst. Dann legen wir die Kleidung hinein, die wir jetzt tragen. Mit dem Rest wäschst du die Alte und reibst ihr die Haare mit dieser Paste ein. Zieh ihr eines der Hemden aus der Truhe in der Halle über. Ihre Kleidung verbrennst du. Auch das Heu, auf dem sie liegt. Das wechseln wir zweimal täglich. Gotthelf soll ein Feuer im Hof machen.«

»Ja, Herrin.« Anna nickte mit gerunzelter Stirn.

»Und kein Wort zu irgendjemandem außer zu Gotthelf. Es ist besser, wenn niemand weiß, dass sie hier ist. Sag das auch ihm.«

Anna nickte wieder und machte sich daran, die ihr aufgetragenen Aufgaben zu erledigen. Katharina nahm einen Löffel mit dem warmen Brei, hob den Kopf der Alten leicht an und schob ihr ein wenig davon zwischen die Lippen. »Du musst schlucken. Das wird dir guttun.« Tatsächlich öffnete die Alte wieder die Lippen.

»Es ist gut, ein Löffel genügt«, sagte Katharina schließlich. »Wir machen eine Pause. Schlaf erst einmal ein wenig.« Sie legte den Kopf vorsichtig aufs Laken zurück und erhob sich.

»Wird sie es schaffen?«, fragte Thassilo, als Katharina nach oben kam.

»Ich weiß es nicht. Aber es ist nicht so schlimm, wie es aussieht.«

Thassilo seufzte. »Ich frage mich schon die ganze Zeit, wer ihr das angetan hat und warum und wie sie hierhergekommen ist.«

»Ich hoffe, sie kann uns das bald erzählen. Im Moment ist sie noch zu schwach. Ich habe Anna und Gotthelf angewiesen, mit niemandem über die Alte zu sprechen.«

»Das ist gut.«

Als Katharina am Mittag wieder in den Schuppen ging, um die Wunden der Alten zu versorgen, kam Anna ihr aufgeregt entgegen. »Sie hat auch Brandwunden, Herrin, auf dem Rücken.«

Katharina ging zu der Zigeunerin und drehte sie vorsichtig auf die Seite. Jetzt sah auch sie zwei zackenförmige Wunden, die wahrscheinlich von Brandeisen stammten. »Du Arme!«, murmelte sie. »Was haben sie nur mit dir gemacht.« Sie bestrich die Wunden mit einem durchsichtigen gelblichen Aloegel und legte ein dünnes Tuch darüber, dann bettete sie die Zigeunerin wieder auf das Laken.

Als sie sich erhob, öffnete die Zigeunerin langsam die Augen. »Dank«, flüsterte sie röchelnd, dann schloss sie die Augen wieder, und ihr Kopf fiel kraftlos zur Seite.

Katharina beugte sich zu ihr hinunter. Die Alte atmete noch. »Mehr können wir jetzt nicht tun, Anna. Hol noch eine Decke, und pass auf, dass das Feuer nicht ausgeht. Sie braucht jetzt erst einmal Ruhe. In zwei Stunden sehe ich wieder nach ihr. Sag Gotthelf, dass er Wache hält und niemanden in den Schuppen lässt. Und behaltet den Weg zur Burg im Auge. Sobald sich etwas regt, kommt sofort zu uns.«

»Sind wir jetzt auch in Gefahr, Herrin?«

»Ich hoffe nicht, Anna. Und wenn, dann ist es Gottes Wille. Jedenfalls schadet es nichts, wenn wir vorsichtig sind.«

»Wir werden aufpassen und schweigen, Herrin.«

XXV.

Die Nachmittagssonne hatte ihre Kraft verloren und näherte sich in rötlichem Gold dem Horizont. Katharina schnitt gerade in der Küche getrocknete Wundkräuter, als sie in der Ferne Hufgetrappel hörte. Sie sprang auf und lief zum Burghof, wo Gotthelf ihr entgegenstürzte.

»Herrin, da kommen Bewaffnete! Ich habe sie vom Turm aus gesehen. Es sind sieben Reiter. Sie sind schon an der großen Eiche vorbei.«

»Wo ist der Reichsritter?«

»Er ist mit Hans weggeritten, wollte aber bald zurück sein.«

»Schnell, Gotthelf! Bring die Alte in die geheime Kammer hinter der Halle. Und schaff alles beiseite, was darauf hindeuten könnte, dass eine fremde Person hier ist.«

»Gut, Herrin.«

Katharina eilte zu dem großen Buchregal in der Halle der Burg, drehte an einem Riegel, zog eines der Regalbretter nach vorn und schob es zur Seite. Zum Vorschein kam ein zweites Regal mit halb geschlossenen Fächern, die mehrere alte, lichtempfindliche Schriftrollen enthielten. Jeder, der unbefugt oder durch Zufall den Riegel zum Vorziehen des Bordes gefunden hatte, musste denken, die Vorrichtung diene ausschließlich der Aufbewahrung dieser Schriftrollen. Katharina zog auch dieses zweite Regal nach vorn und schob es zur Seite. Unverputztes Mauerwerk aus grob behauenen Steinen lag dahinter. Katharina zog einen Stein aus dieser Mauer und drehte an einem dahinter verborgenen Türknauf. Knarrend öffnete sich eine schwere schmale Eichentür, an deren Vorderseite flache, grobe Steinscheiben befestigt waren, sodass die Tür aussah wie eine Mauer. Dahinter lag der kammerartig erweiterte Zutritt zu einem engen, niedrigen Geheimgang, der zuerst nach unten und dann durch eine Höhle am Hang des Burgbergs nach draußen führte. Thassilos Ururgroßvater hatte ihn einst angelegt, und außer Thassilo und Katharina wussten nur Gotthelf und Anna von diesem Gang. Der Reichsritter hatte sie nach der Drohung von Bonifatius eingeweiht, damit ihnen und dem Gesinde im Notfall ein Fluchtweg offenstand.

Katharina hastete in die Scheune im Burghof, griff einen Ballen Stroh, eilte zurück in die Kammer, riss das Messer an ihrem Gürtel aus der Scheide, schnitt den Ballen auf und breitete das Stroh in einer Nische aus. Hinter sich hörte sie hastige Schritte. Es war Gotthelf, der die in eine Decke gehüllte Zigeunerin trug.

»Schnell, Herrin, sie werden bald da sein! Sie sind schon kurz vor dem Berg.« Vorsichtig legte er die Alte auf das Stroh.

»Beeil dich, und räum alles weg, was auf ihr Lager hindeuten könnte. Zum Glück haben wir ihre Kleider schon verbrannt. Wirf die Laken in den Kessel im Hof und das Stroh in das Feuer unter dem Kessel. Ich komme gleich nach.«

Gotthelf nickte und lief los. Katharina bückte sich, wickelte die Decke um die Alte und schob das Stroh seitlich an deren Körper.

»Wir haben einen Trupp Bewaffneter auf dem Weg hierher gesehen und müssen dich vorsichtshalber verstecken. Aber hab keine Angst. Sie werden dich hier nicht finden.«

Die Zigeunerin nickte kurz. Katharina erhob sich, schloss die Tür, schob die beiden Regale wieder an ihren Platz, strich rasch mit den Händen über ihre Kleidung und griff einen neben dem Kamin stehenden Besen, um die Strohhalme in der Halle zusammenzukehren und sie ins Kaminfeuer zu werfen. Dann eilte sie in den Hof, um auch dort zu kehren. Die Hufe waren schon viel lauter zu hören, aber die Reiter würden noch ein Weilchen brauchen, bis sie das Burgtor erreichten.

Gotthelf kam auf sie zu. »Fertig, Herrin, ich habe alles weggemacht.«

»Sieh auch noch mal hinter dem Holz nach, wo wir sie gefunden haben.«

»Das habe ich schon getan. Und Anna steht am Bottich und wäscht die Laken. Sie hat noch mehr Wäsche und dazu Seife und ein Waschbrett geholt, damit es aussieht, als hätte sie Waschtag.«

»Sehr gut. Dann gehe ich rasch hinein und ziehe mich um.«

Katharina hetzte ins Schlafzimmer und tauschte ihr schlichtes Wollkleid gegen ein gelbes Kleid aus schwerer Seide und einen bestickten schwarzen Samtmantel aus, dann band sie sich die Haare zusammen und schob sie unter eine schwarze Kappe. Mit einem feuchten Lappen rieb sie sich Gesicht und Hände sauber und schlüpfte in elegante, reich bestickte gelbe Samtpantoffeln. Sie atmete tief durch und ging zurück in die Halle. Dort stand eine Wiege, in der die hungrig gewordene Sophia schon zappelnd und greinend auf sie wartete.

»Ich komm' ja schon, mein Engel«, rief Katharina beruhigend und hob ihre kleine Tochter aus der Wiege. Sie setzte sich mit ihr an den Kamin in der Halle und legte sie an die Brust.

Das Getrappel der Hufe und das Klirren der Rüstungen wurden immer lauter. Trotzdem konnte Katharina hören, wie Anna mit nervöser Stimme ein Lied sang und Gotthelf Holz hackte.

Tapfer bist du, Anna, dachte sie. Und klug bist du, Gotthelf. So lenkst du die Blicke und die Gedanken der Hereinkommenden ab und hast zugleich eine Waffe in der Hand.

Wenig später sah Katharina durch eines der schmalen Fenster in der Halle sieben Bewaffnete, die durch das Tor schritten und in den Hof kamen. Einer trug das Banner der Inquisition.

Katharina hörte auf zu stillen, schloss ihr Kleid, erhob sich und trat ans Fenster. Von dort aus beobachtete sie, wie Gotthelf mit der Axt auf den Trupp zuging. Durch die hölzerne Burgtür konnte sie hören, was er sagte.

»Was wollt ihr?«, rief er.

»Wir wollen zu deinem Herrn, dem Reichsritter Thassilo von Wildenstein«, antwortete der Anführer.

»Der ist nicht da«, antwortete Gotthelf.

»Dann hol deine Herrin.«

»Was wollt ihr?«, wiederholte Gotthelf.

»Das werden wir deiner Herrin sagen. Melde ihr, dass Hauptmann Deleda sie im Auftrag seiner Exzellenz des Päpstlichen Inquisitors Bonifatius Freiherr von Ebenstatt unverzüglich zu sprechen wünscht.«

»Gut, ich werde sie fragen, ob sie bereit ist, Euch zu empfangen, Hauptmann Deleda«, erwiderte Gotthelf trotzig und ging in die Halle.

Als er eintrat, wartete Katharina eine Weile, bevor sie Gotthelf zurück auf den Hof schickte, und schritt dann langsam und erhobenen Hauptes mit ihrem Säugling im Arm nach draußen auf den Anführer des Trupps zu.

»Was will er?«, fragte sie knapp und mit dem herablassenden Ton einer Edelfrau.

Der Hauptmann verneigte sich beim Anblick der elegant gekleideten Freifrau und blickte verlegen zu Boden. Wahrscheinlich war er irgendein armer Bauer, den die Not in den Dienst des Inquisitors getrieben hatte.

»Wir suchen ein Zigeunerweib, das nach einem Verhör

durch Seine hochwohlgeborene Durchlaucht den Päpstlichen Inquisitor Freiherr von Ebenstatt in die Wälder geflohen ist.«

»Aha. Und was habe ich damit zu tun?«

»Ich bin beauftragt, nur mit dem Reichsritter zu sprechen.«

»Mein Gemahl ist nicht da. Er muss schon mit mir vorlieb nehmen. Von wo ist das Weib geflohen?«

»Von Burg Gutenstein.«

»Von Burg Gutenstein? Die ist doch niedergebrannt worden.«

»Ja, aber die Gräfin Abenberg hat sie wieder herrichten lassen.«

Katharina spürte einen Stich. Bonifatius war also wieder in ihrer Nähe, und die Gräfin Abenberg hatte offenbar mit Erfolg zwischen Bonifatius und dem Markgrafen, dem die Burg gehörte, vermittelt. Nun bemühte die Abenberg sich also, den Unwillen des Markgrafen zu beschwichtigen, indem sie die Burg wieder aufbauen ließ. Dass Bonifatius wieder auf seiner Burg einziehen durfte, zeigte, dass ihre Versöhnungsbemühungen gefruchtet hatten. Und indem er unter dem Vorwand, eine Entflohene zu suchen, einen Trupp nach Burg Strahlenfels schickte, drohte er Thassilo und ihr, dass wieder mit ihm zu rechnen sei und dass er sich jederzeit Zutritt zu ihrer Burg verschaffen könne.

Katharina atmete tief durch. »Das ist mir neu«, sagte sie. »Wann wurde sie denn wieder aufgebaut?«

»Richtig aufgebaut ist sie noch nicht, aber der Turm ist instand gesetzt worden, und die Gräfin Abenberg hat ein Gesinde- und ein Wächterhaus und Stallungen aus Holz errichten lassen.«

»Hm. Und die entflohne Zigeunerin, war sie beritten?«

Der Mann riss die Augen auf. »Beritten? Nein, Euer Gnaden. Es war ein zerlumptes altes Zigeunerweib, das nur einen

Karren bei sich hatte, der von einem Esel gezogen wurde. Und dann waren da noch die anderen Zigeuner …«

»Die anderen Zigeuner?«

»Ja. Aber die sind längst verbrannt. Nur die Alte …«

Er stockte. Offenbar dämmerte ihm, dass er zu viel verriet.

Katharina musterte ihn und die anderen Männer, die mit unbewegtem Gesicht vor sich hin starrten.

»Sprich er!«, forderte Katharina in scharfem Ton. »Die anderen Zigeuner sind alle verbrannt worden?«

»Ja, Euer Gnaden.«

»Wann war das?«

»Vorgestern.«

»Und warum hat man die Alte nicht mit verbrannt?«

»Sie hat sich geweigert zu gestehen.«

»Und wieso konnte sie fliehen? Wurde sie nicht gefesselt und eingekerkert?«

»Nein.«

»Nein? Wieso nicht?«

»Sie war nach dem Verhör so geschwächt, dass sie kaum noch atmete und nicht mehr aufstehen konnte. Seine hochwohlgeborene Durchlaucht meinte, wir sollten sie auf den Scheiterhaufen werfen und dort später verbrennen.«

»Werden noch andere Hexen verhört?«

»Nein. Im Augenblick nicht.«

»Dann ist die Alte also vom Scheiterhaufen weggekrochen?«

»Ja, Euer Gnaden, es sieht ganz so aus. Als wir gestern Abend den Scheiterhaufen anzünden wollten, war sie verschwunden.«

»Hat man nach ihr gesucht?«

Der Hauptmann nickte. »Wir haben den ganzen Burghof und den Burgberg vergeblich abgesucht.«

»Und nun hat der Päpstliche Inquisitor befohlen, sie anderswo zu suchen?«

»Ja, Euer Gnaden.«

»Und warum kommt er dann hierher, auf die Burg Strahlenfels, und sucht nicht in den Wäldern rund um Burg Gutenstein?«

»Das haben wir, aber wir haben sie nicht gefunden. Der hochwohlgeborene Inquisitor hat uns befohlen, nun hier zu suchen.«

»Burg Gutenstein ist weit entfernt von Burg Strahlenfels. Wenn man scharf reitet, braucht man eine Stunde. Glaubt er, dass ein altes Weib diesen weiten Weg zu Fuß zurücklegen kann, nachdem es von dem Inquisitor unter der Folter verhört wurde?«

»Das weiß ich nicht, Euer Gnaden«, sagte der Hauptmann verlegen und drehte sich hilfesuchend zu seinen Männern um.

»Und selbst wenn sie dazu in der Lage gewesen wäre – warum sollte sie sich den steilen Weg hier heraufschleppen, wo sie doch sofort von unseren Knechten aufgegriffen und zum Inquisitor zurückgebracht worden wäre? Aber wie dem auch sei, ich weiß von keinem alten Weib, das hier aufgetaucht ist.«

Die Männer sahen betreten vor sich hin. Schließlich stieß ihr Anführer seine Hellebarde auf den staubbedeckten Boden und runzelte die Stirn, dann ergriff er wieder das Wort.

»Wir haben den Befehl, hier nach ihr zu suchen.«

»Gotthelf!«, rief Katharina.

Wie aufs Stichwort kam Gotthelf hinter dem Schuppen hervor, die erhobene Axt kampfbereit in der Hand. Katharina warf ihm einen mahnenden Blick zu, und er senkte die Axt, legte sie aber nicht aus der Hand.

»Gotthelf, hat er oder irgendjemand vom Gesinde hier ein altes Zigeunerweib herumlaufen sehen?«

»Ein altes Zigeunerweib? Nein. Wo soll es hergekommen sein?«

»Der Päpstliche Inquisitor sucht nach ihr und hat diese Männer beauftragt, auch bei uns nach ihr zu suchen.«

Gotthelf sah zuerst Katharina und dann die Bewaffneten fragend an und schüttelte dann den Kopf.

»Sie ist auf der Flucht. Wo könnte sie sich verstecken, falls sie hier wäre?«, fragte Katharina ihn.

»Aber Herrin!«, antwortete Gotthelf und gab sich empört. »Wenn sie auf der Flucht ist, würde sie doch niemals hier auf die Burg Eures gestrengen Gatten kommen und sich seinem Zorn und seiner Strafe aussetzen.«

In diesem Moment begann die noch immer hungrige Sophia laut zu weinen, und Katharina wiegte sie beruhigend hin und her. Dann wandte sie sich an Hauptmann Deleda.

»Sie ist nicht hier. Er kann also mit seinen Leuten beruhigt wieder gehen.«

»Edle Frau«, entgegnete dieser mit Nachdruck, »wir können nicht einfach wieder abziehen. Wir müssen unseren Befehl ausführen und Eure Burg nach der Alten durchsuchen, sonst wird seine Durchlaucht der Inquisitor uns bestrafen.«

Maria musterte den Mann, der entschlossen seine Hellebarde umklammerte. War es klug, ihm eine Durchsuchung zu verweigern und dadurch Bonifatius, der offenbar darauf erpicht war, Thassilo und sie wieder einmal einzuschüchtern und ihnen offen zu drohen, Anlass für neue Auseinandersetzungen zu bieten? Die Zigeunerin war sicher hinter der Wand versteckt, und alle Spuren waren beseitigt. Die Männer würden also nichts finden.

»Dann mag er sich hier umsehen«, sagte Katharina einlenkend. »Aber bringe er mir nichts durcheinander.«

»Wir werden vorsichtig sein«, versicherte der Hauptmann erleichtert. »Danke, Euer Gnaden.«

»Was meint er, wo könnte sich das Weib versteckt haben?«

Ratlos sah sich der Mann um und deutete auf die Scheune.

»Gut, dann sieh er dort nach. Und nimm er einen seiner Männer mit, denn in der Scheune liegen viele Heuballen, hinter denen sich die Alte gut verstecken könnte. Aber stapelt alles, was ihr hochgehoben habt, wieder säuberlich auf. Gotthelf, er geht mit und achtet darauf, dass keine Unordnung entsteht. Die restlichen Männer können sich rund um die Scheune aufstellen und aufpassen, dass die Alte nicht entwischt und über den Hof läuft.«

Gotthelf nickte und ging mit den Männern in die Scheune. Katharina zog sich wieder in die Halle zurück und setzte sich an den Kamin. Dann öffnete sie ihr Kleid und legte die weinende Sophia wieder an die Brust. Sofort begann die Kleine gierig zu trinken. Durch die schmalen Fenster zur Hofseite konnte Katharina beobachten, was rund um die Scheune vor sich ging. Die Männer, die Wache halten sollten, rührten sich nicht vom Fleck. Zärtlich strich Katharina ihrer eifrig saugenden Tochter über die Stirn und über den schwarzen Haarflaum, der täglich kräftiger wurde. Nach und nach wurde das Saugen langsamer, und als Gotthelf schließlich mit den beiden Männern aus der Scheune trat, war Sophia eingeschlafen. Katharina schloss ihr Kleid und ging mit der Kleinen im Arm zurück auf den Hof.

»Nun, hat er sie gefunden?«, fragte sie den Hauptmann.

»Nein, Euer Gnaden.«

»Wo will er jetzt suchen?«

»Im Hof.«

»Gut. Da hinten sind ein Holzschuppen und der Pferdestall, beide kann er auch noch durchsuchen. Und dann gibt es noch den Kräutergarten und eine ummauerte Wiese. Aber diesmal geht er mit Gotthelf allein, damit die Beete nicht zertreten werden. Gotthelf, zeig er ihm alles. Und leg er die Axt weg, die wird er gegen ein altes Zigeunerweib nicht brauchen.«

Gotthelf stellte die Axt, die er die ganze Zeit umklammert hatte, zögernd neben der Scheunentür ab. Dann ging er mit dem Hauptmann über den Hof, während die anderen Männer sich wieder vor dem Burgtor aufstellten. Katharina setzte sich mit der schlafenden Sophia auf die sonnenbeschienene, windgeschützte Bank, die neben dem Eingang zur Halle im Hof stand, und wartete.

Es dauerte lange, bis die beiden zurückkamen.

»Na, hat er irgendetwas entdeckt?«, frage Katharina.

»Nein, Euer Hochwohlgeboren.«

»Gibt es noch irgendeine Ecke oder irgendein Gebäude, die er durchsuchen will?«

Der Anführer warf einen Blick auf das Wohnhaus der Burgherren, schüttelte dann aber den Kopf und sah zu Boden.

»Und was ist mit der Burg selbst? Soll er unsere Wohnräume nicht auch durchsuchen?«

»Ja, Euer Gnaden, das ist mir aufgetragen worden. Aber dort wird das Weib nicht sein.«

»Wenn der Päpstliche Inquisitor ihm das befohlen hat, dann muss er diesen Befehl auch ausführen. Nimm er einen seiner Männer als Zeugen mit. Aber mach er mir ja keine Unordnung im Haus. Gotthelf, er begleitet die beiden und passt auf. Hinter jeder Tür, unter jedem Tisch und Bett, in jedem Raum, in jedem Schrank und in jeder Truhe soll nachgesehen werden.«

»Ja, Herrin«, nickte Gotthelf, der auf einmal blass geworden war.

Der Hauptmann gab einem seiner Männer ein Zeichen, und zu dritt verschwanden sie in der Burg.

Diesmal dauerte es noch länger, bis sie wieder herauskamen. Katharina saß wartend draußen vor der Tür auf der Bank und spürte, wie ihr Herz immer lauter zu pochen begann. Was, wenn sie den Geheimgang entdeckt hatten? Solch eine Vorrichtung mochte zu Lebzeiten von Thassilos Ururgroßvater noch neu und unbekannt gewesen sein, aber inzwischen gab es in vielen Schlössern und Patrizierhäusern verschiebbare Regale und Wände, hinter denen sich geheime Kammern und Gänge verbargen. Sie dienten oft als Aufbewahrungsorte für Gold und Geschmeide, und die Männer von Bonifatius waren sicher darin geschult, die Schätze der Verurteilten aufzuspüren.

Katharina hörte ein lautes Poltern in der Burg. Danach war es wieder still. Kleine Schweißperlen bildeten sich auf ihrer Stirn, und ihre Hände begannen zu zittern. Plötzlich öffnete sich knarrend die Tür, und der Hauptmann kam aus der Halle heraus in den Hof, gefolgt von dem Inquisitionsknecht und Gotthelf. Dessen Gesicht wirkte entspannt. Katharina holte tief Luft und richtete sich auf.

»Nun, hat er hinter jeder Tür, unter jedem Tisch und Bett, in jedem Raum und jedem Schrank nachgesehen?«, fragte sie.

»Ja, Euer Gnaden«, sagte der Hauptmann und nickte.

»Und hat er irgendetwas gefunden?«

»Nein, Euer Gnaden.«

»Will er noch irgendwo anders suchen?«

»Nein, Euer Gnaden.«

»Dann reite er zurück zum Päpstlichen Inquisitor. Und richte er Seiner Exzellenz meinen Gruß aus.«

»Ja, Euer Gnaden.«

Die Männer entfernten sich, und Katharina trug ihre schlafende Tochter zur Wiege in der Halle und legte sie hinein. Dann ging sie wieder hinaus und ließ sich auf die Bank neben dem Eingang sinken. Schweiß lief ihr über Stirn und Rücken. Gotthelf, der in der Mitte des Hofes stehen geblieben war, schien es ähnlich zu gehen. Katharina sah, wie sein hellbraunes Wollhemd am Rücken nass und dunkel zu werden begann.

»Gut gemacht«, sagte sie zu ihm.

Er drehte sich langsam zu ihr um und lächelte. Dann wurde er wieder ernst. »Gut, dass Ihr so ruhig geblieben seid, Herrin«, erwiderte er.

Katharina seufzte tief. »Das ist mir mindestens so schwer gefallen wie dir, Gotthelf. Wieder von Ebenstatt.«

»Ja. Er ist zurück auf Burg Gutenstein.«

»Eine schlechte Nachricht. Ruf Anna, und hol uns einen ordentlichen Krug Bier. Den haben wir uns jetzt redlich verdient. Die Zigeunerin bleibt besser noch bis zum Anbruch der Dunkelheit in der Kammer. Ich werde später nach ihr sehen.«

Gotthelf verschwand hinter dem Holzschuppen, um Anna Bescheid zu sagen. Dann ging er in die Küche.

Anna kam weinend zu Katharina gerannt und setzte sich schluchzend neben sie. »Ich habe Angst, Herrin. Der Päpstliche Inquisitor von Ebenstatt ist wieder da.«

»Ja, Anna, ich weiß«, sagte Katharina und strich beruhigend über das glatte blonde Haar und die kräftigen Schultern der Magd, die mit ihren neunzehn Jahren gerade einmal drei Jahre jünger war als sie selbst. »Wir alle haben Angst. Aber das hilft uns nicht. Wir müssen die Dinge nehmen, wie sie kommen, und uns bemühen, das Beste daraus zu machen. Noch jedenfalls sind wir hier sicher.«

Schluchzend nickte Anna.

Gotthelf kam mit einem Krug Bier und drei Bechern aus der Burgküche. Katharina winkte ihm, sich zu ihnen auf die Bank zu setzen. Er nickte, kam zu ihnen und stellte Krug und Becher auf den Boden.

»Komm und trink, Anna.« Katharina goss die Becher voll. »Das wird dir guttun. Sie sind fort. Der Inquisitor glaubt im Grunde nicht, dass die Zigeunerin bei uns ist, sonst hätte er uns andere Schergen geschickt, die sich nicht so leicht hätten überzeugen lassen. Die Flucht der alten Frau war für ihn nur ein Vorwand, um uns wieder einmal einzuschüchtern.«

»Ob sie wiederkommen?«, fragte Anna.

Katharina sah ihr lange nachdenklich in die Augen. Genau diese Frage stellte sie sich auch, und sie wusste keine Antwort darauf. Sie spürte eine würgende Angst, aber sie durfte sie nicht zeigen, denn sonst würde sie das Gesinde nur unnötig beunruhigen. »Sie haben keinen Grund wiederzukommen«, sagte sie schließlich. »Es war ein Einschüchterungsversuch, mehr nicht. Trotzdem müssen wir natürlich weiter auf der Hut sein. Erst recht, solange die Zigeunerin bei uns ist.«

XXVI.

Hauptmann Antonius Deleda zügelte sein Pferd und wischte sich den Schweiß von der Stirn. Dann griff er zu dem am Sattel befestigten Wasserbeutel und trank hastig ein paar Schlucke. Doch seine Kehle blieb rau und trocken. Er atmete tief durch und trieb sein Pferd wieder an, damit es nicht hinter den anderen zurückblieb. Sie mussten sich beeilen, damit sie Burg Gutenstein noch vor Anbruch der Dunkelheit erreichten. Bis auf Hauptmann Deleda bestand der Trupp aus armen, in der Kriegskunst nicht ausgebildeten Bauern, die noch dazu vom Inquisitor nur mit jämmerlichen Spießen ausgerüstet waren. Nur einer hatte eine Hellebarde erhalten, mit der er jedoch kaum umzugehen wusste. Daher konnten sie in der Nacht leicht zur Beute der überall lauernden Wegelagerer werden, die sich im Schutz des finsteren Gestrüpps am Wegesrand verbargen.

Doch warum sollte sich einer wie er vor Wegelagerer fürchten? Was sollten sie einem armen Landsknecht wie ihm außer dem Pferd denn schon nehmen? Seine abgewetzten, zerschlissenen Beinkleider? Er brauchte dringend neue, aber der Inquisitor hatte ihm noch immer keinen Sold bezahlt. Außer dem täglichen Getreidebrei, einem schwarzen Uniformrock, einer roten Weste und einem Schwert als Zeichen seines Amtes als Hauptmann der Inquisitionsknechte hatte er bisher noch nichts für seine Dienste erhalten. Allmählich fragte er sich, ob er den ihm versprochenen Sold überhaupt je erhalten würde. Als er den Päpstlichen Inquisitor am Morgen danach gefragt hatte, hatte der ihn nur missbilligend angesehen und erwidert:

»Wir sind von Hexen und Zauberern umgeben, die das Seelenheil der Gläubigen bedrohen, und er fragt nach seinem Sold? Er wird ihn schon noch bekommen, wenn er seine Arbeit getan hat und wenn die Feinde der Christenheit vernichtet sind. Und nun geh er und verrichte seinen Dienst.«

Die Feinde der Christenheit! Wer sollte das denn sein? Etwa die zerlumpten Fahrenden, die der Inquisitor grausam gefoltert und dann verbrannt hatte? Oder das klapprige alte Zigeunerweib, das sich selbst unter der Folter geweigert hatte, ein Geständnis abzulegen, und das trotzdem auf den Scheiterhaufen geworfen worden war, um dort später auch ohne Geständnis verbrannt zu werden? Sicher, man sagte den Zigeunern nach, sie würden stehlen und rauben und so manch bösen Zauber wirken. Aber warum ließen sie sich fangen, foltern und bei lebendigem Leibe verbrennen, wenn sie zaubern konnten? Dann konnten sie sich ja einfach in die Lüfte erheben und davonfliegen?

Antonius hatte sie oft genug gehört, die Schreie, das Flehen und das verzweifelte Wimmern, das nicht nach teuflischen Dämonen klang, sondern nach Menschen, die unvorstellbare Qualen erlitten und zutiefst verzweifelt waren, weil sie trotz ihrer Unschuldsbekenntnisse vor dem unbarmherzigen Inquisitor keine Gnade fanden. Aber waren Gnade und Erbarmen nicht die vornehmste Christenpflicht?

Antonius senkte beschämt den Kopf, als er daran dachte, wie er in Burg Strahlenfels eingedrungen war und die Gebäude und den Garten durchsucht hatte. Und das alles wegen einer zerlumpten alten Zigeunerin. Die Freifrau hatte recht: Wie sollte die vom Inquisitor halb zu Tode gefolterte Alte auf die Burg gelangt sein? Durch einen Zauber? Aber wenn sie zaubern konnte, wieso hatte sie dann nicht die anderen Zigeuner vor dem Flammentod gerettet? Und wieso sollte sie dann ausgerechnet auf Burg Strahlenfels Zuflucht suchen, bei einem Reichsritter, der sicher keiner der Hexerei angeklagten Zigeunerin Unterschlupf gewährt und sie vor der mächtigen Inquisition versteckt hätte? Nein, das ergab alles keinen Sinn.

Der Hauptmann war gewiss nicht zimperlich, und schon oft hatte Blut an seinen Händen geklebt. Aber es war immer das Blut von Feinden gewesen, gegen die er im offenen Kampf auf dem Feld angetreten war, nicht das Blut von alten Weibern oder sogar von Kindern. Der Inquisitor hatte selbst den Jungen und die beiden kleinen Mädchen, die zu den Zigeunern gehörten, foltern und verbrennen lassen.

Ihm war schwindelig, und das Brausen in seinen Ohren wurde immer lauter. Seit dem Morgen hatte er nichts mehr zu essen bekommen außer einer Schüssel Brei, und das schaukelnde Auf und Ab auf dem Pferd ließ seinen Magen rebellieren. Er stieg ab und übergab sich an einem Baum. In der Ferne meinte er die Schreie von Gefolterten zu hören. Eiskalter Schweiß bedeckte seine Stirn und seinen Nacken und rann ihm die Achseln und den Rücken hinab. Er wollte nicht wieder zurück, nicht an diesen Ort des Grauens. Er wollte sich nicht länger beteiligen an einem Treiben, das er nicht durchschaute. Schwer atmend presste Antonius die Stirn gegen den Baumstamm und stützte sich mit einem Arm ab.

»Herr Hauptmann, ist Euch nicht wohl?«

Antonius wandte sich um. Einer der Knechte war neben ihn getreten und sah ihn fragend an.

»Nein, mir ist nicht wohl. Reitet voraus, ich komme gleich nach.«

»Aber es ist gefährlich hier in den Wäldern. Ihr dürft nicht zurückbleiben. Bald wird es dunkel.«

»Kümmert euch nicht um mich. Ich weiß mich schon zu wehren.«

Aber der Knecht rührte sich nicht von der Stelle. »Was glotzt ihr so?«, brüllte Antonius mit letzter Kraft. »Los, fort mit euch! Das ist ein Befehl!«

Achselzuckend ritten die Schergen weiter.

Antonius sah ihnen nach, bis sie hinter den Bäumen verschwunden waren. Was sollte er tun? Er dachte an Cordula und ihre roten Wangen und an den süßlichen Geschmack ihrer saftigen Äpfel. Am liebsten würde er den Dienst quittieren, Bauer werden und mit Cordula eine Familie gründen. Aber er wusste, der Inquisitor würde das nicht dulden. Er musste also fort, weit fort, und woanders sein Glück suchen. Doch dann würde er Cordula nie wieder sehen.

Plötzlich schoss ihm ein Gedanke durch den Kopf. Dass er nicht schon vorher daran gedacht hatte! Er atmete tief durch und spürte, wie das Ohrensausen nachließ und die Übelkeit abebbte. Er schwang sich auf sein Pferd und ritt in die entgegengesetzte Richtung davon.

XXVII.

Katharina, Gotthelf und Anna blieben noch eine Weile auf der Bank neben dem Eingang zum Wohnhaus sitzen und tranken Bier. Schließlich erhob sich Katharina, um nach der Alten zu sehen. Als Anna und Gotthelf ihr folgen wollten, schüttelte sie den Kopf.

»Heute arbeitet ihr nicht mehr. Nur zwei Ballen Heu, ein paar Decken und den kleinen Terrassenofen bringt mir noch, damit wir die Alte bequemer und wärmer betten können. Es ist wohl besser, wenn wir sie in der geheimen Kammer lassen, bis sie wieder gesund ist, damit sie nicht doch noch durch Zufall entdeckt wird. Wir müssen darauf achten, dass niemand außer uns die Halle betritt, wenn die Kammer offen steht.«

»Wir werden aufpassen, Herrin«, versicherte Gotthelf.

In diesem Augenblick hörten sie leises Pferdegetrappel. Gotthelf sprang auf und lief hinauf auf den Turm.

»Es ist Euer Gemahl, Herrin!«, rief er herunter. »Er kommt mit Hans zurück. Sie sind aber erst am Waldrand.«

Katharina atmete erleichtert durch. Während sie aus der Küche eine Schüssel mit Dinkelbrei und einen Becher mit einem Kräutersud aus Katzenkralle, Zinnkraut, zerstoßenen Weintraubenkernen, Hirtentäschel und Kamille holte und die Tür zu der geheimen Kammer öffnete, holte Gotthelf den Ofen, zwei Ballen Heu und zwei Decken. Katharina stellte einen großen Leuchter auf einen Absatz in der Nische.

Die Alte schlief noch. Sie erwachte erst, als Gotthelf sie hochhob, damit Katharina das frische Heu und ein zusätzliches

Laken auf dem Lagerplatz ausbreiten konnte. Dann legte er die Zigeunerin vorsichtig wieder hin und breitete die Decken über ihren Körper.

»Dank«, sagte die Alte.

»Oh, deine Stimme ist ja schon kräftiger geworden, wie schön.« Katharina lachte und hielt ihr den Kräutersud an die Lippen. »Trink das und iss ein wenig, das wird dich stärken.«

Die Alte trank den Becher in großen Zügen leer. Dann griff sie mit beiden Händen nach der Schüssel mit dem wärmenden Dinkelbrei und aß mehrere Löffel voll. Schließlich sackte ihr Kopf nach hinten, und sie schlief erschöpft ein.

»Wird sie wieder gesund werden, Herrin?«, fragte Gotthelf, nachdem er und Katharina die geheime Kammer verlassen hatten.

»Das weiß ich nicht. Sie ist kräftiger geworden, aber sie hat viel Blut verloren, und durch die entsetzlichen Wunden, die Bonifatius ihr hat zufügen lassen, sind böse Entzündungen entstanden. Ihr Körper ist alt und verbraucht, sodass ich nicht sagen kann, ob sie diesen Kampf gewinnen wird. Ich frage mich immer wieder, wie es ihr gelungen ist, es bis hierher zu uns zu schaffen.«

Gotthelf nickte.

»Ich möchte ihr jetzt nicht mit Fragen zusetzen, dafür ist sie noch zu schwach. Aber vielleicht erzählt sie uns bald von sich aus, was sich ereignet hat.«

XXVIII.

Bonifatius Freiherr von Ebenstatt ging ruhelos in seinem Arbeitszimmer auf Burg Gutenstein auf und ab. Es lag über dem Verhörzimmer im dritten Geschoss des von der Gräfin von Abenberg nach dem Brand neu aufgebauten Turmes. Er trat an eines der schmalen Fenster und sah nach draußen in die Dunkelheit. Er musste dringend einen Ausweg finden. Dabei hatte alles so gut begonnen. Sein Wirken als vom Papst persönlich ernannter »Inquisitor für Franken« schien die erfolgreiche Fortsetzung einer vielversprechenden Laufbahn zu sein, die in seinem zwölften Lebensjahr begonnen hatte, als er in das Dominikanerkloster *Inter duas ripas* in Freiburg eingetreten war. Schon bald hatte der Prior des Klosters die ungewöhnlich hohe Intelligenz und Wissbegier des Jungen erkannt und dafür gesorgt, dass er eine umfassende Ausbildung bekam. Und obwohl in dem Bettelorden eiserne Regeln galten, hatte Bonifatius hier mehr Freiheiten und mehr Zuwendung genossen als in seinem Elternhaus.

Bonifatius blieb vor den beiden Portraits seiner Eltern stehen. Er hatte sie links von der Tür an der Wand gegenüber den Fenstern aufgehängt, rechts und links von einem großen Kruzifix. Das rechte Bild zeigte das energische, kantige Gesicht eines etwa vierzigjährigen, ergrauenden Mannes in schlichtem schwarzem Rock, der den Betrachter unter zusammengewachsenen Augenbrauen aus grünen Augen eindringlich musterte. Bonifatius sah seinen Vater vor sich, wie er über den Schreibtisch gebeugt hinter riesigen Stapeln aus Büchern und Blättern saß, sich mit einer Gänsefeder Notizen machte und missbilligend aufsah, wenn Bonifatius an der offenen Tür vorbeiging und kurz stehenblieb, um einen Blick auf ihn zu werfen. Nie hatte er seinen Vater bei der Arbeit stören dürfen, und immer hatte er mucksmäuschenstill sein und auf Zehenspitzen durchs Haus schleichen müssen, wenn der Vater da war.

Auf dem anderen Ölgemälde auf der linken Seite sah man eine fünfundzwanzig- bis dreißigjährige Frau in schwarzem Kleid mit weißem burgundischem Stehkragen. Seine gestärkten Spitzen umschlossen ihren Hals. Sie standen nadelartig ab und wirkten, als wollten sie jeden, der sich dem Gesicht der Frau näherte, mit schmerzhaften Stichen strafen. Ihr an der Stirn ausrasiertes Haar wurde von einer großen Haube verdeckt, und ihre Lippen bildeten einen schmalen Strich.

Seine Eltern waren für ihn immer ein Vorbild an Tugend, Rechtschaffenheit und Frömmigkeit gewesen. Und doch stahl sich ein bitterer Zug auf das Gesicht des Päpstlichen Inquisitors, als er an seine lieblos-strenge Mutter dachte, die ihn, den einzigen Sohn, allein und mit harter Hand erzogen hatte, da der Vater oft auf Reisen gewesen war. Selbst das kleinste Vergehen, sei es ein nachlässig wirkendes Beugen des Knies in der Kirche, ein gedankenverlorenes Vor-sich-Hinstarren, das laute Schurren des Stuhles beim Aufstehen oder die falsche Haltung der Schreibfeder, hatte sie streng bestraft. Und als er noch klein war, hatte sie ihm die Daumen wieder und wieder in Dornen gedrückt und danach mit Senf bestrichen, sodass es furchtbar brannte, damit er endlich aufhörte, sie sich tröstend in den Mund zu stecken und an ihnen zu nuckeln. Das gleiche hatte sie mit seinem Penis gemacht, nachdem sie ihn einmal beim Onanieren ertappt hatte. Anschließend hatte sie ihn noch eine qualvolle Stunde lang in seinem dünnen Nachthemd im Hof stehen lassen, obwohl es mitten im kältesten Winter war, sodass er Erfrierungen an Zehen und Ohrmuscheln erlitten hatte. Der kleine Zeh seines linken Fußes hatte ihm sogar abgenommen werden müssen, und an kalten Tagen spürte er noch immer ein brennendes Ziehen an der Stelle, wo sein Zeh einmal gewesen war. Wochenlang hatte er damals unter starken Schmerzen gelitten.

»Das Höllenfeuer brennt noch viel stärker und hört nie mehr auf. Also merk dir diese Lektion, und sündige fortan nicht mehr«, hatte seine Mutter dazu gesagt.

Seine Eltern waren inzwischen tot, und er war nun selbst schon genauso alt wie sein Vater auf jenem Bild. Richtig kennengelernt hatte er ihn nie, denn als er siebzehn Lenze zählte, hatte ein verwandter Domherr, ein Vetter dritten Grades seines Vaters, ihm angeboten, ihn auf einer Romreise zu begleiten, und diese Gelegenheit hatte Bonifatius sich nicht entgehen lassen.

Die überwältigende Pracht und die grenzenlose Macht von Papst und Kurie hatten eine große Anziehung auf den jungen Bonifatius ausgeübt, und durch Vermittlung seines Verwandten war es ihm gelungen, als Sekretär eines italienischen Kurienkardinals in Rom zu bleiben. Dadurch war er zum ersten Mal mit der Inquisition in Berührung gekommen, die angesichts der überall aus ihren dunklen Löchern kriechenden Ketzer und Hexen dringend Unterstützung brauchte. Nur zu gern hatte man daher auf den ehrgeizigen und hervorragend ausgebildeten Dominikaner zurückgegriffen, als dieser ein eifriges Interesse bekundet hatte, der heiligen Inquisition im Kampf gegen die Feinde des Glaubens und der Kirche dienstbar zu sein.

Seine Rückkehr in die fränkische Heimat hatte einem Triumphzug geglichen. Ausgestattet mit der nahezu unbeschränkten Macht eines Päpstlichen Inquisitors und unterstützt vom Markgrafen und anfangs auch von den fränkischen Bischöfen, hatte Bonifatius mit strenger Hand einen Sieg nach dem anderen über die Verbündeten Satans errungen. Gestützt auf den *Malleus Maleficarum*, die wissenschaftlich argumentierende Schrift seines Dominikanerbruders Heinrich Kramer, hatte er sie alle zweifelsfrei überführt und der reinigenden Kraft des Feuers übergeben.

Alles war reibungslos verlaufen, bis Satan im Kampf um die Seele der Hexe Maria Mühlhauser einen Sieg über den Inquisitor errungen hatte. Satan war es sogar gelungen, die fränkischen Bischöfe, die bisher auf der Seite der Inquisition gestanden hatten, auf seine Seite zu ziehen, sodass sie sich auf einmal gegen ihn stellten, gegen den vom Papst höchstselbst ernannten Inquisitor. Auch hatte Satan die Sinne der Unterriedbacher Bauern verwirrt, die in ihrem Wahn Burg Gutenstein niedergebrannt und dadurch Markgraf Friedrich gegen ihn aufgebracht hatten.

Doch all diese Widerstände würden ihn, den Vertreter des Papstes in Franken, nicht aufhalten, die göttliche Sache des wahren Glaubens auch weiterhin mit allen Mitteln zu verfechten. Gestählt durch tägliche Übungen der Selbstkasteiung und der inneren Sammlung, die er im Kloster der Dominikaner gelernt hatte, würde er allen Ränken und Schlichen Satans gegenüber unempfindlich bleiben und seinen Weg unbeirrt fortsetzen, welche Prüfungen und Demütigungen er dafür auch würde auf sich nehmen müssen.

Er bückte sich, öffnete sein Beinkleid und band den Bußgürtel um seinen Oberschenkel noch ein wenig fester, damit sich die nach innen ragenden Spitzen des Eisenbandes, das an ein grobes Kettenhemd erinnerte, noch mehr aufrichteten und sich noch tiefer in seine Haut eingruben. Dann setzte er sich an seinen Schreibtisch und spürte mit geschlossenen Augen dem Schmerz nach, als sich die Stacheln in sein Fleisch bohrten.

Auch das Cilicium, ein aus scheuernden Rosshaaren bestehendes Büßerhemd, in das zusätzlich kratzende Schweineborsten eingewebt waren und das Bonifatius den ganzen Tag unter seiner Kleidung auf der nackten Haut trug, diente der Abtötung des Fleisches. Auf diese Weise blieb sein Inneres frei für Höheres, und er konnte sich, unbehelligt von den teuflischen Ablenkungen durch niedere Triebe und Gelüste, ganz auf seine Aufgabe konzentrieren, ein unbestechliches Werkzeug der heiligen Mutter Kirche und der Verteidigung des einen wahren Glaubens zu sein. Bonifatius unterstützte diese Abtötung alle zwei Tage durch eine Selbstgeißelung während eines Morgengebets – meistens ein »Credo« oder ein »Salve Regina« – und durch kalte Morgengüsse in einem Zuber. Auch schlief er immer wieder auf dem harten Holzfußboden.

Bonifatius atmete langsam aus. Wie wohltuend dieser reinigende Schmerz war, der ihn gegen die sündigen Anfechtungen feite, etwa wenn Satan ihn während der Verhöre der Hexen in den Höllenschlund zu locken versuchte: mit den schamlos nackten Brüsten der Angeklagten, ihren Schenkeln und Hüften und ihrer Scham, die sie ihm lockend zeigten, während sie sich unter der Folter ekstatisch hin und her wälzten, als vollführten sie einen ungezügelten Liebesakt mit dem Teufel.

Plötzlich tauchte das Bild der schönen Katharina von Velden vor ihm auf, wie sie in ihrem weichen roten Samtkleid verführerisch vor dem Kamin kniete. Ungeheuerlich, dass sie Rot trug, die Farbe der Dirnen, und dazu ihr Haar nur mit einem durchscheinenden Netz bedeckte statt mit der züchtigen Haube ehrbarer Ehefrauen! Er presste seinen Oberschenkel auf die Sitzfläche seines Sessels, um die Stacheln des Bußgürtels noch stärker zu spüren. Nein, er würde nicht in diese Falle tappen, sondern Satan auch dieses Instrument entreißen – entweder, indem er die Freifrau auf den Weg des rechten Glaubens zurückführte, oder indem er auch sie der reinigenden Kraft der Flammen übergab, die Satans Macht über sie vernichten würden.

Bonifatius stand auf und begann wieder, in seiner Studierstube auf und ab zu gehen. Was er brauchte, um sein Ziel zu erreichen, waren mächtige Verbündete. Der Papst war fern, und die fränkischen Bischöfe hatten sich gegen ihn gestellt. Blieb nur noch der Markgraf. Der hatte sich kostbaren Geschenken gegenüber immer zugänglich gezeigt. Es musste ihm gelingen, dessen Gunst zurückzugewinnen. Und er musste neue Kontakte aufbauen, über die Grenzen Frankens hinaus, am besten gleich zum Kaiser, der glücklicherweise gelegentlich nach Nürnberg kam. Sicher ließen sich Wege finden, eine Begegnung mit dem Kaiser herbeizuführen.

XXIX.

Der Plan, sich als Bote einer geheimen Nachricht des Päpstlichen Inquisitors auszugeben, war aufgegangen. Antonius Deleda wurde zu Fürstbischof Lorenz von Bibra vorgelassen. Er wusste, in welch große Gefahr er sich durch seinen Schritt begab, und so warf er sich, sobald er zum Bischof geführt worden war, vor diesem auf die Knie und gestand ihm seine Flucht aus dem Dienst des Päpstlichen Inquisitors.

»Ich flehe Euch an, hochwürdigster Herr, lasst mich, bevor Ihr mich in den Kerker werft, erklären, was zu meinem schweren Treuebruch geführt hat«, rief er und schilderte, ohne die Erlaubnis des Bischofs zum Weiterreden abzuwarten, all jene Geschehnisse, die ihn in unerträgliche Gewissensqualen gestürzt und schließlich zu seiner Flucht bewegt hatten. »Selbst kleine Mädchen werden gefoltert und verbrannt!«, stieß Antonius hervor. »Und was, wenn die Frauen unschuldig gewesen sind? Alle waren außer sich vor Angst, und sie haben geschrien vor Schmerzen! Ich kann einfach nicht glauben, dass das alles gefährliche, machtvolle Hexen waren. Warum lassen sie sich denn dann fangen? Als Hexen hätten sie doch sicherlich die Macht, sich in die Lüfte zu erheben und zu verschwinden, wenn ihnen Gefahr droht.« Antonius rang nach Luft, und der Schweiß lief ihm über Stirn und Rücken. »Es heißt doch, Hexen verspüren keinen Schmerz. Aber warum haben die Frauen dann alle so furchtbar geschrien? Ich verstehe auch nicht, warum der Päpstliche Inquisitor immer öfter reiche Frauen der Hexerei beschuldigt. Wenn sie tot sind, werden sofort deren Besitztümer eingezogen und verteilt. Ich weiß das, weil ich mehrmals abkommandiert worden bin, um die Häuser der Verurteilten auszuräumen und die Güter abzutransportieren …«

Der Bischof hörte dem Hauptmann mit unbewegter Miene zu. Dann gab er den Wachen ein Zeichen, ihn abzuführen.

Antonius erschrak, als kräftige Hände ihn packten. Was würde der Bischof mit ihm machen? Würde er ihn als Fahnenflüchtigen behandeln und hinrichten lassen, wie das Gesetz es befahl? Ein kaltes Entsetzen ergriff ihn. Wie dumm er gewesen war, auf das Verständnis des Bischofs zu hoffen.

Fieberhaft überlegte er, wie er sich aus dem Griff der Wachen befreien und fliehen konnte. Seine Waffen hatte er ablegen müssen, bevor er vor den Bischof trat, doch er war kampferprobt und wusste notfalls seine Arme und Beine als Waffen einzusetzen.

Er zögerte jedoch, sich loszureißen, denn ihm war aufgefallen, dass die beiden Wachen ihren Griff gelockert hatten und ihn nur noch mit leichtem Druck festhielten. Waren sie sich ihrer Sache so sicher, weil ihn, wenn er die Flucht wagen würde, flugs die anderen Wachen überwältigen würden? Er wandte den Kopf und sah, dass zwei Bewaffnete hinter ihn traten. Einer der Männer nickte den anderen zu, dann gingen sie los, Antonius Deleda in ihrer Mitte.

Die Vorhalle mündete in einen breiten, hohen Gang, von dem eine steile Treppe nach unten abging. Doch zu seiner Überraschung führten die Wachen ihn nicht zur Treppe, an deren Ende sich wahrscheinlich die Verliese befanden, sondern marschierten daran vorbei in einen lichtdurchfluteten Kreuzgang. Von dort aus erreichten sie einen anderen Gang, der in einen umbauten Hof mündete. Sie gingen quer über den freien Platz bis zu einem Gebäude mit einer großen hölzernen Doppeltür, hinter der ein dunkler Gang lag, der zu beiden Seiten von schmalen Türen gesäumt war. Vor der letzten dieser Türen auf der linken Seite blieben sie stehen. Eine der Wachen öffnete sie. Ein kurzer Ruck mit dem Kinn gab Antonius zu verstehen, dass er hineingehen sollte.

Er gehorchte. Erstaunt stellte er fest, dass der Raum kein Verlies und auch kein Verhörzimmer mit Folterwerkzeugen war, sondern eine schlichte Mönchszelle mit Bett, Schrank, Tisch, auf dem eine Bibel lag, und Stuhl. Das kleine Fenster, hinter dem sich ein weiterer Hof öffnete, war vergittert.

»Seine Exzellenz der Fürstbischof werden seinen Fall nun prüfen, Hauptmann. So lange ist er Gefangener Seiner Exzellenz«, sagte eine der Wachen. »Wir werden ihn hier einschließen. Da er sicher hungrig und durstig ist, werden wir ihm gleich etwas zu essen und zu trinken bringen.«

Antonius nickte, dann verließen die Wachen den kleinen Raum. Der Schlüssel im Schloss wurde umgedreht, und die Schritte draußen wurden immer leiser.

Er trat an das vergitterte Fenster. Auf dem Hof war niemand zu sehen. Sein Mund und seine Kehle waren wie ausgetrocknet, und er hätte seine beiden Goldstücke, die er noch immer bei sich trug, für ein einziges Glas Wasser hergegeben.

Erschöpft setzte er sich auf das Bett und stützte den Kopf in die Hände. War es richtig gewesen, sich dem Fürstbischof anzuvertrauen? Oder saß er in der Falle? Was wusste er denn schon von den Ränken der Mächtigen? Vielleicht hatten der Fürstbischof und der Inquisitor sich längst versöhnt, und man würde ihn zurückschicken. Und was dieser grausamer Mann dann mit ihm machen würde … Verzweiflung packte ihn, und ein Zittern lief durch seinen Körper. Er ließ sich auf die Seite fallen und schloss die Augen.

Als er hörte, wie der Schlüssel wieder im Schloss umgedreht wurde, fuhr er hoch. Holten sie ihn jetzt? Die Tür öffnete sich.

Ein junger, schlanker Mönch, dem der Habit viel zu groß war, trat ein und begrüßte ihn mit einem angedeuteten Nicken. In den Händen hielt er ein großes Tablett, das er auf dem Tisch abstellte.

Als er sah, dass der Hauptmann ihn staunend anblickte, lachte er. »Was habt Ihr erwartet? Einen Folterknecht, der Euch in ein finsteres Verlies zerrt?«, fragte er und goss Wasser in einen Becher.

Antonius lächelte schief. »Vielleicht … ja.«

»Seid unbesorgt. Seine Exzellenz ist ein weiser Mann, der wenig von der Folter als Mittel der Wahrheitsfindung hält. Er wird Euch möglicherweise noch einmal befragen, aber kaum hochnotpeinlich.«

Er reichte Antonius den vollen Becher, den dieser gieriger, als er beabsichtigt hatte, an sich riss und in einem einzigen Zug austrank. Der Mönch sah ihm wohlwollend zu und zeigte dann auf das Tablett, auf dem eine Schale mit Getreidebrei, ein kleines Rosinenbrot und zwei rotbackige Äpfel lagen. Ihr fruchtiger Duft beschwor in Antonius die Erinnerung an Cordulas rundes, rotwangiges Gesicht herauf, und er konnte ihren schelmischen Blick aufblitzen sehen. Er schloss die Augen und atmete tief durch. Als er die Augen wieder öffnete, sah er, wie der junge Mönch ihn freundlich musterte.

»Bedient Euch, Hauptmann. Ich komme morgen wieder und bringe Euch dann eine Waschschüssel und das Frühstück. Eine geruhsame Nacht wünsche ich Euch. Gelobet sei Gott, der Allmächtige.«

»Gelobet sei Gott, der Allmächtige«, wiederholte Antonius und sah der schmalen Gestalt des Mönchs nach, der die Kammer verließ und die Tür hinter sich schloss. Wieder wurde der Schlüssel umgedreht.

Kopfschüttelnd starrte Antonius auf die Tür, durch die er

vielleicht trotz der Wachen im Gang hätte fliehen können. Aber ein Gefühl des Vertrauens machte sich in ihm breit, und plötzlich erschien ihm diese Tür nicht mehr wie die undurchdringliche Wand eines Kerkers, dem er nicht entfliehen konnte, sondern wie ein Schutzschild gegen die Grausamkeiten des Päpstlichen Inquisitors. Er setzte sich an den Tisch, und auf einmal spürte er einen bohrenden Hunger. Hastig trank er ein zweites Glas Wasser, dann machte er sich über das frisch duftende Rosinenbrot her.

Es dauerte acht nicht enden wollende Tage, bis Antonius endlich zu Fürstbischof Lorenz von Bibra vorgelassen wurde. Er wusste, dass der Bischof zugleich Herzog von Franken und nicht nur ein mächtiger Mann, sondern auch ein beliebter und angesehener Herrscher war, unter dessen Regierung sich das Bistum Würzburg prächtig entwickelt hatte. Oft wurde der gebildete Humanist und kluge Stratege bei Streitigkeiten als Schiedsrichter angerufen, und selbst Kaiser Maximilian suchte immer wieder seinen Rat. Doch das Wichtigste, was Antonius gehört und was ihn bewogen hatte, sein Leben in die Hände des Bischofs zu legen, war, dass dieser das Vorgehen des Päpstlichen Inquisitors öffentlich gerügt hatte.

Als der Hauptmann in das Arbeitszimmer des Bischofs trat, hob dieser den mit einem dunkelroten Pileolus bedeckten Kopf und musterte ihn von seinem ausladenden Schreibtisch aus mit einem durchdringenden Blick aus seinen tiefbraunen Augen. Das breite Gesicht des fünfzigjährigen Bischofs war von tiefen, sackartigen Falten durchzogen, und die ausgeprägten Tränensäcke ließen ihn erschöpft wirken. Aber die kräftige, leicht gebogene Nase und das eckige Kinn gaben ihm etwas Energisches und Durchsetzungsfähiges.

Antonius sah sich in dem riesigen Arbeitszimmer kurz um

und stellte zu seinem Erstaunen fest, dass der Bischof bis auf zwei Wachposten an der Tür allein war.

»Setz er sich, Hauptmann«, sagte Lorenz von Bibra und deutete auf einen Stuhl vor dem Tisch. »Ich habe seine Geschichte überprüfen lassen. Leider hat er wohl recht. Aber das soll ihn jetzt nicht weiter interessieren.« Er machte eine Pause und blätterte in einem Stapel mit Papieren. »Er hat mich gebeten, ihn als Knecht in meine Dienste zu nehmen«, sagte er nach einer Weile und sah wieder hoch. »Er ist ein mutiger Mann, und er hat ein Gewissen, das gefällt mir. Außerdem ist er kampferprobt und in der Kriegskunst erfahren. So jemanden kann ich wohl brauchen. Wenn er will, kann er als Hauptmann für mich dienen.«

Antonius sprang auf und kniete vor dem Bischof nieder. »Das ist mehr, als ich zu hoffen gewagt habe, Exzellenz. Ich dachte schon, Ihr würdet …«

Der Bischof gebot ihm mit einer kurzen Handbewegung aufzustehen. »Ich werde von Ebenstatt bei Gelegenheit mitteilen, dass er auf meinen Befehl hin als Hauptmann in meine Dienste eingetreten ist. Kost und Logis sind Teil seines Soldes, der Rest wird ihm am Ende jeder Woche ausgezahlt.« Er winkte eine Wache heran. »Konrad wird ihm alles zeigen.« Er deutete ein segnendes Kreuzzeichen an, dann wandte er sich wieder seinen Papieren zu.

»Gott sei mit Euch, Exzellenz«, sagte Antonius mit zitternder Stimme und verneigte sich tief. »Danke. Ich werde stets Euer ergebener Diener sein.«

XXX.

Das flackernde Licht des Kaminfeuers spielte in dem dichten Haar der Zigeunerin, das von grauen Strähnen durchzogen war. Sie lag, auf ein großes Strohkissen gestützt, mit geschlossenen Augen in der Halle der Burg vor dem Kamin. Die Stiche und Schnitte im Gesicht und am Körper hatten zu heilen begonnen. Nur die Stichwunde in der Brust nässte noch durch den Verband und durch das lange, schlichte Gewand hindurch, das Katharina ihr gegeben hatte.

Thassilo war mit den Knechten ausgeritten. Nur Gotthelf hatte der Reichsritter zum Schutz auf der Burg gelassen, und Katharina hatte ihn gebeten, die Zigeunerin für eine Stunde aus der finsteren Geheimkammer herauszuholen und in die Halle der Burg zu bringen. Katharina setzte Sophia in einem Gittergestell auf eine Decke und hockte sich mit einer Schüssel Brei, dem sie einen Kräutersud beigemischt hatte, neben die Alte. Tiefe Furchen durchzogen deren blutleeres dunkelhäutiges Gesicht, das mit seiner hohen Stirn, den hohen Wangenknochen, der schmalen, leicht gekrümmten Nase und den breiten, noch immer vollen Lippen trotz all der Qualen und Entbehrungen, die sie durchlitten hatte, Würde ausstrahlte.

»Komm, Mütterchen, nimm etwas von dem Brei, den ich dir gemacht habe.«

Die Alte öffnete die Augen nur langsam. Beim Anblick der Flammen zuckte sie zusammen. Katharina legte ihr beruhigend die Hand auf die Schulter und reichte ihr die Schüssel. Nachdem die Zigeunerin mehrere Löffel von dem Brei gegessen hatte, sah sie Katharina mit ihren großen schwarzen Augen dankbar an.

»Ihr seid guter Mensch, edle Frau«, sagte sie schließlich mit heiserer Stimme. »Dank Euch.«

»Du sprichst unsere Sprache?«

Die Zigeunerin zuckte mit den Schultern. »Ein wenig. Man muss Sprache können von Land, in dem man ist, sonst gefährlich. Außerdem im Winter wir oft waren in Armenhaus von Kloster St. Marien. Dort wir waren warm und konnten essen, und Nonnen uns auch haben Unterricht gegeben in Sprache und Lesen und Schreiben.« Ein Hustenanfall schüttelte sie, und sie presste die Hände auf die Wunde an der Brust.

»Du darfst nicht so viel sprechen, Mütterchen, dazu ist es noch zu früh. Du musst erst einmal zu Kräften kommen.«

Die Alte legte die Hand auf Katharinas Arm. »Ich Euch etwas sagen muss.«

Katharina stand auf, holte sich einen Stuhl und setzte sich neben die Zigeunerin.

»Was willst du mir denn sagen?«, fragte sie und lächelte die Alte aufmunternd an.

»Ihr Euch hüten müssen vor Inquisitor.« Wieder musste sie husten, und ihr Atem rasselte. »Will Euch vernichten. Ich gehört habe Gespräch von ihm und Gräfin Abenberg auf Burg. Ich hergekommen, Euch zu warnen.«

Katharina wurde blass. Sie spürte ihr Herz bis zum Halse schlagen. Ein Schwindel legte sich auf ihre Schläfen, und ihre Finger begannen zu zittern.

»Ich verstehe deine Worte nicht«, sagte sie schließlich mit bebender Stimme. »Du bist gekommen, um uns zu warnen?«

Die Alte nickte.

»Aber der Weg von Burg Gutenstein ist doch viel zu weit. Wie bist du denn hergekommen?«

»Mein Enkel mich hat gebracht.«

»Dein Enkel? Er lebt?«

Wieder nickte die Alte. »Er und ich. Sonst alle tot. Enkel konnte fliehen, bevor gefangen. Inquisitor mich hat in Hof werfen lassen, weil dachte, ich tot, und da mich hat gefunden Enkel.«

Ein tiefes Mitgefühl ergriff Katharina. »Mein Gott, was habt ihr nur durchgemacht! Und wo ist er jetzt, dein Enkel?«

»Ist gegangen fort. Aber kommt in Wald, wenn ist Vollmond. Will mich dann mitnehmen.« Sie schloss die Augen. »Aber ich nicht schaffen …«

Katharina strich ihr liebevoll ein paar Strähnen aus der Stirn. »Das darfst du nicht sagen. Du wirst schon wieder gesund, es dauert eben seine Zeit.«

Die Alte öffnete die Augen wieder, sah zu Katharina hoch und schüttelte den Kopf. »Nein. Aber ich nicht habe Angst vor Sterben.« Sie blickte in die Flammen. »Zeit ist gekommen für mich. Ich immer sehr stark, aber jetzt keine Kraft mehr. Lebenslicht flackert und ist bald erloschen.« Wieder wurde sie von einem Hustenanfall geschüttelt, und als sie die Hand von der Brust nahm, sah Katharina, dass sich der Stoff des Hemdes dunkel verfärbt hatte. Offenbar war die Wunde durch das Husten wieder aufgebrochen.

Katharina ging in die Küche und kam mit einem Kräutersud gegen den Husten zurück. Nachdem die Alte ihn ausgetrunken hatte, trat ein langes Schweigen ein, und beide Frauen starrten nachdenklich in das knisternde Feuer, das unruhig zuckende Schatten an die Wände warf. Als die Zigeunerin schließlich wieder zu Katharina aufsah, lag etwas Flehendes in ihrem Blick.

»Bitte, edle Frau. Nachricht schreiben an meinen Enkel. Soll fliehen weit, weit weg. Ich ihn segnen und hoffen, er wird …« Ihre Stimme brach, und Tränen traten ihr in die Augen.

Katharina nickte. Sie spürte einen Kloß im Hals, der ihr schmerzend gegen die Kehle drückte, und sie merkte, wie auch ihre Augen feucht zu werden begannen. Nur mit Mühe gelang es ihr, ihre Tränen zurückzuhalten.

»Kann er denn lesen?«, fragte sie.

»Ja, das er kann«, bestätigte die Alte. »Hat es gelernt von Nonnen.«

»Gut, ich werde ihm eine Nachricht schreiben«, versprach Katharina. »Du musst mir nur noch sagen, an welchem Ort du dich mit deinem Enkel treffen wolltest, damit ich die Nachricht dort für ihn in einem Kasten deponieren kann.«

Die Zigeunerin beschrieb Katharina den vereinbarten Treffpunkt. Dann legte sich ein Lächeln auf ihre Züge. Sie tastete nach einer Kette an ihrem Hals, an der ein kunstvoll mit Malachit verzierter, phiolenförmiger Silberanhänger hing, und zog sie sich über den Kopf. Dann streifte sie sich einen breiten Ring mit einem Schmuckstein aus Lapislazuli vom Finger und hielt Katharina beides hin.

Katharina nahm die Schmuckstücke in die Hand und betrachtete sie. Mit ihren fremdartigen Verzierungen und Formen waren es Meisterwerke der Goldschmiedekunst, die geheimnisvoll im Licht des Feuers funkelten, wobei der strahlend blaue Lapislazuli dem wachsamen Auge eines Raubvogels glich.

»Die sind sehr schön«, sagte sie, »wirklich sehr schön. Erstaunlich, dass der Inquisitor sie dir gelassen hat.«

Die Alte verzog verächtlich den Mund. »Inquisitor hat sicher gedacht, Schmuck von armer Zigeunerin ist wertlos.« Sie berührte Katharinas Hand und sah ihr in die Augen. »Bitte nicht erschrecken. In Ring ist Pulver versteckt. Ist sehr gefährlich.«

Katharina erschrak. »Gift?«, fragte sie entsetzt und wollte der Zigeunerin den Schmuck zurückgeben. Aber die umschloss Katharinas Hände mit den ihren und sah ihr flehend in die Augen. »Bitte, edle Frau, bitte«, sagte sie, »ist für Euch. Soll Euch helfen bei Gefahr.«

Katharina schüttelte den Kopf und wollte sich dem Griff der Zigeunerin entziehen, aber die umklammerte Katharinas Hände umso fester und sprach weiter.

»Ich nicht mehr habe viel Zeit, bitte zuhören«, fuhr die Zigeunerin fort. »Pulver schmeckt nach nichts. Ganz wenig ist genug, zu töten Mensch. In Ring ist genug Pulver für viele Menschen. Kann kommen Situation, wo es gibt keinen Ausweg, und Ihr braucht dieses Gift.« Sie hustete wieder, dann löste sie ihren Griff und fuhr fort: »Pulver sitzt in Kapsel unter Stein«, erklärte sie und deutete auf eine winzige Blütenknospe neben dem Lapislazuli. »Ring ist innen hohl. Wenn man dreht drei Mal Knospe nach rechts, Kapsel öffnet sich, und Pulver rinnt in Ring.« Sie deutete auf einen winzigen, knopfartigen Schieber auf der Unterseite des Ringes. »Wenn man Daumen unter Hand bewegt und mit Daumen Knopf zur Seite schiebt, man kann Pulver in Becher oder auf Speise tun.«

Katharina wollte aufspringen, aber die Zigeunerin packte sie am Arm und hielt sie mit ungeahnter Kraft fest.

»Bitte, edle Frau, Ring gibt Schutz vor bösem Feind. Auch wenn man ist in Kerker. Mit Ring Ihr habt Wahl.«

Katharina rührte sich nicht. Sie saß mit aufgerissenen Augen da und starrte auf den Ring. Eine Flut schrecklicher Bilder jagte ihr durch den Kopf. Wie oft hatte sie sich schon ausgemalt, was geschehen würde, wenn Bonifatius auch sie festnehmen und gewaltsam auf seine Burg bringen ließ; wenn er sie anklagte und folterte …

Der Griff der Zigeunerin wurde kraftlos, und ihre Hand glitt zu Boden. Aber Katharina sprang nicht auf, sondern sie saß weiter reglos da. »Und warum hast du nicht selbst das Pulver genommen, als du gefoltert wurdest?«, fragte sie schließlich.

»Ich nicht wusste, dass Inquisitor alle hat verbrannt. Ich wollte helfen meine Familie und warnen Euch.«

Katharina sah die alte Zigeunerin mit einer Mischung aus Bewunderung und Dankbarkeit an, und allmählich entspannte sich ihr Körper. Dann blickte sie nachdenklich auf den Ring in ihrer Hand. »Ich habe Angst«, flüsterte sie.

Die Alte nickte. »Ring hilft gegen Angst.«

»Und was ist, wenn sich die Kapsel plötzlich öffnet, weil ich gegen den Ring stoße oder irgendwo hängen bleibe?«

»Kapsel sich nur öffnet, wenn Ihr dreimal an Knospe dreht und dann Schieber öffnet.« Sie lächelte. »Wenn doch geschieht Fehler, ist Gegengift in Anhänger. Ihr habt Viertelstunde Zeit, bevor Gift wirkt.«

»Und woraus sind diese Mittel gemacht?«

Die Zigeunerin zuckte mit den Schultern. »Das ich nicht weiß. Medizinmann in osmanische Reich hat mir geschenkt beides, als ich ihm gegeben habe Elixier gegen rote Ruhr.« Sie sah Katharina eindringlich an. »Bitte nehmt, dann ich bin beruhigt.«

Zögernd steckte Katharina den Schmuck in einen Beutel, der an ihrem Gürtel hing. Die Zigeunerin nickte lächelnd.

»Ihr könnt, aber Ihr nicht müsst das verwenden.«

»Du hast recht. Ich danke dir.«

»Darf ich Euch machen Vorschlag?«

»Ja?«

»Geht mit Ring und Kette in Kapelle und betet, dass Gott Euch gibt ein Zeichen, wenn Zeitpunkt ist gekommen.«

»Ein guter Ratschlag. Ja, das werde ich tun.«

Die Zigeunerin seufzte tief. Dann streifte ihr Blick die kleine Sophia, der das Hemdchen von der Schulter gerutscht war. Sie runzelte die Brauen und zeigte auf die Kleine. »Was hat sie da?«

Katharina wandte den Kopf und erschrak. Das Muttermal!

Die Halsschleife hatte sich gelöst, sodass ihr das Hemd über die Schulter gerutscht war. Sie zwang sich, ihre Stimme ruhig und gleichgültig klingen zu lassen, als sie fragte: »Sophia? Wo?«

»Da, auf der Schulter.«

»Ach, du meinst den Fleck dort? Keine Angst, Mütterchen, das ist nichts Schlimmes, nur ein harmloses Muttermal. Das hat sie schon seit ihrer Geburt.«

Die Zigeunerin nickte. Dann fragte sie: »Ihr wissen, wie Inquisition so ein Muttermal nennen?« Als Katharina zornig die Brauen zusammenzog und ihre Augen warnend zu blitzen begannen, beeilte sich die Alte, zu versichern: »Ihr keine Angst haben müsst vor mir. Aber vor anderen Leuten. Leute sind verrückt …«

»Ich weiß«, unterbrach Katharina sie. »Sonst passe ich auch auf. Ich war unachtsam. Das darf mir nicht noch einmal passieren.«

Sie eilte zu Sophia, zog ihr das Hemd hoch, band es am Hals zu und sicherte die Schleife mit einem doppelten Knoten. Dann drehte sie sich zu der Zigeunerin um, deren Kopf auf das Kissen zurückgesackt war.

»Möchtest du noch irgendetwas zu essen oder zu trinken haben, Mütterchen? Einen warmen Lavendeltee vielleicht?«

»Darf ich haben etwas kaltes Wasser? Und kann ich dann zurück in Kammer? Ich sehr, sehr müde.«

»Natürlich, Mütterchen.« Katharina stand auf, um ein Glas Wasser zu holen und Gotthelf Bescheid zu sagen. Bevor sie ging, drehte sie sich noch einmal um. »Wie heißt du eigentlich, Mütterchen?«

»Wir nennen uns nach Kaste. Ich bin eine Badzo. Als Kind man mich hat immer Kalo Suki gerufen, schwarze Schlanke.«

»Gut, Kalo Suki, ich hole dir jetzt ein Glas Wasser, und dann bringt Gotthelf dich zurück in die Kammer.«

Die Zigeunerin starb noch in derselben Nacht. Der Boden war glücklicherweise noch nicht gefroren, und so konnte Gotthelf sie im dichten Gestrüpp auf der rückwärtigen Seite des Burgberges begraben, wo es keine Wege und Pfade gab. Auf eine kirchliche Beerdigung mussten sie natürlich ebenso verzichten wie auf einen Stein oder ein Kreuz auf ihrem Grab. Aber Katharina hatte ein eisernes Kreuz auf den Leichnam gelegt, um böse Geister fernzuhalten.

Dann hatte sie Gotthelf an die von der Alten beschriebene Stelle im Wald geschickt, damit er dort eine schlichte Holzkiste mit einer Nachricht vom Tod der Alten und ein paar Dukaten abstellte. In dem Schreiben boten Katharina und Thassilo dem Enkel an, auf ihren Ländereien als Knecht zu arbeiten. Sonst könne er mit den Dukaten als kleine Unterstützung anderswo sein Glück suchen. Sie hörten nichts von ihm, und als sie einige Wochen später nachsahen, fanden sie in der Holzkiste einen Zettel. Darauf stand: »Danke. Möge Gott es Euch vergelten. Badzo Dalino«. Die Dukaten hatte er mitgenommen. Sie würden ihn auf seinem weiteren Weg zumindest vor dem Hungertod bewahren.

XXXI.

Dem langen, kalten Winter war wieder ein kühles, regennasses Frühjahr gefolgt. Nun war es Mitte Mai, und der Sommer stand vor der Tür, aber die Nächte waren noch immer empfindlich kühl. Katharina und Thassilo saßen schweigend vor dem Kamin. Thassilo hatte schlechte Nachrichten aus Nürnberg mitgebracht. Vom Bürgermeister Matthäus Stromer hatte er erfahren, dass Bonifatius auf der Suche nach Unterstützern und Verbündeten eifrig durch die Lande gezogen war und in den Universitäten Erfurt, Heidelberg, Ingolstadt, Mainz und Tübingen Brandreden gegen die weisen, heilkundigen Frauen gehalten hatte.

»Ich habe von Ebenstatt in der Universität zu Ingolstadt selbst erlebt, wie er mit geballten Fäusten und hasserfülltem Gesicht am Rednerpult stand und gegen die Heilerinnen wetterte«, hatte Stromer kopfschüttelnd erzählt. »Richtig überschlagen hat sich seine Stimme, als er rief, diese Frauen würden ganz zu Unrecht als weise bezeichnet, und ihr Wissen speise sich aus heidnischen Quellen und stehe im Widerspruch zu den Lehren der Kirche. Dafür bekam er vor allem von den Theologen großen Beifall. An die anwesenden Mediziner gewandt, meinte Bonifatius, mit ihren zweifelhaften Heilmethoden würden die Kräuterweiber den von den Universitäten vorangetriebenen Fortschritt einer wissenschaftlich fundierten und aus gutem Grund den Männern vorbehaltenen Medizin behindern. Daher müsse es den Frauen unter Androhung von Strafe verboten werden, Kranke zu behandeln. Unter dem tosenden

Beifall der Zuhörer forderte von Ebenstatt weiter, die Tätigkeit von Weibern auf die reine Pflege Kranker zu beschränken und sie den Anweisungen wissenschaftlich ausgebildeter Ärzte zu unterstellen, denn das Weib sei von Gott als Dienerin des Mannes erschaffen worden und nicht als eigenmächtige Ärztin.«

Aber, hatte Stromer ergänzt, der Inquisitor habe sich nicht nur dafür ausgesprochen, die Frauen aus den Heilberufen zu vertreiben und ihnen die untergeordnete Rolle von Krankenschwestern zuzuweisen. Viel bedrohlicher sei seine Behauptung gewesen, die von Natur aus wankelmütigen, leicht zu beeinflussenden Frauen würden dazu neigen, den Einflüsterungen Satans zu erliegen, der sich über das Fenster der heidnischen Praktiken weiblicher Heilkunst nur allzu leicht ihrer Seele bemächtigen könne. Als Beweis dafür habe der Inquisitor die sprunghafte Ausbreitung der Hexen unter den Heilkundigen angeführt.

»Unter den Qualen der Folter wird jede ehrbare Frau zur Hexe«, unterbrach Katharina Thassilos Bericht bitter. »Selbst Maria hat gestanden, und erst unter dem Schutz des Nürnberger Rates hat sie widerrufen. Das zeigt doch, dass da im Ganzen etwas nicht stimmt.«

Thassilo sah sie lange an und erwiderte schließlich: »Das klingt fast, als stelltest du dich nicht nur gegen Bonifatius, sondern auch gegen die Inquisition.«

Katharina nickte heftig. »Jawohl, das tue ich. Wer an Gottes Geschöpfen solche Grausamkeiten begeht und sie unter der Folter zu den aberwitzigsten Geständnissen zwingt, der dient nicht Gott, sondern Satan.«

»Katharina, pass auf, was du sagst!«

»Warum soll ich aufpassen, Thassilo? Du hast doch selbst gesagt, Marias Widerruf sei ein beredtes Beispiel für die wahrheitsverzerrende Wirkung der unmenschlichen Foltermethoden der Inquisition.«

Thassilo beugte sich vor. »Katharina, ich habe etwas ganz anderes gesagt. Ich habe die Methoden in Zweifel gezogen, aber nicht die Inquisition selbst.«

»Wenn sich die Inquisition solch grauenhafter Methoden und eines Menschen wie Bonifatius bedient, muss man sie dann nicht als Ganzes infrage stellen?«

»Nein, Katharina. Wenn jemand seine Macht missbraucht, dann muss man gegen diesen Missbrauch vorgehen, nicht aber gegen das Amt und die Ordnung, die es stützt. Es ist mir sehr ernst damit. Man muss stets zwischen dem Amt und denjenigen unterscheiden, die dieses Amt ausüben. Sonst zerstören wir die Ordnung, auf der alles gründet und von der auch wir selbst ein Teil sind. Denk einmal in aller Ruhe darüber nach, Katharina.«

»Aber was ist von einem Amt und einer Ordnung zu halten, die solch einen Missbrauch ermöglichen und jeden Widerstand gegen diesen Missbrauch unterbinden?«

Thassilo hob die Hand. »Schweig, Katharina!«, sagte er scharf. »Ist dir klar, wie ketzerisch deine Worte sind?«

»Ist logisches Denken ketzerisch?«

»Wenn es ohne Weisheit erfolgt, ja.«

Katharina sprang auf. »Thassilo! Bin ich etwa eine Ketzerin, nur weil ich Fragen stelle?«

»Beruhige dich, Katharina«, erwiderte Thassilo mahnend. »Es wäre besser, wenn du solche Fragen nicht stellen würdest. Hast du schon einmal darüber nachgedacht, wohin sie führen? Damit bringst du uns alle in Gefahr.«

Katharina sah ihren Mann entsetzt an. Wie hatte er sich verändert! Früher hatte er sie stets ermuntert, ihre Gedanken frei zu äußern und ihren Geist mit dem seinen zu messen. Hatte das Gift des Hexenwahns jetzt etwa auch von ihrem Gatten

Besitz ergriffen? Befremdet musterte sie sein finster und verschlossen wirkendes Gesicht.

»Thassilo«, fragte sie ihn schließlich, »stellst du dich jetzt gegen mich? Drohst du mir sogar?«

Thassilo sah ihr lange in die Augen, und seine Züge wurden weicher. »Nein, Katharina, ich drohe dir nicht, und ich stelle mich schon gar nicht gegen dich. Ich bitte dich nur, solche gefährlichen Reden zu unterlassen. Du musst lernen, deine Rede und deine Gedanken zu zügeln. Die Zeiten verfinstern sich, und der Wind, der uns ins Gesicht bläst, wird mit jedem Tag stärker. In solchen Zeiten ist es klüger, wenn man sich schützt, indem man den Kopf ein wenig beugt, statt sich mit ungeschütztem Gesicht dem Sturm entgegenzustellen. Die stolze Eiche bricht im Orkan, während die geschmeidige Birke ihn unbeschadet übersteht.«

»Heißt das, wir sollen uns den Befehlen von Bonifatius unterwerfen?«

»Nein, Katharina, natürlich nicht. Ich möchte dich nur um ein wenig mehr Vorsicht bitten. Wir sind es gewohnt, offen miteinander zu sprechen, und wir zeigen diese Offenheit auch anderen Personen gegenüber. Aber nicht alle sind uns wohlgesonnen. Du bist frei erzogen worden, dadurch bist du keine von diesen einfältigen und langweiligen Frauen, die nichts anderes kennen als Küche und Kindererziehung. Genau deshalb liebe ich dich, das weißt du. Aber in Zeiten wie diesen, in denen längst überwunden geglaubte Vorurteile und Zwänge neu an Kraft gewinnen, kann es für eine frei denkende Frau lebensgefährlich sein, sich derart zu äußern. Ich liebe dich, und darum bitte ich dich, jedes deiner Worte genau abzuwägen, bevor du etwas sagst. Übe dich täglich darin. Wenn du es hier auf der Burg tust, wird dir auch anderswo kein unbedachtes Wort mehr entschlüpfen.«

»Und meine Gedanken? Soll ich die auch zügeln?«

»Nein, deine Gedanken sollst du nicht zügeln, nur deine Zunge und deine Gefühle, denn sie sind es, die dich verraten könnten.«

»Aber wie soll ich meine Gefühle zügeln, ohne dass dies auch meine Gedanken ändert?«

»Ich weiß, dass das sehr schwierig ist und dass ich sehr viel von dir verlange. Aber du musst es versuchen, Katharina. Wenn der Feind anrückt, sollte man ihm nicht ohne Waffen und Rüstung entgegentreten.«

Lange saßen sie schweigend da. Katharina fror, und ihre Hände waren eisig kalt geworden. Doch anders als sonst suchte sie diesmal nicht Thassilos wärmende Nähe, sondern zog die Decke, in die sie sich gehüllt hatte, noch enger um sich. Doch das konnte die Kälte nicht vertreiben. Wie eine dunkle, böse Macht begann sich ein Frosthauch in ihrem Innern auszubreiten und ihr pochendes Herz mit einem schmerzenden Reif zu überziehen. Zum ersten Mal fühlte sie sich in Thassilos Gegenwart allein. Und zum ersten Mal zog Thassilo sie nicht an sich und schloss sie nicht in seine tröstenden, schützenden Arme, sondern blickte wie abwesend an ihr vorbei.

Thassilos Warnung war unnötig gewesen, denn sie hatte längst begriffen, welch große Gefahr von dem Inquisitor ausging. Daher hatte sie sich anderen oder gar Bonifatius und seinen Anhängern gegenüber nie unbedacht geäußert.

Das Misstrauen, das Thassilo zwischen ihnen säte, verletzte sie zutiefst. Tränen füllten ihre Augen, und ihre Lippen begannen zu zittern. Bedeutete der Ehebund nicht, dass man alles miteinander teilte – Tisch, Bett und selbst die geheimsten Gedanken? Außer Thassilo gab es niemanden, mit dem sie dazu bereit war. Wie froh war sie gewesen, als sie glaubte, in ihm einen Seelenverwandten gefunden zu haben, dem sie vertrauen konnte. Hatte sie sich in ihm getäuscht? Hatte er sich etwa auch anstecken lassen von der Angst, die sich ausbreitete wie eine Seuche? Musste sie sich jetzt sogar vor ihrem eigenen Mann in Acht nehmen?

Nein, das konnte nicht sein, sonst hätte Thassilo sich nicht so mutig für Maria eingesetzt, und sonst hätte er sich auch nicht, um sie zu retten, mit dem hohenzollernfeindlichen und kirchenkritischen Nürnberger Rat verbündet. Und er hätte ihr nicht geholfen, die Zigeunerin zu versorgen, und ihr nicht auch noch gestattet, dass sich die Alte bei ihnen versteckte. Allerdings war er bleich geworden, als Katharina ihm von der Durchsuchung der Burg durch Bonifatius' Schergen berichtet hatte. Und die Schweißperlen, die ihm in jenem Moment auf die Stirn getreten waren – stammten die tatsächlich nur von seinem langen, schnellen Ritt?

Plötzlich begriff sie: Thassilo war gar nicht so stark, wie er ihr immer erschienen war. Er hatte Angst. Nicht nur um sie und die kleine Sophia und um das Gesinde. Nein, auch um sich selbst hatte er Angst. Er hatte Angst, alles zu verlieren – nicht nur Weib, Kind, Haus, Hof und Stellung, sondern auch seine Freiheit, seinen Ruf, seine Würde und möglicherweise auch sein Leben.

Aber war Thassilo deswegen schwach und verachtenswert? Aus den Augenwinkeln warf sie ihm einen Blick zu. Er saß vornübergebeugt da, den Kopf auf den Arm gestützt, und starrte an ihr vorbei ins prasselnde Feuer. Er wirkte wie entrückt und einsam. Plötzlich stieg ein neues Gefühl in ihr auf, eine Art trauriges Mitleid.

Katharina fühlte sich erschöpft und erhob sich.

»Es ist spät geworden, Thassilo, und ich bin müde. Ich lege mich jetzt schlafen.«

Thassilo nickte nur. Sie wollte zu ihm gehen und ihn umarmen, aber irgendetwas an seiner Haltung und an seinem abwesenden Gesichtsausdruck hinderte sie daran. Sie ging zur Treppe, die in die oberen Räume und zu ihrem Schlafgemach führte. Bevor sie hinaufstieg, wandte sie sich noch einmal um.

»Ich verstehe deine Sorgen, Thassilo. Und ich werde mich bemühen, künftig noch mehr darauf zu achten, was ich zeige und sage.«

Thassilo hob den Kopf und sah zu ihr herüber. War da ein kleines Lächeln um seine Mundwinkel, oder bildete sie sich das nur ein?

»Das ist gut, Katharina. Das ist sehr, sehr gut.«

XXXII.

In eine warme Decke eingehüllt, saß Katharina mit einem Buch in der Hand auf der Terrasse und genoss die letzten Sonnenstrahlen eines späten Oktobertages. Unter sich hörte sie ein lautes Jauchzen. Sie beugte sich vor und sah die kleine Sophia, die an der Hand von Christine über die mit herbstlichem Laub bedeckte Wiese zum Kräutergarten lief, wo sie wahllos Blüten und Blätter abriss und sich in die Taschen stopfte. Die Freifrau strich sich über den gewölbten Bauch. Bald würde Sophia nicht mehr allein sein, sondern ein Geschwisterchen haben.

Über fünf Monate waren seit der Auseinandersetzung mit Thassilo vergangen, und inzwischen war viel geschehen. Thassilo hatte drei Mal für viele Wochen die Burg verlassen müssen, um für den Kaiser gegen Venedig ins Feld zu ziehen. Dieser Krieg hatte vor zwei Jahren begonnen, nachdem Venedig die Kaiserkrönung in Rom verhindert und Maximilian I. gezwungen hatte, sich mit päpstlicher Zustimmung 1508 im Dom von Trient zum »Erwählten Römischen Kaiser« ausrufen zu lassen. Thassilo, der für die militärische Absicherung Kärntens gegen die Türken und für die Bekämpfung marodierender Söldner und Raubritter in Franken eingesetzt wurde, war anfangs von den neuen Kriegszügen nicht betroffen gewesen. Doch seit die Franzosen dem Kaiser jede weitere Unterstützung verweigerten und der Papst ein Bündnis mit Venedig geschlossen hatte, führte der Kaiser seine Truppen allein gegen Venedig. Für den Reichsritter bedeutete dies, dass er nun auch an dieser Front zu den Waffen gerufen wurde.

Katharina wusste, dass sie sich in das Unvermeidliche fügen mussten. Als Reichsritter unterstand Thassilo dem Kaiser unmittelbar und konnte seinen Dienst nicht einfach quittieren, denn dann würde er sein Lehen und möglicherweise auch seine Freiheit und sein Leben verlieren. Also musste er wieder und wieder für den Kaiser ins Feld ziehen. Von der Schlacht um Vicenza im Mai, bei der die Stadt von den kaiserlichen Truppen eingenommen worden war, war Thassilo mit einem tiefen Hieb in den Arm heimgekehrt. Und Ende September war er so schwer am linken Bein und am rechten Arm verwundet worden, dass ihn seine Soldaten das letzte Stück zur Burg hinauf in eine Trage hatten legen müssen, da er viel Blut verloren und das Wundfieber ihn so stark geschwächt hatte, dass er sich nicht mehr auf seinem Pferd halten konnte.

Katharina war es gelungen, ihm das Leben zu retten. Doch trotz ihrer unermüdlichen Pflege heilten die Wunden nur langsam und nässten noch immer. Inzwischen hatten sie sich bis auf eine Stelle geschlossen, aber Thassilo würde schreckliche Narben zurückbehalten, und wahrscheinlich würde er auch nie wieder richtig gehen können.

Aber er war nicht nur mit körperlichen, sondern auch mit seelischen Verletzungen zurückgekehrt, und Katharina spürte, dass es nicht in ihrer Macht stand, diese Wunden zu heilen. Stundenlang starrte ihr Mann finster vor sich hin und beantwortete Katharinas Fragen nur mit einem Kopfschütteln. Irgendwann hatte er gesagt: »Es sind schreckliche Dinge geschehen. Kriege sind grausam und lassen die Sitten verrohen, sodass selbst wehrlose Frauen und Kinder keine Gnade mehr finden … Lass uns nicht davon sprechen, Katharina. Ich will Abstand gewinnen, und ich werde nicht zulassen, dass sie bis herauf in unsere ruhige Burg dringen.«

Ein Gutes hatte Thassilos Verwundung aber: Er konnte erst

einmal nicht mehr kämpfen, sondern musste bis zu seiner Genesung auf der Burg bleiben. Wahrscheinlich würde er erst im Frühjahr wieder losziehen, denn im Moment war er noch zu geschwächt, und im Winter würde er sich nicht auf den gefährlichen Weg über die Alpen machen müssen.

Als hätte er ihre Gedanken gelesen, trat Thassilo in diesem Augenblick hinter Katharina, legte ihr die Hand auf die Schulter und sagte: »Hoffentlich wird es wieder ein Mädchen. Dann braucht dieses kleine Wesen wenigstens nicht in den Krieg zu ziehen.«

Katharina lehnte sich an ihn und strich ihm über den Arm. »Schön, dass du wenigstens jetzt da bist.«

Dass Thassilo auf der Burg war, freute Katharina auch deshalb, weil sich die Berichte über Hexenverfolgungen in Franken wieder häuften. Bonifatius hatte die Zeit der politischen Schwächung des Kaisers und der ständigen Abwesenheit des Reichsritters und vieler seiner Verbündeten im Krieg genutzt, um seine Beziehungen zum Papst zu festigen, neue Kontakte aufzubauen und seine Tätigkeit als Inquisitor wieder aufzunehmen. Und da er sich nun verstärkt auch gegen die immer häufiger sich zusammenrottenden Ketzer wandte, die mit ihren Auffassungen und Forderungen an den Grundfesten der bestehenden Ordnung rüttelten, ließ man ihn gewähren.

Katharina verfolgte dieses erneute Erstarken des Inquisitors mit zunehmendem Entsetzen, und sie spürte, wie sich ihre steigende innere Unruhe auch auf ihre Tochter und ihr Ungeborenes zu übertragen begann. In den Nächten schlief sie so unruhig, dass sie Thassilo oft weckte. Wenn er sie nach dem Grund für ihre Ruhelosigkeit fragte, schob sie es auf ihre Schwangerschaft und die heftigen Bewegungen ihres Ungeborenen.

»Hab du mal jemanden in deinem Leib, der ununterbrochen

strampelt und dir andauernd gegen dein Gedärm und deine inneren Organe tritt, und versuch dabei ganz entspannt zu schlafen. Auch wenn du einiges auszuhalten vermagst, Thassilo, ich glaube nicht, dass dir das gelingen würde.«

Thassilo schloss sie dann beruhigend in die Arme und ließ sie die Wärme seines Körpers und den Schutz seiner starken Arme spüren.

XXXIII.

Auf dem Dorfplatz von Partenstein drängten sich die Menschen. Manche hatten einen langen Fußweg auf sich genommen, um an dem Spektakel teilzunehmen und sich den Bauch vollzuschlagen, ohne etwas dafür zu bezahlen. Der Päpstliche Inquisitor hatte ein Schwein schlachten lassen, das nun mit noch zum Schrei aufgerissenem Maul an einem Spieß über dem Feuer gedreht wurde. Sein Fleisch wurde zusammen mit Brot und Salzgebäck an die von Hunger und Entbehrung gezeichneten Menschen verteilt. Gierig griffen sie nach den Stücken, die ihnen von einem Knecht an einem langen Stecken hingehalten wurden. Auch Freibier wurde ausgeschenkt, und jeder ließ sich seinen Krug bis an den Rand füllen.

Fahrende Händler waren herbeigeeilt und hatten flugs ein paar Stände aufgebaut, an denen sie Salben, Tinkturen, Garne, Bänder, Nähnadeln und allerlei Tand verkauften. Die Luft war erfüllt von Rufen, Gelächter und Kinderstimmen. Es hätte ein fröhliches Volksfest sein können – wenn nicht die beiden Scheiterhaufen gewesen wären, in deren Mitte jeweils ein dicker, mit Eisenringen versehener Pfahl aufragte. Man hatte sie mitten auf dem Dorfplatz errichtet, direkt neben dem Brunnen.

Dumpfe Trommeln ertönten, und ein Murmeln ging durch die Menge, als zwei Henkersknechte eine Frau herbeischleiften, die mit ihrem kraftlos herabhängenden Kopf mehr tot als lebendig schien. Die Beine waren ihr gebrochen worden, sodass sie nicht mehr gehen konnte, und ihr zerrissenes gelbes Kleid war blutgetränkt und so verschmutzt, dass man den kostbaren Samt, aus dem es genäht war, kaum noch erkennen konnte. Auch die Züge ihres blutverkrusteten, aufgequollenen Gesichts waren kaum noch zu erkennen, nachdem man es ihr mit einer stachelbewehrten Schandmaske an vielen Stellen durchbohrt hatte. Doch alle wussten, dass es sich um die reiche Goldschmiedewitwe Karin Staudinger handelte.

Nach dem Tod ihres Mannes hatte sie von dem stets unter Geldnot leidenden Grafen von Rieneck einen Teil der Burg Partenstein gemietet, um dort mit ihrer Tochter Dietlinde und ihrem Gesinde in stiller Abgeschiedenheit zu leben. Dietlinde sollte fernab der Stadt aufwachsen, damit sie nicht wie ihr Vater an der Ruhr oder an einer anderen Seuche starb, welche die Städte immer wieder heimsuchten und sich in den engen Gassen in Windeseile ausbreiteten.

Anfangs hatte die Staudingerin die Stille des Landlebens sehr genossen. Doch nachdem Dietlinde eines Tages weinend heimgekehrt war und schluchzend erzählt hatte, die Dorfkinder seien hinter ihr hergerannt, hätten sie mit Schlamm beworfen und »Hexenkind, Hexenkind!« gerufen, hatte sie begonnen, an ihrer Entscheidung zu zweifeln. Im Gegensatz zur Stadt wurde hier auf dem Land jeder ihrer Schritte argwöhnisch beäugt, und wenn sie auf dem Wochenmarkt im Dorf einkaufen ging, bemerkte sie, wie die in Fetzen gekleidete Landbevölkerung über ihre elegante Aufmachung tuschelte.

Ihr war zugetragen worden, dass es Neider gab, die üble Gerüchte über sie in Umlauf setzten. Auf dem Lande, hatte ein Nürnberger Geschäftsfreund ihres Mannes sie vor Kurzem gewarnt, sei der Aberglaube weit verbreitet und Gerüchte fänden dort schnell nahrhaften Boden. Ihm sei zu Ohren gekommen, dass es in den Gemächern der heilkundigen Goldschmiedewitwe, die regelmäßig in den Wäldern und auf den Wiesen

Kräuter sammelte, nicht mit rechten Dingen zugehe. Das sei selbstverständlich ein albernes Geschwätz, aber für eine alleinstehende Frau ohne männlichen Schutz seien solche Unterstellungen nicht ungefährlich.

Bisher hatte die Staudingerin all das mit einem Achselzucken abgetan. Doch nach dem Zwischenfall mit ihrer Tochter, die sich fortan nicht mehr allein aus der Burg traute, begann die Witwe darüber nachzudenken, ob sie nicht besser wieder nach Nürnberg zurückziehen sollte.

Doch noch bevor sie die Vorbereitungen für einen Umzug treffen konnte, ritt der Päpstliche Inquisitor mit seinen Schergen in den Burghof. Das war vor knapp einer Woche gewesen.

»Mama!«, drang es durch die dichte Wand aus Schmerz und todesnaher Gleichgültigkeit. »Mama!«

Die Staudingerin sträubte sich. Sie wollte nicht wieder auftauchen in die Gegenwart ihrer ausgerenkten, gebrochenen Gliedmaßen, ihrer mit Nägeln durchstoßenen Brüste, ihres durchbohrten, mehrmals geschändeten Unterleibs. Lange hatte der Päpstliche Inquisitor sie foltern müssen, bevor sie das geforderte Geständnis abgelegt hatte. Besonders gesträubt hatte sie sich dagegen, auch andere Frauen der Hexerei zu bezichtigen – befreundete Kaufmannsgattinnen und mehrere heilkundige Frauen. Ein letztes Mal hatte sie sich aufgebäumt, als Bonifatius von Ebenstatt von ihr verlangte, sogar die Freifrau Katharina von Velden der Hexerei zu bezichtigen und zu behaupten, sie habe sie in der Walpurgisnacht durch die Lüfte fliegen sehen.

»Nein, das könnt Ihr nicht von mir verlangen. Katharina von Velden ist eine wohltätige, gottesfürchtige Frau …«

»Wer gottesfürchtig und wer gottlos ist, das bestimmt die heilige Inquisition und sonst niemand!«, hatte Bonifatius von

Ebenstatt mit eisiger Stimme erwidert und die Staudingerin so lange mit glühenden Eisen foltern lassen, bis er ihr das gewünschte Geständnis abgepresst hatte.

Mit ihren gebrochenen Fingern konnte sie das Geständnis nicht mehr unterschreiben, also begnügte sich der Päpstliche Inquisitor damit, ihre unförmig aufgequollene Hand mit Tinte einzustreichen und auf das Blatt zu drücken. Damit konnte er die Goldschmiedewitwe rechtmäßig zum Tod auf dem Scheiterhaufen verurteilen.

»Mama!«

War das nicht die Stimme von Dietlinde? Mühsam hob die Staudingerin die Lider. In nebelhafter Ferne nahm sie eine kindliche Gestalt wahr, die von zwei Vermummten auf ein Gerüst gezerrt und an einen Pfahl gebunden wurde.

An einen Pfahl gebunden? Sie riss die Augen auf. Ja, es war Dietlinde, ihre Tochter, die von zwei Henkersknechten auf den zweiten Scheiterhaufen gestoßen und wie ihre Mutter an einen Pfahl gebunden wurde.

Wieso tun die das?, fragte sie sich. Hat der Inquisitor mir nicht versprochen, dass er meine Tochter verschont, wenn ich ein Geständnis ablege? Sie blickte zu Bonifatius von Ebenstatt hinüber, der auf einem Podest saß und murmelnd das Kreuzzeichen machte.

»Bitte!«, rief die Staudingerin mit der letzten Kraft. »Ihr habt mir versprochen, dass Ihr meine Tochter verschont!«

Mit unbewegter Miene versprengte der Inquisitor Weihwasser und schwenkte das Weihrauchgefäß in ihre Richtung. »Hexenmutter und Hexenkind«, erwiderte er. »Beide sollt ihr brennen!«

Viel zu spät begriff die Staudingerin, was geschehen war: Nach ihrem Geständnis hatte Bonifatius von Ebenstatt auch ihre zehnjährige Tochter unter der Folter gezwungen, sich als

Hexe zu bekennen. Damit hatte er die Erbin ausgeschaltet, die zwischen ihm und ihrem Vermögen stand.

»Du Satan, was hast du getan!«, versuchte die Staudingerin zu schreien, aber aus ihrer ausgetrockneten Kehle drang nur noch ein leises Krächzen. »Ich widerrufe mein Geständnis! Ich bin keine Hexe. Du hast mich unter der Folter gezwungen, eine falsche Aussage zu machen! Ich widerrufe!«

Der Inquisitor sah zu ihr herüber. Er schien kurz zu zögern, doch dann gab er den Knechten das Zeichen, die Scheiterhaufen anzuzünden.

»Ich widerrufe, du Satan! Ich widerrufe! Und ich verfluche dich für deine Taten!«, stieß die Staudingerin mit letzter Kraft hervor, doch die Flammen erstickten ihre Stimme.

XXXIV.

Die zweite Geburt im März 1511 war viel leichter gewesen als die erste, und nach drei Stunden heftiger Wehen hatte Katharina ihr Kind mit der Hilfe der Hebamme zur Welt gebracht. Doch es war kein Mädchen geworden, sondern ein Junge, den sie in der Burgkapelle auf den Namen Karl Martin Sebaldus Friedrich Konrad von Wildenstein hatten taufen lassen. Im Gegensatz zu der zart gebauten Sophia, die nach ihrer Mutter kam, hatte Karl wie sein Vater einen kräftigen Körper. Von seiner Mutter hatte er nur die dichten schwarzen Locken geerbt. Karl entwickelte sich zu einem aufgeweckten, neugierigen und unternehmungslustigen Knaben. Immer wieder machte sich der inzwischen Zweijährige heimlich davon. Oft wurde er erst nach langem Suchen in irgendeiner Ecke der Burg und einmal sogar schlafend in einem Gebüsch am Burgberg gefunden.

Jetzt saß er im Burghof an einem Tisch neben seiner Schwester, die geschickt und mit nimmermüder Geduld Holzklötzchen zu einem runden Turm aufschichtete. Doch statt es ihr nachzutun, ließ Karl Sophias Türme jedes Mal mit einem Jauchzen wieder einstürzen, indem er kräftig dagegenschlug.

Plötzlich hatte er genug. Er sprang auf und rannte über den Burghof. Sophia hastete hinter ihm her und konnte in gerade noch vor dem Burgtor fangen und zurück in den Hof führen. Doch kaum hatte sie seine Hand losgelassen, da lief er wieder los, diesmal in den Kräutergarten, den die sommerliche Abendsonne in ein rötliches Gold tauchte.

Wieder fing Sophia ihren lachenden Bruder. Sie nahm ihn bei der Hand und zeigte ihm die Kräuter. Einige gab sie ihm zum Probieren, aber Karl kaute nur wenig interessiert darauf herum, verzog das Gesicht und spuckte sie wieder aus. Andere verrieb sie auf seinem Arm. Den ganzen Sommer über hatte Sophia ihrer Mutter beim Pflanzen und Gießen der Kräuter, beim Sammeln und Trocknen von Blüten und Blättern und beim Anrühren von Cremes und Salben geholfen und wissbegierig nach Namen, Eigenart und Verwendung der einzelnen Pflanzen gefragt. Nun wollte sie ihr Wissen an ihren Bruder weitergeben, doch der rannte wieder davon, griff ein an einer Mauer lehnendes Holzschwert und hieb damit durch die Luft.

»Zack, zack, zack, da hast du's!«, rief er und hieb auf eine an einen Stecken gebundene Strohpuppe ein, die ihm Gotthelf zum Üben im Hof aufgestellt hatte.

»Gib's ihm, mein Sohn, gib's ihm!«, rief Thassilo, der nach dem Abendessen mit Katharina auf der erhöhten Terrasse saß und Bier trank, während seine Frau ein breites schwarzes Samtband mit roten, blauen und gelben Blüten bestickte.

Es war doch gut, dass es ein Junge geworden war und kein Mädchen, dachte Thassilo. Wenn Karl erwachsen war, würde er der Familie Schutz und Sicherheit bieten können, während er selbst für Kaiser und Reich auf fernen Schlachtfeldern kämpfte. In einem Monat würde er wieder gegen Venedig ziehen müssen. Von seinem Plan eines großen Kreuzzuges gegen die Türken war der Kaiser mangels Verbündeter abgerückt, aber auf die Verteidigung der Reichsgrenzen konnte er nicht verzichten. Doch selbst die Kämpfe gegen Venedig waren schwierig, da der überschuldete Kaiser den Landsknechten oft den Sold schuldig blieb, was zu Aufruhr, Fahnenflucht und Plünderungen führte. Zweimal schon hatte Thassilo ein blutiges Exemplum statuieren müssen, um eine Auflösung seines Heeres zu verhindern.

Doch auch er konnte die Plünderungen nicht verhindern, wenn der Nachschub einmal wieder ausblieb und die Landsknechte vor Hunger kampfunfähig zu werden drohten.

Thassilo seufzte. Auch in Franken war die Lage schwierig. Die Konflikte zwischen der Stadt Nürnberg und den Hohenzollern, allen voran der Markgraf, waren wieder aufgeflammt, und er selbst stand als Reichsritter zwischen den Kontrahenten. Das erforderte von ihm ein geschicktes Vorgehen, denn er musste Bonifatius' Versuche, den Markgrafen noch mehr gegen die verhassten Nürnberger aufzubringen, damit dieser eines Tages doch noch Krieg gegen die Reichsstadt führte, unbedingt abwehren. Gleichzeitig wusste der Inquisitor die wachsende Kritik an der Kirche so geschickt zu nutzen, dass sie seine Position nicht schwächte, sondern stärkte, indem er Kirchenkritiker als Ketzer anklagte und verurteilte. Als ein Wanderprediger mehrere Tage lang auf dem Marktplatz von Onoldsbach den vom Papst geförderten und florierenden Ablasshandel anprangerte, ließ der Inquisitor ihn kurzerhand verhaften. Nach drei Tagen intensiver Folter gestand der Prediger, nicht nur ein Ketzer zu sein, sondern auch ein arglistiger Zauberer und im Dienste Satans auf Seelenfang zu gehen. Daraufhin ließ Bonifatius ihn an eben jener Stelle auf dem Onoldsbacher Markt verbrennen, an dem der Mann wenige Tage zuvor noch gepredigt hatte. Durch solche Maßnahmen sicherte sich der Inquisitor als Verteidiger der Kirche die Unterstützung des Papstes und der Kleriker, denen die Einnahmen aus den Ablässen zuflossen.

Aber dabei ließ er es nicht bewenden. In jüngster Zeit verband er die Jagd auf die Ketzer mit Angriffen gegen die Humanisten. Ihre Forderung nach Toleranz und Gewissensfreiheit bezeichnete er als verkappte Ketzerei, weil sie das Unfehlbarkeitsdogma der Kirche infrage stelle. Und ihre Kritik an der Leibeigenschaft nannte er einen Angriff auf das Fundament der herrschenden, gottgewollten Ordnung. Dadurch fiel es ihm leicht, immer mehr Mitglieder des fränkischen Adels auf seine Seite zu ziehen.

Der Tod von Papst Julius II. im Februar änderte wenig an der Situation. Sein Nachfolger, Papst Leo X., ein gebildeter Medici, war zwar Humanist und kein Freund der Folter, aber er ließ die Inquisition angesichts der immer lauter werdenden Kritik an der Papstkirche gewähren und verweigerte sich wie sein Vorgänger jeglicher Reform.

Der Blick des Reichsritters streifte seine stickende Frau. Nur ungern ließ er sie und die Kinder allein auf der Burg zurück. Aber er wusste sie bei dem wackeren Gotthelf, auf dessen Treue er sich verlassen konnte, in sicheren Händen. Zudem hatte er ihm einen Trupp aus sechs fränkischen Landsknechten unterstellt, die, um sie an die Burg zu binden, ihre Familien hatten nachkommen lassen dürfen.

Katharina war durch die Geburt zweier Kinder nicht mehr in unmittelbarer Gefahr, denn ein wichtiges Indiz für die Beurteilung einer Frau als Hexe war damit hinfällig geworden. Auch nahmen die Kinder und die Notwendigkeit, während der langen Abwesenheit des Reichsritters allein die Ländereien zu verwalten, so viel Zeit in Anspruch, dass Katharina ihr heilerisches Wirken stark einschränken musste, vor allem im Spital von Nürnberg und im Armenspital von St. Marien. Dadurch trat sie seltener in Erscheinung, auch wenn sie weiterhin ihren Untertanen und anderen Hilfesuchenden, die sich direkt an sie wandten, medizinischen Beistand gewährte. Vielleicht war das der Grund, dass Bonifatius von ihr abzulassen begann. Zumindest hatte er seit der Geburt ihres zweiten Kindes nichts mehr von sich hören lassen. Und auf einem Fest des Markgrafen im Frühjahr, das Thassilo gemeinsam mit seiner Familie besucht hatte und auf dem auch Bonifatius zugegen gewesen war, hatte dieser den Gruß des Ehepaares sogar mit einem knappen Nicken erwidert.

»Magst du mir verraten, woran du denkst?«, fragte Katharina, die ihren Kopf von der Stickerei gehoben hatte und ihn ansah.

Thassilo zwang sich zu einem Lächeln. »Ich überlege gerade, wo das Fässchen mit dem herrlichen Rotwein geblieben ist, das ich aus Verona mitgebracht habe. Ich habe die Burg schon vergeblich danach abgesucht.«

Katharina musterte ihren Mann. Sie wusste, dass er ihr auswich. Aber sie wollte nicht weiter in ihn dringen, und so sagte sie leichthin:

»Da kannst du lange suchen. Ich habe es in den Hohlraum unter der Treppe zur Küche geschoben, damit wir es öffnen können, wenn uns danach ist.«

»Na, dann will ich es mal holen und mit dir auf diesen schönen Abend anstoßen.«

»Und vor allem wollen wir darauf anstoßen, dass der Grund für dein Grübeln im Licht dieses Abends zerstieben möge, Thassilo.«

Die Züge des Reichsritters wurden wieder ernst. »Das liegt allein in Gottes Hand«, erwiderte er und erhob sich.

XXXV.

Bonifatius ging mit geballten Fäusten in der Vorhalle des Ansbacher Schlosses auf und ab und sah, wie sich im Park hinter den Fenstern die Morgendämmerung auszubreiten begann. Seit dem gestrigen Abend wartete er schon darauf, bei Markgraf Friedrich vorgelassen zu werden, der ihm auf Bitten der Gräfin Abenberg endlich eine Audienz gewährt hatte. Doch wieder demütigte der Markgraf ihn, den Päpstlichen Inquisitor, indem er ihn endlos warten ließ, ohne dass ihm Speis und Trank angeboten wurden oder er zumindest eine Nachricht erhielt, wie lange er noch ausharren musste. Und das, obwohl er dem Markgrafen wieder und wieder reiche Geschenke hatte zukommen lassen.

Bonifatius sah zu dem Beutel hinab, der an seinem Gürtel hing. Er enthielt eine der begehrten kleinen Dosenuhren aus der Werkstatt des Nürnberger Schlossermeisters Peter Henlein. Der Inquisitor hatte sie als Geschenk für den Markgrafen mitgebracht. Der kunstvoll gefertigte Beutel, der die Uhr umhüllte, hing an einer goldenen Kette und bestand aus reich mit Perlen und Edelsteinen besticktem Brokat mit einem Lilienmuster in Rot und Gold.

Beim Betrachten des mit echten Goldfäden durchzogenen Stoffes musste Bonifatius an die Tuchhändlerin Maria Mühlhauser denken und daran, wie sie ihrer Strafe durch das gewaltsame Eingreifen der Nürnberger entgangen war. Sie war zwar inzwischen gestorben, aber ihre Zauberkräfte waren nicht durch die reinigenden Flammen des Scheiterhaufens zerstört worden, sondern bestanden fort. Das zeigten die Unruhen, die zum Zerwürfnis zwischen ihm und dem Markgrafen geführt hatten. Satansweiber!, dachte der Inquisitor und ballte die Fäuste noch fester zusammen. So rechtschaffen und fromm manche Frauen auch wirken mochten – sobald sie in ihrer Wankelmütigkeit Satan anheimgefallen waren und sich mit ihm verbündet hatten, besaßen sie eine teuflische Macht, die sie gegen ihn, den Verfechter des einen wahren Glaubens, richteten. Nur mit höchster Wachsamkeit und konsequenter Härte ließ sich diese Macht brechen.

Der Inquisitor blieb stehen und reckte sich, um gegen die Müdigkeit anzukämpfen, die ihn befiel. Am liebsten wäre er gegangen, um dem respektlosen Possenspiel des Markgrafen ein Ende zu bereiten. Aber er war darauf angewiesen, die Gunst und Unterstützung des Markgrafen wiederzugewinnen. Denn nachdem er es sich sowohl mit den Bischöfen von Bamberg, Würzburg und Eichstätt als auch mit Reichsritter Thassilo von Wildenstein und den Nürnbergern verdorben hatte, brauchte er dringend einen mächtigen Verbündeten. Daher blieb ihm nichts anderes übrig, als zu warten und auf die Gelegenheit zu einer Versöhnung zu hoffen.

Bonifatius schluckte. Seine Kehle war trocken, und die Lider wurden ihm schwer. Gähnend setzte er sich in einen grünen Brokatsessel, der in einer Ecke der Halle stand. Die vergangenen Monate, die er auf der Suche nach neuen Verbündeten mit Reisen, Besuchen, Vorträgen und Predigten verbracht hatte, begannen, ihren Tribut zu fordern. Er fühlte sich erschöpft und ausgelaugt. Dennoch musste er in zwei Wochen zum zweiten Mal in diesem Jahr die beschwerliche Reise nach Rom antreten, denn der Kontakt zu dem Medici Papst Leo X. gestaltete sich erheblich schwieriger als die Beziehung zu seinem aus einfacheren Verhältnissen stammenden Vorgänger Julius II. Zwar ließ Leo X. die Inquisition gewähren, aber er achtete ihren Nutzen für die Kirche gering und gab ihr nicht die erforderliche Unterstützung. Vor allem der Hexenverfolgung gegenüber zeigte er sich unschlüssig und skeptisch, und so hatte er den Päpstlichen Inquisitor nur mit dürftigen Mitteln zur weiteren Durchführung seines Amtes ausgestattet. Bonifatius konnte sich also weder Rast noch Ruhe gönnen.

Die leere Öde des Wartens verstärkte die bleierne Müdigkeit, die ihn nach unten zu ziehen schien. Also stand er wieder auf, reckte und streckte sich noch einmal und ging ein paar Schritte auf und ab, um nicht einzuschlafen. Aber ein plötzlicher Schwächeanfall zwang ihn, sich wieder zu setzen. Er schloss nur kurz die Augen, um tief durchzuatmen und so den Schwindel und das Brausen in seinen Ohren zu bekämpfen, aber sofort glitt er hinüber in eine warme Dunkelheit, die ihn tiefer und immer tiefer in sich einsaugte.

Schon bald wich die Wärme einem eisigen Wind, dessen Frostnadeln spitz und scharf in seine Haut drangen. Im nebligen Dunst eines frühen Wintermorgens sah er einen riesigen Holzstoß vor sich, zu dem ein breites Brett emporführte. Er riss die Augen auf und blickte nach oben. Über ihm stand eine Frau mit lockig wallendem, dunklem Haar. Sie war an einen Pfahl gebunden. Der Wind riss an ihrem Rock und hob ihn immer höher, bis ihre Schenkel entblößt waren. Das Gesicht der Frau senkte sich, und sie sah ihn an. Plötzlich stieß sie einen langen, gellenden Schrei aus.

Er fühlte sich magisch angezogen von diesem Schrei und von den entblößten Schenkeln. Der Wind spielte immer wilder mit ihrem Rock und hob ihn höher und höher, sodass Bonifatius schon fast ihren Schoß sehen konnte. Wie von unsichtbaren Seilen gezogen, ging er langsam das Brett hinauf, immer näher hin zu diesem Schoß. Dann sah er zu dem Gesicht hoch und erstarrte: Es war das Gesicht von Katharina von Velden! Kalt und verächtlich sah sie auf ihn herab. Ich werde dir deine Hoffart austreiben, bis du dich krümmst und auf dem Boden kriechst wie ein Wurm!, dachte er und öffnete seinen Hosenlatz. Doch als er in sie eindringen wollte, spürte er ein schmerzhaftes Stechen. Entsetzt sah er nach unten. Ihr Schoß hatte sich in einen Dornenkranz verwandelt, der sein Glied fest umschloss. Er wollte sich befreien, doch auf einmal wuchs der Dornenkranz und wurde zu einem Dornenmantel, der über seinen Körper kroch und ihn schließlich ganz umfing. Überall drangen die Stacheln tief in sein Fleisch ein.

»Du verfluchte Hexe!«, schrie er. Er wollte nach Katharinas Kehle greifen. Doch nun verwandelte sich ihr Gesicht in die von Abscheu erfüllten Züge seiner Mutter, die seinen Körper noch tiefer in die Dornen drückte. Dann zog sie den Pfahl aus dem Holzstoß und stieß ihn mit dröhnendem Echo lauter und immer lauter auf den Boden.

»Ihr Hexenweiber, brennen werdet ihr, brennen!«, schrie er und griff nach der Gestalt vor sich, aber die wich im Nebel vor ihm zurück. Er setzte ihr nach, um sie an der Kehle zu packen, doch die Gestalt war schneller als er, und so stolperte er ins Leere.

Die Nebel lichteten sich, und der Holzstoß verschwand. Zurück blieb ein reich ornamentierter Marmorboden. Auch die Gestalt vor ihm verwandelte sich und wurde zu einem livrierten Diener, der mit schreckensweitem Blick zurückwich.

Bonifatius starrte ihn an, und es dauerte einen Moment, bis er begriff, dass er sich noch immer im Ansbacher Schloss befand. Er strich sich die Kleidung glatt und ging, noch immer wutentbrannt, auf den Diener zu.

»Was glotzt er so?«, fuhr er ihn an. »Was will er?«

Der Diener ging noch einen Schritt zurück, räusperte sich und stieß mit dem kunstvoll verzierten Stab in seiner Hand dreimal auf den Boden.

»Seine Durchlaucht Markgraf Friedrich von Ansbach und Bayreuth sind nun bereit, seine Hochgeboren, den Päpstlichen Inquisitor Bonifatius Freiherr von Ebenstatt, zu empfangen.«

»Dann bring er mich endlich zum Markgrafen!«, befahl Bonifatius und trocknete sich die schweißnasse Stirn mit einem Schnupftuch.

XXXVI.

Katharina kniete über einem Salbeibeet, pflückte die würzigen Blätter und legte sie in einen flachen Korb. Es war noch früh am Morgen, und ein schwerer Nebel lag über dem Tal. Katharina richtete sich auf und sah nachdenklich über die Gartenmauer in die grau verhangene Ferne. Sie fürchtete sich vor den vielen Wochen, in denen sie wieder allein mit ihren Kindern auf der Burg würde leben müssen. Ihren Eltern wurde die weite Reise zur Burg immer beschwerlicher, ihre vier Schwestern wohnten noch weiter entfernt – Susanna hatte nach Frankfurt, Margit nach Braunschweig, Rosalinde nach Dresden und ihre nur zwei Jahre ältere Lieblingsschwester Hildegard nach dem fernen Lübeck geheiratet, und die einzige wahre Freundin, die sie in der Gegend gefunden hatte, Maria, war tot.

Doch war sie tatsächlich weniger allein, wenn Thassilo auf der Burg war? Der um sich greifende Hexenwahn und die Kriegserlebnisse, unter denen er litt, über die er aber nicht mit ihr sprechen wollte, hatten ihn langsam, aber merklich verändert. Nach außen hin wirkte er ruhig und ausgeglichen wie immer, aber er zog sich mehr und mehr in sich zurück und wich selbst ihr aus. Auch hatte er sie gebeten, ihre Heilkunst aufzugeben, um nicht wie andere Frauen in den Verdacht der Hexerei zu geraten.

Doch während sie bereit war, wie Thassilo vorsichtig aufzutreten und ihre wahren Gedanken und Gefühle für sich zu behalten, weigerte sie sich standhaft, Hilfesuchende wieder fortzuschicken. »Das wäre ein grober Verstoß gegen Christi

Gebot der Barmherzigkeit«, hatte sie erwidert. »Wenn Gott die heilenden Pflanzen wachsen lässt, dann tut er dies nicht ohne Absicht, sondern deshalb, weil wir sie zum Wohle seiner Geschöpfe anwenden sollen.«

Was sie Thassilo verschwieg, war, dass sie wieder begonnen hatte, gelegentlich die Bibliothek des Klosters St. Marien aufzusuchen, wo sie Heilkundebücher aus aller Welt studierte. Die Kinder ließ sie währenddessen auf der Burg in der Obhut ihrer Mägde, und ihren Wachen, die sie begleiteten, sagte sie, dass sie an den Bibelstunden der Nonnen teilnehme, wie es viele adelige Frauen aus der Umgebung taten.

Diese mangelnde Offenheit gegenüber Thassilo erstreckte sich auch auf ihr Denken und hatte natürlich auch Auswirkungen auf ihre Ehe. Zwar liebte Katharina Thassilo noch immer, aber das innige Zusammengehörigkeitsgefühl, das ihre körperliche auch zur seelischen Vereinigung hatte werden lassen, war abgekühlt. Wie ein Keil hatte sich eine unüberwindbare Fremdheit zwischen sie geschoben. Manchmal brach noch die alte Leidenschaft zwischen ihnen hervor, aber sie erlosch dann schnell wieder wie ein glühendes Stück Eisen, das man in Eiswasser wirft.

Andererseits respektierte Katharina Thassilo, und er respektierte sie. Katharina verstand inzwischen, dass es nicht Feigheit oder Kleinmut waren, die Thassilo zur Vorsicht trieben, sondern seine Sorge um die Sicherheit und das Leben seiner Familie. Bonifatius verschonte zwar noch die Klöster, aber er machte inzwischen auch vor den höheren Ständen nicht mehr Halt, und wenn die Beschuldigten unter der Folter erst einmal ein Geständnis ablegten – und das taten fast alle –, war auch ihre Familie nicht mehr sicher.

Wie würde ich selbst mich verhalten, wenn ich gedemütigt und gefoltert würde?, fragte sich Katharina und dachte an das, was ein entflohener Scherge von Bonifatius seinem neuen Dienstherrn Bischof Lorenz gestanden hatte: Oft wurden die vor Schmerz und Verzweiflung schon dem Wahnsinn nahen Angeklagten in ihren Zellen von den Folterknechten vergewaltigt, die dabei ihre Gesichter hinter Teufelsmasken verbargen. Und wenn sich die Frauen dann während der Verhöre über die Vergewaltigung beklagten, erwiderte Bonifatius, der Teufel selbst habe die Angeklagten heimgesucht, was ein weiterer Beweis für ihre schändliche Buhlschaft mit Satan sei.

Selbst die Benediktinerinnen im Kloster St. Marien waren vorsichtig geworden, seit sie eines Morgens an der Klostertür ein anonymes Pergament genagelt fanden, auf dem sie der Anwendung heidnischer Heilmethoden beschuldigt wurden. Umso dankbarer war Katharina, dass die Nonnen ihr weiterhin vertrauten. Sie genoss es, mit den belesenen Ordensfrauen über verschiedene Heilverfahren zu sprechen und sich von ihnen beim Übersetzen der alten hebräischen und arabischen Schriften helfen zu lassen. In der Klosterbibliothek durfte sie unter der Voraussetzung, dass sie Stillschweigen wahrte, auch die von der Kirche inzwischen verbotenen Schriften großer Heilerinnen und Heiler einsehen, deren Wissen sich auch aus vorchristlichen Quellen und Überlieferungen speiste. Und dabei war sie auf Texte gestoßen, die in der Tat geeignet waren, die starren Glaubensdogmen der Kirche aus den Angeln zu heben …

»Gott zum Gruße, meine Schöne!«

Katharina fuhr erschrocken herum. Hinter ihr stand Thassilo mit schmuckem rotem Barett, blauer Schaube, rotem Wams und gelb-blauen Beinkleidern zu roten Strümpfen.

»Ich wollte dich zum Bäckermarkt in Nürnberg entführen«, sagte er und überreichte ihr lächelnd eine Rose. »Felix und Ursula kommen auch. Ich habe gestern mit ihnen vereinbart, dass wir uns dort treffen.«

Noch in ihren düsteren Gedanken versunken, zwang sich Katharina zurückzulächeln. »Aha, du hast also schon über mich entschieden!«

»Selbstverständlich. Du weißt doch, dass es in der Bibel heißt: *Das Weib sei dem Manne untertan.* Und das gilt ganz besonders, wenn es um einen Ausflug zum Nürnberger Bäckermarkt geht.«

Diesmal musste Katharina aufrichtig lächeln. Noch immer liebte sie diesen Mann, der nicht die Schuld trug für diese von Angst, Misstrauen, Ränkespiel, Verrat und Grausamkeit erfüllte Zeit, unter der er genauso litt wie sie selbst. Sie musterte seine ungewohnt prächtige Kleidung. Wie schön, dass er sich ein wenig Eitelkeit bewahrt hatte!

»Gut, Thassilo, dann werde ich deinem Befehl folgen, wie es sich für eine gehorsame Hausfrau geziemt. Und wer passt auf die Kinder auf?«

»Ich habe Helga schon Bescheid gesagt. Zieh du dich um, ich warte hier auf dich.«

»Bis gleich, mein gestrenger Gemahl«, erwiderte Katharina und ging in die Burg.

XXXVII.

»Nun, von Ebenstatt, diesmal nicht in Bauerntracht?«, fragte Markgraf Friedrich spöttisch. Mit unverhohlenem Vergnügen beobachtete er, wie der Päpstliche Inquisitor um Fassung rang.

Bonifatius atmete tief durch, bevor er mit ruhiger Stimme erwiderte: »Durchlaucht, ich freue mich, Euch bei so guter Gesundheit und so wohlgelaunt anzutreffen.« Er verneigte sich und fuhr fort: »In der Hoffnung, das Meinige zu Eurem Wohlempfinden beizutragen, habe ich mir erlaubt, Euch eine amüsante Spielerei mitzubringen.« Er hakte den Brokatbeutel mit der kostbaren Dosenuhr von seinem Gürtel und überreichte ihn dem Markgrafen.

Wie erhofft, entspannten sich Friedrichs Gesichtszüge, als er nach dem Beutel griff und hineinsah. Erfreut zog er das kleine Meisterwerk in Form einer Sonne hervor und hielt es sich ans Ohr. »Da habt Ihr mir etwas Feines mitgebracht, von Ebenstatt«, sagte er anerkennend und stellte die Uhr auf ein Tischchen.

»Es ehrt und erfreut mich, dass meine kleine Aufmerksamkeit so gnädig von Euch aufgenommen wird, Durchlaucht«, erwiderte Bonifatius und verneigte sich noch einmal. »Hätten doch die Nürnberger nur halb so viel Verstand und Kenntnis von der Rechtslage, wie sie handwerkliches Geschick besitzen, dann würden sie wieder dem Kaiser geben, was des Kaisers ist, und Euer Durchlaucht, was Euer Durchlaucht ist.«

»Ja, die aufsässigen Nürnberger bereiten uns viel Verdruss.«

»Ihr seid mit Eurem Verdruss nicht allein, Durchlaucht.« Friedrichs Züge verfinsterten sich, und Bonifatius tastete sich weiter vor. »Es gibt Kreise, denen es lieb wäre, wenn man den Nürnbergern verdeutlichte, dass sie auf ein gutes Verhältnis zu den Trägern der herrschenden Ordnung angewiesen sind und dass sie das Ihre dazu beitragen müssen.«

Der Blick des Markgrafen wurde noch finsterer und abweisend. »Habt Ihr mich um eine Audienz ersucht, weil Ihr mich noch immer zu einer Strafaktion gegen die Nürnberger bewegen wollt?«, fragte er schließlich mit schroffer Stimme. »Dazu fehlen mir die Mittel. Zudem haben Seine Kaiserliche Majestät mit einem Schreiben eingegriffen und die Position der Nürnberger gestärkt.«

Bonifatius' Augen flackerten auf, aber er senkte den Blick, um seine Enttäuschung zu verbergen. Erst dann antwortete er: »Lektionen lassen sich auf vielerlei Weise erteilen.«

»Was meint Ihr damit?«

Bonifatius sah wieder hoch. »Nun, es gibt noch andere Möglichkeiten als ebenso heikle wie kostspielige militärische Strafaktionen.«

Das Gesicht des Markgrafen entspannte sich ein wenig. »Als da wären?«

»Indem den Nürnbergern beispielsweise jeglicher Schutz vor den Überfällen durch räuberische Ritter und vagabundierende Landsknechte verwehrt wird.«

»Ha! Glaubt Ihr etwa, ich würde die Nürnberger vor den Angriffen auf die Kaufmannszüge schützen? Im Gegenteil!«

Wieder senkte Bonifatius den Blick, diesmal, um seine Verachtung zu verbergen. Wie dumm von dem Markgrafen, ausgerechnet ihm gegenüber, den er durch sein rüdes Verhalten derart vor den Kopf gestoßen hatte, seinen Pakt mit den Raubrittern offen einzugestehen! Zwar wusste jeder von den heimlichen Beziehungen, die der Markgraf zu den Raubrittern unterhielt, etwa zu Götz von Berlichingen, über den im Vorjahr die Reichsacht verhängt worden war, oder zu Thomas von Absberg, dem »Schrecken Frankens«, der seinen Lösegeldforderungen gern dadurch Nachdruck verlieh, dass er die abgehackten Hände seiner Geiseln nach Nürnberg schickte. Mit seiner Weigerung, etwas gegen die Raubritter zu unternehmen, stand der Markgraf nicht allein. Viele namhafte fränkische Geschlechter wie die von Thüngen, Wirsberg, Aufseß oder Guttenberg ließen dem im Niedergang begriffenen ländlichen Rittertum freie Hand. Durch die Raubzüge gegen die »Nürnberger Pfeffersäcke« sicherte es sich nicht nur sein Überleben, sondern es rächte sich damit zugleich stellvertretend für die anderen Vertreter der alten Ordnung an den aufstrebenden, immer unabhängiger werdenden Handelsstädten und ihren Kaufleuten, die sich nicht nur dem Zugriff des Adels entzogen, sondern auch finanziell mit ihm gleichzogen und ihn sogar überflügelten.

Doch dem Treiben der Raubritter tatenlos und mit Wohlwollen zuzusehen war das eine. Aber es war eine ganz andere Sache, dass der Markgraf eingestand, darüber hinaus die Plündereien auch noch zu unterstützen und wahrscheinlich daran zu verdienen. Umso besser für mich, dachte Bonifatius und verzog den Mund zu einem maskenhaften Lächeln.

»Das ist eine der Möglichkeiten, die ich meinte, Euer Durchlaucht«, erwiderte er und wagte sich noch einen Schritt vor. »Ihr nehmt Euch nur, was Euch zusteht.« Er hielt inne und beobachtete den Markgrafen, der jedoch nicht reagierte. Bonifatius wartete kurz, dann fuhr er fort: »So wie sich die Kirche nur nimmt, was ihr zusteht.«

Wieder umwölkte sich das Gesicht des Markgrafen. »Was der Kirche zusteht, ist so klar nicht ersichtlich und stets mit den jeweiligen Landesherren auszuhandeln. Doch Ihr scheint zuweilen eben diese Landesherren aus dem Blick zu verlieren und in Eurem Übereifer zudem jedes Maß zu überschreiten.«

Eine glühend heiße Welle durchflutete den Inquisitor, als er diesen Tadel hörte und die Verachtung spürte, mit der Friedrich ihn strafte. Um Fassung ringend, ging Bonifatius zu einem der Fenster des prachtvollen Palastes und sah in den Hof. Mehrmals atmete er tief durch. Als er sich wieder umwandte, wirkten seine Züge undurchschaubar, und seine Stimme klang fest, als er weitersprach.

»Hoheit, als Mann der Kirche sind für mich die Bibel und die Befehle Seiner Heiligkeit des Papstes ausschlaggebend. Der Bibelsatz ›Gebt Gott, was Gottes ist, und dem Kaiser, was des Kaisers ist‹ bringt zum Ausdruck, dass eine Gleichwertigkeit zwischen den kirchlichen und den weltlichen Mächten besteht, und er verlangt die Wahrung der bestehenden Ordnung. Genau aus diesem Grund hat mich der Heilige Vater beauftragt, das Ketzertum und die Hexerei im Frankenland zu bekämpfen, denn beides gefährdet die bestehende Ordnung, die kirchliche wie die weltliche. Uns verbinden also ähnliche Interessen.«

»Schön und gut, aber jeder Einzelfall muss genau geprüft werden. Vergesst nicht die Rüge der Bischöfe wegen Eures Vorgehens.«

»Die Wahrung der bestehenden Ordnung ist immer auch eine Frage der Auslegung. Ob aber nun ausgerechnet ein Mann wie Lorenz von Bibra der rechte Maßstab für mein Handeln sein sollte, das wage ich zu bezweifeln.«

Dieser Hinweis auf den Würzburger Fürstbischof, mit dem der Markgraf seit Langem um die Vorherrschaft in Franken kämpfte, verfehlte seine Wirkung nicht. Dieser Kampf kostete den Markgrafen viel Geld, denn er brauchte dafür die Unterstützung der Reichsregierung, und die verlangte von ihm, dass er den Kaiser bei dessen kostspieligen Feldzügen unterstützte.

»Nun gut, das mag stimmen. Dennoch bleibt mein Eindruck bestehen, dass Ihr Euch von Eurem Übereifer hinreißen lasst und dabei die Interessen anderer vergesst.«

»Hoheit, ich will mich gern bemühen, künftig noch mehr als bisher die Interessen aller Beteiligten zu berücksichtigen. Dass ich dabei Eure Interessen besonders im Blick habe, mögen Euch meine kleinen Aufmerksamkeiten beweisen, die ich Euch stets …«

In diesem Augenblick öffnete sich die Tür, und Friedrichs Sohn Kasimir trat ein. Als er den Päpstlichen Inquisitor bei seinem Vater sah, hob er die Augenbrauen und fragte schroff:

»Was gibt es zwischen Euch und dem Päpstlichen Inquisitor noch zu besprechen, Vater? Verhandelt Ihr darüber, in welcher Weise er Euch Wiedergutmachung für die Schäden leisten kann, die er Euch zugefügt hat?«

Bonifatius nutzte den kurzen Moment, den Friedrich verstreichen ließ, ohne zu antworten, um selbst das Wort zu ergreifen. Denn das selbstsichere, bestimmende Auftreten Kasimirs machte ihm schlagartig klar, wer hier eigentlich das Sagen hatte. Er verneigte sich tief und sagte:

»Prinz, ich gestatte mir die Behauptung, dass das Gespräch, welches ich mit Seiner Durchlaucht gerade über die uns verbindenden Interessen führte, möglicherweise auch Eure Aufmerksamkeit finden könnte. Denn uns eint nicht nur die Gegnerschaft zu den Nürnbergern, sondern auch das Bemühen, die herrschende Ordnung zu erhalten und zu festigen, die sowohl durch Ketzer, Hexen und Zauberer als auch durch aufrührerische Bauern gefährdet wird.«

Kasimir musterte ihn kurz, dann entgegnete er: »Es mag sein, dass Wir ähnliche Abneigungen hegen wie Ihr, aber Wir haben schon genug damit zu tun, Unsere eigenen Schlachten und die Seiner Kaiserlichen Majestät zu schlagen, und Wir sind weder imstande noch bereit, zusätzlich fremde Fehden auszutragen.«

»Ob die Fehden so fremd sind, sei dahingestellt«, konterte Bonifatius, ohne sich weiter um Markgraf Friedrich zu kümmern. »Doch dass Ihr nicht auch noch die Schlachten schlagen könnt und wollt, mit deren Durchführung mich der Heilige Vater beauftragt hat, ist nur zu verständlich. Allerdings könnte es sinnvoll sein, wenn wir dem Gegner mit vereinten Kräften zusetzen würden. Das wäre wirkungsvoller und würde beide Seiten entlasten.«

Kasimir warf ihm einen geringschätzigen Blick zu. »Bei allem Respekt, von Ebenstatt, wie wollt Ihr Uns entlasten? Soweit ich das sehe, haben Wir bisher immer nur Euch entlastet und zum Dank dafür Schäden und Nachteile geerntet.«

Ohne eine Miene zu verziehen, erwiderte Bonifatius: »Prinz, Ihr solltet den Nutzen meiner Möglichkeiten als Päpstlicher Inquisitor für Euer Haus nicht unterschätzen, denn ebenso wie Ihr kämpfe ich für die Erhaltung der bestehenden Verhältnisse. Denkt nur an die Verfolgung und Vernichtung von ketzerischen Aufrührern oder Schaden bringenden Hexen, deren Vermögen an die Kirche geht, wovon ein nicht unerheblichen Teil an den Landesherren weitergegeben wird.« Der Inquisitor legte eine kurze Pause ein, um seine Worte auf Kasimir wirken zu lassen, dann fuhr er fort: »So habe ich es Seiner Durchlaucht gegenüber bisher gehalten, und das werde ich auch weiterhin tun. Sämtliche Kosten, die Euch durch die aufrührerischen Bauern entstanden sind, dürften dadurch gedeckt sein. Zudem wurden die Brandschatzungen der Unterriedbacher durch den großzügig von der Gräfin Abenberg übernommenen Wiederaufbau ausgeglichen. Euer durchlauchtigster Vater hat mir daher gnädiglich das Recht einzuräumen geruht, mich mit meinen Truppen dort wieder aufzuhalten.«

Kasimir warf seinem Vater einen überraschten Blick zu, was dieser mit einem kurzen Achselzucken beantwortete, und sah dann Bonifatius prüfend an. Der Inquisitor war gerissener und damit möglicherweise tatsächlich nützlicher, als er gedacht hatte. Sein Vater hatte ihm seinen Anteil an der Beute des Inquisitors verschwiegen und das Geld stillschweigend mit seinen Huren verprasst. Er überlegte kurz, dann warf er ein:

»Dieser Nutzen, von dem Ihr sprecht, ist aber nur dann auch wirklich ein Nutzen, wenn die entsprechenden Aktionen in Abstimmung mit Uns erfolgen.«

»Die Kirche muss frei bleiben in ihren Entscheidungen«, wehrte der Inquisitor ab, lenkte jedoch angesichts des scharfen Blickes, mit dem Kasimir diese Äußerung beantwortete, ein: »Aber ich habe Seiner Durchlaucht dem Markgrafen bereits zugesichert, dass ich künftig bei jedem meiner Schritte noch stärker als bisher die Interessen Eures Hauses in meine Überlegungen mit einbeziehen werde.«

Kasimir gefiel das selbstsichere Auftreten des Inquisitors, der offenbar wusste, was er wollte, und der bereit war, jedes nur erdenkliche Mittel einzusetzen, um seine Pläne in die Tat umzusetzen.

»Das setzt eine gewisse Anpassungsfähigkeit voraus, von Ebenstatt. Besitzt Ihr die?«

»Solange diese Anpassungsfähigkeit nicht zur Beliebigkeit wird und gegen die Interessen der heiligen Kirche verstößt, durchaus«, antwortete Bonifatius vorsichtig.

»Es freut mich, dass Ihr Euch derart gesprächsbereit zeigt, von Ebenstatt«, sagte Kasimir und wandte sich dem Markgrafen zu. »Vater, ist Eure Unterhaltung mit dem Päpstlichen Inquisitor beendet?« Als dieser nickte, wandte er sich wieder an Bonifatius: »Ich habe Wichtiges mit meinem Vater zu besprechen und muss Euch daher bitten, uns allein zu lassen. Aber …«, fügte er hinzu, als sich der Inquisitor mit finsterer Miene zum Gehen wandte, »wir sollten unser Gespräch bei Gelegenheit fortsetzen. Ihr habt Unser Interesse geweckt, von Ebenstatt.«

Das Gesicht des Inquisitors hellte sich auf, und er verneigte sich, zuerst vor dem Markgrafen, dann vor dem Prinzen.

»Wann immer es Euch beliebt, Durchlaucht.«

XXXVIII.

Wie viel?«, fragte Kasimir den Markgrafen, kaum dass sich die Tür hinter dem Inquisitor geschlossen hatte.

»Was wie viel?«

»Wie viel hat er Euch inzwischen gezahlt, Vater?«

»Warum willst du das wissen?«, fragte Friedrich unwillig.

»Weil die Antwort von entscheidender Bedeutung für uns ist.«

»Inwiefern?«

»Ganz einfach: Je mehr er uns zahlt, desto mehr Recht hat er auf eine bevorzugte Behandlung.«

»Aber du hast doch selbst gesagt, dass wir ihn nicht noch unterstützen sollten, weil uns die Folgen seines unberechenbaren Tuns, mit dem er Unruhe stiftet und die Bauern aufstachelt, teuer zu stehen kommen.«

»Damals war ich noch davon ausgegangen, dass Euch von Ebenstatt nur hie und da ein schönes Stück zukommen lässt. Wenn ich ihn jetzt aber richtig verstanden habe, sind seine Zuwendungen an Euch durchaus regelmäßiger Natur und größeren Umfangs«, entgegnete Kasimir und musterte das Gesicht seines Vaters.

Schon lange störten sich Kasimir und seine Brüder Georg und Albrecht an der Verschwendungssucht ihres Vaters. Denn Friedrich benötigte nicht nur viel Geld für die Feldzüge, die er notgedrungen für den Kaiser durchführte, um dessen Unterstützung gegen die Machtansprüche des Würzburger Fürstbischofs zu sichern, er leistete sich zudem eine prächtige Hofhaltung mit vielen Gespielinnen und den von ihm gezeugten Kindern, wodurch der Schuldenberg immer größer wurde. Kasimir, der die Feldzüge im Dienste des Kaisers oft anführte, und seine Brüder fürchteten allmählich um ihr Erbe. Hatte sein Vater etwa vom Päpstlichen Inquisitor regelmäßig hohe Zuwendungen erhalten und auch diese einfach verprasst? Kasimir wartete kurz, um seinen Zorn zu mäßigen, dann setzte er nach.

»Wie viel, Vater?«

Friedrich wandte sich ungehalten ab und ging zu einem langen Tisch, auf dem sich Papiere türmten, die darauf warteten, vom Markgrafen bearbeitet zu werden.

Aber Kasimir ließ nicht locker und fragte noch einmal:

»Wie viel, Vater?«

»Wie soll ich das wissen, Sohn«, antwortete der Markgraf abweisend. »Ich habe darüber nicht Buch geführt. Außerdem habe ich den Wert der Geschenke nicht schätzen lassen.«

»Es waren also nicht nur Geschenke, sondern auch Geld?«, hakte Kasimir nach.

»Nun ja, hier und da ein Säckchen mit ein paar Goldstücken.«

»Um beurteilen zu können, wie wir uns von Ebenstatt gegenüber künftig am besten verhalten, benötige ich genauere Auskünfte, Vater. Habt Ihr diese Gaben nur alle paar Monate erhalten oder öfter?«

»Etwas öfter war es schon«, räumte Friedrich ein.

»Und was ist mit den Goldstücken und den Geschenken geschehen?«

»Was fragst du, Sohn! Du weißt doch selbst, wie aufwendig all die Kriegszüge sind. Zudem habe ich einen großen Hof zu führen.«

»Ihr meint wohl einen prunkvollen Hof«, entfuhr es Kasimir bitter.

»Soll ich etwa einen Bettelhof führen? Schließlich bin ich Markgraf, und ich habe Repräsentationspflichten.«

»Zweifellos, Vater. Aber Eure Mittel sind nicht unbegrenzt.«

Friedrich drehte sich zu ihm um, und eine tiefe Röte schoss ihm ins Gesicht. »Untersteh dich!«, brüllte er. »Willst du mir etwa Vorschriften machen, wie ich meine Mittel einzusetzen habe? Noch regiere *ich*!«

Kasimir erwiderte mit ruhiger Stimme: »Ich wollte auf etwas ganz anderes hinaus, Vater. Nämlich dass wir, wenn Ihr regelmäßig hohe Summen oder kostbare Geschenke durch von Ebenstatt bekommt, unsere Haltung ihm gegenüber ändern müssen. Denn sonst könnte sich womöglich ein anderer Empfänger für seine Zuwendungen finden, der sich ihm gegenüber erkenntlicher zeigt.«

»Wer könnte es denn an Macht und Einfluss mit mir aufnehmen?«, entgegnete der Markgraf bissig.

»Nun, stellt Euch vor, es käme zu einer Aussöhnung zwischen von Ebenstatt und Lorenz von Bibra. Oder er würde sich mit der Ritterschaft verbünden und ihr beispielsweise Truppen für ihre Raubzüge zur Verfügung stellen. Wie ich erfahren habe, hat von Ebenstatt schon zu einigen von ihnen Beziehungen geknüpft.«

»Hm, vielleicht hast du recht, Sohn«, lenkte der Markgraf ein und begann, auf und ab zu gehen. Schließlich sagte er: »Also gut, von Ebenstatt lässt mir regelmäßig etwas zukommen. Und was schlägst du nun vor?«

»Ihr solltet, um von Ebenstatts Nützlichkeit genauer beurteilen zu können, Buch führen lassen über seine Zuwendungen. Außerdem sollten wir versuchen, Einfluss darauf zu nehmen, welche Personen er anklagt und welche nicht.«

»Gut, Kasimir, übernimm du das.«

»Gern, Vater. Ich werde zu erreichen versuchen, dass der Inquisitor sich künftig mit uns abstimmt, bevor er gegen Personen höheren Standes vorgeht. Allerdings müssen auch wir ihm dafür etwas bieten. Militärischen Schutz auf Burg Gutenstein zum Beispiel. Oder eine Vorzugsbehandlung seiner Gönnerin, der Gräfin Abenberg, die immerhin Burg Gutenstein wieder aufgebaut hat. Bittet sie gelegentlich bei Festen an Eure Tafel.«

»Ach Sohn, diese knochige, freudlose Betschwester mit dem verkniffenen Mund an meiner Tafel. Da vergeht mir und meinen Gästen jede Lust zum Feiern.«

Hoffentlich, dann wirst du weniger verprassen, dachte Kasimir, doch er sagte: »Dieses Opfer werdet Ihr wohl bringen müssen, Vater.«

Der Markgraf schüttelte seufzend den Kopf. »Warum hast du mich eigentlich aufgesucht? Du hast etwas Wichtiges mit mir zu besprechen?«

Kasimir nickte. »Seine Majestät Kaiser Maximilian ist auf dem Weg nach Augsburg. Offenbar ist er wieder einmal in Geldnot, denn er trifft sich dort mit Jakob Fugger, dem er Biberach abtritt. Anschließend will Seine Majestät nach Nürnberg reisen, um dort die Werkstatt von Meister Dürer aufzusuchen. Mit Eurer Zustimmung möchte ich dem Kaiser in Augsburg meine Aufwartung machen und ihn mit seinem Gefolge an unseren Hof einladen.«

»Wie gut du wieder über alles informiert bist«, sagte der Markgraf erstaunt. »Und ja, es wäre mir eine große Ehre, Seine Majestät den Kaiser bei mir zu Gast zu haben und ihm zu Ehren ein würdiges Fest auszurichten.«

Kasimir musterte seinen Vater mit einem ironischen Lächeln. »Das wäre dann in der Tat ein Fest, Vater, das einen großen Nutzen für uns hätte. Allerdings«, fügte er sogleich hinzu, »wird der Kaiser vermutlich aus Zeitgründen ablehnen. Aber dann kann ich ihn unter seinem Schutz nach Nürnberg begleiten und mich dort ein wenig umsehen und in Erfahrung bringen, was der Nürnberger Rat so alles plant.«

Jetzt lachte der Markgraf, trat zu Kasimir und klopfte ihm anerkennend auf die Schulter. »Ein gewitzter Plan, mein Sohn. Du bist wirklich ein kluger Stratege.«

»Dann werde ich mich also mit ein paar Männern auf den Weg nach Augsburg machen«, sagte Kasimir. »Allerdings brauche ich noch ein angemessenes Geschenk für den Kaiser.«

Seufzend nahm der Markgraf die Dosenuhr und gab sie seinem Sohn mitsamt dem prachtvollen Beutel, der noch daneben auf dem Tischchen lag.

»Nimm das hier, Sohn. Von Ebenstatt hat sie mir vorhin mitgebracht.«

Kasimir nahm das kleine Meisterwerk und betrachtete es von allen Seiten. »Oh, eine dieser neuen Uhren aus der Werkstatt von Peter Henlein«, sagte er anerkennend. »Da wird sich Seine kaiserliche Majestät bestimmt freuen.«

»Ja, das wird er wohl«, murmelte der Markgraf bedauernd.

XXXIX.

Als Katharina und Thassilo den Hauptmarkt erreichten, ging es auf Mittag zu. Auf dem vor einer Stunde eröffneten Bäckermarkt, dem jedes Jahr im August ausgerichteten Erntedankfest der Bäckergilde, herrschte ein lebhaftes Gedränge. Ausgelassen nutzten die Menschen die Gelegenheit, bis spät in die Nacht hinein nach Herzenslust schlemmend, trinkend, spielend und tanzend zu feiern. Auch die Armen konnten daran teilnehmen, weil die Bäcker große Teile ihrer Brote und ihres Gebäcks kostenlos an die Menge verteilten, und der Nürnberger Rat spendierte den Mittellosen Freibier dazu.

Katharina und Thassilo drängten sich durch die Menge. Sie waren gerade noch rechtzeitig zum Auftakt des Festes gekommen, den eine Parade der Bäcker um den Schönen Brunnen in der Mitte des Hauptmarktes herum bildete. Von dort zogen sie in die Frauenkirche, wo ihre kunstvoll geformten Brote gesegnet wurden. Die Brote wurden auf großen, von je zwei Bäckern getragenen Platten herumgezeigt und hatten die Gestalt bedeutender Nürnberger Gebäude, exotischer Tiere wie Affen, Löwen oder Elefanten, feuerspeiender Drachen, berühmter Persönlichkeiten aus Vergangenheit und Gegenwart und filigran geflochtener Körbe und sich kühn schlängelnder und windender Pflanzen. Der Teig bestand aus den einfallsreichsten Mischungen: Gurken-, Pflaumen-, Rosinen-, Lebkuchen-, Zucker-, Früchte- und Gewürzteig, dazu Möhren-, Salz-, Mohn-, Kürbis- und Apfelteig. Der Höhepunkt aber war ein riesiges Backwerk, das die Stadt Nürnberg mitsamt Stadtmauer, Gebäuden, Plätzen und Gassen in allen Einzelheiten nachbildete und das die Größe von sechs aufgebockten Tischlerplatten hatte. Es war ein Gemeinschaftswerk aller Nürnberger Bäcker. Jeder hatte ein Stück angefertigt, und diese einzelnen Teile waren anschließend zu einem Ganzen zusammengefügt und mit Eierteig kunstvoll verklebt worden. Zum Schluss war das Ganze noch mit Puderzucker bestäubt und mit Rosinen, Nüssen und getrockneten Früchten verziert worden. Bei Einbruch der Dämmerung, wenn das Fest allmählich zu Ende ging, würde das Backwerk in Stücke geschnitten und an die jubelnde Menge verteilt werden.

Staunend bewunderten Katharina und Thassilo die hohe Kunst der Bäcker. Plötzlich ertönte das Geläut eines Glöckchens, und die beiden sahen zu dem Uhrwerk über dem Hauptportal der Frauenkirche hoch. Ein Türchen hatte sich geöffnet, und ein Herold war erschienen, der den Mund öffnete, wie um eine Botschaft zu verkünden. In einem Fenster tauchte eine Figur auf, die einen Taktstab schwang, worauf zwei Posaunenbläser, ein Flötenspieler und ein Trommler auftraten, und es sah aus, als würden sie vor dem in der Mitte thronenden Kaiser eine Melodie zum Besten gaben. Ihnen folgten die sieben Kurfürsten mit den Reichskleinodien, die ihre Hermelinmützen vor dem Kaiser zogen, sich vor ihm verneigten und ihn dreimal umrundeten, woraufhin der Kaiser sie huldvoll mit seinem Zepter grüßte. Währenddessen schlugen zwei Männer in morgenländischer Tracht mit Hämmern auf eine Glocke ein, bis alle Figuren wieder hinter den Türchen und Fenstern verschwunden waren.

Katharinas Blick wanderte zur blau-goldenen Mondkugel über dem Ziffernblatt, welche die Mondphasen anzeigte. Obwohl es sich auch hierbei um einen Überrest heidnischen

Glaubens und eine Anspielung auf die griechische Mondgöttin Selene handelte, nach deren Himmelsbahnen sich die Bauern seit Jahrtausenden richteten, nahm niemand Anstoß daran. Die Freifrau lächelte, als sie an das Datum der Fertigstellung des von den Schlossermeistern Jörg Heuss und Sebastian Lindenast geschaffenen Uhrwerks dachte: 1509, das Geburtsjahr von Sophia. Der helle Klang der Glocken hatte sie damals dazu bewogen, Thassilo um neue, freundlicher klingende Glocken für die eigene Burgkapelle zu bitten.

»Komm, Katharina, lass uns zu den Kuchenständen gehen. Bestimmt werden wir Felix und Ursula dort finden. Außerdem habe auch ich Appetit auf etwas Süßes«, sagte Thassilo und zog sie hinter sich her. Nur mühsam konnten sie sich einen Weg durch die Menge bahnen, die sich um Feuerschlucker, Akrobaten, Musiker, Schausteller und Quacksalber drängte. Immer wieder wurden sie von Vettern, Basen, Nichten, Neffen, Onkeln, Tanten, befreundeten Patriziern und Mitgliedern des niederen und mittleren Adels und von Thassilos Kampfgefährten und deren Familien aufgehalten, oder sie blieben stehen, um von den feilgebotenen Leckereien zu kosten: von der Zuckerwatte, den glasierten Früchten, den Karamellstückchen und den süßen Pfannkuchen. Schließlich gelangten sie zu den Kuchenständen mit Rosinen- und Nussgebäck, Gewürz- und Lebkuchen, Kletzenbrot, Honigkuchen und Schmalznudeln.

»Ich platze gleich!«, rief Katharina lachend. »Mein armes Pferd wird unter meinem Gewicht zusammenbrechen, wenn wir nach Hause reiten.«

»Dann musst du zur Strafe zu Fuß gehen«, erwiderte Thassilo trocken. »Schließlich gehört Völlerei aus gutem Grund zu den Todsünden.«

»Dann machen sich alle, die an diesem Fest teilnehmen, der Todsünde schuldig«, erwiderte Katharina. »Aber da der Herrgott uns nun einmal als sündige Wesen erschaffen hat, wird er wahrscheinlich nicht so streng mit uns sein und heute ein Auge zudrücken.«

»Wie gut, dass ich ein starkes Schlachtross gewählt habe, das mein Gewicht auch noch nach fünfzig Keksen, Küchlein und Kuchen zu tragen vermag«, hörten sie eine vertraute Stimme hinter sich.

Es war Felix, der seine Ursula von Sternberg hinter sich her zog. Er hatte sie nach langem Zögern vor einem Jahr geheiratet, und ihr mächtig vorgewölbter Bauch verriet, dass sie guter Hoffnung war.

Die vier blieben bis zum Schluss auf dem Fest, das mit einer Kerzenprozession endete. Dabei bekam jeder eine in ein Stück Brot gesteckte Kerze in die Hand gedrückt, und dann umrundete die Menge singend Nürnberg, indem sie an der Stadtmauer entlang und schließlich zurück auf den Hauptmarkt zog.

Katharina genoss diesen unbeschwerten, ausgelassenen Tag sehr, und auch Thassilo wirkte zum ersten Mal seit langer Zeit entspannt und fröhlich. Doch während sie sich der Prozession anschlossen und zum Abschluss mit den anderen ein Erntedanklied sangen, tauchten vor Katharinas innerem Auge immer wieder die schemenhaften Züge von Marias schmerzverzerrtem Gesicht auf, und sie glaubte finstere Verliese zu sehen und die gellenden Schreie von Gefolterten zu hören. Mit aller Kraft versuchte sie, diese Bilder wegzuschieben, aber es gelang ihr nicht, sie ganz zu verdrängen, und so legte sich ein dunkler Schatten auf ihre Fröhlichkeit und ließ sie erlöschen. Die Freifrau musterte die strahlenden Gesichter der Umstehenden und fragte sich, ob sie die Einzige war, die daran denken musste, was sich außerhalb der Stadtmauern überall im Lande abspielte. Sie warf Thassilo verstohlen einen Blick zu. Aber der war ganz in seinen Gesang vertieft, genauso wie Ursula und Felix. Katharina hätte viel dafür gegeben, wieder einzutauchen in dieses heitere Vergessen. Aber sie konnte es nicht, und so empfand sie eine traurige Einsamkeit inmitten der ausgelassenen Menge.

XL.

Seit Tagen regnete es, und ein feuchter, kühler Wind fegte um das Gemäuer des Nürnberger Spitals und durch die Ritzen, Spalten und Fugen der Türen und Fenster. Katharina beugte sich über eine magere junge Frau, die vom Ignis sacer, dem Antoniusfeuer, heimgesucht war und sich mit schmerzverzerrtem Gesicht auf dem Lager wand. Ihre Haut war an Armen und Beinen feuerrot; an manchen Stellen begann sie schon blauschwarz zu werden. Es würde nicht mehr lange dauern, bis ihre Gliedmaßen brandig wurden und schließlich abfielen.

Ein tiefes Mitgefühl durchströmte Katharina. Sie schloss die Augen und atmete mehrmals langsam und tief durch die Nase ein und wieder aus. Dann öffnete sie die Augen wieder und legte der zuckenden Frau beruhigend die Hand auf die schweißnasse Stirn. Nachdem sie ihre Hand wieder gehoben hatte, musterte sie die dicken Unterlagen, die der Frau von den Pflegerinnen unter den Unterleib geschoben worden waren, um das Blut aufzufangen, das aus ihrem Schoß sickerte.

Katharina warf Menachem Baruch, der neben ihr stand und beurteilen sollte, ob der Kranken die brandigen Glieder amputiert werden mussten, einen vielsagenden Blick zu. Dann schaute sie wieder die Frau an.

»Wann ist dir die Frucht abgegangen?«

Die Frau sah sie mit aufgerissenen Augen an, sagte aber nichts.

»Wie ist dein Name?«

»Ruth. Berner-Ruth, Euer Gnaden«.

»Ich heiße Katharina von Velden, und das ist Physikus Baruch. Wir sind hier, um dir zu helfen, Ruth. Aber das können wir nur, wenn du uns alles erzählst. Alles. Du hast nichts zu befürchten von uns. Wir werden über alles, was du uns anvertraust, schweigen.« Sie sah zu Baruch auf. »Nicht wahr, Physikus Baruch.«

Der nickte. »Das versprechen wir.«

Katharina wandte sich wieder der Frau zu. »Wann hattest du die Fehlgeburt?«

»Heute Morgen«, erwiderte sie und senkte den Blick.

»Ist alles herausgekommen?«

Sie nickte.

»Wieso bist du dir da so sicher? Hast du es untersucht?«

»Das hat die Hebamme getan.«

»Es war keine Hebamme, sondern eine Engelmacherin, nicht wahr?«

Die Frau schwieg.

»Wir werden dich für dein Tun weder richten noch bestrafen, Ruth. Wir wollen dir helfen. Du brauchst uns keinen Namen zu nennen, aber wir müssen wissen, was sie dir gegeben hat, weil wir nur dann ein Gegenmittel finden können. Also: Du warst bei einer Engelmacherin und hast von ihr ein Mittel bekommen, ja?«

Es dauerte lange, bis die Frau schließlich gestand, dass sie vier Tage lang ein Pulver aus Hahnensporn oder Mutterkorn eingenommen hatte, bis ihr so elend davon geworden war, dass sie es nicht mehr nehmen konnte und wieder zur Engelmacherin gegangen war, die dann eine Abtreibung vorgenommen hatte. Auf dem Heimweg war sie zusammengebrochen und ins Spital gebracht worden.

»Da hast du Glück gehabt, dass man dich hergebracht hat, Ruth«, sagte Katharina. »Die Engelmacherin hat dir Mutterkorn gegeben, aber sie hat anscheinend nicht gewusst, wie man es verarbeitet. Wenn man einfach nur zerstoßenes Mutterkorn zu sich nimmt, wird der Körper vergiftet, und man bekommt das Antoniusfeuer, das den Körper von innen zerfrisst.«

Die Frau starrte sie entsetzt an. »Das Antoniusfeuer! O Gott, meine Kinder! Werde ich jetzt sterben?«

»Wir werden versuchen, dir zu helfen, Ruth, aber wir können dir nichts versprechen. Wir werden dir jetzt etwas geben, das die Blutung stillt und das Gift aus dir heraustreibt.« Katharina zog zwei braune Steinguttiegel und ein Fläschchen aus ihrer Tasche hervor und sagte, an Baruch gewandt: »Mit Eurem Einverständnis: Hirtentäschel, um den Blutfluss zu stoppen, dazu Heilerde und Flohsamenschalen zum Entgiften.«

Der Physikus, der inzwischen die Arme und Beine der Kranken begutachtet hatte, nickte und zog auch einen Tiegel aus seiner Tasche. »Wir versuchen erst einmal, eine Amputation zu vermeiden. Ich empfehle, die Behandlung durch Okoubakapulver zu ergänzen.«

»Was ist das?«, fragte Katharina.

»Das ist die Rinde des Okoubakabaumes aus dem fernen Afrika. Sie wird von den Eingeborenen seit Jahrhunderten mit guter Wirkung zum Entgiften benutzt.«

»Interessant. Darf ich daran riechen und ein wenig davon schmecken?«

Baruch reichte ihr den geöffneten Tiegel. »Natürlich, gern.«

Katharina roch an dem Pulver, schüttete sich ein paar Krumen auf den Handrücken und kostete davon. »Vermutlich sollten wir es der Kranken erst einige Zeit nach der Heilerde und den Flohsamenschalen geben?«

»Ganz genau, werte Kollegin.« Der Physikus lächelte.

Katharina gab der Pflegerin, die hinter ihnen stand, ein Zeichen, dass sie die Anweisungen umsetzen sollte. Dann stand sie auf. »Später bekommst du noch einen reinigenden Kräutertrunk«, sagte sie und drehte sich um.

»Bitte!«, rief die Frau, und ihr ängstlicher Blick flackerte zwischen Katharina und dem Physikus hin und her. »Und meine Kinder? Werden sie jetzt auch krank?«

»Nein, sei unbesorgt«, antwortete Baruch. »Das Antoniusfeuer ist anders als die Ruhr oder die Lepra keine Seuche, wie viele Menschen behaupten, sondern eine Vergiftung des Körpers durch das Mutterkorn. Es steckt also nicht an. Andere haben nichts zu befürchten von dir.«

Die Frau seufzte erleichtert auf, und Katharina und der Physikus verließen das Zimmer.

Die beiden setzten sich an einen Tisch in einer Nische der Vorhalle. Eine Küchenmagd hatte Tee aus Veilchen-, Rosen- und Holunderblüten zubereitet und ihnen Nussgebäck dazugestellt. Der zarte, leichte Duft des blumigen Tees und das schwere, vollmundige Aroma des frisch gebackenen Gebäcks zogen durch die Nische, die zwischen zwei unverputzten Pfeilern aus roten Ziegeln lag und mit einer strahlend weißen Kalkfarbe gestrichen war.

Baruch beugte sich vor, roch an dem Gebäck, nahm sich eine der handtellergroßen Scheiben und biss hinein. »Sehr gut«, sagte er mit vollem Mund, »das müsst Ihr unbedingt probieren.«

Katharina nickte und tat es ihm gleich. Dann trank sie von dem Tee. In der Zwischenzeit hatte Baruch schon vier Nussscheiben verschlungen.

»Ich hatte heute nur ein mageres Frühstück aus Dinkelbrei und Apfel«, sagte er entschuldigend.

»Nur zu«, erwiderte Katharina lachend und schob ihm den Korb mit den Kuchen hin. »Ihr könnt ruhig alle essen, mir reicht ein Stück.« Sie strich ihr langes Haar, das sich aus dem Knoten gelöst hatte, zurück, steckte es mit einer schlichten Holzspange wieder zusammen und schob es unter eine leichte, schlichte Spitzenhaube. Dann reckte sie sich und schenkte dem Physikus und sich eine zweite Tasse Tee ein.

Der hatte inzwischen alle Kuchen gegessen und wischte sich die Krümel aus dem Bart. Er lehnte sich zufrieden zurück, schlug die Beine übereinander und sah Katharina unter seinen dichten Brauen unter dem langen, spitzen Hut an. »Ich habe Euch hier im Spital schon lange nicht mehr gesehen, werte Freifrau. Wie ich hörte, seid Ihr sehr beschäftigt.«

»Das stimmt.« Katharina nickte und musterte den Physikus. Schließlich fuhr sie zögernd fort: »Der Reichsritter ist oft unterwegs, um im Heer Seiner Majestät des Kaisers zu dienen, und in diesen Zeiten muss ich ihn vertreten und die Ländereien verwalten. Außerdem will ich die Erziehung meiner Kinder nicht einer Amme überlassen.«

Hatte Baruch Katharinas Zögern bemerkt? Er süßte seinen Tee mit einem Löffel Honig, rührte um und trank schlürfend einen Schluck, dann antwortete er: »Da habt Ihr in der Tat viele wichtige Dinge zu tun.« Er beugte sich ein wenig vor. »Aber das Interesse an der Medizin scheint Ihr nicht gänzlich verloren zu haben?«

Katharina senkte den Blick und griff zum Teebecher. Lange starrte sie schweigend vor sich hin. Dann hob sie den Kopf, richtete die Augen auf die gegenüberliegende Wand und sagte seufzend:

»Mein Gatte hat mir berichtet, dass von Ebenstatt für seine Hetzreden gegen die heilkundigen Frauen an den Universitäten viel Beifall erhalten hat.«

»Das kann ich mir lebhaft vorstellen. Bisher lag die Heilkunst vorwiegend in den Händen der Frauen, und ihr Wissen über die Heilkraft der Pflanzen, Erden und Steine verlieh ihnen Ansehen und Macht. Dieses Ansehen und diese Macht beanspruchen die neuen Medizinmänner nun für sich. Um das zu erreichen, müssen sie die Frauen herabsetzen und aus der Medizin vertreiben. Die Hexenjagd des Päpstlichen Inquisitors kommt ihnen da gerade recht.«

»Wobei ich das Wettern gegen die Engelmacherinnen nachvollziehen kann«, räumte Katharina ein. »Schwangeren nicht aufbereitetes Mutterkorn zu verabreichen! Einfach unglaublich.«

»Ohne Frage. Aber diese verantwortungslosen Weiber kann man Kurpfuscherinnen und von mir aus auch Verbrecherinnen nennen und sie für ihr böses Tun hart bestrafen. Doch Hexen sind sie nicht. Nur geldgierige und vielleicht auch unwissende Weiber.«

»Verhütung wäre zweifellos besser als Abtreibung. Doch seit die Kirche die Kräuterkunde in die Nähe der Hexerei rückt, die Verhütung als Sünde bezeichnet und den Paaren als einzigen Ausweg Enthaltsamkeit verordnet, ist das einst weit verbreitete Wissen über die Verhütungsmöglichkeiten geschwunden. Leider kann ich, wenn ich mich und meine Familie nicht gefährden will, das alte Wissen nicht mehr an die Frauen weitergeben.«

»Ihr sprecht ungewöhnlich offen, Freifrau.«

»Ich vertraue Euch.«

»Das könnt Ihr auch. Außerdem teile ich Eure Sichtweise. Und ich verstehe Eure Befürchtungen sehr gut, denn ich weiß, was es heißt, Anfeindungen ausgesetzt zu sein und immer in Unsicherheit zu leben. Ich weiß nicht, ob es Euch bekannt ist, dass ich im Jahr 1496 zusammen mit meiner Familie Wiener Neustadt verlassen musste, nachdem Seine Majestät der Kaiser die Vertreibung aller Juden aus der Stadt verfügte und ihnen ›auf ewige Zeit‹ verbot, sich dort wieder niederzulassen. Ich war damals noch ein junger Mann, der gerade eine Familie gegründet hatte. Unsere Kinder waren ein und zwei Jahre alt. Unglücklicherweise beschlossen wir, nach Nürnberg zu ziehen, weil wir hier wohlhabende Verwandte hatten, die Familie eines Onkels von mir. Die nahmen uns auch bereitwillig auf, und ich fand eine Anstellung hier am Nürnberger Spital, das händeringend einen Knochenchirurgen suchte. Doch schon zwei Jahre später, an Allerheiligen 1498, erließ, wie Ihr Euch sicher erinnert, Seine Majestät auch für Nürnberg ein Verbannungsdekret, das allen Juden den sofortigen Auszug aus der Stadt befahl und ihre gesamte unbewegliche Habe in das Eigentum der Stadt übergehen ließ. Dafür bekam Kaiser Maximilian vom Rat der Stadt achttausend Gulden, sodass er seinen Schweizerkrieg führen konnte. Auf ihre eindringlichen Bitten hin wurde den Juden ein Aufschub bis Mitfasten 1499 gewährt. Es war eine Zeit schlimmster Feindseligkeiten und Verleumdungen. Diese Vorurteile gegen uns Juden bestehen bis heute.«

Katharina sah den Chirurgen mitfühlend an. »Ich erinnere mich nur ungenau daran, lieber Baruch. Ich war ein Kind, als das geschah. Aber ich weiß noch, dass mein Vater sagte, Nürnberg schneide sich mit der Vertreibung der Juden ins eigene Fleisch, da es als Handelsstadt auf die weit reichenden Verbindungen der Juden in alle Herren Länder angewiesen sei.«

»So wie sich die Menschen mit der Verfolgung und Vernichtung der heilkundigen Frauen ins eigene Fleisch schneiden, da sie auf deren Wissen angewiesen sind«, erwiderte Baruch und lächelte traurig. »Ich wollte Euch mit meiner Geschichte nur zeigen, dass ich dieses Gefühl der Verunsicherung aus eigener Erfahrung kenne.«

»Und warum seid Ihr hiergeblieben?«

Er zuckte mit den Schultern und lehnte sich zurück. »Verfolgt werden wir überall. Aber hier hat man uns wenigstens nicht totgeschlagen. Es gab sogar Nürnberger, die uns großzügig geholfen haben. Ein Kaufmann tauschte das Haus meines Onkels gegen sein Haus vor den Toren von Fürth, wo wir noch immer wohnen. Und ich habe eine Sondergenehmigung bekommen, mit der ich die Stadt betreten kann, ohne ein Entgelt zu entrichten, und die Arbeit im Spital fortsetzen darf. Zuweilen ernte ich zwar böse Blicke, wenn ich mit meinem Judenhut durch die Straßen gehe, aber da niemand auf meine Arbeit als Knochenchirurg verzichten will, lässt man mich in Ruhe.«

»Habt Ihr Angst?«

»Manchmal. Aber ich versuche, sie so weit wie möglich zu verdrängen, denn sie hilft mir nicht weiter. Sie macht mich unsicher, und wenn jemand unsicher wirkt, ist er ein beliebtes Ziel der Menge.«

Katharina sah lange schweigend vor sich hin. Schließlich fragte sie: »Habt Ihr noch Vertrauen in die Menschen?«

»Man muss unterscheiden lernen, indem man genau beobachtet, was der einzelne Mensch tut, und nicht, was er sagt. Es gibt viele kleine Anzeichen von Zuneigung, aber auch von Ablehnung. Auf die muss man achten, denn sie verraten die wahre Gesinnung der Menschen, anders als ihre Worte. Und man muss stets bedenken, wo die Interessen des Einzelnen liegen und worauf er Rücksicht nehmen muss.«

Die Freifrau nickte. »Ja, ich achte noch immer viel zu sehr auf das, was die Menschen sagen, und beurteile sie nach ihren Worten. Ich habe es nicht gelernt, mit Tücke und Hinterlist umzugehen.«

Baruchs Blick wurde eindringlich. »Dann übt Euch darin, Eure Sicht zu erweitern. Das kann Euch vielleicht irgendwann einmal das Leben retten.«

Katharina seufzte. Dann nickte sie langsam. »Das werde ich. Danke für Euren Rat.«

XLI.

Er spürte einen stechenden Schmerz hinter den Schläfen, der durch das laute Rumpeln und Rütteln der Kutsche immer unerträglicher wurde. Sein Magen begann zu rebellieren. Mit seinem Stock klopfte der Päpstliche Inquisitor mehrmals an die Wand der Kutsche, bis der Kutscher ihn hörte und die Pferde zum Stehen brachte. Bonifatius stieg mit letzter Kraft aus, wankte zum nächsten Baum und erbrach sich unter heftigen Krämpfen. Dann setzte er sich in den Schatten eines Olivenbaumes und schloss die Augen.

Wie angenehm still es plötzlich war! Er atmete tief durch und ließ sich die warme Luft über das Gesicht streichen. Das unerträgliche Stechen in seinem Kopf ließ nach, und sein Magen begann sich zu beruhigen. Er öffnete die Augen wieder und sah zum blauen Himmel hinauf. Ein herrlicher Tag zum Reisen, und die heutige Wegstrecke war fast geschafft. Es waren nur noch etwa eineinhalb Stunden bis nach Bologna. Sobald sie die andere Seite des Hügels erreicht hatten, würde sich ihm ein weiter Blick auf die am Fuße des Apennin liegende Stadt eröffnen. Dort würde er seine Reise nach Rom für eine Woche unterbrechen, um an der Universität Vorträge zu halten und in der Basilica San Petronio zwei Messen zu lesen.

Der Inquisitor liebte dieses Gotteshaus, auf dessen blutroten, im Sündenpfuhl des Hier und Jetzt wurzelnden Säulen sich das zum Licht aufstrebende Dach der Basilika in den Himmel erhob und den Gläubigen die Erlösung von ihren Sünden versprach. Ihn beeindruckte der gewaltige Klang der 1475 von Lorenzo di Giacomo gebauten Orgel, die das Gericht Gottes über die Menschen verkündete. Und dann erst die vor rund einem Jahrhundert von Giovanni da Modena in Anlehnung an Dantes *Commedia* erschaffene Darstellung des Weltgerichts! Sie zeigte beispielsweise, wie im Höllenkreis ein Teufel dem Glaubensspalter Mohammed den Körper aufschlitzte. Genau so musste mit allen Glaubensspaltern und Abtrünnigen verfahren werden, und er, der Päpstliche Inquisitor, würde als rechtgläubiges Instrument Gottes dafür sorgen, dass dieser heilige Auftrag erfüllt wurde! Er würde die sündigen Seelen retten, damit sie, gereinigt und geläutert, aufsteigen konnten in die lichtdurchfluteten Gefilde des Himmels, um einzutreten in die ewige Seeligkeit des Paradieses.

Ein Quell der Kraft bildete für ihn auch die älteste Kirche von Bologna, die Basilica di Santo Stefano mit den wegen ihrer Schlichtheit beeindruckenden Kreuzgängen. Sie gehörte zu dem in der Mitte der Stadt liegenden Kloster, in dem er während seines Aufenthaltes wohnen würde. Hier würde er auch mehrere Vertreter der Artes liberales von Bologna treffen, um mit ihnen über den Aufbau einer theologischen Fakultät zu sprechen. Dass in Bologna, das 1506 von päpstlichen Truppen erobert worden war und seither zum Kirchenstaat gehörte, neben den vorhandenen Fakultäten der Musik, Mathematik, Physik, Astronomie, Rhetorik, Grammatik, Dialektik, Philosophie und Medizin endlich auch eine theologische Fakultät geschaffen wurde, schien ihm dringend geboten, zumal er dadurch neue rechtgläubige Mitstreiter zur Rettung verirrter Seelen finden konnte.

Um dieses Ziel zu erreichen, würde der Päpstliche Inquisitor in drei mehrstündigen Vorlesungen an der Universität von Bologna erläutern, welche theologischen Lehrinhalte vermittelt werden sollten und warum der Theologie als Königin aller

Wissenschaften eine leitende Funktion für die anderen Disziplinen zukam. Hierzu hatte er zwanzig einflussreiche und vermögende Persönlichkeiten eingeladen, die er als Mäzene der zu gründenden Fakultät gewinnen wollte. Jedem von ihnen hatte er zuvor einen langen Brief geschrieben, in dem er versichert hatte, dass die Kirche all jenen gewogen sein werde, die ihm, dem Päpstlichen Inquisitor, bei dieser Neugründung behilflich wären. Er hoffte, mit ersten Ergebnissen nach Rom zu reisen, um sie Papst Leo X. als Wegweiser für das neue, das kirchliche Bologna vorstellen zu können.

Der Päpstliche Inquisitor erhob sich und ging zurück zu seiner schwarzen Kutsche, auf deren Türen ein rotes Kreuz prangte. Am liebsten wäre er im Schatten sitzen geblieben, statt wieder in die ruckelnde, ratternde Kutsche zu steigen. Aber die Pflicht rief, und es gab noch unendlich viel zu tun.

XLII.

Blass und ausgemergelt lag die Berner-Ruth in ihrem Spitalbett. Ihre helle, mit Sommersprossen übersäte Haut wirkte durchscheinend und schon leicht bläulich, und auf ihrer schweißnassen Stirn klebten Strähnen ihres roten Haares. Sie litt noch immer unter großen Schmerzen, aber die Opiumtropfen, die sie in regelmäßigen Abständen bekam, verschafften ihr ein wenig Linderung, sodass sie zwischendurch immer wieder Schlaf finden konnte. Das und die stärkenden Suppen aus Kräutern, Getreide und frischem Gemüse taten ihr gut. Und als die Tür aufging und Katharina zusammen mit Menachem Baruch und den Pflegerinnen Gertrud und Maria zur morgendlichen Visite in das Krankenzimmer kamen, in dem die Berner-Ruth mit neun anderen Frauen lag, gelang ihr ein erstes schwaches Lächeln.

»Guten Morgen, Ruth. Geht es besser?«, fragte Baruch und trat an ihr Bett.

»Ein wenig«, antwortete sie und zeigte ihm ihre Arme. »Die Haut ist nicht mehr so schwarz. Nur mein kleiner Finger ist noch dunkler geworden, und ich kann ihn nicht mehr bewegen.«

»Das sehen wir uns gleich einmal genauer an«, sagte Baruch.

Die Pflegerinnen nahmen die Decke weg und entblößten die Arme und Beine der Kranken. Der Physikus winkte Katharina zu sich. Die schwarze Färbung war tatsächlich teilweise zurückgegangen, und an manchen Stellen hatte sich neue rosafarbene Haut gebildet. Doch drei Zehen und der kleine Finger der Frau waren kohlrabenschwarz geworden. Baruch betastete die Glieder, untersuchte den Körper und den Kopf der Frau, prüfte die Augen, sah ihr in den Rachen und bedeutete den Pflegerinnen, die Kranke wieder zuzudecken. Dann murmelte er Katharina ein »Amputabo« zu und räusperte sich. Die Frau sah angstvoll zwischen den beiden hin und her.

»Sehr schön, Ruth«, sagte Baruch beruhigend, »du bist jetzt auf dem Weg der Besserung. Wir werden wohl amputieren müssen, aber nicht, wie wir anfangs befürchtet haben, Arme und Beine, sondern nur ein paar Zehen und den einen Finger. Vielleicht auch noch zwei Fingerglieder.« Als er die fragend erhobene Brauen der Frau bemerkte, fügte er hinzu: »Keine Angst, du wirst nichts spüren. Wir werden dir zuvor ein Mittel verabreichen, das dich betäubt. Wenn wir sie nicht abnehmen, besteht die Gefahr, dass die Fäulnis auf den ganzen Körper übergreift. Darum müssen wir das noch heute machen.«

Die Gesichtszüge der Kranken entspannten sich. »Danke, Euer Ehren, danke, edle Frau. Ich weiß, dass ich Euch mein Leben verdanke. Doch leider besitze ich nichts, womit ich Euch meine Dankbarkeit zeigen könnte. Aber wenn ich wieder auf den Beinen bin, kann ich für Euch arbeiten.«

»Mach dir darüber keine Gedanken, Ruth«, schaltete sich Katharina ein. »Wenn du wieder gesund wirst, ist das unser schönstes Geschenk.«

Und damit ging die Freifrau gemeinsam mit den anderen an das Bett der nächsten Kranken, die sich beim Holzhacken das Schienbein schwer verletzt hatte und von Baruch behandelt worden war.

XLIII.

Hauptmann Antonius Deleda hielt seinen funkelnden Speer in die Sonne und rieb ein letztes Mal mit einem in Öl getauchten Lappen über die Spitze, um sie vor Rost zu schützen. Dann wandte er sich um und ging in die Waffenkammer, wo er seinen Speer in einen Schrank stellte. Morgen früh um fünf würde er ihn wieder hervorholen, um dann mit den anderen den täglichen Kontrollgang um den Bischofssitz zu machen und anschließend seinen Wachdienst anzutreten.

Antonius reckte sich und trat wieder hinaus in die untergehende Herbstsonne. Das Jahr 1513 neigte sich dem Ende zu. Es war nun schon vier Jahre her, dass er in den Dienst des Würzburger Fürstbischofs Lorenz von Bibra getreten war. Er hatte diesen Schritt nie bereut, denn es ging ihm viel besser als früher. Meist beschränkte sich sein Dienst auf die Bewachung des Bischofsitzes und auf den Begleitschutz des Bischofs, wenn sich dieser auf Reisen begab. Nur gelegentlich musste er gegen Wegelagerer oder marodierende Banden zur Waffe greifen, und es war keineswegs ausgeschlossen, dass der Bischof irgendwann genötigt sein würde, gegen die Übergriffe des Markgrafen zu Felde zu ziehen. Doch die Gefahren und Unwägbarkeiten, denen Antonius im bischöflichen Dienst ausgesetzt war, waren eine Nichtigkeit im Vergleich zu dem, was er früher hatte auf sich nehmen müssen.

Er lebte nun nicht nur sicherer, sondern auch viel angenehmer als früher. Er musste seinem neuen Herrn nicht mehr für einen kargen und oft gar nicht ausbezahlten Lohn ohne Pause zur Verfügung stehen, sondern hatte meist feste Arbeitszeiten und bekam regelmäßig seinen Sold, sodass er sich nicht nur mit Getreide, Öl, Milch, Salz, dunklem Brot, Bier und anderen Lebensmitteln versorgen konnte, sondern auch mit Kleidung und Holz für den Winter. Doch nicht nur das: Der Bischof hatte ihm nach einem Jahr treuen Dienstes erlaubt, eine Familie zu gründen, und ihm zu diesem Zweck im Gesindehaus zwei trockene Zimmer mit Herd und dazu ein Stück Land für den Anbau von Obst und Gemüse zugewiesen. Und so hatte Antonius vor drei Jahren seine geliebte Cordula zu sich geholt und geheiratet. Vor einem Jahr war er endlich zum ersten Mal Vater eines strammen kleinen Sohnes geworden, und inzwischen war Cordula wieder guter Hoffnung.

Der Junge gedieh prächtig, auch weil die bäuerliche Cordula mit viel Geschick das ihnen zur Verfügung stehende Land bestellte, das ihnen vom Frühjahr bis zum Herbst frische, gesunde Nahrung lieferte. Nur ein Zehntel davon mussten sie an den Bischof abführen, und so blieb ihnen genug, sich auch noch für den Winter ein paar Vorräte anzulegen.

Nun hatte er endlich ein richtiges Zuhause, in das er nach Ende seines Dienstes zurückkehren konnte und in dem er freudig erwartet wurde. Ein zufriedenes Lächeln legte sich auf sein zerfurchtes, sonnengegerbtes Gesicht. Er war rundum glücklich. Das verdankte er dem Bischof, dem er, wie versprochen, ein Leben lang ein treu ergebener Diener sein würde.

Antonius ahnte nicht, während er sich fröhlich summend auf den Heimweg machte, dass sich sein Schicksal bald wenden und sein Dienst für Bischof Lorenz plötzlich beendet werden würde. Und noch weniger ahnte er, dass er sowohl den Päpstlichen Inquisitor als auch Freifrau Katharina von Velden, die er schon fast vergessen hatte, bald wiedersehen würde.

XLIV.

Als Bonifatius vor Leo X. niederkniete und den goldenen Amtsring des Papstes, den *anulus piscatoris*, küsste, war er guten Mutes, denn sein Aufenthalt in Bologna war ein großer Erfolg gewesen, und das gab ihm Gelegenheit, dem Heiligen Vater zu zeigen, wie nützlich er ihm sein konnte. Einen kurzen Moment lang konnte er einen Blick auf die Abbildung des Apostels Paulus werfen, die in einen Rubin eingraviert war und den Menschenfischer zeigte, wie er, in einem Kahn stehend, sein Fischernetz einzog. Für Bonifatius kam dies einer Mahnung Gottes gleich, allen Hindernissen zum Trotz seinen Kampf für die Verteidigung und die Verbreitung der göttlichen Lehre unverdrossen fortzusetzen.

Bonifatius erhob sich. Dabei fiel sein Blick auf das prächtige, golddurchwirkte Brokatgewand des Papstes, das dieser unter der purpurnen Mozzetta, dem Schulterumhang, trug. Er kannte Leo X. flüchtig von der Universität Pisa. Doch schon damals hatte es kaum Gemeinsamkeiten gegeben zwischen dem glaubensstrengen, durch Fleiß und Eifer aufstrebenden Dominikaner und dem eher weltlich ausgerichteten, durch seine Herkunft schon früh mit Pfründen und Ämtern überhäuften Giovanni de' Medici. Nur durch die hartnäckige Vermittlung von Tommaso de Vio, dem Ordensgeneral der Dominikaner und Kardinal der Titelkirche Santa Pressede in Rom, war es Bonifatius gelungen, eine persönliche Audienz beim Papst zu bekommen, denn dieser empfing lieber Künstler und Baumeister zur üppigen Ausgestaltung Roms als prinzipientreue Kirchenmänner.

»Heiliger Vater, ich bringe Euch gute Nachrichten aus Bologna«, begann Bonifatius ohne Umschweife auf Lateinisch. »An der Universität ist man angesichts der Tatsache, dass die Stadt nun direkt der Kirche untersteht, endlich bereit, auch die Theologie als eigenständige Fakultät einzuführen.«

»*Gratulamur*«, sagte Papst Leo. Er schien nur mäßig interessiert zu sein und ließ stattdessen seine Augen über die neuen Gemälde schweifen, die er in Auftrag gegeben hatte und die nun in dem weiten, hohen Audienzsaal hingen.

»*Gratias ago*«, bedankte sich der Inquisitor und betrachtete das energische, breite Kinn und die ausprägte, Willensstärke verratende Nase des Papstes, dann fuhr er fort: »Dieser Schritt wird die gebildeten Schichten der Stadt enger an den Heiligen Stuhl binden, was wiederum die Bereitschaft zur Zahlung von Abgaben erhöhen wird.«

Jetzt wandte der Papst seinen mit einem purpurnen Pileolus bedeckten Kopf dem Inquisitor zu, und seine braunen Augen musterten ihn kurz. Offenbar hatte er diesen während ihrer gemeinsamen Studienjahre von Ehrgeiz zerfressenen, engstirnigen Mann unterschätzt. Aber was würde es kosten, die Fakultät aufzubauen, und woher sollten die dafür erforderlichen Mittel kommen? Leo X. verspürte wenig Neigung, Gelder, die er zum Ausbau und zur Ausschmückung Roms benötigte, nach Bologna fließen zu lassen. »Gut«, sagte er schließlich. »Und wie soll das alles vor sich gehen?«

»Es sollen Einladungen an die besten Theologen Europas geschickt werden, um sie nach Bologna zu locken und dadurch der Universität auch im Bereich der Theologie den ihr gebühren Glanz als Universität des Heiligen Stuhls zu verleihen«, erklärte Bonifatius. Als er jedoch sah, wie sich das runde, wohlgenährte Gesicht des Papstes anzuspannen begann, beeilte er sich hinzuzufügen: »Es ist mir gelungen, mehrere wohlhabende

Gönner zu gewinnen, denen die Aufwertung der Universität von Bologna ein Anliegen ist.«

»Wohl getan, von Ebenstatt«, sagte der Papst anerkennend. »Wie ich sehe, habt Ihr die Interessen der Kirche im Blick und seid fähig, strategisch geschickt vorzugehen.«

»Das bringt mein Amt als Inquisitor mit sich«, erwiderte Bonifatius und versuchte, zu seinem eigentlichen Anliegen überzuleiten. Er musste die knappe Zeit, die ihm der Papst für die Audienz gewährte, unbedingt nutzen und das Kirchenoberhaupt dazu bewegen, ihn stärker zu unterstützen. Wenn schon nicht mit Geld, dann wenigstens mit Worten, indem er sich zum Beispiel an die Seite des Inquisitors stellte und die fränkischen Bischöfe, die ihn in seinem Tun behinderten, in die Schranken wies.

»In diesem Amt muss ich die unterschiedlichsten Aspekte und Strömungen im Auge haben«, fuhr er fort, »denn die Feinde der Kirche haben vielerlei Gestalt und schaden ihr auf unterschiedliche Weise – etwa durch das Schüren von Zweifeln an den rechtmäßigen Vertretern der Kirche und an dem wahren Glauben oder durch aufrührerische Bündnisse und die Verweigerung von Abgaben, was den Einfluss der Kirche schwächt und ihr schadet.«

Der Papst sah den Inquisitor mit gerunzelten Brauen an. Diesmal wirkte sein Blick aufmerksam und interessiert. Da er jedoch nichts sagte, sprach Bonifatius weiter: »Gerade in den deutschen Landen und ganz besonders in Franken erstarken in jüngster Zeit diese schädigenden Kräfte. Es ist wie eine sich ausbreitende Seuche, die sich nur mit entschiedenen Maßnahmen bekämpfen und besiegen lässt. Deshalb benötige ich für die Ausführung meines Amtes die Unterstützung durch Euch, Heiliger Vater.«

Also doch der alte Eiferer, dachte der Papst. Er hob abwehrend die Hände und entgegnete: »Übertreibt Ihr da nicht ein wenig, von Ebenstatt? Wie ich hörte, legt Ihr in Eurem Amt als Inquisitor zuweilen ein Übermaß an Strenge und Ehrgeiz an den Tag.«

»Besondere Zeiten erfordern besondere Maßnahmen«, entgegnete Bonifatius ausweichend.

»Es gibt Stimmen, die etwas anderes sagen, von Ebenstatt. Es wird kritisiert, dass Ihr Eure Hauptaufgabe nicht darin seht, Abtrünnige und Ketzer in den Schoß der Kirche zurückzuführen, sondern darin, sie zu vernichten. Und dann ist da noch die Jagd auf Hexen. Euch wird vorgeworfen, dass Ihr alles, was einen Rock trägt, der Hexerei verdächtigt. Was habt Ihr dazu zu sagen?«

Daher also wehte der Wind, dachte Bonifatius. Die fränkischen Bischöfe hatten sich bei dem neuen Papst über ihn beschwert. Was konnte er vorbringen, um diese Vorwürfe zu entkräften oder zumindest zu entschärfen? Er spürte die Wand, die sich zwischen ihm und dem Medici-Spross aufbaute, dessen Familie 1494 von dem Dominikanermönch Girolamo Savonarola aus Florenz vertrieben worden war – ganz zu Recht, wie er fand, denn die Menschen hatten sich unter den Medici von Gott entfernt. Es war nur konsequent gewesen, dass Savonarola alle Symbole des Überflusses hatte verbrennen lassen, auch Bücher. Bonifatius verdrängte den bitteren Gedanken an die Hinrichtung des rechtgläubigen Savonarola vier Jahre später. Danach waren die Medici nach Florenz zurückgekehrt und hatten ihre Macht schnell wiedererlangt. All das durfte aber jetzt keine Rolle spielen.

»Heiliger Vater«, setzte der Inquisitor an, »ich bin Euch zutiefst dankbar, dass Ihr mich so offen auf die von verschiedenen Seiten gegen mich erhobenen Vorwürfe ansprecht, die mir die Durchführung meines Amtes erheblich erschweren. Es stimmt, dass ich mit aller Strenge gegen die Feinde der Kirche und gegen das in Franken um sich greifende Hexenwesen vorgehe. Aber ich darf Euch versichern, dass ich mich dabei stets an die vom Heiligen Stuhl vorgegebenen und befürworteten Regeln halte. Und das bedeutet auch,« – Bonifatius blickte demütig in die tiefbraunen Augen des Papstes – »dass ich das eingezogene Vermögen der Überführten gewissenhaft an die Kirche und an die jeweiligen Landesherren weiterleite, sodass dem Heiligen Stuhl keine Kosten entstehen, sondern ein umfassender Nutzen.« Als er sah, dass sich die Gesichtszüge des Papstes entspannten, fuhr er fort: »Wenn Ihr, Heiliger Vater, mir Eure Unterstützung in Form von Empfehlungsschreiben an den Markgrafen und die fränkischen Bischöfe gewähren würdet, wonach die heilige Inquisition in der Verfolgung der Feinde der Kirche und des Glaubens nicht länger durch Beschränkungen hinsichtlich des Standes behindert werden darf, hätte dies zur Folge, dass auch die Einnahmen stiegen, sodass dem Heiligen Stuhl nicht nur Kosten erspart, sondern zudem Mittel zufließen würden.«

Der Papst musterte Bonifatius mit zusammengezogenen Brauen und begann, auf und ab zu gehen. Der Inquisitor schien gerissener und damit nützlicher zu sein, als er vermutet hatte. Andererseits war er offenbar noch immer der alte fanatische Eiferer, als den er ihn in Pisa erlebt hatte. Wenn er ihm jetzt freie Hand ließ, auch Angehörige der höheren Stände nach Belieben zu verfolgen, dann mochte das zusätzliche Mittel einbringen, aber auch viel böses Blut beim mächtigen deutschen Adel erzeugen. Schließlich blieb er stehen und verkündete: »Um ein Urteil über Euer Tun zu fällen, müsste ich mich mit jedem einzelnen Eurer Fälle befassen, und dazu fehlt mir die Zeit. Daher sehe ich mich außerstande, Euch einen Freibrief für Euer Tun auch gegenüber den höheren Ständen auszustellen. Tut also, was Ihr für erforderlich haltet, und erstattet mir regelmäßig Bericht. *Ad maiorem dei gloriam.*«

»*Extra ecclesiam nulla salus*«, erwiderte Bonifatius und kniete noch einmal vor dem Papst nieder, um dessen Ring zu küssen. Doch dieser Kuss hatte einen bitteren Beigeschmack. Er hatte nicht bekommen, was er wollte. Aber immerhin hatte er erreicht, dass sich der neue Papst nicht mehr gegen ihn stellte und ihn, wenn auch unausgesprochen, ermächtigte, zu tun, wie ihm beliebte. Er erhob sich und ging zur Tür. »*Omnia ad maiorem dei gloriam*«, sagte er noch, dann verließ er den Audienzsaal des Papstes.

XLV.

Durch den vielen Regen war der Spätsommerabend ungewöhnlich kühl, und so hatten sich Katharina und Thassilo zusammen mit ihrem Besuch vor den Kamin gesetzt. Katharina fühlte sich so gelöst wie schon lange nicht mehr. Ihre Eltern waren endlich einmal wieder zu Besuch gekommen, und sie hatten sich lange und angeregt unterhalten. Selbst Thassilo war aus sich herausgekommen und hatte mit Katharinas Vater ein langes, angeregtes Gespräch über den Verlauf der Gestirne und dessen Berechnung durch die Ägypter geführt.

Nachdem Katharina den erschöpft eingeschlafenen Karl ins Bett gebracht hatte, griff sie zur Laute und sang gemeinsam mit Sophia ein altes klagendes Lied über den Winteranfang und die Hoffnung auf das baldige Nahen des Frühlings, in dessen Refrain »Komm, holder Frühling, und verjag den grimmen Winter« der Rest der Familie klatschend und stampfend einstimmte. Anschließend gab Katharina ein französisches Lied über die Freuden des Frühlings zum Besten, und danach stimmte sie einen Andro, einen ebenso einfachen wie fröhlichen bretonischen Tanz, an.

Sophia erhob sich singend und zog zuerst ihren Vater, dann ihre Großmutter und schließlich ihren Großvater in die Mitte des Saales. Sie stellten sich im Kreis auf, fassten sich bei den Händen und begannen zu tanzen. Allmählich wurden die Schritte und die Musik immer schneller. Schließlich öffneten die Tänzer den Kreis und bewegten sich, an den Händen gefasst, wie eine wendige Schlange durch den Raum. Während

Katharinas Eltern sich schließlich aus der Gruppe lösten und atemlos wieder Platz nahmen, tanzten Thassilo und seine Tochter weiter. Ohne in der Schrittfolge innezuhalten, hob Thassilo Sophia auf seine Schultern und tanzte mit seiner jubelnden Tochter vor Katharina immer schneller im Kreis.

»Ich gebe auf!«, rief Katharina schließlich und stellte ihr Spiel ein. »Du bist der unbestrittene Tanzmeister dieses Abends, Thassilo.«

Der lachte und setzte seine Tochter ab. Doch Sophia griff nach den Händen ihres Vaters, um ihn zu einer weiteren Tanzrunde in die Mitte des Saales zu ziehen, und winkte ihren Großeltern zu, sich ihnen erneut anzuschließen. »Eine Schiarazula! Bitte!«, rief sie und gab ihrer Mutter ein Zeichen.

Sie wollten gerade mit dem Tanz beginnen, als plötzlich die große Tür aufgerissen wurde. Erschrocken fuhren sie zusammen und starrten Gotthelf an, der aufgeregt in den Saal trat.

»Bewaffnete Reiter! Sie sind auf dem Weg zur Burg!«, stieß er hervor.

Während die anderen wie erstarrt dastanden, stürzte Thassilo zum Waffenschrank und zog seine Rüstung und sein Schwert hervor. »Wo genau sind sie?«, fragte er, während er sein Kettenhemd anzog.

»Schon am Fuß der Burg«, antwortete Gotthelf.

»Hast du erkennen können, wie viele es sind?«

»Ich habe dreißig Fackeln gezählt.«

»Gut, nimm auch du dein Schwert und deine Rüstung. Die anderen sollen es genauso tun. Und dann stellt euch wie besprochen auf.«

Gotthelf nickte und stürmte los.

»Was ist mit dem Burgtor?«, rief Thassilo hinter ihm her.

Gotthelf drehte sich um. »Geschlossen!« Dann eilte er nach draußen und rief die anderen Knechte zu den Waffen.

Nun zahlte es sich aus, dass Thassilo für die oft langen Zeiten seiner Abwesenheit Vorkehrungen getroffen und nicht nur seine Knechte im Kampf ausgebildet, sondern ihnen auch Rüstungen besorgt hatte. Allerdings war das Burgtor nur notdürftig ausgebessert und noch nicht, wie geplant, ganz erneuert worden, und Thassilo fragte sich, wie lange sie den offenbar aufgestockten Truppen des Inquisitors – und um diese Stunde konnte es sich nur um solche handeln – standhalten würden, wenn diese erst einmal das morsche Tor durchbrochen hatten. Thassilo wusste keine Antwort darauf. Er wusste nur, dass er bis zum letzten Atemzug kämpfen würde. Er sah kurz zu seiner Frau hinüber, die mit totenbleichem Gesicht dasaß.

»Los, nimm die Kinder und versteckt euch!«, befahl er. »Sybille, du gehst mit!« Er blickte zu seinem Schwiegervater. »Was ist mit dir, Marcus?«

»Ich kämpfe natürlich.«

Thassilo musterte die schmale, hochgewachsene Gestalt seines Schwiegervaters. »Ich habe noch eine zweite Rüstung. Sie wird zu kurz für dich sein, aber sie bietet zumindest ein wenig Schutz«, erwiderte er und deutete auf seine Ersatzrüstung.

Marcus nickte und begann, sie anzulegen. Er sah zu seiner Tochter hinüber, die noch immer reglos auf ihrem Stuhl verharrte. »Katharina!«, herrschte er sie in ungewohnt scharfem Ton an. »Was ist los mit dir?«

Katharina erwachte aus ihrer Starre. Sie sprang auf und lief die Treppe hinauf, um Karl zu holen. Als sie wieder nach unten kam, den schlafenden Sohn auf den Armen, hatte Thassilo schon den Zugang zum Geheimgang geöffnet. Katharina, Sophia und seine Schwiegermutter gingen hinein, Thassilo riss eine Fackel von der Wand, gab sie Katharina und schloss die Tür hinter ihnen. Schnell schob er die Regale davor. Erst dann atmete er auf. Dort waren sie erst einmal in Sicherheit.

»Der Inquisitor?«, fragte Marcus und legte den Brustpanzer an, der tatsächlich zu kurz für ihn war, sodass seine Taille ungeschützt blieb.

»Wer sonst!«, knurrte Thassilo und warf ihm einen finsteren Blick zu. »Wir werden uns nach besten Kräften zur Wehr setzen.«

Als die beiden Männer in den Hof traten, konnten sie die Hufe der Pferde schon laut und deutlich hören. Gleich würde der Trupp am Tor sein. Thassilo ärgerte sich, dass er das Tor zur Burg nicht durch eine Pechwanne gesichert hatte, um die Eindringlinge mit einem Schwall von siedendem Pech zu empfangen, das jede Rüstung zu einem glühenden und tödlichen Gefängnis machte. Ein schwerer Fehler, wie sich jetzt zeigte.

Thassilo nickte seinen Knechten aufmunternd zu. Gotthelf stand schon auf der Leiter am Tor, die zu einer kleinen Aussichtsplattform führte. Alle warteten schweigend, dann klopfte jemand an das Burgtor. Erst einmal, dann ein zweites Mal, diesmal lauter. Thassilo wartete eine Weile, erst dann gab er Gotthelf ein Zeichen. Daraufhin beugte sich dieser über den Rand der Plattform, sodass er die Reiter im Licht der Fackeln, die sie bei sich trugen, sehen konnte. Es waren nur fünf. Die anderen warteten wahrscheinlich am Fuße des Burgberges.

»Wer da zu dieser späten Stunde?«, rief er hinab.

»Boten Seiner kaiserlichen Majestät. Seine kaiserliche Majestät liegt erkrankt im Spital zu Nürnberg und befielt Freifrau Katharina von Velden zu sich.«

Gotthelf spähte angestrengt hinab, doch er konnte die Rüstung und das Banner der Bewaffneten nicht erkennen. War das vielleicht eine Falle? Er beugte sich noch ein Stück weiter vor und rief:

»Haltet Euer Banner in das Licht der Fackeln, damit ich es sehen kann.«

Der Anführer des Trupps tat, wie ihm geheißen, und Gotthelf konnte nun tatsächlich erkennen, dass es sich nicht um das Banner der Inquisition handelte, sondern um das des Kaisers.

»Wartet!«, rief er hinunter. »Ich muss erst meinen Herrn fragen, bevor ich das Tor öffnen kann.«

»Aber spute er sich!«, rief der Anführer zurück. »Seine kaiserliche Majestät verlangt nach der Freifrau. Sofort!«

Gotthelf stieg von der Leiter und berichtete seinem Herrn, was er gesehen hatte. Daraufhin ging Thassilo rasch in die Burg zurück, holte die anderen aus der Geheimkammer und berichtete kurz, dass es sich um Boten des Kaisers handelte, der krank daniederlag und Katharina zu sich befahl. Dann ging er entschlossenen Schrittes hinaus in den Burghof und gab den Knechten ein Zeichen, das Tor zu öffnen. Nachdem die Boten mit ihren Pferden hereingekommen waren, begrüßte er den Anführer:

»Entschuldigt die Vorsichtsmaßnahmen, aber wir fürchteten schon, dass es sich um eine marodierende Bande handeln könne.«

»Ich danke Euch für Euren Gehorsam Seiner kaiserlichen Majestät gegenüber, Reichsritter von Wildenstein«, erwiderte der Anführer mit einer tiefen Verbeugung. »Sagt Eurer Gemahlin, dass der Physikus Baruch sie bittet, die ihr zur Behandlung der weißen Ruhr geeignet erscheinenden Arzneien mitzubringen.«

Thassilo wandte sich um, aber Katharina stand schon hinter ihm.

»Dann muss ich noch einige andere Arzneien einpacken«, sagte sie und eilte mit ihrem Korb in die Burg. Nur wenig später kam sie zurück und griff nach den Zügeln ihres bereitstehenden Pferdes, befestigte den schmalen, hohen Korb am Sattelknauf und ging hinter dem Anführer zum Tor.

»Soll ich dich begleiten?«, fragte Thassilo.

»Nein, du bleibst besser hier bei den Kindern und bei meinen Eltern. Unter dem Schutz der kaiserlichen Boten bin ich sicher.«

»Werdet Ihr mein Weib wieder zurück zur Burg begleiten?«, fragte er den Anführer des Trupps.

»Selbstverständlich«, versicherte dieser. »Eure Gemahlin steht ab jetzt unter meinem persönlichen Schutz, und ich werde sie sicher zur Burg zurückbringen, wenn Seine kaiserliche Majestät ihrer nicht mehr bedarf.«

Thassilo umarmte Katharina und flüstere ihr ins Ohr: »Gott hüte und beschütze dich!«

XLVI.

Baruch reichte Katharina die Bettpfanne des Kaisers. Sie beugte sich darüber und musste sich zwingen, den Kopf nicht abzuwenden. Ein Übelkeit erregender Gestank schlug ihr entgegen. Die Ausscheidung bestand aus einer schleimigen, gelblich-braunen Masse mit einzelnen Blutfäden und gallertartigen Gewebsstückchen. Katharina warf Baruch einen besorgten Blick zu, worauf er nickte. Das zweite Stadium der Krankheit hatte begonnen, die rote Ruhr, und sie mussten rasch und entschieden handeln, damit nicht das meist tödlich verlaufende dritte Stadium mit schweren Blutungen und Darmdurchbruch einsetzte. Außerdem hatten sie es hier mit einer überaus ansteckenden Krankheit zu tun, die schnell auf ganz Nürnberg übergreifen konnte.

Katharina legte die Hand auf die schweißnasse, fieberheiße Stirn des Kaisers. Dabei konzentrierte sie sich darauf, die zerstörerischen Kräfte der Krankheit aus dem Körper des Kaisers zu ziehen und sie in den Boden abzuleiten. Durch regelmäßiges tiefes Versenken in sich selbst hatte sie gelernt, sich phasenweise innerlich von allem, was sie selbst betraf, zu lösen und sich ganz auf den Kranken zu konzentrieren. Dabei achtete sie auf den Fluss und die Stauungen der Lebenskräfte im Körper, die sich ihr durch Muskelanspannungen und spürbare Hautwiderstände vermittelten, die sich unter anderem in Form von Kraftfeldern in der Stirn sammelten. Die dort auftretenden zerstörerischen Stauungen ließen sich ableiten und die Kraftflüsse verbessern, wenn dies der Zustand des Kranken erlaubte, der wiederum von dessen innerer Einstellung und Bereitschaft abhängig war. Katharina spürte, dass in ihrem Patienten heftige innere Widersprüche und ungelöste Konflikte kämpften und dass seine Kräfte sich zu erschöpfen begannen, dass aber sein Lebenswillen noch nicht erloschen war.

Der Kaiser schien sich ein wenig zu entspannen, und sein abgezehrtes, gelblich blasses Gesicht mit der ausgeprägten Hakennase nahm einen weicheren Ausdruck an. Als er die Augen aufschlug, lächelte Katharina ihn an und reichte ihm einen Becher mit Flüssigkeit, die aus einem von Baruch zubereiteten Aufguss aus Knoblauch, Fenchel, Ruhrkraut, zerstoßenen Schwarzkümmelsamen, Hanfblüten, Konessioleander, Granatwurzelrinde, Simarubarinde und einer Prise Salz bestand.

»Ich bin Katharina von Velden. Ihr habt mich rufen lassen, Majestät. Trinkt ein wenig, Ihr habt zu viel Flüssigkeit verloren. Seht her.« Sie ergriff seinen Arm und zog an der ausgedörrten Haut. »Seht Ihr, wie sehr sie schon auszutrocknen beginnt?«

»Nein, ich trinke nichts, mir ist übel«, wehrte der Kaiser ab. »Ich dachte, Ihr hättet andere Mittel, um mir zu helfen. Aber lasst mich nicht noch einmal zur Ader. Das hat mein Leibarzt schon mehrmals vergeblich versucht, und jedes Mal ging es mir noch schlechter. Darum habe ich die Sache Physikus Baruch übergeben, und der hat empfohlen, Euch rufen zu lassen.«

»Keine Sorge, ich lasse Euch nicht zur Ader, das würde Euch nur noch mehr schwächen. Was Ihr jetzt braucht, ist Flüssigkeit und eine inwendig wirkende Medizin. Beides befindet sich in diesem Becher. Also trinkt bitte, Majestät.«

»Nein. Ich habe schon den ganzen Tag getrunken. Ich kann nicht mehr.«

Katharina sah zu Baruch hoch. Der schüttelte den Kopf.

»Ihr müsst das jetzt trinken, Majestät, sonst werdet Ihr bald sterben. Dieser Trunk enthält Arzneien, die Eure Übelkeit mildern und Eure Krankheit bekämpfen. Ich bitte Euch, trinkt jetzt«, sagte Katharina, und ihre Stimme klang nicht mehr bittend, sondern fordernd.

Der Kaiser wollte sich wehren, aber Katharina beugte sich über ihn, hob mit der einen Hand seinen Kopf ein wenig an und setzte ihm mit der anderen den Becher an die Lippen. »Trinkt, Majestät!«, befahl sie. »Wir leben in bösen, wirren Zeiten und brauchen einen umsichtigen, klugen Herrscher wie Euch. Also überwindet Euren Widerwillen, und trinkt diesen von Physikus Menachem Baruch zubereiteten Trunk. Er wird Eure Qualen lindern.«

Überrascht von der bestimmenden Art der Freifrau, trank der Kaiser einen Schluck und nach einer kurzen Pause einen zweiten, doch dann verzog er den Mund und hob abwehrend die Hand.

»Ihr könnt ein wenig verschnaufen, Majestät, bevor Ihr den nächsten Schluck trinkt«, sagte Katharina und nahm den Becher von den Lippen des Kaisers. Seinen Kopf ließ sie jedoch nicht los.

»Nein, mir ist übel, ich mag nicht mehr.«

»Majestät, ich weiß, dass Euch übel ist. Genau deshalb müsst ihr dies trinken, denn diese Arznei ist so zusammengestellt, dass Eure Übelkeit und die Schmerzen in Eurem Gedärm gemildert werden.« Sie blickte ihn eindringlich an. »Wenn wir Euch auf andere Weise helfen könnten, Majestät, würden wir das tun. Aber dies ist die einzige Möglichkeit. Also bitte, Majestät, trinkt noch einen Schluck.«

Der Kaiser sah sie unwillig an, aber er schickte sie nicht fort, und schon bald öffnete er wieder die Lippen, sodass Katharina ihm noch einen Schluck aus dem Becher einflößen konnte.

»Bald habt Ihr es geschafft, Majestät. Mit der Ruhr geht beim Kranken eine große Übelkeit einher, sodass er weder

Speis noch Trank zu sich nehmen mag. Dadurch aber wird der Körper, der über den Darm alle Flüssigkeit und alle Nahrung von sich gibt, geschwächt, und er trocknet aus. Ihr müsst all die Flüssigkeit, die Ihr verliert, durch Trinken wieder ausgleichen. Da dieser Trunk auch stärkende und heilende Substanzen enthält und nicht nur Wasser, werdet Ihr bald an Kraft gewinnen, sodass Ihr wieder ein wenig Suppe zu Euch nehmen könnt.« Als der Kaiser die Stirn runzelte, fügte sie hinzu: »Sorgt Euch nicht, mit der Suppe komme ich erst morgen.«

Der Kaiser lächelte. »Der wackere Thassilo von Wildenstein hat sich offenbar eine Gemahlin erwählt, die ihm in nichts nachsteht, wenn es um den Kampf gegen einen gefährlichen Feind geht«, sagte er mit schwacher Stimme.

Katharina lachte und reichte ihm wieder den Becher. Der Kaiser trank mit langen Unterbrechungen mehrere Schlucke. Katharina sah in den Becher und nickte zufrieden. Er war leer. Erst jetzt ließ sie den Kopf des Kaisers wieder auf das Kissen sinken und zog ihre Hand zurück. Besorgt musterte sie sein schweißnasses, fahlgelbes Gesicht und tupfte es mit einem Spitzentuch trocken. Schließlich erhob sie sich und sagte:

»Wir werden Euch jetzt eine Pause gönnen, Eure Majestät, damit die Arznei ihre Wirkung entfalten kann. Schlaft erst einmal ein wenig.«

Der Kaiser nickte müde, und Katharina verließ zusammen mit Menachem Baruch den Raum.

XLVII.

Durch eine knappe Bewegung mit dem Kinn gab Prinz Kasimir dem Diener ein Zeichen, den Becher des Inquisitors wieder mit Apfelmost zu füllen. Das Gespräch war kühl, aber freundlich verlaufen. Bonifatius hatte von seiner Reise nach Rom berichtet, von der er vor zwei Tagen zurückgekehrt war, und dabei angedeutet, dass ihm der neue Papst freie Hand gegeben habe, sodass er sein Amt nach eigenem Gutdünken ausüben könne. Er hatte an dem durchdringenden Blick, den der Prinz ihm zugeworfen hatte, ablesen können, dass dieser die Botschaft verstanden hatte. Nun aber verfinsterte sich das hagere Gesicht des Inquisitors, nachdem Kasimir ihm mitgeteilt hatte, dass der Kaiser an der Ruhr erkrankt sei und im Nürnberger Spital liege.

»Und wer behandelt Seine Majestät?«, fragte Bonifatius lauernd.

»Ein jüdischer Medicus.«

»Nicht die Leibärzte des Kaisers?«

»Nein, die hat Seine Majestät weggejagt, nachdem ihnen nichts anderes eingefallen ist, als Seine Majestät zur Ader zu lassen. Dieses unsinnige Aderlassen scheint immer mehr in Mode zu kommen.«

»Ich verstehe nichts von Medizin und überlasse derlei Dinge lieber den Ärzten«, erwiderte der Inquisitor ausweichend. Es war ihm anzumerken, dass er Mühe hatte, seinen Zorn zu unterdrücken. Dass sich ein gottloser Jude anmaßte, Christenmenschen zu behandeln, war schon ungeheuerlich genug. Aber dass dieser Jude nun auch noch den Kaiser höchstselbst behandelte und das wahrscheinlich mit heidnischen Heilmethoden! Und arbeitete der Jude nicht mit der Freifrau zusammen? »Behandelt der Jude seine Majestät allein?«, fragte er.

»Das kann ich nicht sagen. Ich gehe davon aus, dass er sich bei solch einem heiklen Fall Unterstützung bei den anderen Ärzten im Spital holt«, erwiderte der Prinz achselzuckend.

Dem Inquisitor schoss das Blut in die Stirn. Er musste sofort herausfinden, ob Katharina von Velden an der Behandlung des Kaisers beteiligt war. Was, wenn der Jude gemeinsam mit der Freifrau das Leben des kirchentreuen Kaisers rettete? Eine wahrhaft teuflische Vorstellung!

Doch andererseits – die meisten Menschen, die an der Ruhr erkrankten, starben unter großen Qualen, und vielleicht war genau das die Lösung. Wenn der Kaiser starb, konnte er dem gottlosen Juden und mit ihm auch gleich der verhassten Freifrau das Handwerk legen, indem er beide anklagte, sie hätten den Kaiser mit zweifelhaften heidnischen Methoden umgebracht. Die verjagten kaiserlichen Leibärzte würden dies sicherlich nur zu gern bestätigen.

Bonifatius nahm einen großen Schluck von dem Apfelmost und musterte den Prinzen heimlich. Er war es, der die Zügel in der Hand hielt, nicht sein genusssüchtiger Vater. Im Gegensatz zu dem stets prunkvoll gewandeten Markgrafen trug der schlanke Prinz ein schlichtes beigefarbenes Samtwams mit gelben Ärmeln, dazu eine beigefarbene Pumphose und beige-gelb gestreifte Beinkleider. Einziger Schmuck war ein Wappenring an seiner linken Hand. Ein uneitler, nüchtern urteilender Mann also, der vermutlich nicht so bestechlich, aber dafür vielleicht berechenbarer und verlässlicher war als sein launischer, oft aufbrausender Vater. Ein Bündnis mit solch einem Mann wäre sicher ein Gewinn.

»Die Ruhr ist eine gefährliche Krankheit«, setzte der Inquisitor an. »Möge Gott Sorge dafür tragen, dass der Kaiser bei einem Juden in besseren Händen ist als bei seinen Leibärzten.«

»Man mag von den Juden halten, was man will«, entgegnete der Prinz kühl, »aber dass sie gute Ärzte sind, ist unbestritten.« Er musterte den Inquisitor eindringlich. »Im Übrigen gibt es keinen Arzt, der die Ruhr zu heilen vermag. Jeder, der daran erkrankt, ist dem Tode geweiht.« Er machte eine Pause. Dann fuhr er, ohne den Blick von Bonifatius zu wenden, fort: »Wir müssen also mit dem Schlimmsten rechnen, und genau darum wollte ich Euch sprechen, von Ebenstatt.«

Bonifatius hob überrascht die Brauen.

»Der Nachfolger Seiner Majestät wird sein Enkel Karl sein, der von seiner Tante Margarete in den Niederlanden erzogen wird. Wie ich in Erfahrung gebracht habe, unterhält der Gatte Eurer Base Louise zu Guttemberg gute Kontakte zum niederländischen Hof. Ich wäre Euch außerordentlich verbunden, wenn Ihr so liebenswürdig wäret, auf diesem Wege Erkundigungen über Karl und die Prinzipien seiner Erziehung einzuziehen.«

Die erwartungsvolle Spannung in Bonifatius' schmalem, scharf geschnittenem Gesicht fiel in sich zusammen. Rasch senkte er den Blick und trank einen Schluck von dem Apfelmost. Dann räusperte er sich, hob den Blick wieder und antwortete:

»Ich danke Euch, dass Ihr mir Euer Vertrauen bewiesen habt. Ich nehme das als Zeichen für das Wiederaufleben der einst guten Beziehungen zwischen der durch mich vertretenen heiligen katholischen Kirche und Eurem Hause, Prinz.«

Kasimir lächelte unverbindlich. »Das könnt Ihr auch, von Ebenstatt. Es gibt, wie Ihr bei Eurem letzten Besuch beim Markgrafen richtig bemerktet, durchaus gewisse gemeinsame

Interessen, auf deren Grundlage sich Allianzen schmieden ließen – zu beiderseitigem Vorteil.«

»Es freut mich sehr, das von Euch zu hören, Prinz«, sagte Bonifatius hoffnungsvoll. »Denkt Ihr an etwas Bestimmtes?«

»Das wird die Zeit weisen«, erwiderte der Prinz ausweichend. Das Lächeln auf seinem Gesicht verschwand, und ein hartes, kaltes Glitzern trat in seine stahlblauen Augen. »Allianzen bedürfen eines soliden Fundamentes, und das will erst einmal aufgebaut sein. Das Wiederaufleben unserer guten Beziehungen wird nur dann von Dauer sein, wenn Ihr gewisse Grenzen nicht überschreitet.«

Die Züge des Inquisitors verfinsterten sich. »Die Grenzen sind durch den Auftrag, den mir der Heilige Vater erteilt hat, und durch die Heilige Schrift vorgegeben. Dort heißt es beispielsweise in Exodus Kapitel zweiundzwanzig, Vers siebzehn eindeutig: ›Eine Hexe sollst du nicht am Leben lassen.‹ Wenn ich also auf eine Hexe stoße, ist es mein Auftrag, sie zu vernichten.«

»Ich bin kein Mann der Schrift. Daher werde ich mich auch nicht auf einen gelehrten Disput mit Euch einlassen. Ich werde auch keinen langatmigen Streit über das Für und Wider der Hexenverfolgung mit Euch austragen, die von vielen Bischöfen und selbst von der gestrengen spanischen Inquisition als unsachgemäß und nur den Aberglauben des gemeinen Volkes schürend abgelehnt wird. Und diesen Instanzen kann man wohl kaum Unkenntnis der Bibel vorwerfen.«

»Aber das ist …«, versuchte Bonifatius einzuwenden, doch Kasimir sprach unbeirrt weiter.

»Es gibt also offenbar unterschiedliche Auffassungen innerhalb der Kirche, über die ich aber, wie gesagt, nicht mit Euch streiten will. Ich bin ein Mann der Tat, und als solcher will ich nicht lange um den heißen Brei herumreden. Kurz und gut, von

Ebenstatt: Ihr werdet alle Mitglieder des Hauses Habsburg und alle ihm nahestehenden Häuser unbehelligt lassen.«

Bonifatius erstarrte, fing sich aber rasch wieder. »Ich pflege nicht grundlos nach Hexen und Zauberern zu suchen. Ich handele nur, wenn mir eindeutige Beweise vorliegen«, entgegnete er mühsam beherrscht.

»Das kann und will ich nicht beurteilen. Wesentlich ist für mich nur, dass Ihr akzeptiert, dass gerichtliche Untersuchungen und Urteile über jedwede Anschuldigungen gegen Uns nahestehende Adelshäuser und Personen ausschließlich in Unserer Hand liegen. Erklärt Ihr Euch damit einverstanden?«

Bonifatius starrte auf die sternförmigen Intarsien des Marmorbodens zu seinen Füßen, dessen weiße, grüne und gelbe Töne vor seinen Augen zu verschwimmen begannen, während ein stechendes Pochen hinter seinen Schläfen einsetzte. Er atmete tief durch. Ihm blieb nichts anderes übrig, als zuzustimmen, denn so lautete das im Reich geltende Recht. Er konnte zwar Anklage erheben, aber die Gerichtsbarkeit selbst oblag dem Landesherrn. Noch war seine Position zu schwach, um den Kräften der Finsternis in allen Häusern die Stirn zu bieten. Noch.

»Gut, ich werde mögliche Anschuldigungen und Beweise gegen Personen Eures Standes an Euch weiterleiten«, antwortete er ausweichend.

»Und diese allein unserer Gerichtsbarkeit überlassen?«

»Und Eurer Gerichtsbarkeit überlassen«, wiederholte der Inquisitor, wobei er absichtlich das Wort ›allein‹ ausließ.

»Das gilt selbstverständlich auch für den niederen Adel, vor allem dann, wenn er durch seine Dienste unserem Hause verbunden ist«, ergänzte Kasimir.

Mit eiserner Miene zwang sich der Inquisitor zu einem Nicken. Prinz Kasimir sah, dass er damit ins Schwarze getroffen hatte. Es war also etwas dran an den Gerüchten, dass der Päpstliche Inquisitor die Standesgrenzen zu überschreiten gedachte und auch den Adel ins Visier genommen hatte.

»Dann sind wir uns ja einig, von Ebenstatt«, sagte er und beendete das Gespräch, indem er sich erhob. »Seid so gut und meldet Euch bei mir, sobald Ihr die besagten Erkundigungen eingezogen habt.« Er wollte sich schon abwenden, da fiel ihm noch etwas ein. »Bevor ich es vergesse – der Markgraf lässt Euch mitteilen, dass er Euch bis auf Weiteres gewährt, auf Burg Gutenstein zu bleiben.«

Der Inquisitor verabschiedete sich mit einem säuerlichen Lächeln. Er hatte sehr wohl verstanden, dass ihm das Bleiberecht auf der Burg jederzeit wieder entzogen werden konnte. Aber viel wichtiger war, dass er sich jetzt mit dem Prinzen im Gespräch befand. Und wenn der Kaiser erwartungsgemäß starb, würde der Markgraf wohl kaum Einwände dagegen erheben können, dass der Jesusmörder und seine Gehilfen dafür zur Rechenschaft gezogen wurden. Und wenn Katharina von Velden dazugehörte, würde es ein ganz besonderes Freudenfeuer werden.

XLVIII.

Es ist schlecht bestellt um Seine kaiserliche Majestät«, sagte Baruch, als er Katharinas bangen Blick sah. »Sein Darm beginnt schon zu bluten.«

»Ich würde ihm gern zusätzlich Hirtentäschel geben. Und Wegerich, Gilbweiderich, Großen Wiesenknopf und Vogelknöterich. Außerdem Heilerde. Vielleicht können wir damit die Blutung stoppen.«

Baruch nickte. »Einverstanden.«

»Ihn in solch einem Zustand zur Ader zu lassen«, sagte Katharina kopfschüttelnd. »Ich verstehe die Ärzte nicht. Aber es ist ja auch viel einfacher und erfordert weniger Wissen, einen Kranken zur Ader zu lassen, anstatt die altbewährte Kräutermedizin heranzuziehen.«

Baruch runzelte die Brauen. »Und das nennt sich Wissenschaft! Weil ihnen die Kenntnisse und die Argumente fehlen, arbeiten sie mit Verleumdungen und Verboten!« Er machte eine Pause. »Ich bewundere Euren Mut, Freifrau.«

Katharina seufzte. »Mein Gatte hält zu mir und lässt mich gewähren – noch. Aber seine Besorgnis wächst, sodass ich nicht weiß, ob er nicht irgendwann seine Meinung ändert. Wie ich mich verhalte, wenn er mir die Arbeit im Spital verbietet, weiß ich noch nicht. Aber ich habe auch Angst, seit mir der Päpstliche Inquisitor von Ebenstatt unverhohlen gedroht hat.«

Baruch hob die Brauen. »Oh, das wusste ich nicht.« Er kratzte sich am Kopf und starrte eine Weile schweigend vor sich hin. Dann fuhr er fort: »Allerdings scheint seine Macht zu schwinden. Selbst der Markgraf ist, wie ich hörte, von ihm abgerückt.«

Katharina senkte den Kopf und betrachtete den Ring mit dem rettenden Gift, den ihr die Zigeunerin geschenkt hatte. Ihn zu tragen, beruhigte sie.

»Leider wächst von Ebenstatts Einfluss in letzter Zeit wieder. Er sitzt jetzt erneut auf Burg Gutenstein, die ja im Besitz des Markgrafen ist«, antwortete sie schließlich. Dann sah sie wieder auf und versuchte zu lächeln. »Aber es ist wohltuend, dass ich in Euch einen Menschen gefunden habe, der die Finsternis erkennt, die, als neue Wissenschaft getarnt, bedrohlich heraufzieht.«

»Wenn ich das mit von Ebenstatt gewusst hätte, wäre es mir niemals in den Sinn gekommen, Euch um Hilfe zu bitten.« Baruch stand auf und ging unruhig hin und her. Unvermittelt blieb er vor Katharina stehen und sah ihr eindringlich in die Augen. »Freifrau, Ihr müsst Euch sofort wieder zurückziehen. Lasst uns die weiteren Schritte besprechen, und dann reitet heim in Eure Burg. Sagt einfach, Ihr wüsstet Euch keinen Rat mehr und würdet alles in Gottes Hand und in die Hände der heiligen katholischen Kirche legen.«

»Nein«, widersprach Katharina, »das werde ich nicht tun. Es wäre sowieso zu spät. Wenn der Kaiser sterben sollte, würde sich in Windeseile herumsprechen, dass ich hier war. Retten würde mich mein Verschwinden also nicht.«

Baruch sah sie schweigend an.

»Nein, werter Freund«, sagte Katharina ruhig und entschieden, »die Würfel sind gefallen ... Sind eigentlich schon Personen aus dem Gefolge des Kaisers erkrankt?«

»Ein Kammerherr. Ich habe ihn sofort in einem abgeschirmten Krankenzimmer untergebracht und ihm die gleiche Behandlung verordnet wie dem Kaiser. Außerdem habe ich vorsorglich bestimmte Maßnahmen angeordnet, damit eine Ausbreitung der Krankheit verhindert wird. Jede Person, die einen Patienten aufsucht und versorgt, muss sich genauso wie wir anschließend die Hände waschen, und sie muss die Kleidung wechseln. Die wird dann zusammen mit der verschmutzten Wäsche der Kranken in großen Bottichen im Hof gekocht, um die unsichtbaren Ruhrtierchen abzutöten. Außerdem wird das Brunnenwasser abgekocht, bevor es getrunken wird, und die Fäkalien der Kranken werden nicht in den Abort geschüttet, sondern ins Feuer, damit sie nicht durch die Erde in die Brunnen sickern.«

»Ruhrtierchen?«, fragte Katharina.

Baruch nickte. »Schon seit alters her gibt es die Überzeugung, dass die Ruhr auf ähnliche Weise übertragen wird wie Läuse oder Würmer, nämlich durch winzig kleine Tierchen, die sich im ganzen Körper ausbreiten und die über alle Ausscheidungen einschließlich des Speichels weitergegeben werden. Wenn man die Fäkalien eines Kranken berührt und anschließend etwas isst, isst man die Ruhrtierchen mit und erkrankt ebenfalls. Aber diese Ruhrtierchen kann man durch Abkochen töten.«

»In Nürnberg weiß man schon länger, dass die Abortgruben durch das Sickerwasser eine Gefahr darstellen«, sagte Katharina. »Darum ist auch das Mauerwerk der Brunnenschächte in der ganzen Stadt verstärkt worden. Aber offenbar lässt sich trotzdem nicht verhindern, dass Fäkalien in das Brunnenwasser gelangen.«

»Ah, darum hat die Leitung des Spitals meine Anweisung widerspruchslos umgesetzt und gleich auch an den Nürnberger Rat weitergegeben, damit dieser alle Bürger der Stadt anweist, das Trinkwasser abzukochen und sich vor dem Essen die Hände zu waschen und schon beim ersten Anzeichen einer Erkrankung sofort ins Spital zu kommen.«

Katharina nickte. »Burg Wildenstein, wo ich aufgewachsen bin, hatte früher einen Abort, der weit aus der Burgmauer hinausragte, sodass die Ausscheidungen durch die Luft nach unten und direkt in einen Bach fielen. Im Winter stauten sich die Fäkalien dann immer auf dem Eis und verstopften im Frühjahr den Bachlauf. Das größte Problem bestand jedoch darin, dass der Bach auch als Wasserversorgung des unterhalb der Burg liegenden Weilers diente. Ein ähnliches Problem gab es auf Burg Strahlenfels. Mein Gemahl hat es nach dem Vorbild der römischen Aquädukte, die er in Zahlbach bei Mainz und in der Eifel gesehen hat, so gelöst, dass wir die Ausscheidungen zusammen mit einem ordentlichen Schuss Wasser über einen unter unserem Abort angebrachten und mit Blei ausgekleideten Kanal in ein Auffangbecken fünfzig Meter jenseits unseres Bachlaufes leiten. Die im Becken angesammelten Fäkalien werden regelmäßig schichtweise mit Erde und Stroh bedeckt. Auch die Fäkalien und der Mist aus den umliegenden Weilern werden dort gesammelt, und im Frühjahr werden damit die Felder gedüngt. Seit wir das tun, ist auch die lästige Fliegenplage in den Weilern fast verschwunden, und wir haben den Eindruck, dass die Zahl der Erkrankungen zurückgegangen ist.«

»Wie schön wäre es, wenn dieses Beispiel Schule machte«, sagte Baruch anerkennend. »Aber nun zurück zu unserem Kranken: Was können wir noch für die Gesundung Seiner Kaiserlichen Majestät tun?«

»Wir müssen weiterhin dafür sorgen, dass Seine Majestät nicht austrocknet, und wir müssen die Flüssigkeit, die er zu sich nimmt, mit Salz und kräftigenden Kräutern anreichern. Außerdem können wir durch erwärmte Steine dafür sorgen, dass sein geschwächter Körper nicht auskühlt, und die Durchblutung durch sanftes Massieren mit reinigenden, belebenden Ölen anregen. Vielleicht sollten wir auch Myrrhe und Weihrauch verbrennen, das hält die bösen Mächte fern. Und der Kaiser muss unbedingt Heilerde zu sich nehmen, so viel er kann. Die hilft am besten gegen Durchfall.«

»Ich würde eher zu kleinen Mengen raten«, wandte Baruch ein. »Denn durch den Durchfall reinigt sich der Körper von den Ruhrtierchen, die so herausgespült werden.«

»Das leuchtet ein.« Katharina stand auf. »Dann werde ich mal wieder zu unserem kaiserlichen Patienten gehen und ihm seine Arzneien und Tees einflößen. Wenn er seine erste Möhrensuppe isst, haben wir gewonnen.«

Baruch beobachtete, wie sie mit energischen Schritten auf das Krankenzimmer des Kaisers zuging. »Hoffentlich wird es dazu kommen«, murmelte er.

Als Katharina das Zimmer betrat, fuhr sie erschrocken zusammen. Der Kaiser lag mit geschlossenen Augen und offenem Mund da und rührte sich nicht. Die Knopfleiste seines Hemdes war aufgerissen, sodass man seine ausgemergelte, bleiche Brust sehen konnte. Katharina blieb wie angewurzelt stehen und starrte auf die vorstehenden Rippen, die sich weder hoben noch senkten. Eine Kammerzofe in hellblauem Schwesternkittel raffte einige verschmutzte Laken zusammen und eilte aus dem Raum. Nun war Katharina allein mit dem Kaiser, und eine bedrückende Stille umfing sie, die durch kein Rascheln, kein Seufzen und kein Atmen zerschnitten wurde.

Nur zögernd löste sich Katharina aus ihrer angsterfüllten Erstarrung, trat an das Bett des Kaisers und legte ihm ihre bebende Hand auf die Brust. Sie fühlte ein unregelmäßiges Pulsieren, aber sie war sich nicht sicher, ob es das immer schwächer werdende Herz des Kaisers war oder ihr eigener rasender Puls. Sie schloss die Augen, suchte mit beiden Füßen einen festen Stand und atmete mehrmals langsam ein und aus. Als sie merkte, dass sie ruhiger wurde, griff sie nach dem Handgelenk des Kaisers. Da war es – ein schwaches, stolperndes Rasen, unterbrochen von längeren Pausen. Sie legte die Hand an die Halsschlagader und kam zu dem gleichen Ergebnis. Der Körper des Kaisers hatte durch den wässrigen, blutigen Durchfall zu viel Flüssigkeit und Nährstoffe verloren, sodass das Herz nun Schwierigkeiten hatte, den nur noch spärlich fließenden roten Lebenssaft weiter durch die Adern zu pumpen. Auch die Atmung war gefährlich flach geworden. Als sie die Lider des ohnmächtigen Kaisers hob, zogen sich die geweiteten Pupillen kaum zusammen.

Sie musste jetzt schnell und mutig handeln, wenn sie diesen Kampf nicht verlieren wollte. Noch einmal atmete sie tief durch und nahm dann aus ihrem Medizinkorb ein dunkles Fläschchen. Als sie es öffnete, entstieg ihm sofort ein scharfer, brennender Geruch, der kurz darauf den ganzen Raum erfüllte. Sie setzte sich auf den Bettrand und hielt dem Kaiser das Fläschchen unter die Nase, dann wartete sie. Aber er rührte sich nicht. Als sie schon die Hoffnung aufgeben und sich erheben wollte, sah sie, wie ein Zucken über seine Lider lief. Schließlich öffneten sie sich. Zugleich verzog der Kaiser angeekelt den Mund, beugte den Kopf nach vorn und begann, würgend zu husten.

Katharina stand auf, verschloss das Fläschchen und nahm ein anderes Fläschchen aus dem Korb. Die darin enthaltene bräunliche Flüssigkeit füllte sie in einen Löffel und ging damit wieder zum Bett des Kaisers. Der hob abwehrend die Hand, doch Katharina ließ sich nicht abweisen, sondern hob den Kopf des Kaisers leicht an und hielt ihm den Löffel mit der Flüssigkeit an die Lippen.

»Bitte, Eure Majestät, Ihr müsst das jetzt nehmen. Euer Herz ist durch den großen Flüssigkeitsverlust und die Krankheit Eurer Majestät so schwach geworden, dass es zu rasen und zu stolpern angefangen hat. Das werdet Ihr nicht mehr lange überleben, wenn Ihr diese Medizin nicht nehmt.«

Widerwillig schluckte der Kaiser die Flüssigkeit und verzog wieder das Gesicht. Katharina nahm einen Becher mit Tee von dem Tisch neben dem Bett. Erst langsam und zögerlich, dann in immer größer werdenden Schlucken trank der Kaiser den Becher leer und schloss die Augen.

»Danke, Eure Majestät, dann werde ich Euch jetzt ein wenig ruhen lassen«, sagte Katharina und wollte sich von dem Bett des Kaisers entfernen. Doch da griff dieser nach ihrer Hand und sah sie mit seinen gelblich-braunen Augen flehentlich an. Katharina beugte sich über ihn und wartete geduldig, bis er mühsam hervorstieß:

»Ich habe gesündigt, und Gott straft mich jetzt für meine Missetaten … Nein, nein, sagt jetzt nicht, dass wir alle Sünder sind. Ich habe in einem Ausmaß gesündigt, das Eure Vorstellungskraft übersteigt. Und damit meine ich nicht nur die fleischlichen Sünden. Ich bin …« Die Stimme des Kaisers war immer leiser geworden und erstarb jetzt.

Katharina setzte sich auf den Stuhl neben dem Bett und sah den Kaiser, der nun mit geschlossenen Augen und bebenden Lippen dalag und noch immer ihre Hand gepackt hielt, schweigend an. Ein Sturm der Gefühle brach in ihr los, denn das, was der Kaiser angedeutet hatte, kannte sie von Thassilo. Der war von seinen Feldzügen jedes Mal bedrückter und niedergeschlagener nach Hause gekommen. Er hatte sich jedoch auf Andeutungen über die Grausamkeit des Krieges, in dem weder Recht noch Sitte galten, beschränkt und sich stets geweigert, über Einzelheiten zu sprechen.

Sie brauchte lange, bis sie mit leiser, ruhiger Stimme erwidern konnte: »Eure kaiserliche Majestät, ich bin nur eine unwissende Freifrau, die auf einer entlegenen Burg wohnt und wenig von der Welt gesehen hat. Allerdings weiß ich aus eigener Erfahrung, dass man manchmal, um die eine Sache zu erreichen, eine andere opfern muss und dass man dabei zuweilen auch etwas Falsches tut, weil man die Folgen der eigenen Entscheidungen nicht übersehen kann. Andererseits kann man nichts Großes schaffen, wenn man nur zögert und zaudert.«

»Vielleicht«, seufzte der Kaiser, drückte ihr die Hand und ließ sie dann los. »Lasst mich jetzt schlafen.«

XLIX.

Wider Erwarten war der Kaiser gesundet, und er hatte das Nürnberger Spital schon zwei Wochen später verlassen können. Aber seine Gesundheit war angeschlagen, und es dauerte lange, bis er so weit bei Kräften war, dass er seine Amtsgeschäfte wieder vollständig aufnehmen konnte. In dieser Zeit musste Katharina ihn auf seinen Befehl hin begleiten. Trotz all der Pracht und Annehmlichkeit, von der sie nun umgeben war, sehnte sie sich zurück zu ihrer Familie und zu dem kargen, aber ruhigen und glücklichen Leben auf der Burg.

Als der Kaiser sie schließlich entließ, allerdings nur unter der Voraussetzung, dass sie ihm bei Bedarf sofort wieder zur Verfügung stand, entlohnte er sie mit einem Lehen, das mehrere Weiler und Ländereien bei Fürth und Igensdorf umfasste. Außerdem überreichte er ihr ein Schreiben, das ihr das Recht einräumte, jederzeit ohne Anmeldung eine Audienz bei ihm zu bekommen – ein Privileg, das nur sehr wenige Personen besaßen und um das sie sogar von hochgestellten Adeligen beneidet wurde.

Den Physikus Baruch hatte der Kaiser mit einem Beutel voller Goldstücke abgefunden, die dieser zum Ausbau seines baufällig gewordenen Hauses gut gebrauchen konnte, denn der Lohn, den ihm das Nürnberger Spital gewährte, war spärlich. Baruchs Familie bekam jedoch einen Ernährer mehr, indem Katharina seinen achtzehnjährigen Sohn als Verwalter für die neuen Ländereien einsetzte.

Seit der Erkrankung des Kaisers waren über drei Jahre vergangen, und Katharina saß an einem kühlen Septembermorgen an dem großen Tisch in der Halle von Burg Strahlenfels und schrieb einen Brief an ihn. »In großer Dankbarkeit und Freude kann ich Euer Majestät berichten«, teilte sie dem Kaiser auf einem Stück Pergament mit, »dass sich die Weiler und Ländereien, die Euer Majestät mir großzügigerweise als Lehen gegeben haben, gut entwickeln. Und so erlaube ich mir, als Zeichen meiner Dankbarkeit dem Boten zusammen mit diesem Brief eine kleine Aufmerksamkeit für Euch mitzugeben. Es sind mehrere Holzschnitte des von Euch so geschätzten Meisters Dürer zur Passion Christi. Es sind Studien zu seiner großformatigen Passionsreihe, die mir aber nicht nur wegen des handlicheren Formats, sondern vor allem wegen der sich hier noch zeigenden Vielfalt der gestalterischen Möglichkeiten gefallen. Ich hoffe, Ihr könnt ihnen ebenso wie ich etwas abgewinnen. In Nürnberg begegne ich Meister Dürer zuweilen, und er bat mich, nur ja nicht zu vergessen, Euch seine untertänigsten Grüße auszurichten.«

Katharina betrachtete die filigranen Figuren auf den Holzschnitten, die das Leiden, die Zweifel und Qualen Christi, aber auch die mit der Passion verbundene Hoffnung auf Erlösung veranschaulichten. Der menschliche Gott, der aus seinen Höhen herabgestiegen war. Wie grausam hatte er leiden müssen! Sie dachte an die Zeit im Nürnberger Spital zurück. Viele Tage lang hatte der körperlich ohnehin schon geschwächte Kaiser mit dem Tode gerungen und Qualen erlitten. Aber nicht allein sie peinigten ihn. Hinter seiner Krankheit verbarg sich, wie er ihr damals angedeutet hatte, ein noch viel größeres Leiden. Wahrscheinlich war das der Grund dafür, dass der Kaiser immer wieder kränkelte.

Katharina dachte voller Dankbarkeit daran, dass sie durch die Wertschätzung, die der Kaiser ihr entgegengebracht hatte, besser vor dem Zugriff der Gerichte und vor allem vor dem des Inquisitors geschützt war, sodass sie zum ersten Mal seit vielen Jahren wieder ein Gefühl von Sicherheit genoss. Auch hatten sich ihre Einkünfte durch die neuen Lehen stark verbessert, sodass sie endlich das undichte Dach der Burg erneuern und die zugigen Mauern und Fenster ausbessern lassen konnten.

Die zusätzlichen Einnahmen ermöglichten es ihr auch, den neuen Markgrafen von Brandenburg-Kulmbach und Ansbach, Kasimir, durch großzügige Geschenke günstig zu stimmen. Sein Vater lebte zwar noch, aber Kasimir hatte ihn, da sich seine Wutausbrüche ebenso wie seine verschwenderischen Exzesse weiter steigerten, in Abstimmung mit seinem Bruder Georg vor zwei Jahren für geisteskrank erklärt, auf der Plassenburg festgesetzt und zum Rücktritt gezwungen.

Katharina verstand sich gut mit dem neuen Markgrafen, der rechtstreu war und überlegt und nach klaren Prinzipien handelte, was ihn berechenbar machte. Und er verhielt sich der Burgherrin gegenüber respektvoll, ganz anders als sein lüsterner Vater. Dieser hatte sie während seiner prunkvollen Feste durch seine unverhohlenen Anzüglichkeiten immer wieder in höchste Verlegenheit gebracht und zweimal versucht, sie in eines der vielen, hinter den Nischen in den Gängen des Schlosses liegenden Separees zu ziehen. »Es ist eine sündhafte Verschwendung, dass eine so schöne Frau nur einem Manne gehören soll«, hatte der betrunkene Markgraf gerufen und versucht, sie zu packen. Aber es war ihr beide Male gelungen, sich ihm zu entziehen, indem sie in der Menge der anderen Gäste untertauchte. Ganz anders Markgraf Kasimir, der stets einen wohltuenden Abstand zu ihr wahrte.

Ihre gute Beziehung zu Kasimir wurde auch dadurch gestützt, dass dieser ebenso wie Thassilo dem Kaiser gegenüber absolut loyal war. Auch hatte Thassilo gemeinsam mit Kasimir in mehreren Schlachten für den Kaiser gekämpft. Die beiden Männer hatten einander dabei schätzen gelernt, was Katharina einen zusätzlichen Schutz bot.

»Markgraf Kasimir neigt zu Härte und Grausamkeit, aber er ist gerecht und handelt stets überlegt. Und er ist ein kühner Krieger und ein kluger, durchsetzungsfähiger Stratege, auf den man sich verlassen kann«, urteilte Thassilo.

Sie musste an den jährlichen Empfang beim Markgrafen im vergangenen Jahr denken und sah sofort das hagere Gesicht des Inquisitors vor sich. Thassilo befand sich wieder einmal auf einem Kriegszug für den Kaiser und hatte sie daher nicht begleiten können. Ihren Gruß hatte von Ebenstatt mit einem säuerlichen, knappen Nicken erwidert und ihr mehrmals eisige Blicke zugeworfen. Sie war nach wie vor auf der Hut vor ihm. Trotzdem arbeitete sie weiter als Heilerin; nach der erfolgreichen Behandlung des Kaisers sogar öfter als früher. Bonifatius machte keinen Hehl daraus, wie sehr ihm das missfiel. Und als die Gräfin Abenberg auf ihn zukam, nutze er die Gelegenheit, mit lauter Stimme gegen die Ketzer und das Hexenunwesen zu wettern.

»Satan und seine teuflischen Truppen sind auf dem Vormarsch«, hatte er gerufen und Katharina mit funkelnden Augen fixiert. »Nur mit Feuer und Schwert kann man diese höllische Brut bekämpfen, und die heilige Inquisition wird dafür sorgen, dass sie alle den reinigenden Flammen der Gerechtigkeit übergeben werden.«

»Feuer und Schwert mögen gute Waffen gegen Irrgläubige sein«, hatte Katharina für alle deutlich hörbar erwidert, »aber nur, wenn Ihr es wie die fränkischen Bischöfe haltet und das Feuer Eures gottgegebenen Verstandes und das scharfe Schwert des besseren Arguments einsetzt.«

Mit hasserfülltem Gesicht hatte Bonifatius entgegnet:

»Einen Disput mit den Helfern Satans zu führen ist so sinnlos wie ein Disput mit Satan selbst. Denn Satans List und Schläue verführen und verwirren den menschlichen Verstand.«

»Wovor habt Ihr Angst? Meint Ihr wirklich, dass Gott seine wahren Vertreter auf Erden mit einem geringeren Verstand ausstattet als die Irrgläubigen und Fehlgeleiteten?«, hatte Katharina ruhig lächelnd zurückgegeben.

»Der weibliche Geist ist zu schwach, um die göttliche Schöpfung erfassen zu können, und darum sind Wir auch nicht bereit, mit einem Weibe zu disputieren«, hatte der Inquisitor erwidert und sich abgewandt.

Immerhin hatte er es nicht gewagt, ihr öffentlich zu drohen, zumal Markgraf Kasimir in diesem Moment schützend neben die Freifrau getreten war und sie mit den Worten verteidigt hatte: »Ich verstehe Eure Verärgerung nicht, von Ebenstatt. Der Hinweis von Freifrau von Velden, dass Gott schon dafür sorgen wird, dass die Seinen genug Verstand erhalten, um sich äußerst wirkungsvolle Waffen des Arguments gegen Irrgläubige und Fehlgeleitete zu schmieden, hat doch durchaus etwas für sich.«

Darauf hatte sich der Inquisitor noch einmal kurz umgedreht und erwidert:

»Ketzertum und Zauberei, Durchlaucht, lassen sich weniger durch den Verstand als vielmehr durch den wahren Glauben bekämpfen. Der Verstand kann leicht zur Leimrute Satans werden, der dem schwachen Menschengeschlecht Sicherheit und Gewissheit vorgaukelt, wo doch in Wirklichkeit nur die Verführungen der Hölle lauern.«

Mit diesen Worten hatte sich Bonifatius tief vor dem Markgrafen verneigt und war mit schnellem Schritt in der Menge verschwunden.

Seufzend betrachtete Katharina Dürers Darstellung des Verhörs Christi, wo das Todesurteil von vornherein feststand. War es klug von ihr gewesen, den Päpstlichen Inquisitor derart herauszufordern? Wohl nicht, aber jedes Mal, wenn sie den Mann sah, der ihre beste Freundin zu Tode gefoltert hatte, stieg ein ungezügelter Zorn in ihr auf.

»Verehrte Freifrau«, hatte Markgraf Kasimir ihr mit einem Lächeln zugeflüstert und ihr dabei ein Glas Wein gereicht, »Ihr führt eine scharfe Zunge.« Ernst hatte er hinzugefügt: »Aber warum eine Kriegserklärung laut aussprechen, wenn andere, leisere Mittel und Wege möglicherweise mehr Wirkung zeigen?«

Katharina war mit dem Markgrafen zur Seite getreten und hatte nach kurzem Zögern geantwortet: »Ihr habt recht, Durchlaucht. Da sind wohl die Pferde mit mir durchgegangen. Doch die Haltung des Päpstlichen Inquisitors, grundsätzlich jeden zu verdächtigen, und seine Aufforderung an die Menschen, sich gegenseitig zu bespitzeln, erzeugt viel böses Blut und sorgt für Unruhe im Volk, vor allem unter den Bauern. Statt ihrer Feldarbeit nachzugehen, beäugen sie sich in jüngster Zeit argwöhnisch und beschuldigen sich gegenseitig, was schon Anlass zu bösen Schlägereien gegeben hat. So etwas kann und will ich auf meinen Gütern nicht zulassen.«

Markgraf Kasimir hatte die Freifrau nachdenklich gemustert. »Gut«, hatte er schließlich gesagt, »Bonifatius von Ebenstatt übertreibt mit seinem Eifer zuweilen ein wenig. Aber was ich Euch eigentlich fragen wollte: Wann kommt Euer Gemahl von der Front in Kärnten zurück?« Er warf ihr noch einen hintergründigen Blick zu, dann wandte er sich ab, um mit anderen Gästen zu plaudern.

Katharina sah wieder auf das Pergament vor sich und beendete den Brief an den Kaiser mit den Worten: »Meister Dürer und ich beten ebenso wie mein Gemahl Reichsritter Thassilo von Wildenstein jeden Tag, dass unser Herrgott Euer Majestät

Gesundheit bewahren und Euch vor allem Missgeschick schützen möge, damit Eure kaiserliche Majestät all seinen Untertanen noch lange erhalten bleibe.«

Sie unterschrieb und versiegelte den Brief. Dann nickte sie seufzend. Der Markgraf hatte recht. Sie durfte den Päpstlichen Inquisitor nicht unterschätzen und musste nach anderen Mitteln und Wegen suchen, um dessen Macht und Einfluss zu beschneiden. Sie hatte einen Fehler gemacht, und sie konnte nur hoffen, dass sie ihn nicht irgendwann bereuen musste.

L.

Sophia kniete auf einem hohen Hocker am Herd. Sie rührte mit einem Holzlöffel in einem Steintopf, der in einem heißen Wasserbad stand. In dem Topf köchelte eine würzig duftende Kräutertinktur mit Bienenwachs, Wollfett, Olivenöl und Bienenhonig. Interessiert beobachtete Sophie, wie sich die einzelnen Bestandteile langsam zu vermischen begannen und nach und nach zu einer geschmeidigen Masse wurden. Sie sah zu ihrer Mutter hinüber, die am Küchentisch stand und klein geschnittene getrocknete Kräuter in Tonkrüge warf, dann je einen Becher Honig hinzufügte, alles mit einer Flüssigkeit übergoss und kurz verrührte. Anschließend legte Katharina dicht gewebte Baumwolltücher auf die Krüge, band die Tücher unter den nach außen gewölbten Krugrändern fest und verschloss die Krüge zusätzlich mit flachen Holzdeckeln.

»Mutter, was hast du auf die Kräuter gegossen?«, fragte die Achtjährige.

»Das ist Aqua vita.«

»Und was ist Aqua vita?«

»Den Namen müsstest du aus deinem Lateinunterricht kennen, Sophia. Aqua …«

»Aqua heißt Wasser, vita heißt Leben. Was ist Aqua vita?«

»Genau das, was es übersetzt heißt: Lebenswasser. Es reinigt und heilt schwärende Wunden und macht Getränke und Früchte haltbar.«

»Und du hast jetzt das Aqua vita auf die Kräuter gegossen, um sie haltbar zu machen?«

Katharina nickte. »Ja, aber nicht nur. Das Aqua vita dient zwar ebenso wie der Honig dazu, Kräuter haltbar zu machen, aber in Verbindung mit dem Honig zieht es darüber hinaus die Heilkräfte aus den Pflanzen.«

»Und dann reibt man alles auf die Wunden?«

»Das könnte man, aber dann müsste man andere Kräuter verwenden. Das hier wird getrunken, um den Körper von innen zu stärken. Man lässt die Mischung ein paar Wochen oder Monate ziehen, damit die Pflanzen ihre Kräfte an das Aqua vita abgeben. Dann gießt man alles durch ein Tuch und hat einen Heiltrank. Seine Wirkung unterscheidet sich je nach den Kräutern, die man hineingegeben hat. Wenn du beispielsweise zerstoßenen Kümmel- und Fenchelsamen hineintust, hilft der Trunk gegen Bauchgrimmen, Kiefernzapfen und Weißdorn stärken das Herz, Löwenzahn hilft bei der Verdauung und lässt die Körpersäfte besser fließen.«

»Wie viel trinkt man denn davon?«

»Morgens und abends einen großen Löffel voll.«

»In jedem dieser Töpfe entsteht also eine andere Medizin.«

»Ganz genau, meine kluge Tochter.«

Sophia senkte errötend den Kopf und tat so, als vertiefe sie sich wieder in das Rühren der Masse. Katharina ging zu ihr, drückte sie an sich und gab ihr einen Kuss auf den Scheitel.

»Ich meine es ernst, du bist wirklich klug.«

Sophia, die inzwischen acht Jahre alt war, senkte den Kopf noch tiefer, wobei ihr eine schwarze Locke über die Stirn fiel, die sich aus ihrem Haarknoten gelöst hatte, und rührte noch eifriger. Katharina legte ihr den Zeigefinger unter das Kinn, hob ihren Kopf und sah ihr in die Augen.

»Was ist, meine Kleine? Was hast du?«

Sobald ihre Mutter das Kinn losgelassen hatte, senkte Sophia wieder den Kopf und kaute auf der Lippe. Katharina blieb geduldig neben ihr stehen und wartete. Schließlich stieß Sophia hervor:

»Sybilla hat gesagt, dass Mädchen hässlich werden und dann keinen Mann mehr bekommen, wenn sie zu viel lernen und klug werden.«

»Sybilla Marie, die Nichte der Gräfin Abenberg?«

Sophia blickte auf und nickte.

Katharina legte ihr den Arm um die Schultern und strich ihr behutsam über die gerunzelte Stirn. »Das ist Unsinn, Sophia. Bestimmt hat Sybilla etwas falsch verstanden oder durcheinandergebracht. Klugheit hat noch niemanden hässlich gemacht.« Sie musterte ihre Tochter und fragte schließlich: »Worüber habt ihr denn gesprochen, als sie das zu dir gesagt hat?«

»Darüber, was Mädchen lernen sollten und ob Mädchen genauso wie die Jungen auf eine Lateinschule gehen sollten.«

Katharinas Stimme klang betont beiläufig, als sie weiterfragte: »Und wie seid ihr auf das Thema gekommen?«

»Ich habe Sybilla gefragt, ob sie lesen und schreiben lernen und auf eine Lateinschule gehen möchte, und dann hat sie gesagt, dass Mädchen hässlich werden, wenn sie zu viel lernen.«

»Und hat sie dich gefragt, ob du lesen und schreiben lernen willst?«

»Ja.«

»Und was hast du geantwortet?«

»Ich habe gesagt, dass ich das noch nicht weiß.«

»Hast du ihr gesagt, dass du schon lesen und schreiben lernst?«

»Nein. Sybilla darf man nicht alles erzählen, was man tut.«

»Hm.« Katharina ging zurück an den Küchentisch und verteilte wieder Kräuter in mehrere Krüge. »Das hast du gut gemacht, Sophia, sehr, sehr gut. War das alles, oder hat Sybilla noch etwas gesagt?«

Sophia fing wieder an zu rühren. »Sie hat gesagt, dass ich besser nicht lesen und schreiben lernen soll, weil der Päpstliche Inquisitor das den Frauen verboten hat und weil die Frauen, die es trotzdem tun, bestraft werden, weil Frauen, die lesen und schreiben können, Hexen werden.« Sophia hörte auf zu rühren und sah zu ihrer Mutter. »Stimmt das, Mama? Werde ich eine Hexe, wenn ich lesen und schreiben kann, und werde ich dann verbrannt?«

Die Worte ihrer Tochter trafen Katharina wie Stiche ins Herz. Einen Augenblick lang stand sie da wie erstarrt. Dann nahm sie einen Stuhl und setzte sich neben ihre Tochter, die weiter in dem Topf rührte. Katharina zwang sich zu einem Lächeln und antwortete mit ruhiger Stimme:

»Nein, mein Herz, durch das Lesen und Schreiben wirst du nicht zur Hexe. Aber wir leben in einer Zeit, in der es viele dumme Menschen gibt, die Angst vor klugen Menschen haben und ganz besonders große Angst vor klugen Frauen. Aus diesem Grund behaupten sie so etwas. Wir Frauen müssen deshalb ganz besonders auf der Hut sein. Je klüger wir sind und je mehr wir wissen, desto vorsichtiger müssen wir anderen Menschen gegenüber sein, und es ist am besten, wenn wir unser Wissen vor ihnen verbergen.«

»Und warum haben die dummen Menschen Angst?«

»Weil dumme Menschen oft glauben, dass die klugen Menschen ihnen schaden wollen. Und so entsteht Misstrauen und schließlich Hass. Und weil das so ist, darf man als kluger Mensch den dummen Menschen nicht zeigen, dass man klüger ist als sie. Verstehst du das?«

Sophia hielt kurz inne und seufzte, dann rührte sie weiter. Schließlich nickte sie. »Ich darf also den dummen Menschen nicht erzählen, dass ich lesen und schreiben kann. Und ich darf ihnen nicht erzählen, was ich weiß und was ich gelernt habe.«

Auch Katharina seufzte. »So ist es, meine Kleine. Das gilt zwar auch für Männer, aber es gilt ganz besonders für uns Frauen.«

»Warum?«

»Warum das ganz besonders für uns Frauen gilt?«

Sophia nickte.

»Weil die weisen und heilkundigen Frauen immer sehr viel Macht gehabt haben. Das war viele, viele Jahrhunderte lang so, und die Menschen haben die weisen Frauen wegen ihres Wissens geachtet und verehrt, weil sie von ihnen gesund gemacht wurden. Doch heutzutage gibt es einflussreiche Männer, die sich über die Macht und das Wissen der weisen Frauen ärgern, weil sie selbst ganz allein wissend und mächtig sein und ganz allein verehrt und geachtet werden wollen. Deshalb beschimpfen sie diese Frauen und behaupten, sie seien Hexen.«

Sophia erschrak und hätte beinahe den Löffel fallen lassen. Entsetzt starrte sie ihre Mutter an. »Dann könnten sie ja auch von dir sagen, dass du eine Hexe bist …«

Katharina strich ihrer Tochter über den Kopf und fasste sie an den zarten Oberarmen. »Du brauchst keine Angst zu haben.« Sie sah ihrer Tochter tief und ernst in die Augen. »Niemand wird es wagen, sich an mir zu vergreifen, denn ich stehe unter dem persönlichen Schutz des Kaisers. Und wir können durch ein kluges Verhalten zusätzlich dazu beitragen, dass so etwas nicht geschieht.« Dann ließ sie die Hände sinken und sah gedankenverloren vor sich hin.

Sophia musterte ihre Mutter, und nach einer Weile sagte sie zögernd: »Dann sind die Hexen, die verbrannt werden, in Wirklichkeit gar keine Hexen, sondern Frauen, die sehr viel wissen und lesen und schreiben können?«

»Nicht alle, Sophia, aber viele. Manche sind auch nur arme Frauen, die man verdächtigt, Dinge bewirkt zu haben, die sich die anderen nicht erklären können. Blitze zum Beispiel oder Seuchen.«

»Dann gibt es in Wirklichkeit gar keine Hexen, Mutter?«

Katharina sah ihre Tochter lange nachdenklich an und schüttelte schließlich den Kopf. »Nein, das ist reiner Aberglaube.«

Sophia nickte langsam und starrte in den Topf, in dem die breiartige Masse köchelte. Schließlich sah sie wieder auf und blickte ihrer Mutter ernst in die Augen. »Und wenn ich einfach dumm bleibe?«

Katharina schüttelte den Kopf. »Gott hat dir einen scharfen Verstand geschenkt, damit du ihn nutzt. Aber du musst dabei immer vorsichtig sein.«

Sophia nickte. Dann nahm sie den Holzlöffel und rührte wieder in dem dampfenden Brei. Katharina stand auf und beschäftigte sich weiter mit den getrockneten Kräutern. Eine Weile war es still in der Küche.

»Mutter, ist der Päpstliche Inquisitor auch dumm?«, fragte Sophia irgendwann.

Katharina hob den Kopf. »Wie kommst du denn darauf?«

»Weil er nicht will, dass Frauen lesen und schreiben lernen. Hat er Angst vor klugen Frauen?«

Katharina schwieg eine Weile, bevor sie antwortete: »Der Päpstliche Inquisitor ist nicht dumm, sondern er besitzt einen scharfen Verstand. Und er ist ein sehr gebildeter Mann, der an den besten Universitäten studiert und viele Bücher und Schriften gelesen hat. Außerdem spricht er mehrere Sprachen. Aber obwohl er sehr gebildet ist, hat er Angst vor klugen Frauen, weil er glaubt, dass sie Schaden anrichten. Und seine Angst ist so groß, dass er sie vernichten will, um jeden Preis. Das macht ihn so gefährlich.« Ihr Blick fiel auf den Ring mit dem Lapislazuli, den die Zigeunerin ihr geschenkt hatte. »Also hüte dich vor ihm und vor allen, die ihm nahestehen.«

LI.

Zack, da hast du's! Und da! Und da! Getroffen! Stirb, du verfluchter Madensack!«

Obwohl an diesem Dezembermorgen ein kalter Wind wehte, lief Karl der Schweiß über Gesicht und Rücken, während er mit seinem Doppelschwert auf seinen Gegner einhieb, der seit gestern in der Mitte des Hofes von Burg Strahlenfels stand und der jeden seiner Schläge mit einer geschwinden Drehung und einem Gegenschlag parierte. Thassilo trat hinter Karl, verbesserte die Haltung des Schwertes und ging wieder zur Seite.

»So, jetzt kriegst du's endgültig, du Elender!«, rief Karl. Diesmal hieb er noch kraftvoller auf seinen Gegner ein. »Getroffen, du jämmerlicher Wicht! Genau in die Seite! Ich werde dich lehren, was es heißt, einen Wildenstein anzugreifen!«

Die Gestalt vor ihm war in der Tat ein wenig schief, und die Drehungen, die sie ausführte, wirkten abgehackt.

»Warte kurz!«, rief Thassilo und ging zu der Gestalt. Er zog an der Ritterrüstung, um die Verletzung zu überprüfen, und nickte anerkennend.

»Ein trefflicher Hieb, mein Sohn. Du hast deinen Gegner durch einen gekonnten Schlag in die Seite außer Gefecht gesetzt. Der wird jetzt elendiglich verbluten.«

Karl sah mit einem Strahlen im Gesicht zu seinem Vater auf und hieb mit seinem Schwert durch die Luft.

»Pass auf, dass du nicht auch noch mich außer Gefecht setzt!« Thassilo lachte. »Das ist eine gefährliche Waffe, die du da in der Hand hältst, und du solltest sie nur gegen einen wirklichen

Gegner erheben. Und erst dann, wenn du sie ganz und gar beherrscht. Bis dahin ist es noch ein langer Weg. Häng sie in den Waffenschrank. Für heute ist's genug.«

»Nein Vater, noch eine Runde! Bitte, bitte!«

Thassilo sah stolz auf seinen Sohn hinab. Er war erst sechs Jahre alt und doch schon ein unermüdlicher Kämpfer. Aus ihm würde einmal ein gefürchteter Krieger werden.

»Also gut, noch eine Runde«, sagte er und richtete die mechanische Figur wieder her. Er hatte sie von einem Gesellen aus der Nürnberger Uhrmacherwerkstatt von Peter Henlein bauen lassen, damit sich Karl schon in frühen Jahren im Schwertkampf üben konnte, der viel Kraft und Geschick erforderte. Henleins Geselle hatte die Figur nach einer Konstruktionszeichnung von Leonardo da Vinci gebaut, der sich wiederum von Platons Beschreibungen beweglicher Statuen hatte inspirieren lassen. Vor allem in den großen Turmuhren fanden diese mechanischen Figuren Verwendung.

Der mechanische Ritter im Hof der Burg Strahlenfels war ungefähr so groß wie Karl und bestand aus Holz-, Blech- und Lederteilen, die, wenn sie defekt waren, ausgetauscht und ausgebessert werden konnten. Es war zwar ein kostspieliges Vergnügen, aber da Thassilo immer häufiger für den Kaiser in den Krieg ziehen musste, wollte er seinem Sohn damit eine kleine Freude machen.

»Vater, tut dem Ritter das weh, wenn ich ihn schlage?«, fragte Karl und sah neugierig zu seinem Vater auf.

»Nein, mein Sohn, das ist ein Automat«, erklärte Thassilo lächelnd.

»Was ist ein Automat?«

»Ein Automat ist eine Maschine, die sich von selbst bewegt, nachdem man sie aufgezogen hat. Darum muss man, bevor sich der Ritter bewegt, auch hier drehen.« Thassilo zeigte auf eine

Kurbel, die seitlich aus der Plattform, auf der der Ritter stand, herausragte. Ein langer hölzerner Griff war an ihr befestigt, den man mit beiden Händen packen musste, um die Kurbel zu drehen. »Dein Ritter ist ähnlich gebaut wie die Figuren an der Turmuhr in Nürnberg, die ich dir gezeigt habe. Erinnerst du dich an sie?«

Karl nickte. »Und wieso können sich die Figuren bewegen?«

»Weil in ihrem Inneren ein Mechanismus steckt, der diese Bewegungen erzeugt. Hier, ich zeig's dir mal.« Thassilo zog mehrere Teile von der Ritterfigur ab, sodass man in ihr Inneres blicken konnte. »Siehst du, wie ein Uhrwerk.«

»Aber es bewegt sich ja gar nicht.«

»Das tut es, wenn man den Ritter wieder zusammenbaut und diese Feder hier« – Thassilo zeigte auf eine große Feder – »mit der Kurbel aufzieht. Dann treibt die Feder die Zahnräder, Hebel, Nockenwellen und Zahnstangen an.« Er drehte an einem Zahnrad und zeigte, wie es den daran befestigten Hebel und dieser wiederum eine Zahnstange bewegte. Thassilo baute die Figur wieder zusammen. Dann zeigte er auf die Kurbel. »Hier musst du drehen, damit das Uhrwerk des Ritters aufgezogen wird.«

Karl nickte und drehte an der Kurbel.

»Und jetzt kannst du diesen Hebel hier umlegen. Aber sei vorsichtig, denn sobald du das getan hast, beginnt der Ritter, sich zu bewegen.«

Karl legte den Hebel um und sprang zurück. Doch er war nicht schnell genug, und so bekam er einen Hieb mit dem stumpfen Schwert des Gegners am Arm ab. Aber statt weinend davonzulaufen, verzog Karl nur kurz das Gesicht und kämpfte entschlossen weiter. Noch hatte Karl nur ein kleines Kinderschwert, aber zu seinem achten Geburtstag würde er ein richtiges Doppelschwert und eine eigene Rüstung bekommen. Das hatte sein Vater ihm versprochen.

»Die Vesper steht bereit«, rief Katharina von der Burgterrasse herunter. Aber das Geklirr der Waffen, Karls Kampfgeschrei und die scharrenden und quietschenden Geräusche des mechanischen Ritters übertönten ihre Stimme.

Sie wartete, bis der Kampf beendet war, dann rief sie die beiden noch einmal zu Tisch. Nachdem sie die Verwundung gebührend bewundert hatte, versorgte sie sie mit einem kühlenden Verband, auf den sie mit Tinte schrieb: »Dem kühnen Recken vom Strahlenfels«. Voller Stolz marschierte Karl damit durch die Burganlage.

»Schön, dass wir solch einen tapferen Ritter auf der Burg haben, der uns vor feindlichen Angriffen schützt«, sagte Katharina mit einem Lächeln zu Thassilo.

LII.

Bis ins Mark erschüttert, hielt Hauptmann Antonius Deleda an dem aufgebahrten Sarg von Fürstbischof Lorenz von Bibra Wache. Sein Dienstherr war nach längerer Krankheit im Alter von sechzig Jahren gestorben. Der Tradition folgend, war der Bischof, auf einem Stuhl sitzend, zuvor in feierlichem Zug zum Schottenkloster und von dort zum Dom getragen worden, wo er nun aufgebahrt lag. In der Krypta würde er seine letzte Ruhestätte finden.

Im flackernden Licht der vielen Kerzen schritten festlich gekleidete Geistliche, Adelige und Künstler an dem Sarg vorbei, um dem Toten die letzte Ehre zu erweisen. Obwohl es Winter war, hatten alle die weite und beschwerliche Reise über die vereisten und verschneiten Straßen und Wege nach Würzburg auf sich genommen, denn der gebildete, kunstsinnige und warmherzige Bischof Lorenz war außerordentlich beliebt gewesen und von allen respektiert worden. Er würde eine große Lücke hinterlassen, die sein Nachfolger, der eher engstirnig wirkende Konrad II. von Thüngen, auch nicht annähernd würde schließen können.

Deleda graute es davor, diesem neuen Herrn zu dienen, und er starrte in seiner Rüstung trübsinnig vor sich hin. Und plötzlich sah er sie, wie sie vor dem Sarg niederkniete und die erstarrte Hand des Bischofs küsste. Er erkannte sie sofort, obwohl seit ihrer flüchtigen Begegnung zehn Jahre verstrichen waren. Sie war trotz ihrer dreißig Lenze noch immer eine schöne Frau, auch wenn sich auf ihrer Stirn und um die Mundwinkel erste Falten eingegraben hatten. Ihr Gesicht zeigte eine echte, tiefe Trauer. Sie trug ein schlichtes schwarzes Kleid und einen schwarzen Samtmantel, und ihr straff zurückgekämmtes Haar hatte sie mit einer schmucklosen schwarzen Samthaube bedeckt. Ihr einziger Schmuck bestand aus einer langen Goldkette mit einem Kreuz, das mit roten, blauen, gelben und weißen Steinen geschmückt war. Dazu trug sie eine unauffällige Kette mit einem phiolenförmigen Silberanhänger und einen Lapislazuliring. Als sie sich erhob, blickte sie ihn kurz an, aber ihre tränennassen Augen waren leer und erkannten ihn nicht.

Begleitet wurde sie von einem breitschultrigen Mann, in dessen schulterlanges dunkles Haar sich erste graue Strähnen mischten. Er humpelte ein wenig, wahrscheinlich wegen einer Kriegsverletzung, und auf seiner Stirn und seiner linken Wange waren trotz des flackernden Lichtes mehrere Narben zu erkennen. Offenbar handelte es sich um den Gemahl der Freifrau, Reichsritter Thassilo von Wildenstein, der nun ebenfalls mit ernster Miene niederkniete. Wie Katharina von Velden war auch er in schlichtes Schwarz gekleidet und hatte bis auf einen Siegelring auf jeden Schmuck verzichtet. Ihm folgten ein etwa zehnjähriges Mädchen und ein etwas jüngerer Knabe, die es ihren Eltern nachtaten und kniend von dem Bischof Abschied nahmen. Auch die beiden Kinder waren in schmucklosen schwarzen Samt gekleidet, und während das dunkle Haar des Mädchens zu Zöpfen geflochten und mit einer Silberspange nach hinten gesteckt war, trug der Knabe seine schulterlange schwarze Lockenpracht offen. Auch die Gesichter der Kinder waren ernst, aber ihre erstaunten Blicke wanderten in dem weiten, hohen Kirchenschiff umher und bestaunten all die Pracht aus Gold, Marmor und Edelsteinen.

Es war ein mutiger und großherziger Schritt der Familie, trotz der Fehden, die der Bischof Zeit seines Lebens mit den

Hohenzollern geführt hatte, heute zu erscheinen, dachte Antonius. Er beobachtete wieder die endlose Schlange der meist prunkvoll gekleideten und mit funkelndem Geschmeide herausgeputzten Menschen.

Und auf einmal entdeckte er ihn, und dieser Anblick ließ ihm das Blut in den Adern gefrieren: Bonifatius von Ebenstatt, der Päpstliche Inquisitor, kam langsamen Schrittes auf den Sarg zu. Doch er sah nicht zu dem Verstorbenen, sondern zu Katharina von Velden hin.

Antonius fluchte innerlich, und ein siedendheißer Zorn stieg in ihm auf. Nie hätte der Päpstliche Inquisitor es gewagt, den Würzburger Bischofssitz zu Lebzeiten von Lorenz von Bibra zu betreten, der ihn wegen seines fanatischen Vorgehens öffentlich getadelt und zur Mäßigung ermahnt hatte. Aber was hatte den Inquisitor bewogen, zu dieser Huldigung seines Feindes zu erscheinen?

Plötzlich begriff er: Der Inquisitor war nicht gekommen, um dem toten Bischof zu huldigen, sondern um über ihn zu triumphieren. Und der neue Fürstbischof Konrad II. von Thüngen, der offenbar eine ähnliche Haltung vertrat wie der Inquisitor, hatte ihn eingeladen. Antonius erinnerte sich an die Ansprache, die Bischof Konrad vorhin gehalten hatte. Anders als der aufgeschlossene, stets um Ausgleich bemühte Bischof Lorenz, der die Kritiker der Kirche zu Gesprächen eingeladen hatte, statt sie zu verfolgen, hatte der neue Bischof jeden Kritiker als Ketzer gebrandmarkt und ihm mit gnadenloser Verfolgung gedroht. Ein idealer Verbündeter für den Inquisitor. Bei diesem Gedanken wurde Antonius die Kehle eng, und sein Herz pochte wild.

Verstohlen lugte er unter seinem Helm zu Bonifatius von Ebenstatt hinüber und bemerkte, wie dieser der Freifrau und ihrer Familie auffällig lange hinterblickte, und als er den eisigen Gesichtsausdruck des Inquisitors sah, packte ihn tiefes Grauen.

LIII.

Eingehüllt in dicke, fußlange Filzmäntel mit weiten Kapuzen, die sie gegen den Wind und die Kälte tief ins Gesicht gezogen hatten, ritten Thassilo und Katharina früh am nächsten Morgen durch den verharschten Schnee zurück zur Burg Strahlenfels. Die Kinder und der bewaffnete Begleittrupp, der sie vor Wegelagerern schützen sollte, folgten in größerem Abstand.

Bedrückt schwiegen die beiden. Innerhalb von weniger als einem Monat hatten sie nun nach dem Tod von Kaiser Maximilian ihren zweiten wichtigen Verbündeten verloren. Der Kaiser war am 12. Januar auf einer beschwerlichen Reise von Innsbruck zum Landtag nach Linz im oberösterreichischen Wels gestorben. Aber auch wenn sein Tod nicht wirklich überraschend kam – in den vergangenen vier Jahren hatte der Kaiser ständig gekränkelt und vorsorglich auf all seinen Reisen seinen Sarg mit sich führen lassen –, hatte die Nachricht von seinem Dahinscheiden Thassilo und Katharina dennoch schwer getroffen. Obwohl tiefster Winter herrschte, hatte sich Thassilo sofort auf den strapaziösen und gefahrenreichen Weg über die Alpen gemacht, um seinem Kaiser in Wiener Neustadt die letzte Ehre zu erweisen.

»Als ich dort am 25. Januar endlich eintraf«, hatte Thassilo Katharina berichtet, »war Seine Majestät schon, wie es sein Wunsch gewesen war, in der Georgskirche bestattet worden. Wir Trauernden, die wir nach und nach von überall her eintrafen, konnten nur noch sein Totenbildnis sehen, das man kurz nach seinem Dahinscheiden von seinem Gesicht abgenommen hatte. Dieser Abdruck wirkte so lebensecht und erschütternd, dass es mir durch Mark und Bein ging. Er zeigte das eingefallene, zahnlose Gesicht unseres Kaisers, der, wie mir sein Kammerdiener Graf von Seyn versicherte, in großer Demut dahingeschieden ist. Zuletzt soll er unter drückenden Schuldgefühlen gelitten haben.«

Während Katharina schweigend neben Thassilo dahinritt, musste sie an ihr damaliges Erlebnis mit dem Kaiser denken, als der ihre Hand ergriffen und sich als schwerer Sünder bezeichnet hatte. Mochte die unendliche Liebe Gottes diesen reuigen Herrscher umfassen und ihn von all seinen Leiden erlösen, damit er eingehen konnte in die Seligkeit des Lichts.

Katharina sah zu Thassilo hinüber, der müde und erschöpft wirkte. Kaum war er heimgekehrt, da hatte sie die nächste Hiobsbotschaft vom Tod von Bischof Lorenz erreicht, und er hatte wieder aufbrechen müssen, wenn auch diesmal auf einen nicht annähernd so anstrengenden und gefährlichen Weg und in Begleitung seiner Familie.

»Gut, dass du jetzt bei uns bist«, sagte Katharina.

Thassilo ließ den Blick über die verschneiten Hügel und die dunklen Gerippe der Bäume streifen. »Ausgerechnet Bischof Lorenz.«

Die Freifrau sah zu ihrem Gatten hinüber und nickte traurig.

Seufzend fuhr der Reichsritter fort: »Ein schwerer Verlust. Wer weiß, wie sich sein Nachfolger entwickelt. Bischof Konrad scheint ein rechter Eiferer zu sein. Hast du gehört, was er über die Ketzer gesagt hat? Dass man sie unbarmherzig mit Feuer und Schwert bekämpfen muss und dass es vorbei ist mit der Milde, die man ihnen gegenüber hat walten lassen.«

»Damit wird er Bischof Lorenz' Eintreten für Martin Luther gemeint haben.«

»Nicht nur. Bonifatius von Ebenstatt hat die Gelegenheit genutzt und sich im Anschluss an die Rede des Bischofs zu ihm vorgedrängt, um ihm zu gratulieren und in ein Gespräch zu verwickeln. Ich stand mit Antonius Tucher ganz in der Nähe, während du dich mit deiner Base unterhalten hast, und konnte ihre Unterhaltung mit anhören. Bonifatius' Begeisterung wuchs, als Bischof Konrad zu einer Hasstirade gegen die Anabaptisten ausholte, denen er eine teuflische Häresie vorwarf und sie in die Nähe des Hexenunwesens stellte. Da war Bonifatius natürlich gleich in seinem Element.«

»Gegen die Wiedertäufer will er jetzt also auch vorgehen, weil sie die Verweltlichung der Kirche anprangern und eine Rückkehr zum Urchristentum fordern.«

»Offenbar. Ich bin einigen von ihnen auf meiner Reise nach Wiener Neustadt begegnet. Sie bezweifeln den Wert der Kindstaufe und verlangen stattdessen eine zweite Taufe im Erwachsenenalter als bewusstes Bekenntnis zum Glauben.«

»Das klingt doch eigentlich ganz vernünftig.«

»Mag sein, aber damit lassen sie es nicht bewenden. Sie lehnen auch die letzte Ölung und das Abendmahl ab, ebenso die Mutter Gottes als Mittlerin und alle Heiligen und sogar den Zölibat. Das gefällt der Kirche natürlich nicht, aber warum die Wiedertäufer dadurch der Hexerei nahestehen sollen, ist mir unbegreiflich. Auch bezweifele ich, dass Feuer und Schwert geeignete Mittel sind, die Menschen zum wahren Glauben zurückzuführen. Ich fürchte, Bischof Konrad wird mit harter statt mit weiser Hand regieren. Und es wird wohl auch zu einer Verschärfung des Konflikts mit der kirchenkritischen Stadt Nürnberg kommen, wobei fraglich ist, welche Haltung Bischof Konrad gegenüber Markgraf Kasimir einnehmen wird.«

»Das heißt noch mehr Blutvergießen, noch mehr Qual und Leid«, sagte Katharina bitter.

»Gebe Gott, dass uns wenigstens Bischof Georg noch lange erhalten bleibt.«

»Nicht auszudenken, was geschehen würde, wenn wir auch ihn verlören«, sagte Katharina und warf ihrem Mann einen bangen Blick zu. Schweigend ritten sie wieder nebeneinander her, und um sie herum war nichts zu hören außer dem Hufschlag der Pferde, aus deren Nüstern kleine Wolken in der kalten Luft aufstiegen. Als sie auf einen Hügel kamen, sahen sie einen verschneiten Weiler aus wenigen Gehöften vor sich liegen, aus deren Schornsteinen Rauch aufstieg. Ein kalter Wind war aufgekommen, der über die Landschaft fegte, und in der Ferne hörten sie die Schreie eines Krähenschwarms.

»Ich musste gerade an ein Gespräch denken, das Seine Majestät mit mir im Nürnberger Spital geführt hat, als er an der Ruhr erkrankt daniederlag«, sagte Katharina schließlich. »Damals hat mir der Kaiser gestanden, dass ihn sein Gewissen quält, weil er schwer gesündigt habe.«

»Seine Majestät war vor allem in seinen letzten Jahren ein demütiger, frommer Mann, der um seine Fehlbarkeit und Sterblichkeit wusste«, erwiderte Thassilo. Plötzlich stockte er und fuhr sich mit der Hand über das Gesicht. Dann schüttelte er den Kopf. »Auf dem Totenbett hat er dem Kammerherrn befohlen, seinen Leichnam auszupeitschen, ihm die Haare abzuschneiden und die Zähne auszubrechen.«

Katharina riss erschrocken den Mund auf.

Thassilo hielt kurz inne, dann sprach er weiter. »Der Hof war entsetzt über diesen Befehl. Es war …« Wieder verstummte er. Irgendwann räusperte er sich und fuhr zögernd fort: »Trotz allem verstehe ich die inneren Qualen des Kaisers. Als Herrscher muss man grausame Kriege führen, und die folgen ihren eigenen Gesetzen. Anders als andere Herrscher, die sich in ihren Zelten weit hinter der Front aufhalten und nur Befehle erteilen, hat der Kaiser alles selbst gesehen, denn er ist in vorderster Linie mitgeritten und hat sich anschließend ein genaues Bild vom Schlachtfeld gemacht. Das …« Seine Stimme erstarb, und er starrte vor sich hin.

Katharina musterte ihren Gatten aus den Augenwinkeln. Sie war dankbar, dass er sich ihr gegenüber nach langer Zeit wieder so weit geöffnet hatte, und wollte nicht weiter in ihn dringen. Sie hatten nun Erlangen hinter sich gelassen. Das Reiten wurde immer mühsamer, und sie entschieden, in Eckental in einem Gasthof zu übernachten, damit sie sich ausgeruht auf die letzte, besonders beschwerliche Wegstrecke machen konnten.

LIV.

Bonifatius von Ebenstatt stand fröstelnd von seinem Schreibtisch auf und zog sich eine mit Fell gefütterte knielange Schaube über. Er wollte einen Schluck von dem Hagebuttentee trinken, aber der war schon kalt, und so stellte er den Becher wieder hin. Er zog an der Klingel, um seinen Kammerdiener herbeizurufen, damit dieser Holz im Kamin nachlegte. Dann trat er ans Feuer und wärmte seine in fingerlosen Handschuhen steckenden Hände. Obwohl die Gräfin von Abenberg den abgebrannten Turm wieder hatte herrichten lassen, war es im Winter kalt und zugig in diesem alten Gemäuer, und die Wärme des Feuers drang kaum bis zu seinem Schreibtisch vor, erst recht nicht in einer kalten Nacht wie dieser.

Die lebensspendende, reinigende Kraft des Feuers, dachte der Inquisitor und starrte in die Flammen. Schon als Kind hatte er es geliebt, in die Flammen zu blicken, die ihn so wunderbar gewärmt hatten in den kalten Gemächern seines Elternhauses. Stundenlang konnte er das flackernde Spiel beobachten, wie die Flammen liebevoll leckend die sie nährenden Holzscheite umfingen und dabei Asche erzeugten, aus der neues Leben entstand. Es war dasselbe Feuer, das auch die fehlgeleiteten, der Sünde anheimgefallenen Seelen im Schmerz reinigte und sie aufsteigen ließ in das ewige Licht. Ein Geben und Nehmen im endlosen Kreislauf des Werdens und Vergehens der göttlichen Schöpfung.

Es klopfte, und der Kammerdiener trat ein. Auf einem Tablett brachte er frisch gekochten Hagebuttentee. Als der Inquisitor auf den Kamin zeigte, legte er frische Holzscheite in das Feuer und schürte es. Dann verbeugte er sich und verließ das Zimmer. All dies geschah schweigend, wie der Inquisitor es ihm befohlen hatte.

Bonifatius setzte sich wieder und wandte sich seinem Traktat über das Dritte Buch Mose, Kapitel vierundzwanzig, Vers zehn bis dreiundzwanzig zu. Die Textstelle enthielt den Befehl Gottes an die Menschen, alle Irrgläubigen und Gotteslästerer zu vernichten. Er wollte sein Traktat dem neuen Fürstbischof Konrad von Thüngen, dem er es gewidmet hatte, noch vor der Audienz, welche dieser ihm gewährt hatte, zusenden. Sie würde in vier Wochen stattfinden, und so blieben ihm noch drei Wochen Zeit, seine Argumentation sorgfältig aufzubauen und auszuformulieren.

Anders als sein Vorgänger hatte Bischof Konrad die Zeichen der Zeit erkannt und seinen Willen erklärt, entschieden gegen die Ketzer und Lästerer vorzugehen, die in immer größerer Zahl ihr Unwesen trieben und die Fundamente der heiligen katholischen Kirche und der herrschenden weltlichen Ordnung erschütterten, weil niemand ihnen Einhalt gebot. Der Inquisitor dachte daran, in welch unverschämter Art ihm die Freifrau Katharina von Velden die Stirn bot. Gemeinsam mit Bischof Konrad würde er ihr jetzt, da sie durch den Tod von Bischof Lorenz und vor allem durch den Tod des Kaisers wichtige Unterstützer verloren hatte, das Handwerk legen und sie lehren, was es hieß, sich den Befehlen des Vertreters des Papstes zu widersetzen. Vorher musste er Bischof Konrad allerdings noch von der Notwendigkeit überzeugen, dass mit den Ketzern auch das Hexenunwesen bekämpft werden musste, weil es das Ketzertum nährte. Nur so konnte er die Voraussetzung dafür schaffen, dass die Fäulnis im Lande mit Stumpf und Stiel ausgerottet wurde.

Anregungen für sein Traktat hatte der Inquisitor vor fünf Jahren von Philipp Schwarzerdt, der sich inzwischen Melanchthon nannte, und von Martin Luther erhalten – drei Jahre bevor Luther seine ketzerischen Thesen gegen die heilige katholische Kirche veröffentlicht hatte. Damals war Bonifatius nach einem Vortrag an der Universität in Tübingen von den beiden angesprochen worden. Sie hatten seinen Ausführungen zugestimmt und darauf hingewiesen, dass es innerhalb der Kirche viel Irrgläubige gebe. Um dem entgegenzuwirken, hatten sie eine innere Reform der Kirche angemahnt und zugleich unter Bezug auf Mose die rücksichtslose Verfolgung und Hinrichtung von Lästerern und falschen Lehrern gefordert, und zwar ohne vorherigen Prozess und Anhörung. Bonifatius erinnerte sich noch genau an Luthers Worte:

»Solche falschen Prediger und Lästerer, wie fromm und rechtschaffen sie auch sein mögen, sollte man, wenn sie gleich das reine Evangelium wollten lehren, ja wenn sie gleich Engel und eitel Gabriel vom Himmel wären, flugs dem Henker übergeben.«

Ein Satz, den man nun auf den falschen Prediger Luther selbst anwenden musste, dachte der Inquisitor grimmig und las noch einmal die Stelle aus dem dritten Buch Mose:

»Es ging aber aus eines israelitischen Weibes Sohn … und lästerte den Namen des Herrn und fluchte. Da brachten sie ihn zu Mose … und legten ihn gefangen, bis ihnen klare Antwort würde durch den Mund des Herrn. Und der Herr redete mit Mose und sprach: Führe den Flucher hinaus vor das Lager und lass alle, die es gehört haben, ihre Hände auf sein Haupt legen und lass die ganze Gemeinde ihn steinigen. … Welcher seinem Gott flucht, der soll seine Sünde tragen. Welcher des Herrn Namen lästert, der soll des Todes sterben; die ganze Gemeinde soll ihn steinigen. … Mose aber sagte es den Kindern Israel;

und sie führten den Flucher hinaus vor das Lager und steinigten ihn.«

Bonifatius tunkte seine Gänsefeder in das Tintenfass, streifte sie ab und schrieb: »Daran aber kranket unsere Welt, dass das Volk nicht mehr dem Willen Gottes und seiner Stellvertreter auf Erden gehorsam und wie ein Mann folget, sondern dass sich jeder ein eigenes Urteil anmaßet und in eine eigene Richtung strebet und dass die kirchlichen und weltlichen Herren statt mit einer mit vielen Zungen reden, weil die vielen Irrlehrer und Ketzer Zwietracht und Zweifel unter ihnen gesäet haben. Darum gilt es …«

Ein Frösteln fuhr durch seinen Körper, und er zog seine Schaube enger um die Schultern. Dann trank er einen Schluck von dem inzwischen nur noch lauwarmen Hagebuttentee und beugte sich wieder über sein Blatt und schrieb weiter. Plötzlich fuhr ihm ein stechender Schmerz durch die Stirn und ließ ihn innehalten. Er rieb sich die Schläfen und strich über sein spärlicher werdendes glattes Haar. Vielleicht sollte er sich schlafen legen und morgen mit frischer Kraft ans Werk gehen.

Sein Blick fiel auf das Bild seiner Mutter, die ihn mit strenger Miene zu mustern schien. Er stand auf, drehte sich um und trat ans Feuer, um sich ein wenig zu wärmen. Aber er spürte die Wärme nicht, denn er konnte den Gedanken nicht verdrängen, dass die Frau auf dem Bild jede seiner Bewegungen mit Abscheu verfolgte. Er sah zu ihr hin und hatte den Eindruck, dass sich ihr Gesicht im flackernden Licht des Feuers veränderte und erst einen höhnischen und dann einen drohenden Ausdruck annahm.

Er stürzte hinaus aus dem Arbeitszimmer und hastete in seine Schlafkammer. Doch das Gesicht seiner Mutter verfolgte ihn höhnisch. Schnell entkleidete er sich, und während die kalte, zugige Luft im Raum um seinen mageren Körper strich, trieb sie ihm einen seltsamen Duft in die Nase, der süß und herb zugleich war. Vor Kälte zitternd, legte er sich ins Bett, zog sich die Decke über den Kopf und kniff die Augen zu. Aber das Bild seiner Mutter, die ihn mit Verachtung ansah, verschwand nicht.

Draußen war ein Sturm aufgekommen, der durch alle Ritzen drang und an den Fensterläden rüttelte. Bonifatius lauschte dem Heulen und Pfeifen des Windes und versuchte, an das Traktat zu denken. Er musste sich auf seine Aufgabe konzentrieren, den fauligen Sumpf Satans trockenzulegen. Aber das Gefühl, beobachtet zu werden, wollte nicht weichen, und die kalten Blicke der Frau begleiteten ihn bis in seine Träume.

LV.

Über sieben Monate waren nun seit dem Tod von Bischof Lorenz vergangen, und inzwischen zeigte sich überdeutlich, dass Bischof Konrad ein ganz anderes Regiment zu führen gedachte. Auch an diesem warmen Augustabend kam Antonius Deleda erst sehr spät nach Hause, weil der neue Bischof die Dienste seiner Wachen stark ausgeweitet hatte. Hinzu kam, dass die zusätzlichen Aufgaben oft nichts mit ihrem eigentlichen Wachdienst zu tun hatten.

Auch diesmal hatte Cordula das Essen warm gehalten und geduldig auf ihren Mann gewartet. Die beiden Kinder waren inzwischen längst eingeschlafen, nachdem sie wieder einmal umsonst auf ihn gewartet hatten.

Hungrig, wie er war, aß Antonius die Schüssel gierig leer und nickte eifrig, als Cordula fragend den Topf hob, worauf sie ihm ein zweites Mal die Schüssel füllte. Dann stellte sie ihm eine Kanne mit Bier hin. Antonius trank einen großen Schluck, dann lehnte er sich zurück.

»Ich muss mit dir reden, Weib.«

»Was ist?«, fragte Cordula erstaunt und setzte sich zu ihm.

»Wir müssen weg von hier, je früher, desto besser.« Cordula erschrak. Doch noch bevor sie fragen konnte, sprach Antonius weiter: »Unter Bischof Konrad brechen harte Zeiten an. Es geht das Gerücht, dass er Anweisung gegeben hat, uns den Lohn zu kürzen und eine Gebühr dafür zu verlangen, dass wir die Wohnquartiere nutzen. Seinen Bauern hat er die Abgaben und die Frondienste schon erhöht, und als sich einer der

Bauern darüber beschwerte, hat er ihm hundert Stockschläge verpassen lassen! Das hat der arme Teufel fast nicht überlebt. Es wird nicht lange dauern, dann presst er seinen Bauern noch mehr ab, und dann wird es wieder Aufstände geben.« Er trank einen Schluck. »Ich will nicht gegen die ausgehungerten Bauern kämpfen müssen.«

Cordula starrte ihn mit offenem Mund an. An seinem entschlossenen Gesichtsausdruck konnte sie ablesen, dass es ihm bitterernst war. Sie atmete tief durch. »Bist du dir auch ganz sicher, dass wir all das hier aufgeben sollen?«, fragte sie schließlich leise.

Antonius ergriff ihre Hände und zog sie näher zu sich. Er wusste, dass er sie erschreckt hatte und wie schwierig das alles für sie war. Aber es ging nicht anders. Er hatte ihr längst nicht alles erzählt, was er wusste, ganz besonders nicht, dass der Päpstliche Inquisitor, dem er früher gedient hatte, inzwischen enge Beziehungen zum neuen Bischof knüpfte. Nicht auszudenken, was geschehen würde, wenn dieser auf ihn aufmerksam wurde und sich seiner erinnerte. Und noch unerträglicher war ihm der Gedanke, dass der Bischof ihm befehlen könnte, irgendwelche Frauen zu verhaften, weil sie der Hexerei verdächtigt wurden.

»Ja, Cordula«, sagte Antonius, »ich bin mir ganz sicher. Ich habe mir alles genau überlegt. Es wird nicht mehr lange dauern, und unser kleines Paradies wird sich in eine Hölle verwandeln. Darum werde ich in der nächsten Woche dem Kommandanten sagen, dass ich den Dienst quittiere. Vielleicht bekomme ich deshalb meinen Monatssold nicht mehr, aber das wäre nicht so schlimm. Vorher aber musst du mit den Kindern von hier weg sein, damit man euch nicht als Pfand behalten kann, mit dem man mich erpresst.«

»Aber wo sollen wir denn so schnell hin?«, rief Cordula, die außer sich war vor Entsetzen.

»Sorge dich nicht. Ich habe schon alles vorbereitet«, antwortete Antonius beruhigend. »Pack morgen alles zusammen. Übermorgen in aller Frühe wird ein Bauer mit einem Karren hier vorbeikommen, der nach Nürnberg muss und dich und die Kinder mitnimmt. Er macht einen Umweg und bringt euch zu deinen Eltern. Die müssten schon Bescheid wissen, denn ich habe vor drei Tagen einen Boten zu ihnen geschickt. Sie sind ja schon alt, und sie werden froh sein, wenn du ihnen wieder zur Hand gehst. Und wenn dich hier jemand fragt, wohin du mit all dem Gepäck willst, dann sagst du einfach, deine Schwester in Erlangen ist schwer erkrankt, und ihr Mann ist gestorben, daher musst du ihr und ihren Kindern schnellstens zu Hilfe eilen.«

»Aber ich habe doch gar keine Schwester in Erlangen.«

Antonius musste gegen seinen Willen lächeln. Cordula war so aufgeregt, dass sie kein Wort verstand. »Ich weiß, dass du keine Schwester in Erlangen hast. Aber ich will nicht, dass jemand erfährt, wohin du tatsächlich fährst.« Er wurde wieder ernst. »Du erinnerst dich doch sicherlich noch daran, wie es den Unterriedbacher Bauern ergangen ist.«

Cordula nickte entsetzt.

»Ich bin viel in der Welt herumgekommen und weiß, wozu die hohen Herren fähig sind, wenn sie überzeugt sind, ihre Untertanen wären ungehorsam. Und wenn Bischof Konrad mir Ungehorsam unterstellt, dann will ich nicht, dass er weiß, wo ihr zu finden seid.«

»Aber wir sind doch … Aber der Herr Bischof ist doch … Aber wie soll das …«

»Cordula, ich weiß, dass das alles sehr plötzlich für dich kommt. Aber der Wind hat sich gedreht, und es wird übel werden hier. Du musst mir glauben! Ich habe ein wenig Geld zurückgelegt, das gebe ich dir mit.«

»Und du?«, fragte Cordula ängstlich.

Antonius strich ihr über die Wange. »Ich komme später zu euch, wenn ich weiß, wie es weitergeht. Erst einmal muss ich mir einen neuen Herrn suchen.«

Cordula fing an zu schluchzen, und Antonius nahm sie in seine kräftigen Arme. »Weine nicht. Vielleicht finde ich ja in eurer Nähe Brot und Arbeit. Sonst lasse ich euch nachkommen, sobald ich kann.«

Am nächsten Tag packte Cordula leise und unauffällig ihr Hab und Gut zusammen, und am Morgen danach kam bei Anbruch der Dämmerung tatsächlich der Bauer mit seinem Gefährt vorbei. Antonius war noch zu Hause, und so konnte er helfen, die Sachen zu verstauen. Viel war es nicht, was sie besaßen, und ihre wenigen Möbel ließen sie, um kein Aufsehen zu erregen, im Haus zurück. Mehrere Nachbarn waren neugierig geworden, und Antonius erzählte ihnen die Geschichte von der krank daniederliegenden verwitweten Schwester in Erlangen.

Eine Woche später ging Antonius zu seinem Kommandanten und quittierte den Dienst. Der nickte nur und murmelte: »Du musst wissen, was du tust. Mir ist es einerlei, denn ich werde schnell Ersatz für dich finden.«

Aber nicht mehr lange, dachte Antonius. Wenn sich erst einmal herumsprach, dass unter Bischof Konrad ein rauer Wind wehte, würden nicht mehr so viele Bewerber vorstellig werden.

»Gott zum Gruße also«, sagte Antonius und wandte sich zum Gehen.

»Halt! Soll das heißen, dass du sofort aufhören willst?«

Antonius blieb stehen und nickte zögernd. Wollte der Kommandant ihn vielleicht doch aufhalten?

Doch der seufzte nur und sagte: »Warte, ich will dir noch den dir zustehenden Teil des Soldes auszahlen.«

»Dass ist aber sehr anständig von Euch«, sagte Antonius erleichtert.

»So haben wir es unter Bischof Lorenz gehalten, und bisher habe ich keine neuen Anweisungen bekommen.«

Antonius ließ sich den Sold auszahlen und schlug dem Kommandanten kameradschaftlich auf die Schulter. »Ich bin Euch etwas schuldig, Schwerdinger-Klaus. Vielleicht habe ich ja irgendwann die Gelegenheit, Euch gefällig zu sein.«

Der Kommandant lächelte. »Mach, dass du wegkommst, Antonius, bevor ich es mir anders überlege.«

LVI.

Der dichte Wald, der Burg Strahlenfels umgab, leuchtete in allen Farben des Herbstes. Die Sonne blitzte immer wieder durch das Blätterdach und warf helle Flecken auf den dunklen Boden. Antonius Deleda zügelte sein Pferd. Es war schon alt und begann angestrengt zu schnaufen, weil der Weg immer steiler wurde. Schließlich stieg er ab und führte es am Zügel.

Antonius spürte sein Herz heftig pochen. Er wusste nicht, wie der Reichsritter reagierte, wenn er ihm seine Dienste anbot. Würde irgendjemand auf der Burg ihn als den einstigen Hauptmann des Inquisitors erkennen? Und wenn ja – wie würde man sich ihm gegenüber dann verhalten?

Antonius hatte vergeblich versucht, einen neuen Herrn zu finden, und dann gehört, dass der Reichsritter viele seiner Soldaten in den Schlachten für den Kaiser verloren hatte und nun händeringend nach geschulten Waffenknechten suchte. Zwar wollte Antonius eigentlich nicht wieder ins Feld ziehen und sich als Landsknecht verdingen, aber das war immer noch besser, als gegen wehrlose Frauen, verrückte Prediger und ausgehungerte Bauern vorgehen zu müssen. Aber vielleicht konnte Thassilo von Wildenstein ja auch jemanden auf der Burg oder auf dem Feld gebrauchen. Angeblich behandelte der Reichsritter seine Leute anständig. Und was Antonius fast noch besser gefiel, war der Umstand, dass Thassilo von Wildenstein, wie er einer Bemerkung von Bischof Lorenz entnommen hatte, eine ähnliche kritische Haltung wie dieser gegenüber dem Päpstlichen Inquisitor einnahm.

Das Burgtor war verschlossen. Antonius zog an dem Glockenstrang und wartete. Niemand kam. Er wollte gerade ein zweites Mal an dem Strang ziehen, da entdeckte er über sich in einem kleinen Ausguck das Gesicht eines Mannes.

»Wer da?«

»Hauptmann Antonius Deleda.«

»Was will er?«

»Den Reichsritter sprechen.«

»Warum?«

Antonius schirmte die Augen mit der Hand gegen das blendende Sonnenlicht ab. »Ich will den Reichsritter fragen, ob er einen arbeitsfähigen, in der Waffenkunst geschulten Mann brauchen kann.«

»Warum hat er keinen Herrn?«

Der Hauptmann seufzte. »Weil ich meinen Dienst quittiert habe. Aber die Gründe dafür will ich lieber dem Reichsritter persönlich erklären.«

»Ich kenne dich nicht. Wie soll ich wissen, ob du die Wahrheit sagst?«

»Ich kenne dich auch nicht, und ich weiß nicht, ob der Reichsritter mich in seine Dienste nimmt, und dennoch soll ich hier meine ganze Lebensgeschichte ausbreiten.« Er schüttelte den Kopf. »Ich mache dir ein Angebot: Wenn du mich in den Burghof lässt, gebe ich dir meine Waffen.«

Antonius sah, wie das Gesicht verschwand. Kurz darauf hörte er ein schabendes Geräusch, und eine Luke in der Tür öffnete sich. »Gib mir deine Hellebarde und dein Schwert«, hörte er den Mann sagen.

Antonius tat, wie ihm geheißen. Kurz darauf öffnete sich das große Tor, und vor ihm stand ein breitschultriger, kräftiger Mann mittleren Alters mit glatten blonden Haaren. Es war derselbe Knecht, der ihn damals mit einer Axt in der Hand empfangen und auf Befehl der Freifrau durch die Burg geführt hatte. In der Hand trug er jetzt ein blankes Schwert.

»Tritt ein.«

Antonius ging mit seinem Pferd in den Hof. »Du bist aber sehr vorsichtig.«

Der Knecht musterte ihn genauer. »Ich kenne dich irgendwoher«, sagte er schließlich.

Antonius nickte. »Wenn ich einen Eimer Wasser für mein Pferd und einen Becher Wasser für mich bekomme, verrate ich dir, woher.«

Der Knecht zeigte stumm auf den Brunnen in der Mitte des Burghofs. Antonius tränkte sein Pferd, dann schöpfte er mit einem auf dem Brunnenrand stehenden Becher auch für sich etwas Wasser und trank es in einem Zug aus.

»Also gut, ich will nicht lange drum herumreden. Ich war über zehn Jahre lang in Diensten von Bischof Lorenz von Bibra. Ich habe dort zur Wache und zum Begleitschutz gehört.« Er öffnete einen Reisesack aus Leinen und zog ein Abzeichen mit den Initialen und dem Wappen des Würzburger Bischofs hervor. »Ein Empfehlungsschreiben kann ich nicht vorweisen, aber nimm das als Beleg, dass wahr ist, was ich sage.«

»Das ist eine gute Empfehlung«, sagte der Knecht. »Und warum hast du den Dienst quittiert?«

»Ich habe Bischof Lorenz die Treue geschworen, niemandem sonst«, antwortete Antonius und überlegte, ob er noch mehr preisgeben sollte. Aber dann beließ er es bei einer Andeutung: »Und ich will mir meinen Herrn selbst aussuchen.«

Der Knecht nickte. »Der Reichsritter ist nicht da, aber vielleicht ist seine Gemahlin bereit, mit dir zu sprechen.« Er pfiff auf zwei Fingern, und ein zweiter Knecht erschien. »Paul, geh zur Herrin und sag ihr, dass hier ein einstiger Waffenknecht von Bischof Lorenz ist, der seine Dienste anbietet.«

Der zweite Knecht nickte und verschwand. Nach einer Weile trat Katharina von Velden aus der Tür und kam auf Antonius zu. Sie trug ein schmuckloses braunes Wollkleid, und ihre Haare hatte sie zu einem einfachen Knoten zusammengesteckt. Sie musterte ihn, aber sie schien ihn nach all den Jahren nicht wiederzuerkennen.

Nachdem Antonius noch einmal kurz erklärt hatte, warum er gekommen war, fragte sie: »Mag er mir die Gründe nennen, warum er nicht am Würzburger Hof bleiben will?«

Antonius überlegte kurz, dann erwiderte er: »Bischof Lorenz war ein gerechter, gütiger Herr. Das hat mir gut gefallen, und nun suche ich einen neuen Herrn, der eine ähnliche Haltung hat wie Bischof Lorenz.«

Die Freifrau lächelte. »Und was für einen Dienst stellt er sich vor?«

»Das möchte ich Euch und Eurem Gemahl überlassen. Ich bin kräftig und gesund und kann jede Arbeit verrichten. Am liebsten wäre mir natürlich eine Arbeit hier in der Nähe, da ich Frau und Kinder habe. Aber wenn Ihr keine andere Verwendung für mich habt, würde ich auch mit dem Reichsritter ins Feld ziehen.«

Die Freifrau musterte ihn. »Wo hat er gedient, bevor er zu Bischof Lorenz kam?«

Antonius atmete tief durch. Musste er jetzt doch offenbaren, dass er dem Päpstlichen Inquisitor gedient hatte? Er räusperte sich und sagte langsam: »Ich habe früher in Rom in den päpstlichen Truppen gedient. Dort habe ich auch das Kriegshandwerk erlernt. Dann wurde ich …«

In diesem Augenblick waren Hufschläge zu hören. Irgendjemand näherte sich der Burg. Der Knecht, der seiner Herrin nicht von der Seite wich und Antonius weiterhin aufmerksam im Auge behielt, machte dem zweiten Knecht ein Zeichen. Daraufhin stieg dieser zum Ausguck hoch, sah kurz hinaus, stieg wieder nach unten und öffnete das Tor. Kurz darauf kam der Reichsritter mit zwei bewaffneten Knechten und den an den Zügeln geführten Pferden in den Hof.

»Thassilo, dies ist Hauptmann Antonius«, sagte Katharina und wies in dessen Richtung. »Er hat vorher bei Bischof Lorenz gedient und …« Mit wenigen Sätzen fasste sie zusammen, was sie erfahren hatte.

Der Reichsritter stellte Antonius noch mehrere Fragen zu seinen Kampfkünsten und seinen Erfahrungen und befand: »Mir scheint, dass ich einen wie ihn brauchen kann. Jetzt habe ich keine Zeit, aber komm er morgen am späteren Nachmittag wieder, damit wir über die Einzelheiten sprechen können. Ich werde dann hier auf der Burg sein.«

»Da gibt es noch etwas, das Ihr wissen müsst«, sagte Antonius schnell. Jetzt musste er Farbe bekennen. »Als ich für die päpstlichen Truppen in Rom diente, wurde ich zusammen mit anderen Waffenknechten abkommandiert, um …« Er stockte. »… um den Päpstlichen Inquisitor nach Franken zu begleiten.«

Die Freifrau erbleichte und trat einen Schritt zurück, während der Reichsritter vortrat und seine Hand an den Griff seines Schwertes legte. Auch der Knecht umklammerte sein Schwert. Antonius hob beschwichtigend die Hände.

»Ich glaubte, dem päpstlichen Befehl gehorchen zu müssen, und diente dem Inquisitor als Wächter, Bote, Begleitschutz und Hauptmann«, beeilte er sich fortzufahren. »Erst dachte ich, dass meine Aufgabe darin bestand, die Kirche und ihre Vertreter gegen mordende und plündernde Aufrührer zu verteidigen, aber dann …« Er blickte zu Boden und verstummte. Zögernd fuhr er fort: »Es war anders, als ich vermutet hatte, und ich … ich bekam Zweifel.« Er sah abwechselnd die Freifrau und den Knecht an. »Eines Tages, es ist schon lange her, aber vielleicht werdet

Ihr Euch erinnern … Eines Tages befahl mir der Inquisitor, hier auf der Burg nach einer Zigeunerin zu suchen. Sie war schon sehr alt, und der Inquisitor hatte sie hochnotpeinlich verhört. Angeblich war sie auf diese Burg geflüchtet …« Er senkte wieder den Blick und schüttelte den Kopf. »Jedenfalls wollte ich solche Art von Diensten nicht mehr tun. An jenem Tag bin ich nicht mehr zurück zur Burg Gutenstein, sondern nach Würzburg geritten, wo mich Bischof Lorenz gnädig in seine Dienste genommen hat. Aber seit seinem Tod hat sich dort alles geändert …« Er sah wieder hoch.

Der Reichsritter tauschte mit seiner Gemahlin einen kurzen Blick, dann trat er auf Antonius zu und klopfte ihm auf die Schulter. »Willkommen auf Burg Strahlenfels: Weiß er schon, wo er heute übernachtet?«

Antonius schüttelte den Kopf.

»Am Fuß der Burg ist eine Unterkunft, in der er erst einmal bleiben kann. Aber vorher isst und trinkt er mit uns. Und morgen unterhalten wir uns über die Einzelheiten.«

LVII.

Willkommen, lieber von Ebenstatt!«, rief Bischof Konrad. Schnaufend stand er hinter seinem Schreibtisch auf und kam dem Inquisitor mit ausgestreckten Armen entgegen. Verblüfft über die ungewohnte Herzlichkeit, blieb Bonifatius zögernd stehen. Der Bischof ergriff seine Hände und führte ihn an einen Tisch. »Kommt, setzt Euch und esst mit mir, ich habe mit der zweiten Morgenvesper extra auf Euch gewartet«, fuhr der Bischof fort und drückte seinen Gast auf einen am Tisch stehenden Stuhl. Auf einen Wink hin verschwand sein livrierter Kammerdiener. Kurz darauf kam er mit einem kunstvoll geschnitzten, mit Blattgold verzierten Wagen zurück, der mit erlesenen Speisen und Getränken beladen war. Mit schnellen, geschickten Bewegungen stellte er die Speisen und Getränke auf den Tisch.

»Greift zu, von Ebenstatt«, forderte der Bischof den starr dasitzenden Inquisitor auf und ließ sich von dem Kammerdiener den Teller mit Pastetchen und Fleisch- und Fischstücken füllen. Der Inquisitor ließ den Blick unschlüssig über die große Auswahl an Fleischspeisen wandern, in deren Mitte ein gebratener Kapaun in seinem prächtigen Federkleid hockte, sodass es aussah, als würde das stolze Tier noch leben und sich jeden Moment von dem Tisch erheben, um in die Freiheit zu fliegen.

Bonifatius zeigte auf einen gebackenen Hasen, der auf einer länglichen Platte ausgestreckt vor ihm lag und ihn aus glasigen Augen anstarrte. Der Kammerdiener schnitt dem Hasen ein Stück aus der Seite, zerteilte es in mundgerechte Stücke und servierte sie dem Inquisitor. Dann goss er beiden Männern Rotwein aus einer bunt bemalten Karaffe in zwei rote Glaspokale, die reich mit goldenen Rankenornamenten verziert waren, und trat zurück, um mit ausdrucksloser Miene im Hintergrund auf weitere Befehle zu warten. Bonifatius wollte schon um ein Glas Wasser bitten, besann sich dann jedoch und sagte stattdessen:

»Ich danke Euch für Eure Gastfreundschaft, Exzellenz.«

»Nicht doch, nicht doch, von Ebenstatt«, erwiderte der Bischof. »Ich danke Euch für das Traktat, das Ihr mir gesandt habt. Ich habe es mit großem Interesse gelesen und gebe Euch recht, dass wir, um den weiteren Zerfall des heiligen katholischen Glaubens zu verhindern, mit aller Entschiedenheit und Härte gegen die Ketzer und Aufrührer vorgehen müssen. Sehr hilfreich, wie Ihr das mit Mose begründet habt und die Brücke schlagt zwischen Ketzerei, Aufruhr und schwarzer Magie.«

Bonifatius musterte den beleibten Bischof aufmerksam, der zwar wie sein Vorgänger ein belesener Humanist war, sich aber so ganz anders äußerte als jener. Der Inquisitor wartete, ob sein Gegenüber noch etwas sagen wollte, und erwiderte dann: »Die Kirche sollte die Tür zur Versöhnung nie ganz zuschlagen. Aber ihre Geduld und ihre Bereitschaft, mit denen zu sprechen, die sie angreifen, wurden von manchem als Schwäche missverstanden. Das hat die Feinde des wahren Glaubens erstarken lassen. Zugleich hat es zu einer Unruhe im gemeinen Volk geführt, und es wird Aufruhr geben, wenn es nicht von harter Hand im Zaum gehalten wird.«

»Ganz recht, ganz recht, von Ebenstatt«, pflichtete Konrad von Thüngen ihm kauend bei und seufzte. »Seit man diesen Martin Luther mit seinen Thesen hat gewähren lassen, breiten sich Ketzerei, Aufstand und Ungehorsam im ganzen Land aus wie eine Seuche. Selbst Uns verweigern immer mehr Bauern den Gehorsam. Sie wollen doch tatsächlich ihre Abgaben und Frondienste nicht im vollen Umfang leisten und berufen sich darauf, dass ihnen Bischof Lorenz weniger abverlangt hat. Sie jammern und klagen, dass es in ganz Franken widerhallt.«

Bonifatius nickte. »Solch ein Verhalten nutzt Satan, denn dadurch findet er ideale Schlupflöcher in die Seelen der Bauern. Satan ruht nie. Er nutzt jede Gelegenheit, die Fundamente der gottgewollten Ordnung zu erschüttern.« Nach einem kurzen prüfenden Blick auf den Bischof, der zustimmend nickte, fuhr er vorsichtig fort: »Dazu bedient er sich ehrgeiziger und geltungssüchtiger Menschen, denen er Ruhm und Reichtum verspricht, wenn sie als eifernde Ketzer den Zweifel an Kirche und Staat säen. Ist durch sie erst einmal ein fruchtbarer Boden bereitet, nutzt Satan ihn geschickt, indem er die Seelen des ungebildeten, tumben Volkes und der willensschwachen Weiber gewinnt, die Satans Einflüsterungen besonders leicht erliegen und ihm immer neue Seelen zutreiben.«

Bischof Konrad hatte aufgehört zu kauen. »Das habe ich mir in letzter Zeit manchmal auch schon gedacht, von Ebenstatt«, sagte er und wischte sich den Mund mit einer Spitzenserviette ab. »Dem Ketzertum folgten die Bauernaufstände. Inzwischen gibt es immer dreistere Forderungen, die darin gipfeln, dass die Fürstentümer und Kirchengüter den rechtmäßigen Herren entrissen und den Massen übergeben werden sollen! Das würde das Land in den Untergang treiben! Es sind wahrhaft satanische Zeiten, wenn das Pferd auf dem Reiter sitzen will!«

»Satan liebt es, die Ordnung auf den Kopf zu stellen«, setzte Bonifatius nach. »Und dazu bedient er sich so mancher Zauberkünste. Denkt an die Wiedertäufer, die alle Sakramente mit Füßen treten und die schwarze Magie benutzen, damit die Weiber Mann und Kind verlassen und mit den Wiedertäufern in wilder, unzüchtiger Gemeinschaft leben.«

»Die Wiedertäufer sind auch Uns ein Dorn im Auge«, pflichtete ihm der Bischof bei. »Sie pflegen Zeremonien, die einem Hexensabbat gleichen.«

»Sie gleichen nicht einem Hexensabbat, sie sind ein Hexensabbat! Oft sind die Wiedertäufer so verstockt, dass sie ihre schändlichen Taten noch nicht einmal unter der Folter gestehen. Aber mir ist es erst kürzlich gelungen, zwei auf dem Weg von Zürich nach Dänemark gefangene Wiedertäufer zu einem Geständnis zu bewegen, in dem sie mir in allen Einzelheiten beschrieben haben, wie bei den Wiedertäufern die Teufelsbuhlschaft gepflegt wird – nicht nur von Frauen, sondern auch von Männern! Zuerst vereint sich Satan mit den Männern als Succubus und dann mit den Weibern als Incubus, wobei er den Samen der Männer an die Weiber weitergibt und auf diese Weise Wechselbälger zeugt. Und diese sind dann oft missgebildet.«

Konrad von Thüngen, der wieder zu essen begonnen hatte, hob die Brauen. »Interessant. Die Wiedertäufer sind also doch mit dem Teufel im Bunde. Das heißt, sie müssen den Flammen übergeben werden, wie Ihr es in Eurem Traktat fordert.«

»Nur so lassen sich ihre Seelen retten und in die göttliche Ewigkeit führen«, bestätigte Bonifatius. »Gleiches gilt für die Seelen der Zauberer und vor allem die der Hexen, die auch in Franken ihr Unwesen treiben. Denkt nur an die höchst zweifelhafte, meist mit heidnischen Ritualen verbundene Kräutermedizin, die den Verführungen Satans Tür und Tor öffnet. Berauschende Kräuter und Pilze verwirren die Sinne der Weiber derart, dass sie gar nicht wahrnehmen, wenn Satan sich ihnen nähert. Und nur zu schnell sind sie dann bereit, mit Satan eine Buhlschaft einzugehen. Man muss den Weibern den Umgang mit der Kräutermedizin verbieten, denn die Gefahr, dass sie dadurch zu willfährigen Opfern Satans werden, ist zu groß.«

Der Bischof hatte seine Mahlzeit beendet und tauchte die Finger in ein bereitstehendes Wasserschälchen. Dann griff er nach einem reich verzierten Handtuch und trocknete sich die Finger ab. »Von dieser Warte aus habe ich das noch nie betrachtet. Andererseits bildet die Kräutermedizin die Grundlage für die Heilkunde in den Klöstern, und diese Klostermedizin hat sich als segensreich erwiesen.«

»Da stimme ich Euch zu, Exzellenz«, sagte Bonifatius leicht widerstrebend. »Doch die Anwendung der Kräuterheilkunde durch die frommen Nonnen und im Schutz der geheiligten Mauern eines Klosters, wo sie zudem stets unter der Aufsicht einer geschulten Äbtissin und meist auch unter der Oberaufsicht eines männlichen Geistlichen stattfindet, ist ganz anders zu bewerten. Hier ist die Gefahr eines Missbrauchs nur gering. Die unbeaufsichtigte Anwendung durch Weiber außerhalb der Klöster allerdings ist brandgefährlich. Das beweisen allein schon die über hundert Geständnisse aus den vergangenen zwei Jahren, die Hexen vor mir abgelegt haben, welche durch die Kräutermedizin auf eben diese Weise einen Pakt mit Satan eingegangen sind.«

»Ihr wollt also ein grundsätzliches Verbot der Kräutermedizin außerhalb der Klostermauern?«, fragte Konrad von Thüngen.

»Ja, Euer Exzellenz, und Ihr würdet der Sache einen großen Dienst erweisen, wenn Ihr Euch dafür aussprechen würdet«, erwiderte der Päpstliche Inquisitor hoffnungsvoll und beeilte sich hinzuzufügen: »Allerdings müsste solch ein Verbot ohne Ausnahme gelten, unabhängig von Stand und Rang der Weiber.«

»Mmh …« Der Bischof wiegte den breiten Kopf hin und her, sodass sein schweres Doppelkinn wackelte. »Und was ist mit hochgeborenen Frauen? Ich denke da an die Heilerin Katharina von Velden, die immerhin Seiner Majestät Kaiser Maximilian das Leben gerettet hat, als dieser sterbenskrank an der roten Ruhr daniederlag.«

»Nun, Seine Majestät ist nicht wirklich gesundet, sondern schwach geblieben und bald wieder siech geworden. Auch gibt es seitens der Leibärzte Seiner Majestät Stimmen, die behaupten, dass es bei der Rettung, an der zudem auch noch ein Jude beteiligt war, nicht mit rechten Dingen zugegangen ist.«

Der Bischof hob die Hand und winkte ab. »Da kann auch verletzter Stolz und Eifersucht die Zunge führen. Auf solche Behauptungen würde ich nicht viel geben …« Er wies auf den Teller des Inquisitors. »Aber nun esst endlich etwas, von Ebenstatt. Ihr habt ja noch gar nichts angerührt.«

Die Miene des Inquisitors verfinsterte sich. Er nickte nur und aß widerwillig ein Stück Fleisch.

»Allerdings«, setzte Konrad von Thüngen hinzu, »ist nicht ganz von der Hand zu weisen, was Ihr sagt. Wir werden darüber nachdenken.«

Bonifatius von Ebenstatt lächelte. »Dafür bin ich Euch sehr dankbar, Exzellenz.«

»Ich mache Euch ein Angebot«, erwiderte Konrad von Thüngen. »Ihr erweitert Euer Traktat um die Forderung nach einem Verbot der Ausübung der Kräutermedizin durch weltliche Frauen, und dann schicke ich es mit einer Empfehlung von mir an den Heiligen Vater.«

Ein Strahlen zog über das Gesicht des Päpstlichen Inquisitors, und er neigte dankend den Kopf. »Das ist mehr, als ich zu hoffen gewagt hatte, Exzellenz.«

»Gut, gut«, sagte der Bischof. »Allerdings sollten wir eine Klausel einbauen, die eine Sondergenehmigung für heilkundige Frauen von hoher Geburt vorsieht, die durch einen Bischof erteilt werden muss.«

Die Gesichtszüge des Inquisitors verfinsterten sich wieder,

was Konrad von Thüngen mit einem knappen Lächeln beantwortete. Bonifatius von Ebenstatt senkte den Blick und nickte.

Der Bischof gab dem Diener ein Zeichen. »Und nun wollen wir noch ein paar Süßspeisen zu uns nehmen, die halten Leib und Seele zusammen. Und trinkt noch ein Glas Wein, mein Lieber. Das wird Euch stärken in Eurem aufopferungsvollen Kampf.«

LVIII.

Geduldig wartete Thassilo am Morgen des 23. Oktober 1520 mit seinem Sohn Karl auf die Ankunft des neu gewählten Kaisers. Zusammen mit den anderen Adeligen wollten sie ihren neuen Lehnsherrn vor den Aachener Stadttoren willkommen heißen und sich in dessen Triumphzug einreihen. In Schweif und Mähne ihrer gestriegelten braunen Rösser hatten sie weiße, gelbe, rote und blaue Bänder geflochten, und beide trugen ihre zur Feier des Tages blank geputzte und bunt geschmückte Ritterrüstung, um deren Brustschild sie das auf weißen Samt gestickte Wappen der Wildensteins gebunden hatten: Über einem roten Wappenschild mit weißer Querbande prangte ein gekrönter blauer Ritterhelm mit rot-weißem Federbusch. Katharina hatte die gelbe Krone über dem Ritterhelm mit echten Goldfäden bestickt, die nun in der Sonne funkelten.

Thassilo warf seinem Sohn einen kurzen Blick zu und konnte nur mit Mühe ein Lächeln unterdrücken. Der Neunjährige saß seit zwei Stunden mit hoch erhobenem Kopf und durchgedrückter Brust auf seinem Pferd und platzte fast vor Stolz, dass er nun auch eine eigene Rüstung besaß und damit zu den waffenfähigen Männern gehörte.

Die Reise nach Aachen war lang und beschwerlich gewesen, aber für Thassilo als Reichsritter war es ebenso wie für alle anderen Vasallen des Kaisers eine Selbstverständlichkeit anzureisen, um Kaiser Karl V. nach dessen Krönung im Aachener Dom zu huldigen und sich im Gegenzug für ihren Treueschwur von diesem die eigenen Rechte und Privilegien bestätigen zu lassen.

Auch Katharina und Sophia waren mitgekommen. Sie saßen bequem in einem Gasthof an der Straße zum Kaiserdom und warteten dort auf die Krönungsprozession.

Über drei Stunden waren inzwischen vergangen, und die Pferde begannen nervös zu wiehern und mit den Hufen zu scharren. Doch dann kam er endlich, der zu seiner Krönung aus Spanien angereiste Kaiser. Hoch zu Ross sitzend, war er von vier zu Fuß gehenden Deputierten der Stadt umgeben, die an langen Stangen einen reich bestickten rot-goldenen Baldachin mit dem kaiserlichen Wappen über ihn hielten. Sein von schulterlangem rotblondem Haar umrahmtes Gesicht war noch sehr jung und trug die typischen Habsburger Züge: eine markante Hakennase über einem vorspringenden Unterkiefer und einer breiten, vorstehenden Unterlippe.

Während er sich langsamen Schrittes näherte, brach ein ohrenbetäubendes Jubelgeschrei los. Die sieben Kurfürsten, die ihn gewählt hatten, lösten sich aus der Menge und ritten ihrem Kaiser entgegen: die Erzbischöfe von Mainz, Köln und Trier, der Pfalzgraf bei Rhein, der Herzog von Sachsen, der Markgraf von Brandenburg und der König von Böhmen. Sie stiegen von ihren Pferden und küssten Karl V. nacheinander die Hand. Nach dieser Begrüßung ritt der Kaiser, eingerahmt von den höchsten geistlichen Fürsten, den Erzbischöfen von Mainz und Köln, in die Stadt ein.

Es war ein beeindruckendes Spektakel: Die ganze Stadt war auf den Beinen. Die Menschen drängten sich am Straßenrand, um der Krönungsprozession zuzujubeln. Trommeln und Trompeten kündeten von der Ankunft des neuen Kaisers. Angeführt wurde die Prozession von den Kurfürsten, die mit unbedecktem Haupt voranritten. Ihnen folgten der Erzkämmerer mit dem Zepter, der Erzschatzmeister mit der Reichskrone und der Erztruchsess mit dem Reichsapfel, schließlich der Erzmarschall mit blankem Reichsschwert. Der Kaiser trug noch sein Hausornat, da man ihm das Krönungsornat erst im Dom anlegen würde. Ihm folgten sein Hofstaat, seine Leibgarde, sein Gefolge und das der Kurfürsten und ein langer Zug aus deutschen Adeligen, spanischen Granden, Rittern des Goldenen Vlieses, weltlichen und geistlichen Fürsten zu Pferde oder in prächtigen Karossen. Die vielen Reiter in ihren funkelnden Rüstungen oder in prunkvollen Roben und die bunt ausgeschmückten Prunkkarossen waren für die Schaulustigen ein Sinnbild für die nahezu unbegrenzte Macht und Herrlichkeit des Kaisers, der in unerreichbaren Höhen über allen anderen thronte.

Auf dem Platz vor dem Aachener Kaiserdom kam der Zug ins Stocken, und nur der Hochadel folgte Karl V. in den Dom. Hier würde der Kaiser nach der Salbung und der Einkleidung mit den Insignien vom Kölner Erzbischof Hermann V. von Wied gekrönt und auf einen mehrstufigen Podest mit dem Kaiserthron geführt werden. Die Laudes, die Lobgesänge, würden die Krönung abschließen.

Thassilo kannte den Ablauf der Zeremonie, als Angehöriger des niederen Adels durfte er ihr aber nicht beiwohnen. Da es nun mehrere Stunden dauern würde, bis der gekrönte Kaiser unter Glockengeläut wieder aus dem Dom auf den Platz kam und die Festlichkeiten mit einer Ansprache eröffnete, ritt er zusammen mit Karl zurück zu dem Gasthaus, in dem Katharina und Sophia warteten.

»Kann ich meine Rüstung noch anbehalten?«, bettelte Karl.

Thassilo lachte. »Nein, zieh sie besser aus, oder willst du vielleicht in deinem schweren Panzer mit den Mädchen tanzen?«

Hatte während der Krönungsprozession noch ungetrübte Freude geherrscht, so bestimmten konfliktreiche Themen das sich anschließende Fest. Der französische König Franz I., der von Karl V. im Kampf um die Kaiserkrone aus dem Feld geschlagen worden war, hatte offen damit gedroht, von dem eroberten Herzogtum Mailand aus Neapel anzugreifen, um sich auf diese Weise aus der habsburgischen Umklammerung zu lösen. Außerdem war er in Navarra eingefallen. Es war also absehbar, dass es zwischen dem Haus Habsburg und Frankreich Krieg geben würde, und das bedeutete vor allem für den niederen Adel noch höhere Abgaben und noch mehr Kriegspflichten. Darunter litten auch Katharina und Thassilo, und nur das ihnen von Kaiser Maximilian I. erteilte Privileg, auf das Lehen keine Abgaben leisten zu müssen, machte es ein wenig erträglicher für sie. Aber es war keineswegs sicher, dass der neue Kaiser dieses Privileg erneuern würde.

»Ich weiß nicht, wie es weitergehen soll«, klagte Ritter Greif zu Goldenfelden, ein breitschultriger, kräftiger Mann mit einer wulstigen Narbe quer über dem Gesicht. »Es ist schlimm, und es wird nicht besser«, fuhr er fort. »Die höheren Abgaben zwingen mich, meinen sowieso schon armen Bauern noch mehr abzupressen. Sie werden rebellieren, und die Aufrührer haben mit ihren Hetzreden leichtes Spiel. Um den Aufruhr niederzuschlagen, musste ich schon zweimal hart durchgreifen. Und dann auch noch die hohen Kosten für die Gefolgschaft, wenn ich in den Krieg ziehen muss. Inzwischen muss ich mehrmals im Jahr ausrücken. Was soll nur werden, wenn wir jetzt auch noch gegen Frankreich Krieg führen?«

Thassilo nickte kaum merklich. Auch er war immer öfter vom Kaiser zu den Waffen gerufen worden. Das verschlang nicht nur Unsummen, es wurde auch jedes Mal gefährlicher, weil immer mehr Feuerwaffen zum Einsatz kamen, die sich nicht mehr mit Schild und Schwert abwehren ließen. Dadurch hatte er schon viele Männer verloren, die nun entweder als Krüppel auf seine Hilfe angewiesen waren oder um deren Witwen und Waisen er sich kümmern musste.

»Hinzu kommen die wachsenden Begehrlichkeiten der Kirche, deren Vertreter Unsummen für ihr gotteslästerliches Lotterleben verschleudern«, wetterte Ritter Bernhard von Schwaningen, der seine linke Hand im Kampf verloren hatte. »Franz von Sickingen und Ulrich von Hutten haben ganz recht. So geht es nicht weiter. Wir Ritter müssen uns zusammenschließen.«

Auch diesmal musste Thassilo insgeheim zustimmen. Bei einem feindlichen Angriff auf seine Burg war er auf sich allein gestellt. Er konnte zwar auf ein kaiserliches Machtwort hoffen, nicht aber auf die kaiserlichen Truppen. Den Weg von Franz von Sickingen und Ulrich von Hutten, die mit den Ketzern um Luther liebäugelten, wollte er allerdings nicht einschlagen, weil er fürchtete, dass dadurch die über Jahrhunderte herausgebildete Ordnung zerschlagen würde.

»Es wäre sinnvoll«, meldete er sich zu Wort, »wenn wir ein Notbündnis gründen und an den Kaiser appellieren würden, uns nur so viel abzufordern, wie wir zu leisten in der Lage sind. Dabei sollten wir auch darauf verweisen, wie viele zusätzliche Pflichten und Kosten uns durch die wachsenden Unruhen und Übergriffe im Lande jetzt schon auferlegt werden. Früher konnte ich das Burgtor auch nachts offen lassen, inzwischen ist unsere Burg wieder zur gut bewachten Festung geworden, und auch unsere Dörfer und Felder muss ich immer öfter vor Übergriffen schützen. All das kostet Zeit und Geld.« Er machte eine Pause und sah erst zu Schwaningen, der ihn unwirsch musterte, dann zu Goldenfelden hin, der bei seinen letzten Worten eifrig genickt hatte. »Einen Schulterschluss mit den Lutheranern halte ich allerdings für wenig erfolgversprechend. Ganz abgesehen davon, was ich selbst von Luther halte, möchte ich zu bedenken geben, dass sich der Kaiser ohne Wenn und Aber zur heiligen katholischen Kirche bekannt hat. Daher glaube ich nicht, dass er Luthers Angriff auf deren Wurzeln billigen wird.«

Schwaningen runzelte die Stirn und kniff die Augen zusammen. Alle wussten, dass er ein begeisterter Anhänger Luthers war. »Die heilige katholische Kirche«, polterte er los, »tritt oft ziemlich scheinheilig auf, indem sie dem ausgeplünderten Volk Wasser predigt, während sie mit ihren Huren Wein säuft und jede Tat durch den Ablasshandel absegnet!«

»Ich gebe Euch durchaus recht, dass eine innere Erneuerung der Kirche erforderlich ist«, räumte Thassilo ein. »Aber aus Zorn über die Unzulänglichkeiten ihrer Vertreter gleich die gesamte bestehende Ordnung hinwegfegen zu wollen, das führt nicht zu mehr Anstand und Gerechtigkeit, sondern zu Krieg und Leid. Nein, wer Missstände ausräumen und bessere Verhältnisse schaffen will, der muss die durcheinandergeratene Ordnung wiederherstellen, anstatt sie zu beseitigen. Außerdem sollten wir Ritter uns besser nicht mit seiner Majestät dem Kaiser anlegen. Das wäre ein Kampf, den wir nicht gewinnen könnten.«

»Wie wäre es«, schaltete sich Katharina ein, »wenn sich die Ritterschaft zu einem gegenseitigen Verteidigungsbündnis zusammenschließen und sich gemeinsam um einen mächtigen Fürsprecher bemühen würde, der bei Kaiser, Fürsten und Kirche gleichermaßen Gehör fände? Infrage käme dafür ein Bischof, der bereit wäre, dem Kaiser den Nutzen der Ritterschaft für das Reich darzulegen und ihre Nöte zu schildern.«

Schwaningen winkte unwillig ab. »Habt Ihr nicht mitbekommen, wie Bischof Konrad in Eurem schönen Frankenland mit seinen Bauern umspringt? Er reißt ihnen auch noch die letzte trockene Brotrinde aus der Hand, und wenn sie sich widersetzen, lässt er sie foltern, blenden und grausam hinrichten. Das Gleiche hat er der Ritterschaft angedroht, sollte sie sich auflehnen.«

»Es gibt auch Bischöfe in Franken, die ein ganz anderes Regiment führen. Denkt an Georg Schenk von Limpburg oder Gabriel von Eyb«, sprang Thassilo Katharina bei. »Was haben wir schon zu verlieren, wenn wir uns um solch einen Fürsprecher bemühen würden? Und ein Notbündnis gegen die zunehmenden marodierenden Banden und Plünderer wäre ganz in meinem Interesse und würde den Zusammenhalt unter uns Rittern fördern. Dann könnten wir nach außen hin geschlossener auftreten und so unseren Forderungen mehr Nachdruck verschaffen.«

»Einverstanden«, sagte Ritter Goldenfelden, »versuchen sollten wir's.«

Der kräftige, aber schlanke, schon um die sechzig Lenze zählende Reichsritter Gunther von Rosendorf ergänzte: »Den Aufstand können wir immer noch üben, wenn unsere Verhandlungsversuche gescheitert sind. Den Streit um die Religion aber sollten wir besser außen vor lassen, der spaltet uns nur, statt uns zu einen. Und einig sein müssen wir, wenn wir etwas erreichen wollen.«

»Na, dann versucht mal schön, Fürsten und Pfaffen davon abzubringen, Euch und Euren Bauern den letzten Tropfen Blut abzupressen«, entgegnete Schwaningen und entfernte sich. Zwei Ritter folgten ihm.

Die anderen sahen hinter ihnen her.

»Schade«, meinte Thassilo. »Aber wir können niemanden zwingen. Sprechen wir darüber, wie solch ein gegenseitiges Verteidigungsbündnis aussehen und wer als Fürsprecher für die Ritterschaft infrage kommen könnte. Eine Idee hätte ich schon. Wie wäre es …«

Die Ritter erörterten noch mehr als eine Stunde lang die verschiedenen Möglichkeiten. Schließlich einigten sie sich darauf, sich am übernächsten Tag noch einmal zu treffen, um weitere Einzelheiten zu besprechen.

LIX.

Mit einem Trupp Bewaffneter ritt Katharina durch das Dreihundertseelen-Dorf Ittling, das in eine sanft hügelige Landschaft eingebettet war. Von dort aus würde sie ihren Ritt durch mehrere Dörfer ihrer Lehen fortsetzen. Solche Ritte nahm sie, wenn Thassilo nicht zu Hause war, zweimal in der Woche vor. Zu ihrem Begleittrupp gehörten neben ihren eigenen Leuten auch Landsknechte aus dem von Thassilo gegründeten Ritterbündnis an.

Katharina sah zu Hauptmann Deleda hinüber und seufzte. »Eigentlich haben wir etwas anderes zu tun, als immer wieder in den Dörfern und auf den Feldern nach dem Rechten zu sehen und zu überprüfen, ob auch ja alle ihrer Arbeit nachgehen.«

»In diesen Zeiten, in denen der Wahnsinn um sich greift, wird es wohl nicht anders gehen, Herrin«, sagte Deleda schulterzuckend und ließ seinen Blick um alle Häuserecken streifen, um nach möglichen Angreifern Ausschau zu halten.

Bisher hatte es ausgereicht, solche Ritte zweimal im Monat zu unternehmen, denn während in ganz Franken Bauernaufstände ausbrachen, war es in den Lehen der Burgherren bisher ruhig geblieben. Aber in jüngster Zeit gab es Anzeichen, dass sich dies ändern könnte.

Wie Thassilo befürchtet hatte, war der Kaiser in den Krieg gegen Frankreich eingetreten, was die Abgabenlast erhöhte, und die war von den weltlichen und kirchlichen Herren an die sowieso schon leidenden Bauern weitergegeben worden. Das und der verschwenderische Lebensstil ihrer Herren führte überall im Land und besonders in Franken zu Aufständen. Und lutherische und andere kirchenfeindliche Prediger nutzten gezielt den Unmut und die Verzweiflung der Bauern, um sie zum Aufstand gegen ihre maßlosen Herren anzustacheln. Thassilo und Katharina hatten bisher geglaubt, dagegen gefeit zu sein, weil sie selbst bescheiden lebten und ihre Bauern gut behandelten. Doch vor zwei Wochen war etwas passiert, das Katharinas Vertrauen in ihre Bauern zutiefst erschüttert hatte.

Katharina war mit ihrem Trupp auf dem Rückweg zur Burg gewesen. Plötzlich sahen sie vor sich eine Bäuerin in Richtung Burg rennen. Als diese den Hufschlag hinter sich hörte, drehte sie sich um und eilte auf Katharina zu.

»Herrin! Herrin! Kommt schnell!«, stieß die Bäuerin atemlos hervor. »Bei uns in Großengsee ist einer dieser verrückten Prediger! Der will die Männer aufhetzen! Er sagt, dass wir uns mit den Bauern der anderen Dörfer zusammentun und gegen unsere Herren aufstehen müssen, weil die uns aussaugen bis aufs Blut. Da haben zwei von uns gesagt, dass das nicht stimmt. Aber da hat der Prediger gesagt, dass das bestimmt noch kommt. Er redet immer noch, und manche glauben ihm schon. Herrin, ich will nicht, dass ein Unglück geschieht. Bitte, kommt schnell!«

»Gut«, sagte Katharina, wendete ihr Pferd und ritt mit ihrem Trupp zum nahen Großengsee. Schon von Weitem konnte sie eine laute, aufgeregte Stimme hören, die immer wieder von einzelnen Rufen unterbrochen wurde. Schon bald hatten sie den Platz mit dem Dorfbrunnen erreicht, an dem sich die Bauern wie an jedem schönen Sommerabend versammelt hatten. Ein Mann in einer braunen Kutte, die in der Taille durch ein grobes Seil zusammengegürtet war, stand breitbeinig auf dem Rand des Brunnens und schrie: »Treibt diese Blutsauger aus ihren Schlössern, Klöstern und Burgen, reißt ihnen ihre feinen Seidenroben vom Leib und stoßt sie in den Schlamm, auf dass sie genau den Dreck fressen, den sie euch zu fressen geben!«

Katharina spürte sofort, dass seine Rede Wirkung zu zeigen begann, und sie wusste, dass sie schnell und entschieden handeln musste. Sie hatte von vielen ähnlichen Fällen gehört, in denen sich die Bauern hatten aufstacheln lassen, woraufhin sie dann mordend und plündernd durchs Land gezogen waren. Nachdem sie einen kurzen Blick mit ihrem Hauptmann getauscht hatte, ritt sie auf den Mann zu.

»Runter vom Brunnen!«, befahl sie ihm. »Oder will er mit dem Dreck an seiner Kutte und an seinen Füßen unser Trinkwasser verschmutzen?«

»Ei, ei, was für eine freche Gespielin haben wir denn da?« Der Mann musterte sie amüsiert. Da Katharina nur ein einfaches Baumwollkleid trug, konnte er sie nicht sofort als Edelfrau erkennen. »Ist sie etwa die Geliebte des feinen Herrn und darf deshalb seinen Rappen reiten, oder warum spielt sie sich hier so auf?«

»Runter von dem Brunnen!«, wiederholte Katharina.

Als der Mann keine Anstalten machte zu gehorchen, zog sie ihm die Reitgerte über das Gesicht, sodass die Haut aufplatzte und Blut hervorquoll. »Runter von dem Brunnen!«, befahl Katharina noch einmal.

Doch der Mann machte keine Anstalten, vom Brunnen herunterzusteigen. Er blieb auf dem Brunnenrand stehen und wischte sich ungläubig über das Gesicht, starrte seine blutverschmierte Hand an und schrie dann außer sich vor Wut: »Du dreckige Dirne, das wirst du mir büßen!«

In diesem Moment traf ihn die Reitgerte ein zweites Mal. Er wollte nach Katharina greifen, doch schon war der Hauptmann mit seinen Leuten zur Stelle. Sie packten ihn, zerrten ihn vom Brunnen und warfen ihn zu Boden. Der Hauptmann riss dem

Prediger die Arme nach hinten und gab einem der Bewaffneten ein Zeichen, den Mann zu fesseln. Mit nach hinten gebundenen Händen rissen sie ihn hoch.

Zornig sah sich Katharina in der Menge um, die erschrocken zurückgewichen war. »Blutsauger lasst ihr Uns nennen, die euch die letzte Kornähre rauben?«, rief sie. »Ist das wirklich eure Meinung? Ja? Haben Wir euch ausgeraubt und hungern lassen?« Sie sprang vom Pferd und ging auf jeden Einzelnen zu und sah ihm in die Augen.

Die Bauern senkten den Kopf. Nur einer, von dem sie wusste, dass er Klaus hieß, sah sie herausfordernd an und entgegnete: »Warum wohnt Ihr auf einer Burg, und wir müssen in armseligen Hütten hausen?«

»Gut«, erwiderte Katharina. »Dann packe er mit Weib und Kindern seine Sachen und ziehe aus in den Krieg und erwerbe sich Verdienste, damit er von Seiner Majestät dem Kaiser zum Ritter erhoben und mit einer Burg ausgezeichnet wird, wie dies der Reichsritter und seine Vorfahren getan haben. Der Kaiser sucht dringend Landsknechte. Wir halten ihn nicht.«

Verunsichert sah der Mann sie an. Doch dann rief er trotzig: »Ha, als Verdienst erworben! Uns Bauern abgepresst habt Ihr die Burg!«

»Er hat genau eine Stunde, um mit Weib und Kind Großengsee zu verlassen«, sagte Katharina ruhig und entschieden. »Und genau einen Tag, um aus Unserem Lehen zu verschwinden. Also spute er sich. Denn wenn diese Zeit verstrichen ist, werden Wir ihn festnehmen und zusammen mit diesem falschen Prediger der Halsgerichtsbarkeit Seiner Durchlaucht Markgraf Kasimir übergeben. Und er weiß sicher, wie der Markgraf mit dreisten Aufrührern umzugehen pflegt.«

Der Bauer starrte sie entsetzt an und wich zurück. Jeder wusste, dass der Markgraf Aufrührer blenden oder grausam hinrichten ließ. Dass ausgerechnet die für ihre Milde bekannte Freifrau bereit war, einen ihrer Bauern dem Gericht des Markgrafen auszuliefern, hatte er nicht für möglich gehalten. Doch ihr kalter, unerbittlicher Blick machte ihm klar, dass es ihr ernst war. Schlagartig begriff er, welche Dummheit er begangen und in welche Gefahr er sich und seine Familie gebracht hatte. Erschrocken ließ er sich vor ihr auf die Knie fallen und flehte sie an: »Gnade, Herrin! Bitte tut das meinem Weib und meinen Kindern nicht an!«

Katharina hatte Mitleid mit dem Weib und den unschuldigen Kindern des Bauern, doch sie wusste, dass sie hart bleiben musste, wenn sie weiterhin geachtet werden wollte. Einen Hitzkopf wie diesen Klaus konnte sie in ihrem Lehen nicht brauchen. »Die Zeit läuft«, sagte sie nur. »Jetzt hat er keine Stunde mehr. Spute er sich, und packe er noch ein paar Sachen und etwas Essen zusammen, damit sein Weib und seine Kinder eine Wegzehrung haben. Wie gesagt: Wenn er mit seiner Sippschaft nicht binnen einer Stunde aus Großengsee verschwunden ist, werden Wir ihn der Halsgerichtsbarkeit von Markgraf Kasimir übergeben, und seine Sippschaft gleich mit.«

»Aber Herrin ...«, stammelte der Bauer und erhob sich.

»Geh er, oder soll ich ihn jetzt gleich festnehmen und zum Markgrafen bringen lassen?«, herrschte Katharina ihn an.

Er stand mühsam auf, wich zurück, blieb kurz stehen, packte seine Frau, die mit offenem Mund in der Menge stand, und eilte mit ihr davon.

Ungehalten sah Katharina sich um. »Gibt es hier noch jemanden, der Großengsee verlassen will, damit Wir ihn nicht bis aufs Blut aussaugen und ihm die letzte Kornähre rauben?«, fragte sie und ging vor den Bauern auf und ab, die noch immer starr vor Schreck zu Boden sahen. »Wie konntet ihr es zulassen, dass dieser falsche Prediger solche Dinge über Uns sagt? Nach all dem, was Wir für euch getan haben? Kann nicht jeder, der in Not ist, zu mir kommen? War ich nicht immer für euch da?«

Die Bauern nickten beschämt.

»Ich bin zutiefst enttäuscht von euch«, sagte Katharina. »Und ich werde mir überlegen, ob ihr Unser Vertrauen und Unsere Zuwendung und Gnade weiterhin verdient habt. Vielleicht sollten Wir euch genauso behandeln wie die anderen Herren und in Saus und Braus leben, während Wir euch darben lassen.« Damit stieg sie auf ihren Rappen und wendete ihn, um aus dem Dorf zur Burg zu reiten. Der Hauptmann und seine Männer folgten ihr. Den Gefangenen, der stumm vor Entsetzen geblieben war, zogen sie an einem Seil hinter sich her.

Plötzlich kam eine Bäuerin auf Katharina zugelaufen. »Herrin, ich flehe Euch an, habt Erbarmen mit uns und mit diesem Mann! Wir haben nichts getan, und dieser Priester weiß nicht, wer Ihr seid und wie gut Ihr uns behandelt. Markgraf Friedrich geht hart und grausam mit Aufrührern um. Ich bitte Euch, habt Erbarmen!«

Katharina zögerte. Doch dann zwang sie sich, in kaltem Ton zu antworten: »Erbarmen? Mit diesem gotteslästerlichen Mann, der sich untersteht, durch die Dörfer zu ziehen und die Bauern aufzuhetzen, auf dass sie ihre Herrn abschlachten und fremde Dörfer niederbrennen? Ist sie noch bei Sinnen? Hat dieser Kerl Erbarmen mit all den Bauern gehabt, die er aufgehetzt und zu brandschatzenden Mördern gemacht hat, wodurch sie eine Todsünde begangen haben und am Ende einer grausamen Gerichtsbarkeit übergeben wurden? Hat er Erbarmen gehabt mit all den Weibern und wehrlosen Kindern, die durch die von ihm aufgestachelten Bauern geschändet und niedergemacht wurden? Hat er Erbarmen gehabt mit den Menschen und Tieren in den niedergebrannten Dörfern? Soll ich diesen Kerl laufen lassen, damit er noch mehr Menschen ins Unglück treibt? Nein, wer Verbrechen sät, wird seine gerechte Strafe ernten.« Sie sah zu den wie erstarrt dastehenden Bauern hinüber. »Wenn einer von euch Klaus oder irgendeinem aus seiner Sippschaft in Großengsee Unterschlupf gewährt, werden Wir ihn als Aufrührer Markgraf Kasimir übergeben.«

Ohne ein weiteres Wort ritt sie aus dem Dorf hinaus.

Schon zwei Tage später wurde der Prediger, der Katharina unterwegs immer wieder um Gnade angefleht hatte, in Ansbach öffentlich gerädert.

Bei ihrem nächsten Kontrollritt bemerkte Katharina, wie sich die Bauern in den Dörfern und auf den Feldern ungewohnt tief vor ihr verneigten, während sie an ihnen vorbeiritt. Das Schicksal des Predigers und des Riedinger-Klaus hatten sich in Windeseile herumgesprochen, und sie spürte die Angst, die ihr entgegenschlug. Aber sie war fest entschlossen, Aufstände, unter denen ihre Bauern selbst am meisten leiden würden, zu verhindern. Und wenn es nicht mit Güte und Verständnis ging, dann musste sie eben mit Strenge und Härte vorgehen.

LX.

Katharina erwachte. Mit zitternder Hand tastete sie zur anderen Seite des Bettes. Sie war leer. Ihr Herz raste. Sie war schweißgebadet, und ihre Augen waren voller Tränen. Eine tiefe, dunkle Einsamkeit umfing sie. Schließlich erhob sie sich und trat ans Fenster. Es musste kurz nach Mitternacht sein. Die Luft draußen war drückend schwül und der Himmel wolkenverhangen. Wind war aufgezogen und blies ihr ins Gesicht, und sie spürte, wie eine Gewitterwand aufzog. In der Ferne zuckten einzelne Blitze.

Benommen wischte sie sich die Tränen aus den Augen. Sie hatte einen wirren, bösen Traum gehabt, konnte sich aber nicht mehr an Einzelheiten erinnern. Nur an das Gesicht von Thassilo, der mit zum Schrei aufgerissenem Mund auf sie zulief, dann aber an ihr vorbeirannte, und an ein Pferd, das seinen Reiter, dessen Fuß sich im Steigbügel verfangen hatte, hinter sich her schleifte.

Sie sah zum Himmel hinauf. Die Blitze kamen näher, und schon war ein erstes Donnergrollen zu hören. Kaum hatte sie die Fensterläden geschlossen, da brach auch schon ein Platzregen vom Himmel und prasselte gegen das Holz.

Katharina hörte, wie eine der Mägde in Holzpantoffeln über die knarrenden Dielen in der Burg lief und überall die Fensterläden schloss. Sie atmete tief durch und legte sich wieder ins Bett. Seit nun auch ihr Sohn mit in den Krieg gezogen war, wurde sie fast jede Nacht von Albträumen gequält. Das ist nur die Angst einer Mutter um ihr Kind, ebenso lästig wie sinnlos und überflüssig, sagte sie sich immer wieder, um sich zu beruhigen.

Zum Glück wusste nur Thassilo von ihren Ängsten. Er hatte ihr erst am Morgen des Aufbruchs und ohne dass Karl dabei war, gesagt, dass er diesmal seinen Sohn mit in den Krieg nehmen würde. Und zum ersten Mal in ihrer Ehe hatte sie ihm gegenüber einen heißen, brennenden Zorn verspürt.

»Wie kannst du das nur tun, er ist doch noch viel zu jung und unerfahren!«, hatte sie ihm vorgeworfen.

Aber Thassilo hatte nur erwidert: »Karl ist alt genug, und er ist geschult im Kampf. Es wird Zeit, dass er die Welt da draußen kennenlernt und sich bewährt, damit ein richtiger Mann aus ihm wird.«

Katharina kannte ihren Gatten und wusste, dass er sich diesen Schritt reiflich überlegt hatte und dass er sich nicht umstimmen lassen würde. Wahrscheinlich hatte er sie absichtlich nicht in seine Entscheidung mit einbezogen, damit sie nicht versuchte, ihn von seinem Vorhaben abzubringen, und Karl nicht mit ihren Ängsten belastete. Und es stimmte ja auch: Mit vierzehn zogen die meisten Männer zum ersten Mal in den Krieg.

Doch der Zorn darüber, dass Tassilo ihr vorher nichts gesagt hatte, und eine tiefe Angst um Karl hatten sie überwältigt. Ohne ein weiteres Wort hatte sie sich umgedreht, war in den Stall gelaufen, hatte ihr Pferd gesattelt und war aus der Burg gestürmt.

Gotthelf, der zusammen mit Antonius und zehn Bewaffneten die Burg und die Ländereien gegen herumziehende Plünderer und Aufständische verteidigte und die Burgherrin auf Ausflügen beschützte, hatte nur zufällig mitbekommen, dass die Freifrau ohne bewaffnete Begleitung die Burg verließ. Ohne seine Rüstung anzulegen, hatte er nur sein Schwert gepackt, war auf sein Pferd gesprungen und hinter ihr her geritten.

Als er seine Herrin endlich einholte, die wie von Sinnen querfeldein über Stock und Stein ritt, packte er die Zügel ihres Pferdes und brachte es mühsam zum Stehen. Dann sprang er ab und half seiner Herrin aus dem Sattel. Sie setzte sich ins Gras und vergrub das Gesicht in den Händen.

Erschrocken sah er sie an. Noch nie hatte er die stets beherrscht und überlegt handelnde Freifrau so außer sich erlebt. Ratlos blieb er, die Zügel der Pferde in der Hand, neben ihr stehen. Schließlich hob sie den Kopf und wischte sich die Tränen aus den Augen. Mit leerem Blick starrte sie vor sich hin.

Gotthelf band die Pferde an einen Baum und setzte sich neben sie.

»Herrin, was ist geschehen?«, fragte er nach einer Weile.

Sie schüttelte den Kopf und starrte weiter in die Ferne. Schließlich antwortete sie: »Der Reichsritter nimmt unseren Sohn mit in den Krieg. Karl ist noch ein Kind, er ist erst vierzehn.«

Gotthelf runzelte die Brauen und sah mit leichtem Nicken zum Himmel hinauf. »Ich verstehe Euch, Herrin. Für eine Mutter ist es immer furchtbar, wenn sie ihren Sohn in den Krieg ziehen lassen muss. Aber der Reichsritter liebt seinen Sohn, und er wird über ihn wachen.«

Katharina sah Gotthelf verzweifelt an. »Karl ist noch unerfahren, und mein Gemahl ist nicht allmächtig und kann nicht immer auf ihn aufpassen. Wie oft ist er selbst schon schwer verwundet und nur mit Glück gerettet worden!«

Gotthelf sah ihr mit festem Blick in die Augen und erwiderte mit ruhiger Stimme: »Karl ist für sein Alter schon sehr kräftig, und er ist ein geschickter Kämpfer. Und Hauptmann Deleda hat in der letzten Zeit jeden Tag mit ihm geübt.«

Katharina strich sich eine Strähne aus dem Gesicht, knotete ihr Haar im Nacken zusammen und seufzte. »Du hast recht.

Ich habe die Beherrschung verloren.« Sie erhob sich, band die Pferde los und stieg wieder auf. »Lass uns zur Burg reiten. Ich möchte rechtzeitig zurück sein, um den beiden Lebewohl zu sagen.«

Doch sie kamen zu spät. Thassilo und Karl waren schon aufgebrochen. Auf dem Tisch im Saal der Burg fand sie eine Notiz von Thassilo vor: »Wir werden beide gesund heimkehren.«

Ein bitterer Schmerz durchfuhr Katharina. Doch vielleicht hatte Thassilo gut daran getan, nicht auf ihre Heimkehr zu warten, denn aufgewühlt, wie sie damals gewesen war, hätte sie Karl den Abschied nur noch schwerer gemacht. Sie bereute längst, dass sie sich so töricht verhalten hatte.

Der Wind rüttelte an den Fensterläden, und durch die schmalen Holzspalten drang der grelle Schein der Blitze. Das Rollen und Krachen des Donners wurde immer lauter, untermalt vom Prasseln des Regens. Aber nicht das Gewitter war der Grund, warum es Katharina in dieser Nacht nicht mehr gelang, wieder einzuschlafen. Immer wieder sah sie Thassilos aufgerissenen Mund vor sich und den leblosen Körper, der von einem Pferd mitgeschleift wurde. War das eine Warnung, eine Botschaft an sie, dass ein Unglück geschehen war?

LXI.

Thassilo schluckte. Seine Kehle war trocken, und so griff er nach seinem Wasserbeutel, doch der war leer. Heiß und unerbittlich brannte die Sommersonne auf seine Rüstung, und er wischte sich über die Stirn. Obwohl er in seinen Bewegungen noch immer schnell und geschmeidig war, machten sich inzwischen seine zweiundfünfzig Lenze bemerkbar, und auch die neue Stichwunde in seinem linken Bein, die ihm ein Franzose mit einer Lanze zugefügt hatte, setzte ihm zu. Es war stark angeschwollen. Doch noch mehr als um sein Bein sorgte sich Thassilo um seinen Sohn.

Er warf Karl einen besorgten Blick zu. Auf Geheiß seines Vaters, aber gegen den Willen seiner Mutter war er zum ersten Mal mit in den Krieg gezogen. Er hatte sich als wackerer, geschickter Kämpfer erwiesen. Thassilo war stolz auf ihn. Aber ein Geschoss aus einer Hakenbüchse hatte ihn am rechten Schulterblatt verletzt, sodass er weder sein Schwert führen noch die Zügel mit der rechten Hand halten konnte. Die Wunde blutete stark. Und obwohl Thassilo ihm, wie er es von Katharina gelernt hatte, einen Druckverband angelegt hatte, sickerte weiterhin Blut aus dem Armschutz der Rüstung.

Sie hatten inzwischen die Gegend von Crailsheim erreicht. Bis zur Burg Strahlenfels war es noch ein halber Tagesritt. Thassilo wollte so schnell wie möglich nach Hause, damit er und vor allem sein Sohn bald verarztet wurden, aber als sie an einem klaren, sprudelnden Bach vorbeikamen, hielt er seinen Tross an.

»Komm Karl, lass uns ein erfrischendes Bad nehmen.«

»Das ist eine gute Idee«, antwortete Karl und stieg vom Pferd. Sein Gesicht war blass, und er hatte Mühe, sich auf den Beinen zu halten. Thassilo gab einem seiner Waffenknechte ein Zeichen, damit dieser seinem Sohn beim Ablegen der Rüstung half. Er zog die Stirn in Falten, als er sah, dass der Schulterverband seines Sohnes blutdurchtränkt war. Sie mussten so bald wie möglich das Nürnberger Spital erreichen, damit der Physikus Baruch die Blutung stillen und nachsehen konnte, wie schwer die Verletzung war.

Gestützt auf einen seiner Landsknechte, stieg auch Thassilo vom Pferd und wusch sich zusammen mit den anderen in dem kühlen Wasser. Aus dem Verbandssack, den Katharina ihm mitgegeben hatte, nahm er frische Verbände. Als er Karls Verband löste, erschrak er. Aus der klaffenden Wunde rann noch immer viel Blut. Er legte einen neuen Druckverband an, aber auch der konnte den Blutfluss nicht stoppen.

Als Karl seine Rüstung wieder anziehen wollte, sagte Thassilo: »Nein, Karl, wir legen die schweren Rüstungen nicht mehr an. Wir sind durch die Verletzungen geschwächt, und die Hitze tut ein Übriges. Außerdem haben wir ja einen Begleitschutz.« Als Karl zögerte, setzte er hinzu: »Du hast wacker gekämpft, mein Sohn, aber jetzt ist es genug.«

Karl nickte dankbar.

Sie ritten weiter. Nach einer Weile sagte Thassilo: »Du warst sehr tapfer, mein Sohn. Aber gegen die neuen Feuerwaffen, die jeder Feigling abschießen kann, ohne dass er sich einem ritterlichen Zweikampf stellen muss, bieten unsere Rüstungen keinen Schutz mehr. Ich fürchte, dass die Kriege von nun an ganz anders ablaufen werden.«

»Aber wo bleiben denn da die Ritter, die gelernt haben, Mann gegen Mann zu kämpfen?«, fragte Karl.

Thassilo sah nachdenklich vor sich hin. Karl hatte recht. Wo blieben denn da die Ritter? Welchen Sinn und Zweck hatten sie noch? Was waren das für Kriege, in denen nicht mehr Tapferkeit und persönliches Geschick, sondern Feuerwaffen und Geld über Sieg oder Niederlage entschieden? Ritterlich waren sie nicht, sondern sie verkamen mehr und mehr zu einem elenden Gemetzel, bei dem der Einzelne nichts mehr zählte. Er sah zu seinem Sohn hinüber.

»Hast du Schmerzen?«

»Es geht.«

»Halte noch ein paar Stunden durch, dann sind wir zu Hause.«

Karl nickte nur.

Eine Weile ritten sie schweigend nebeneinander her. Karl wurde immer wieder von Hustenanfällen geschüttelt. Irgendwann fragte er: »Vater, ist es im Krieg immer so?«

»Was meinst du damit?«

»So blutig und so grausam. Die vielen Verletzten, die vor Schmerzen schreien und die man einfach auf dem Feld liegen lässt.« Wieder musste er husten. »Die vielen Pferde, denen der Bauch aufgeschlitzt wurde und die sogar noch versuchen, weiterzulaufen …«

Thassilo atmete tief durch und sah seinem Sohn fest in die Augen. »Ja.«

Karl nickte und schwieg.

Nach einer Weile sagte Thassilo: »Ich verstehe, was in dir vorgeht – besser, als du denkst.«

Schwer atmend stieß Karl hervor: »Viele von ihnen sind einfache Bauern, und manche wissen noch nicht einmal, auf wessen Seite sie stehen. Sie schlagen in ihrer Angst auf Freund und Feind gleichermaßen ein.«

Thassilo nickte. »Ich weiß. Kaiser Maximilian hat versucht,

das zu ändern und ein stehendes Heer aufzubauen. Aber die Kosten sind ihm über den Kopf gewachsen.«

»Vater?«

»Ja?«

»Ich kämpfe gern, das weißt du. Aber ich weiß nicht, ob ich so leben will. Ich höre noch immer die schrecklichen Schreie … Ich will das nicht …«

»Ich will das auch nicht, mein Sohn. Aber so ist es nun einmal.«

Karl schwieg. Mit bleichem, ausdruckslosem Gesicht ritt er neben seinem Vater her.

Erleichtert atmete Thassilo auf, als er in der Ferne die Kirchtürme von Nürnberg ausmachte. »Sieh! Wir sind bald da, gut eine Stunde noch. Wir reiten nicht bis nach Hause, sondern erst einmal ins Spital, damit dir dort geholfen wird. Halte durch, mein Sohn.«

Karl reagierte nicht. Vornübergebeugt saß er im Sattel, den Kopf gesenkt. Thassilo sah besorgt auf die dünne Blutspur, die von seinem Arm über seinen Schenkel bis auf die Flanke seines Pferdes reichte. Er hielt den Tross an und befahl, dass man Karl vom Pferd nahm und ihn zwischen zwei Pferden auf einer Decke liegend die letzte Strecke bis zum Spital transportierte. Die Kriegsknechte bereiteten die mitgeführte Bahre vor. Dann griff einer die Zügel von Karls Pferd, und ein anderer trat vor, um dem Verwundeten beim Absteigen zu helfen.

Plötzlich ging alles ganz schnell. Thassilo hörte ein Rascheln in einem Gebüsch hinter sich und drehte sich auf seinem Pferd um. Einem sirrenden Pfeifen folgte ein gurgelndes Röcheln. Thassilo fuhr herum. Ein Pfeil hatte sich in Karls Hals gebohrt. Thassilo beugte sich vor und versuchte, seinen Sohn zu sich zu ziehen, um ihm den Pfeil aus dem Hals zu reißen, aber in diesem Augenblick spürte er einen brennenden Schmerz. Ein Pfeil war tief in seine Brust eingedrungen. Während er erstaunt auf den Pfeil starrte, spürte er, wie ihn ein weiterer Pfeil traf und dann noch einer, und dieser dritte Pfeil drang ihm bis ins Herz.

Thassilo bäumte sich auf. Er sah, wie das Pferd seines Sohnes lospreschte und Karl kraftlos zur Seite stürzte. Doch er fiel nicht zu Boden, sondern blieb mit einem Fuß im Steigbügel hängen und wurde mitgeschleift. Thassilo wollte ihm folgen, um ihn zu befreien, aber er spürte seinen Körper nicht mehr. Schemenhafte Gestalten tauchten auf. Täuschte er sich, oder trugen sie wirklich schwarze Westen mit rotem Kreuz? Die Insignien der Inquisition … Er war sich nicht sicher. Nichts war mehr sicher. Alles verschwand in einem Strudel, der ihn in eine immer schwärzer werdende Finsternis riss.

LXII.

Um sich von ihren Ängsten abzulenken, beschloss Katharina, mit der inzwischen sechzehnjährigen Sophia nach Nürnberg zu reiten, um ihr dort für das Fest des Markgrafen ein Ballkleid anfertigen zu lassen. Als Katharina und Sophia in Begleitung von Hauptmann Deleda und drei weiteren Bewaffneten an einem Kalkbrennofen vorbei auf das Laufer Tor von Nürnberg zuritten, sahen sie auf der linken Seite mehrere Frauen an der Pegnitz ihre Wäsche waschen und auf der Wiese zum Bleichen ausbreiten. Ihr Lachen und ihr Gesang drangen bis zu ihnen herüber.

Wer will schöne Mädchen sehn?
Der muss an das Flussufer gehn.
Da gibt es Maiden blond und braun,
gar wunderlieblich anzuschaun.
Sie sind so fleißig und duften so fein,
die Erste wird die Deine sein.
Hoja, hohe, die Erste wird die Deine sein.

Sophia sah ihre Mutter lächelnd an, doch deren Gesicht wirkte ernst und abweisend. Katharina empfand die ausgelassene Fröhlichkeit der Wäscherinnen beinahe als Hohn, und sie hätte sich am liebsten die Ohren zugehalten.

Sie ritten die Laufer Gasse entlang, vorbei an vielen hölzernen und steinernen Kramen – schmalen, mehrstöckigen hölzernen und steinernen, aus Buden hervorgegangenen Häusern mit kleinen Wohnungen in den oberen Stockwerken und Werkstätten, Wechselstuben und Geschäften im Erdgeschoss. Zur Rechten lagen die Werkstätten und Läden eines Drechslers, eines Naglers, eines Strumpfstrickers, eines Schneiders, eines Schusters, eines Glasbläsers und eines Webers, zur Linken die eines Töpfers, eines Kürschners, eines Korbmachers, eines Lichtziehers, eines Schreiners, eines Knopfmachers, eines Saitenmachers und eines Flaschners und Spenglers. Bald bogen sie nach links zur Sankt-Sebald-Kirche mit ihren beiden neuen Türmen ab, weil sie dort für die gesunde Heimkehr von Thassilo und Karl beten und geweihte Kerzen für sie anzünden wollten.

Sie blieben lange dort. Aber auch wenn der hohe Hallenchor etwas Lichtes und Befreiendes ausstrahlte, fand Katharina dort keine Ruhe im Gebet. Vielmehr tauchten wieder die quälenden Bilder aus ihren Albträumen auf. Wenn sie doch nur wüsste, was sie tun sollte! »Gib mir ein Zeichen, o Herr!«, flehte sie. Aber nichts geschah.

Sie blickte zu den Kerzen hinüber, die sie für ihren Gemahl und ihren Sohn angezündet hatte, und bemerkte, dass die Flammen heftig zu flackern begonnen hatten. Verstohlen sah sie zu ihrer Tochter hinüber, die unruhig auf den Knien hin und her rutschte. Als sich Katharina schließlich erhob, sprang Sophia sogleich auf und folgte ihr zum Ausgang. Bevor sie die Kirche verließ, wandte sich Katharina noch einmal zu den Kerzen um, und ein eisiger Schrecken durchfuhr sie: Beide Flammen waren erloschen.

Eilig schob sie Sophia aus der Kirche hinaus zum Milchmarkt, wo ihr Schutztrupp am Ziehbrunnen wartete. Die Männer hatten inzwischen die Pferde getränkt.

»Geht und trinkt und esst etwas. In drei Stunden treffen wir uns wieder am Laufer Tor«, sagte sie und gab Hauptmann Deleda ein paar Geldstücke. Dann ging sie mit Sophia zu einem

Händler am Milchmarkt, um dort Stoff für ein festliches Kleid zu kaufen.

Die Regale reichten bis hinauf zur Decke, und als sie den Blick über die Ballen mit hellgrünem, blauem und gelbem Samt aus Flandern, rubinroter, grüner, gelber, blauer, weißer und rosa Seide aus Venedig, braunem Tuch aus Regensburg und über die Rollen mit Spitzen, Bändern und Kordeln wandern ließ, musste Katharina mit Macht die Erinnerungen an Maria zurückdrängen, um nicht in Tränen auszubrechen. Nach langem Suchen entschieden sie sich schließlich für einen leise raschelnden zartrosa Seidenstoff, in den kunstvoll kleine schimmernde Blüten mit feinen Ranken eingewebt waren. Dazu kauften sie schlichtweißen Samt für das Mieder, mit silbernen Fäden durchzogene rosa und weiße Samtbänder zum Raffen und Schnüren der Ärmel und eine silbern-weiße und eine silbern-rosa Kordel zum Einfassen und Schnüren des Mieders.

Als sie den Laden mit den Stoffen, Bändern und Kordeln verließen, um das Kleid im Nachbarhaus zuschneiden und nähen zu lassen, strahlte Sophia ihre Mutter dankbar an, und auch Katharinas Stimmung hatte sich aufgehellt. In der Schneiderei besprachen sie den Schnitt des Kleides und ließen bei Sophia Maß nehmen.

»Ich möchte, dass mein Kleid ganz schlicht bleibt, ohne Rüschen am Rock. Der soll in der Taille eng sein und dann nach unten hin ganz weit fallen«, sagte Sophia zu ihrer Mutter. Diese nickte lächelnd, woraufhin der schon hochbetagte Schneider flugs eine Zeichnung anfertigte und sie Mutter und Tochter fragend hinhielt. Beide nickten zufrieden, und Katharina erteilte den Auftrag.

Als sie die Schneiderei verlassen hatten und sich vor einer Bäckerei am Milchmarkt an einen Tisch setzen wollten, um vor ihrem Ritt zurück auf die Burg noch etwas Kuchen zu essen, hörten sie auf einmal Pferdegetrappel und laute Rufe. Wenig später tauchte ein größerer Reitertrupp auf. Die Männer ritten quer über den Milchmarkt und verschwanden in einer der Gassen Richtung Frauentor. Ihre Waffen und Rüstungen glitzerten in der Sonne.

Was war geschehen, dass ein so großer Trupp aus der Stadt ritt? Hatte es schon wieder einen Überfall auf einen Kaufmannszug gegeben? Katharina dachte an Thassilo und Karl, und sofort spürte sie wieder diese innere Unruhe. Ihr Herz pochte heftig, und ihr Kopf war erfüllt von einem immer lauter werdenden Sirren.

Unvermittelt sprang sie auf. »Komm, wir gehen zum Rathaus und fragen, was geschehen ist«, sagte sie zu Sophia, die ängstlich nickte.

Auf dem Hauptmarkt sahen sie den Ratsherrn Konrad Löffelholz aus dem Rathaus kommen.

»Werter Löffelholz, bitte!«, rief Katharina und packte ihn am Arm.

Löffelholz sah sie zuerst ungläubig und dann verlegen an. »Oh, Freifrau von Velden … Ihr … äh … Ihr wisst es also schon?«

»*Was* weiß ich schon?«

Löffelholz schluckte. »Oh! Also noch nicht …?«

Katharinas Herz begann zu rasen, und ihr stockte der Atem. »Was ist geschehen? Im Namen Gottes des Allmächtigen, sagt es mir!«, rief Katharina so laut, dass die Menschen auf dem Hauptmarkt stehen blieben und zu ihr hersahen.

»So genau weiß ich das auch nicht«, antwortete der Ratsherr ausweichend.

»Sagt es mir!«, schrie Katharina außer sich.

Konrad Löffelholz räusperte sich und blickte Katharina mit ernster Miene an. »Ein Landsknecht ist gekommen, der im

Dienst Eures Gemahls steht. Sein Trupp ist überfallen worden. Es war ein Hinterhalt. Sie haben Euren Gemahl und Euren Sohn getötet und sind dann verschwunden. Die Waffenknechte Eures Gemahls haben noch versucht zu kämpfen, sie konnten aber nichts mehr tun. Ein paar von ihnen sind verwundet worden. Sie sind auf dem Weg hierher und haben einen Boten vorausgeschickt, um Hilfe zu holen … Es tut mir so …«

Er verstummte, als er sah, wie sich Katharina taumelnd und nach Atem ringend ans Herz griff. Er packte sie am Arm, um sie zu stützen. Sophia, die schreckensbleich geworden war, fasste sie auf der anderen Seite, und gemeinsam führten sie sie weg von den gaffenden Menschen ins Rathaus. Dort brachte Löffelholz die Frauen in eine ruhige Kammer und setzte sich mit ihnen an einen Tisch.

Sophia schlug schluchzend die Hände vors Gesicht, während Katharina reglos vor sich hin starrte. Schließlich legte sie die Hand auf den Kopf ihrer Tochter und sagte mit tonloser Stimme: »Komm, Kind, wir wollen ihnen entgegengehen.«

»Ich begleite Euch!«, rief Konrad Löffelholz und stand auf.

Gemeinsam gingen sie, begleitet von vier Waffenknechten, durch die Menge, die sich vor dem Rathaus versammelt hatte, zum Frauentor und hinaus auf die staubige Landstraße, die wie ausgestorben vor ihnen lag.

LXIII.

Ungeachtet der ringsum tobenden Bauernaufstände war alles, was in Mittelfranken Rang und Namen hatte, zum Begräbnis von Thassilo und Karl erschienen, auch alle Nürnberger Ratsmitglieder. Viele Verwandte waren trotz aller Gefahren aus Regensburg, Bamberg, Frankfurt, Heilbronn, Augsburg, Braunschweig, Dresden, Lübeck und mehreren kleinen fränkischen Orten angereist, allen voran Katharinas Lieblingsschwester Hildegard, dazu Felix und Ursula und ihre inzwischen neun Kinder. Alle waren erschüttert von dem schweren Schicksalsschlag, der die Freifrau und ihre Tochter ereilt hatte, und sie versprachen ihr Hilfe und Unterstützung. Auch Markgraf Kasimir war gekommen, um seinem Waffengefährten Thassilo und dessen Sohn die letzte Ehre zu erweisen und durch sein Erscheinen zugleich deutlich zu machen, dass die verwitwete Freifrau mit seiner Unterstützung rechnen konnte. Sogar der Kaiser hatte einen Abgesandten geschickt, damit der seinem getreuen Reichsritter das letzte Geleit gab.

All das vermittelte Katharina ein Gefühl der Sicherheit. Doch sie wusste nur zu gut, wie gefährdet diese Sicherheit war und dass der Tod des Reichsritters Begehrlichkeiten geweckt hatte. Zwar hatte der Kaiser ihre Rechte auf die Lehen noch einmal bestätigt, und sie hatte sich beeilt, dem kaiserlichen Abgesandten mitzuteilen, dass die üblichen Abgaben weiterhin entrichtet würden, zumal es ja nun keinen Mann mehr in ihrer Familie gab, der Seiner Majestät als Gegenleistung Kriegsdienste leisten konnte. Doch sie wusste, dass all das keine Garantie dafür bot, dass der Kaiser ihr auch weiterhin Schutz und Lehen gewährte.

Auch war ihr zugetragen worden, dass es böse Zungen gab, die behaupteten, Gott habe sie mit dem Tod von Mann und Sohn gestraft, weil sie eine heidnische Kräutermedizin betreibe. Und angeblich verbreitete die Gräfin Abenberg wieder einmal das Gerücht, bei der Heilung von Kaiser Maximilian sei es nicht mit rechten Dingen zugegangen.

Beunruhigend waren auch die merkwürdigen Umstände von Thassilos und Karls Tod. Aufständische Bauern konnten die Tat kaum verübt haben, denn sie verfügten weder über die teuren Eichenpfeile mit Eisenspitze, die Thassilo und Karl und mehrere der Waffenknechte tödlich getroffen hatten, noch über die kostbaren Langbogen, mit denen die Pfeile, wie man an der Art der Verwundungen sah, abgeschossen worden waren, und schon gar nicht über die Fertigkeit im Umgang mit dieser Waffe. Wegelagerer kamen auch nicht infrage, denn die Täter hatten noch nicht einmal den Versuch unternommen, den Überfallenen etwas zu rauben. Selbst das edle Schlachtross, das mit dem toten Karl am Steigbügel durchgegangen war, hatten sie nicht eingefangen. Die Mörder mussten von anderen Motiven getrieben gewesen sein. Dafür sprach auch, dass sie sich nach der Ermordung von Thassilo und Karl, die ohne ihre Rüstung den Pfeilen schutzlos ausgeliefert gewesen waren, damit begnügt hatten, nur noch ein paar Pfeile auf die Waffenknechte abzuschießen. Dann hatten sie das Weite gesucht.

Der Kaiser hatte den Befehl erteilt, die rätselhaften Umstände des Todes von Thassilo und seinem Sohn genauer zu untersuchen und die Mörder und ihre Auftraggeber zu ergreifen. Doch Katharina bezweifelte, dass es zu irgendwelchen Ergebnissen kommen würde. Thassilo hatte keine Feinde gehabt, und seine Waffenknechte, die zusammen mit den Nürnberger

Truppen sofort die Gegend nach den Tätern und nach verräterischen Hinweisen auf deren Herkunft abgesucht hatten, waren genauso wenig fündig geworden wie Hauptmann Deleda und dessen Männer, die sich an der Suche beteiligt hatten.

Der Einzige, mit dem Thassilo Streit gehabt hatte, war Bonifatius von Ebenstatt, dem sie, wie sie wusste, als Heilerin ein Dorn im Auge war. Konnte der Inquisitor etwas mit dem Doppelmord zu tun haben? Konnte er ihn in Auftrag gegeben haben? Sie wusste es nicht. Außerdem weilte er, wie sie gehört hatte, derzeit in Rom bei Clemens VII., der vor eineinhalb Jahren zum Papst gewählt worden war.

Aber wer sonst konnte hinter diesem Doppelmord stecken? Wer hatte einen Vorteil davon, wenn Thassilo und sein Erbe starben? Und wer konnte wissen, wann die beiden von der Schlacht heimkehrten und welchen Weg sie dabei nahmen? Wieder und wieder hatte Katharina sich das gefragt und keine Antwort darauf gefunden.

Sie sah die bleichen Körper mit den furchtbaren Verwundungen vor sich. Man hatte sie auf zwei Bahren zuerst ins Nürnberger Spital und von dort aus zur Burg Strahlenfels gebracht. Karls Körper wies nicht nur Wunden auf, sondern durch das Mitschleifen im Steigbügel waren Kopf, Arme und Rücken aufgerissen worden, und sie musste voller Gram und Schmerz an seine durchbohrte Kehle denken, aus der man den Pfeil mit den Widerhaken nur mühsam hatte entfernen können. Die klaffende Wunde an der Schulter hatte sie erst bemerkt, als sie seinen Leichnam umdrehte. Ein tiefes Grauen erfüllte sie auch bei dem Gedanken an den Anblick des toten Thassilo. Sein Mund war noch immer wie zum Schrei weit aufgerissen gewesen, und seine Augen hatten ins Nichts gestarrt.

Gemeinsam mit Physikus Baruch hatte sie im Nürnberger Spital die Leichen gründlich untersucht, und die Ärzte waren sich einig: Es war bei beiden ein schneller Tod gewesen. Und vielleicht war es gut so, dass Gott sie zu sich genommen hatte. Thassilo hätte wahrscheinlich nie mehr ohne Krücken gehen können, und Karl wäre wahrscheinlich bald an der Schussverletzung gestorben, denn die Kugel, die vorn zwischen den Rippen stecken geblieben war, hatte nicht nur viele Blutgefäße, sondern auch die Lunge durchschlagen. Wenn er nicht vorher verblutet wäre, hätte er an seinem eigenen Blut elendiglich ersticken müssen.

Mit unbewegtem Gesicht gingen Katharina und Sophia, umgeben von ihren Verwandten, hinter den beiden Särgen her. Ihr Weg führte sie von der Kapelle der Burg zur Familiengruft derer von Wildenstein. Die Gruft lag in der Nähe des Burgberges auf einem Hügel, mitten in einem dichten Laubwald. Sie bestand aus einem schlichten offenen Steinbau, der ein großes eisernes Kreuz und mehrere mit flachen Steinplatten abgedeckte Gräber enthielt.

Angeführt wurde der Trauerzug von Fürstbischof Weigand von Redwitz, einem zwar gemäßigten, aber in der Sache entschiedenen Gegner Luthers. Er hatte vor drei Jahren die Nachfolge von Bischof Georg angetreten. Seine einfühlsamen Worte hatten ihr und Sophia ein wenig Trost gespendet, doch das Schuldgefühl, das sie verspürte, weil sie sich von ihrem Mann und ihrem Sohn nicht mehr verabschiedet hatte, erdrückte Katharina fast.

Sie musste ihre ganze Kraft aufbieten, um den beiden Särgen zu folgen und einen Fuß vor den anderen zu setzen. Jede Lebensfreude und jede Kraft waren aus ihr gewichen.

Aber sie durfte jetzt nicht einfach kampflos aufgeben. Es gab jemanden, der sie brauchte: ihre Tochter, die trotz ihrer sechzehn Jahre noch nicht verheiratet war. Katharina musste bald einen geeigneten Mann für sie finden, der ihr Sicherheit bot.

Katharina würde ihr die Wahl des Gemahls überlassen, aber sie hoffte, dass es angesichts der Verelendung des Ritterstandes kein Ritter sein würde, für den sich ihre Tochter entschied.

Katharina legte ihr den Arm um die Schulter und drückte sie an sich. Sophia hatte inzwischen schon so viel von dem Heilwissen ihrer Mutter gelernt, dass Katharina ihr in einfachen Fällen die Behandlung von Kranken anvertraute. Mit Begeisterung las Sophia in den Kräuter- und Heilbüchern, die es in der Burg gab. Zum Benediktinerinnenkloster konnten sie wegen der unsicheren Zeiten allerdings leider nicht mehr reiten.

Sophia lächelte ihre Mutter tapfer an. Katharina wusste, wie tief ihre Tochter trauerte. Des Nachts hatte sie immer wieder ihr verzweifeltes Schluchzen gehört. Dann war sie zu ihr gegangen, um sie zu trösten – vergeblich.

Nun standen sie vor den beiden offenen Gräbern in der Gruft, die am Vortag ausgehoben worden waren. Bischof Weigand sprach noch ein Gebet, dann ließen die Totengräber die beiden Särge in die Erde hinab. Katharina spürte, wie jemand ihr eine Schaufel in die Hand drückte, damit sie etwas Erde auf die Särge warf. Wieder sah sie Thassilos Gesicht vor sich, wie er mit aufgerissenem Mund tonlos schrie. Das Bild verblasste immer mehr und wurde schließlich überlagert von einem anderen, nicht minder grausamen: Karls geschundener Körper mit der durchbohrten Kehle.

Und plötzlich stieg wieder der Verdacht in ihr auf, dass es Bonifatius von Ebenstatt gewesen war, der hinter dem Anschlag steckte. Sie hatte keinen Beweis und noch nicht einmal einen Anhaltspunkt dafür, aber der Verdacht wuchs in ihr zur Gewissheit. Steigerte sie sich da in etwas hinein? Sie würde die wahren Hintergründe wahrscheinlich nie erfahren. Aber in jedem Fall musste sie mehr denn je auf der Hut sein und einen Schutzwall um sich und ihre Tochter bauen. Vor allem um ihre Tochter.

LXIV.

In den nächsten Monaten zog Katharina, bewacht von einem Trupp unter dem Kommando von Hauptmann Antonius Deleda, durch ihre Lehen und sprach vor den Bauern, um ihnen die neue Lage und den Grund dafür zu erklären, warum sie die Abgaben erhöhen musste. Sie spürte anfangs Unmut und Misstrauen, aber nachdem sie die Gründe für ihre Forderung dargelegt hatte, stieß sie allgemein auf Verständnis.

»Wie ihr wisst, ist mein Gemahl ermordet worden«, sagte sie. »Und da ich nicht wie der Reichsritter für den Kaiser in den Krieg ziehen kann, muss ich ihm erhöhte Abgaben für seine Lehen zahlen, wenn ich sie behalten will. Es gibt genug Neider, die versuchen, sie mir streitig zu machen.« Die Bauern sahen sie mürrisch an, und Katharina war klug genug, nicht darüber hinwegzugehen. »Ich kann nicht wissen, was in euren Köpfen und Herzen vor sich geht und was euch bedrückt und ängstigt«, sagte sie wieder und wieder. »Aber ich verspreche euch, dass ich nur mit euch gemeinsam nach einer Lösung suchen werde. Ich brauche euch, aber ihr braucht auch mich. Denn wenn es mich nicht mehr gibt, werdet nicht ihr die Herren über dieses Land sein, sondern es werden fremde Herren kommen, die nicht so verständnisvoll sein werden wie ich und die noch höhere Abgaben von euch fordern und keine Rücksicht darauf nehmen, ob die Ernte gut oder schlecht ausgefallen ist. In schlechten Zeiten wie diesen muss ich nicht nur euer Essen bezahlen, sondern auch die Abgaben an den Kaiser leisten, und der fragt nicht, wie die Ernte war, wenn er seine Kriege bezahlen muss. Denkt bitte daran, wenn ich euch in guten Zeiten angemessene Abgaben abverlange.«

»Die Herrin hat recht!«, riefen einzelne Bauern. »Sie sorgt für uns, und wir müssen nicht hungern und darben wie viele andere von uns.«

Diese Ausritte waren notwendig, aber sie waren auch anstrengend und gefährlich, weil Katharina damit rechnen musste, dass derjenige, der für die Ermordung ihres Mannes und ihres Sohnes verantwortlich war, auch ihr nach dem Leben trachtete. Doch ihre Mühen wurden belohnt: Während die Erde in ganz Franken mit dem Blut der Bauernkriege getränkt wurde, herrschte in ihren Lehen Frieden.

Katharina nahm außerdem zu allen Verwandten, Bekannten und Verbündeten Verbindung auf und zeigte sich auch öfter in Nürnberg. Sie hatte keine andere Wahl, denn je mehr sie sich zurückzog und in ihrer Burg verkroch, desto leichter wurde sie zur Beute jener, die ihr und ihrer Tochter Übles wollten.

Angesichts der unruhigen Zeiten und der möglichen Gefahren, die ihr drohten, hatte sie es sich zur Gewohnheit gemacht, auf ihren Ausritten einen Brust- und Rückenpanzer unter ihrem Umhang zu tragen. Wie richtig das war, erwies sich bei einem Überfall, bei dem sie von einem Pfeil am Rücken getroffen wurde. Gott sei Dank prallte er an den Panzerplatten ab und verletzte sie nicht. Hauptmann Deleda und seine Männer handelten blitzschnell und überwältigten die Angreifer. Es waren Wegelagerer, die es auf Beute abgesehen hatten. Jedenfalls wies nichts auf einen anderen Hintergrund hin.

Sie verstärkte die Verbindungen zu Markgraf Kasimir, der als Einziger über genügend Einfluss und Macht verfügte, um ihr Schutz bieten zu können. Der Markgraf war ein erfahrener Kriegsmann und ein zuverlässiger Verbündeter, und er empfand einen tiefen Zorn über die feige Ermordung des Reichsritters und seines Sohnes. Katharina bedankte sich für seinen Schutz mit großzügigen Geschenken.

Das unbarmherzige Vorgehen gegen aufständische Bauern erschreckte Katharina, aber trotzdem verstand sie sich erstaunlich gut mit diesem allseits gefürchteten Mann. Er war berechenbar und bei aller Grausamkeit gerecht. Er verlangte die unbedingte Einhaltung der bestehenden Ordnung und verfolgte jeden Verstoß mit gnadenloser Härte, aber er war kein Eiferer, sondern ein kühler Mensch der Tat. Das gefiel ihr genauso wie seine religiöse Überzeugung.

»Auch ich halte eine innere Erneuerung der katholischen Kirche für unerlässlich«, vertraute er ihr an, »doch ich hege eine tiefe Abneigung gegen Luthers vierschrötige Doppelzüngigkeit. Für sich selbst fordert er Gewissensfreiheit, verwehrt sie jedoch Andersdenkenden und verlangt deren Ausrottung. Mit seinen Äußerungen wiegelt er die Massen auf und rüttelt an den Grundfesten unserer Ordnung, und wenn dann die von ihm angestachelten Bauern mordbrennend durch die Lande ziehen, fordert er scheinheilig deren Hinrichtung. Außerdem gehört Luther zu den Verfechtern der Hexenjagd. Damit schürt er Unruhe im Volk.«

Katharina nickte. »Ich teile Eure Einschätzung, Durchlaucht. Luther ist ein verantwortungsloser Unruhestifter, und seine Äußerungen über die Hexen sind von einem erschreckenden Aberglauben geprägt. Einmal hat er gesagt – und mir sind seine Formulierungen wörtlich im Gedächtnis haften geblieben, weil sie so unerträglich unsinnig sind –, er halte es für ein ›überaus gerechtes Gesetz, dass die Zauberinnen getötet werden, die Kinder verzaubern und geheimnisvolle Krankheiten im menschlichen Knie erzeugen, sodass der Körper verzehrt wird. Sie würden Tränke verabreichen und Beschwörungen aufsagen, um Hass hervorzurufen, Liebe, Unwetter, alle Verwüstungen im Haus, auf dem Acker, über eine Entfernung von einer Meile und mehr und mit ihren Zauberpfeilen Hinkende machen‹.« Katharina schüttelte den Kopf. »Denkt nur an die Brunnenvergiftungen, die man angeblichen Hexen und Zauberern anlastete. Zuerst folterte und verbrannte man sie, und später stellte man fest, dass nicht Zauberei der Grund für die Verschmutzung des Wassers war, sondern die Abortgruben, die neben den Brunnen lagen und deren Wände durchgebrochen waren.«

»Ich habe davon gehört.« Der Markgraf sah Katharina lange nachdenklich an. »Ich weiß, dass Ihr allein schon wegen Eurer Freundin, der Tuchhändlerin, die ein so schreckliches Schicksal erleiden musste, tief betroffen seid. Für mich ist aber etwas anderes viel entscheidender: Der Hexenwahn, ob von dem Rattenfänger Luther oder von Vertretern der katholischen Kirche geschürt, greift unter den tumben, abergläubischen Bauern um sich und lässt sie närrisch werden. Statt auf den Feldern zu arbeiten, versteigen sie sich, wenn sie nicht gerade mordbrennend durch die Gegend ziehen, in die aberwitzigsten Ängste und Hirngespinste, belauern sich gegenseitig und bezichtigen einander der Hexerei. Allein in den vergangenen vier Wochen sind mir acht Anzeigen wegen Hexerei vorgelegt worden.«

Katharina nickte und erzählte, wie viel Zeit sie opfern musste, um bei den Bauern in ihren Lehen für Ruhe und Ordnung zu sorgen.

»Und wie haltet Ihr es mit dem Nürnberger Rat?«, fragte der Markgraf.

»Einige der Ratsherren schätze ich sehr, aber nicht alle. Doch auch, wenn ich keine Freundschaften zu ihnen unterhalte, bin ich gezwungen, einen freundlichen Umgang mit allen zu pflegen.«

»Eine sehr vernünftige Einstellung, Freifrau von Velden«, erwiderte der Markgraf. Unvermittelt stieß er einen Seufzer aus und sagte: »Glaubt nicht, dass es mir Freude bereitet, immer wieder so streng zu Gericht zu sitzen. Aber die Verhältnisse zwingen mich dazu. Welcher Religion meine Untertanen angehören, ist mir nicht so wichtig. Mir geht es darum, dass Frieden und Ordnung herrschen. Es ist zum Verzweifeln, zu welch schändlicher Zerstörung sich die Bauern aufstacheln lassen. Wenn man sie nicht auf den Feldern hält, brennen sie alles nieder, was ihnen in die Finger kommt. Allein in den vergangenen zwei Monaten haben sie in Franken fünfzehn Klöster und vier Schlösser und Burgen geplündert und niedergebrannt und alle, die dort lebten, einfach abgeschlachtet, gleichgültig ob es Abt oder Mönch, Nonne oder Kind war. Selbst vor ihresgleichen machen sie nicht halt und brennen blindwütig Dörfer, Felder und Wälder nieder und töten Mensch und Vieh.«

»Ja, es ist furchtbar«, stimmte Katharina dem Markgrafen zu. Sie überlegte kurz, ob sie darauf hinweisen sollte, dass die Ursache für die Bauernaufstände in den viel zu hohen Abgaben und den Frondiensten zu suchen war, welche der Adel und die Kirche den Bauern selbst in Notzeiten abpressten. Aber dann besann sie sich eines Besseren und wechselte das Thema, indem sie von den Weinstöcken erzählte, die sie vor fünf Jahren von einem durchziehenden Händler auf dem Nürnberger Markt erstanden und an den Südhängen der umliegenden Hügel hatte anpflanzen lassen und die nun die ersten Trauben trugen. Dann ließ sie das Fass mit Dornfelder Wein holen, das sie dem Markgrafen als Geschenk mitgebracht hatte.

»Euren Wein werde ich beim Erntedankfest gern mit meinen Gästen teilen.«

»Es freut mich, dass Ihr ein so großes Vertrauen in die Qualität meines Weines habt«, erwiderte Katharina lächelnd. Dann sah sie sinnend vor sich hin, und Tränen traten ihr in die Augen.

»Ich weiß, dass Ihr noch immer um Euren Gemahl trauert«,

unterbrach der Markgraf ihre Gedanken und küsste ihr die Hand. »Aber Ihr würdet mir eine große Freude machen, wenn Ihr trotz Eures Kummers mit Eurer Tochter auf meinem Fest erscheinen würdet.« Er neigte den Kopf und sah sie aufmerksam an. Dann fügte er ermunternd hinzu: »Wer weiß, vielleicht findet sich dort ja ein geeigneter Gemahl für die schöne Jungfer.«

»Eure Einladung ist überaus freundlich, Durchlaucht«, antwortete Katharina stockend. Dann atmete sie tief durch und versuchte zu lächeln. »Es ist uns eine große Ehre, kommen zu dürfen.« Sie hob den Blick. »Und wenn meine Sophia bei dieser Gelegenheit einen geeigneten Gemahl findet, der ihr gefällt, dann habe ich nichts dagegen einzuwenden.«

»Ich verstehe«, erwiderte der Markgraf mit einer ironischen Verbeugung. »Die Damen vom Strahlenfels sind sehr wählerisch. Umso geschmeichelter fühle ich mich, dass Ihr meine Einladung annehmt.«

LXV.

Bonifatius von Ebenstatt hob den Kopf, als ihre Kutsche in den Hof der markgräflichen Residenz rollte und sie zusammen mit ihrer Tochter ausstieg. Trotz des Kummers, der ihr Gesicht hart und streng wirken ließ, war sie noch immer ungewöhnlich schön. Ihr lockiges pechschwarzes Haar, das erste graue Strähnen an den Schläfen zeigte, hatte sie kunstvoll zusammengesteckt und nur mit einer unpassend kleinen schwarzen Haube bedeckt. Dazu trug sie einen ärmellosen schwarzen Samtmantel über einem gelben Seidenkleid. Sein Blick wanderte zu ihrer Tochter. In ihrem rosa Seidenkleid mit weißem Samtmieder sah sie aus wie die reine Lieblichkeit und Unschuld. Wie ihre Mutter zog sie sogleich die Blicke der Männer auf sich. Ein wahrhaft satanisches Trugbild der weiblichen Verführungskunst!, dachte er und verzog angewidert das Gesicht. Aber damit würde bald Schluss sein. Er würde ihnen die Flügel stutzen, jetzt, wo der Reichsritter und sein Sohn nicht mehr lebten.

»Was ist das für ein Fest, wenn selbst der niedere Adel erscheinen darf?«, unterbrach Gräfin Abenberg die Gedanken des Inquisitors und zog ihren schmerzhaft engen spanischen Rüschenkragen mit den stachelartigen Spitzen zurecht.

»Warum habt Ihr denn so schlechte Laune?«, fragte Felix Graf von Eisenfelden, der gerade vorbeiging, und zeigte auf ihr mit Perlen und Edelsteinen geschmücktes schweres Brokatgewand. »Fühlt Ihr Euch unwohl darin? Und was ist denn das für ein Kragen? Seid Ihr zu den Täufern übergelaufen?« Damit verneigte er sich ironisch vor der Gräfin, hakte sich lachend bei seiner Gattin unter, und sie gingen weiter zu der Kutsche, um die Freifrau und ihre Tochter zu begrüßen.

Gräfin Abenberg erstarrte. »Ungeheuerlich, was sich dieser Tölpel erdreistet!«, presste sie hervor, raffte ihr Brokatkleid und verschwand in den markgräflichen Garten, wobei der weiße Kragen bei jedem Schritt leicht wippte.

Bonifatius sah hinter ihr her, und beim Anblick des wippenden Kragens spürte er einen tiefen Unwillen in sich aufsteigen. Die Gräfin war ihm lästig geworden. Markgraf Kasimir lud sie zwar noch ein, verhielt sich ihr gegenüber in jüngster Zeit aber betont zurückhaltend. Ihre Bauern verweigerten ihr trotz harter Strafen wieder und wieder den Dienst, und sie hatten ihre Speicher und Scheunen geplündert, sodass ihre Einkünfte geschrumpft waren. Und dann ihre unerträgliche Eitelkeit! Nein, er brauchte andere Verbündete.

Bevor er zurück in den Schlossgarten ging, sah er sich noch einmal nach der Freifrau und ihrer Tochter um. Sie waren von vielen Gästen umringt. Wie geschickt sie ihre Netze zu spinnen wusste, diese selbst ernannte Heilerin, und wie durchtrieben sie sogar den Markgrafen umgarnt hatte! Bonifatius zog die Brauen zusammen und presste die Lippen aufeinander, als er daran dachte, was der Markgraf vorhin zu ihm gesagt hatte: »Von Ebenstatt, in diesen unsicheren Zeiten müssen wir Vertreter der rechtmäßigen Ordnung zusammenhalten. Ich hatte vor drei Wochen eine längere Unterredung mit Freifrau von Velden. Sie hat sich sehr kritisch zum Ketzertum im Lande und vor allem zu Luther geäußert. Sie ist eine treu ergebene Vasallin Seiner Majestät des Kaisers und eine überzeugte Verfechterin des katholischen Glaubens. Geht in Euch und überlegt, ob Ihr nicht Frieden schließen wollt mit ihr.« Dann hatte der Markgraf ihm auf die Schulter geklopft und sich anderen Gästen zugewandt.

Wieder spürte Bonifatius, wie eine siedende Hitze in ihm aufstieg. Niemals, um keinen Preis der Welt, würde er mit dieser Hexe seinen Frieden machen! Sie hatte es gewagt, ihm, dem Päpstlichen Inquisitor, die Stirn zu bieten und ihn in aller Öffentlichkeit zu verhöhnen! Jetzt war es an der Zeit, sie zur Rechenschaft zu ziehen für ihre Taten! Und Fürstbischof Konrad würde ihn dabei unterstützen.

LXVI.

Katharina schlenderte durch die markgräflichen Parkanlagen. Hier und dort blieb sie stehen, um mit Verwandten und Bekannten zu plaudern oder dem bunten Spektakel zuzusehen, das sich den Gästen bot. Im Rosengarten des Markgrafen verweilte sie länger und sog den schweren Duft ein, der den rosa, roten, weißen und gelben Blüten entströmte. Gleichzeitig beobachtete sie, wie bunt gekleidete Artisten auf den Händen hinter den Gästen herliefen, Räder schlugen und Saltos und Purzelbäume machten.

Plötzlich hörte sie ein sirrendes Zischen an ihrem Ohr, und ein pfeilartiges Gebilde sauste an ihrem Kopf vorbei. Erschrocken fuhr sie zusammen und drehte sich um. Ein Artist mit Narrenkappe und Schellen sprang hinter ihr umher und erschreckte mit einer zu einem langen Band gefalteten Papierschleuder die Gäste. Als sie ihn erzürnt anstarrte, zog er aus einer großen Tasche einen kunstvoll geblasenen und bemalten Glasvogel und reichte ihn ihr. Als sie zögerte, sagte er:

»Ich wollt Euch nicht erschrecken, schöne Frau,
drum nehmt als Buße diesen Vogel, wunderblau.«

Katharina nahm lächelnd den Vogel und bedankte sich.

»Euer Dank meine Seele wie Nektar labt,
nach solchen Worten ein Narr oft darbt.«

Katharina musste lachen, und der Narr verneigte sich vor ihr mit den Worten:

»Nun, da Ihr lacht, ist mein Ziel erreicht,
worauf der Narr sich von dannen schleicht.«

Bevor Katharina etwas erwidern konnte, sprang er mit klirrenden Schellen zu den nächsten Gästen, um sie mit seiner Papierschleuder zu erschrecken und ihnen als Buße einen seiner Glasvögel anzubieten. Katharina betrachtete den Vogel, der in vielen Farben im Sonnenlicht funkelte, und steckte ihn in ihre Tasche. Ein Glücksbringer, dachte sie, und schlenderte weiter.

Vor einer Wiese blieb sie staunend stehen. Gruppen von Akrobaten bildeten Menschentürme, machten aufeinander Handstand, sprangen durch Feuerräder und jonglierten mit unterschiedlichsten Gegenständen. Als einer der Gäste einem Jungen, der auf den Schultern eines Mannes stand und mit sechs Bällen jonglierte, einen Apfel zuwarf, fing der ihn geschickt auf, ohne einen der Bälle fallen zu lassen, steckte ihn sich rasch in die Tasche und jonglierte weiter mit seinen Bällen. Begeistert klatschte Katharina in die Hände, und die umstehenden Gäste schlossen sich ihrem Beifall an.

Auf der Nachbarwiese traten Feuerschlucker auf, und am Eingang zum markgräflichen Blumengarten fertigten Schnellzeichner in Windeseile erstaunlich treffende Porträts der Gäste an, die sie ihnen anschließend überreichten. Ein paar Schritte weiter blieb Katharina wieder stehen. Moriskentänzer fesselten mit ihren wilden Sprüngen und ornamentalen Figuren ihre Aufmerksamkeit. Schließlich ging sie weiter und entdeckte Sophia, die staunend im Garten umherlief und sich zum ersten Mal seit dem Tod ihres Vaters und ihres Bruders wieder freute. Mit geneigtem Kopf blieb sie vor einer Bühne stehen, auf der Sänger und Schauspieler auftraten und sich mit Musikanten abwechselten. Schließlich löste sie sich von der Bühne und lief weiter. Halb erschrocken lachte sie auf, als einer der Gaukler einen Apfel hinter dem Ohr hervorzog und ihr zuwarf.

Katharina bemerkte auch die Blicke der jungen Männer, die jede Bewegung ihrer Tochter genau verfolgten. Mit ihrem bis zur Hüfte reichenden ebenholzschwarzen Haar, das sie mit einem hölzernen, mit zarten rosa, weißen und silbernen Blüten bemalten Haarreif zurückgeschoben hatte, und ihrem schlichten rosa Seidenkleid mit der spitz zulaufenden Schleppe wirkte sie in der steifen höfischen Gesellschaft wie ein verirrter Schmetterling.

»Wie schön sie aussieht!«, sagte Ursula, die neben Katharina getreten war.

Katharina lächelte stolz. »Und wie geht es euch?«

»Gut.« Ursulas Gesicht wurde ernst. »Ich bewundere dich, Katharina. Du bist so tapfer.«

Katharina zuckte mit den Achseln. »Ich muss weiterleben, denn Sophia braucht mich.« Ursula legte ihr mitfühlend die Hand auf den Arm, und Katharina blickte zu Boden. »Tagsüber schaffe ich es einigermaßen. Die Arbeit, die Pflichten … Du weißt schon. Wirklich schlimm sind die Nächte.« Sie hob den Kopf, und in ihren Augen standen Tränen. »Lass uns besser nicht darüber sprechen, es tut so weh, und es hilft mir nicht weiter.« Sie schüttelte den Kopf. »Entschuldige mich, ich muss mich um Sophia kümmern.«

Ursula nickte verständnisvoll, und Katharina entfernte sich schnell.

Sie fand Sophia schließlich bei einer Gruppe von Artisten und legte ihr den Arm um die Schulter.

»Na, mein Schatz, gefällt es dir hier?«

Sophia nickte strahlend, und ihr Blick schweifte zu einer Gruppe von Männern, die ein kleines Stückchen entfernt auf dem Rasen standen. Katharina entdeckte einen jungen Mann mit schulterlangen blonden Haaren, der in ein Gespräch vertieft zu sein schien, aber immer wieder in Sophias Richtung blickte. Sie hatte ihn noch nie gesehen. Er trug weder Dolch noch Schwert und war seiner Kleidung nach zu urteilen ein

Bürgerlicher, wahrscheinlich ein Patriziersohn aus Augsburg, Würzburg oder einer der anderen Handelsstädte. Seine schwarz-grünen Beinkleider harmonierten gut mit seiner grünen Weste unter grüner Schaube und wirkten unauffällig und nicht geckenhaft.

»Kennst du ihn?«, fragte sie.

»Wen?« Sophia schlug die Augen nieder.

»Du weißt ganz genau, wen ich meine. Den Jüngling mit den blonden Haaren, der so auffällig zu dir herüberschaut.«

Sophia errötete. »Bitte, Mutter, sieh nicht zu ihm hin.«

»Kennst du ihn?«, fragte Katharina noch einmal.

»Nein«, flüsterte Sophia. »Bitte, Mutter, sprich nicht so laut.«

Katharina lächelte und fragte flüsternd zurück: »Gefällt er dir?«

Sophia antwortete nicht.

»Dein Schweigen ist eine beredte Antwort.«

Sophia nickte kaum merklich und senkte den Kopf noch tiefer.

»Spätestens heute Abend zum Bankett werden wir erfahren, wer er ist. Lass uns zu den Tischen und Stühlen dort drüben gehen und abwarten, ob er uns folgt.«

Sie schlenderten über den Rasen und setzten sich an einen der Tische. Sofort kam ein livrierter Diener herbeigeeilt, von dem sie sich Tee und Safranküchlein bringen ließen. Und tatsächlich – es dauerte nicht lange, und der blonde junge Mann kam in Begleitung eines älteren Mannes. Beide setzten sich an einen Tisch schräg hinter Katharina und Sophia.

»Sieht er her?«, fragte Sophia leise.

Katharina warf einen raschen Blick zu den beiden Männern. »Ja, jetzt sieht er her.«

»Und? Wie findest du ihn?«

»Schwer zu sagen, Sophia. Er sieht gut aus. Aber man sollte

nie vom Äußeren auf den ganzen Menschen schließen. Warte ab, er wird heute Abend bestimmt mit dir tanzen.«

»Da seid ihr ja!«, rief eine bekannte Stimme. Es war Felix. »Ritter Greif zu Goldenfelden sucht dich, Katharina. Er wartet im Pavillon auf dich. Reichsritter Gunther von Rosendorf ist auch dort.«

Katharina stand auf. »Es wird um das von Thassilo angeregte Ritterbündnis gehen.«

»Probt ihr jetzt auch den Aufstand?«, fragte Felix besorgt.

»Nein, lieber Felix, wir ziehen Verhandlungen vor, aber durch einen Zusammenschluss wollen wir unserer Sache mehr Nachdruck verleihen.«

»Darf ich in der Zwischenzeit Sophia entführen? Meine Kinder würden sich gern mit ihr unterhalten und ihr ein paar Freunde und zwei ältere Vettern aus Frankfurt vorstellen.«

Katharina lachte. »Du willst sie doch nicht etwa verkuppeln?«

»Warum nicht?«, erwiderte Felix augenzwinkernd und umarmte Sophia, die vor Verlegenheit nicht wusste, wohin sie blicken sollte.

LXVII.

Es war Nachmittag, als das Unglück seinen Lauf nahm. Katharina unterhielt sich mit ihrem Vetter Rudolf Freiherr von Gunzenbach und dessen Gemahlin Roswitha Freifrau von Praunheim im markgräflichen Park, während Sophia mit den Kindern von Felix neben ihnen auf einer Wiese ausgelassen Ball spielte. Katharina verspürte ein Unbehagen, als sie bemerkte, dass Bonifatius von Ebenstatt sich näherte, unter einen Baum trat und die jungen Leute beobachtete. Warum tat der das? Hatte er nichts Wichtigeres zu tun? Ihr Unbehagen wuchs, als sie bemerkte, dass der Inquisitor seinen Blick auf Sophia heftete und jede ihrer Bewegungen verfolgte.

Und dann geschah es: Als Sophia versuchte, den Ball aus den unteren Ästen eines Baumes zu schütteln, in denen er sich verfangen hatte, verhakte sich ein Ast im linken Träger ihres Mieders und schob den darunterliegenden Stoff ihres Kleides von der Schulter. Sophia, der Katharina wieder und wieder eingeschärft hatte, dass niemand ihr Muttermal sehen dürfe, zog den Stoff sofort wieder über die Schulter und hielt ihn fest, während sie den Träger ihres Mieders anhob, um ihn von dem Ast zu befreien. Aber einen kurzen Moment lang war ihr dunkles Muttermal deutlich zu sehen gewesen.

Katharina spürte einen eisigen Schrecken. Sie wusste, was das bedeutete: Wenn Bonifatius das Muttermal gesehen hatte, konnte er Sophia als Hexe anklagen und ihr Muttermal zum Hexenmal erklären. Sie musste irgendetwas tun.

Ihr Puls raste, während sie sich umsah. Niemand schien etwas bemerkt zu haben. Die anderen Gäste standen ohnehin zu weit entfernt oder hatten Sophia den Rücken zugekehrt. Nur sie selbst und ausgerechnet der Inquisitor hatten das Muttermal sehen können.

Unvermittelt bückte sie sich und tat so, als würde sie irgendetwas suchen.

»Kann ich dir helfen?«, fragte ihr Vetter.

»Mir ist eine Spange aus dem Haar gefallen, kannst du sie irgendwo entdecken?«, fragte sie und lugte dabei verstohlen hinter ihm hervor, um Bonifatius zu beobachten.

»Wie sieht die Spange denn aus?«, fragte er und bückte sich auch.

»Äh … sehr klein, schmal und golden.«

Bonifatius blickte sich um. Suchte er sie? Er ging ein paar Schritte, blieb dann aber stehen und legte die Stirn in Falten, als würde er angestrengt nachdenken. Plötzlich änderten sich seine Gesichtszüge. Ein böses Lächeln legte sich um Mund und Augen. Dann ging er weiter und verschwand im hinteren Teil des Gartens.

Es hatte es gesehen! Es gab keinen Zweifel mehr. Katharina wurde von einem wilden, unbezähmbaren Hass gepackt. Sie musste handeln, und zwar sofort. Bonifatius durfte keine Gelegenheit mehr bekommen, mit irgendjemandem über das zu reden, was er entdeckt hatte. Und erst recht durfte Sophia ihm nicht in die Hände geraten. Niemand durfte ihm mehr in die Hände geraten. Sie hatte seinem grauenvollen Treiben schon viel zu lange tatenlos zugesehen.

Mit dem Daumen tastete Katharina nach dem Ring der Zigeunerin. Was hatte die Alte gesagt? Das Pulver schmeckte nach nichts, und schon eine winzige Menge davon genügte, um einen Menschen zu töten. Unwillkürlich griff Katharina nach der Kette mit dem Gegengift.

»Lass nur, Rudolf, wir werden die schmale Spange wohl nicht mehr finden«, sagte sie. Sie hatte Mühe, das Zittern in ihrer Stimme zu unterdrücken. Schnell richtete sie sich auf. »Bitte, entschuldigt mich«, fügte sie hastig hinzu. »Ich habe gerade jemanden entdeckt, mit dem ich unbedingt noch sprechen muss.« Sie rang sich ein Lächeln ab, dann wandte sie sich um und folgte Bonifatius in den hinteren Teil des Gartens.

Als sie sah, dass Bonifatius auf die Wiese mit den Tischen und Stühlen zuging, beschloss sie, außen um die Residenz herumzugehen, um sich von der anderen Seite her den Tischen zu nähern. Während sie an den sonnenbeschienenen Mauern entlanglief, überlegte sie fieberhaft. Was würde Bonifatius tun? Es war unwahrscheinlich, dass er hier auf dem Fest jemandem von seiner Entdeckung berichtete, weil er fürchten musste, dass sich die Nachricht dann wie ein Lauffeuer verbreiten würde und es hier zu viele Verwandte, Freunde und Verbündete von Katharina gab, die deren Tochter mit Nachdruck verteidigen und schützen würden. Sie hatte also wahrscheinlich das ganze Fest lang Zeit, eine Lösung zu finden. Nachdenklich blieb sie stehen und betrachtete den Ring der Zigeunerin. Schließlich nickte sie. Sie musste während dieses Festes auf eine günstige Gelegenheit warten, Bonifatius durch das Gift in diesem Ring für immer auszuschalten.

Schweißperlen traten ihr auf die Stirn. Alles in ihr sträubte sich gegen solch eine Tat, denn ihr ganzes Streben war darauf gerichtet, die Menschen zu heilen und ihr Leid und Elend zu lindern, nicht, sie zu töten. Lag nicht alles in Gottes Hand, und sollte sie es nicht Ihm überlassen, den Lauf der Dinge zu bestimmen? Und war nicht vielleicht dieses Gift, das die Zigeunerin ihr gegeben hatte, eine Versuchung Satans, sie zu einer Todsünde zu verleiten?

Sie schüttelte den Kopf. Wie konnte sie so etwas von dem alten Mütterchen denken! Und außerdem: Dann durfte man sich auch nicht gegen Wegelagerer zur Wehr setzen und schon gar nicht in den Krieg ziehen und auch sonst nicht den Lebenskampf aufnehmen, sondern musste alles in Gottes Hand legen. Und war es nicht eine Fügung Gottes, dass sie dabei gewesen war, als Bonifatius das Muttermal ihrer Tochter gesehen hatte? Und war es nicht auch eine Fügung Gottes, dass die alte Zigeunerin trotz aller Hindernisse den Weg bis in die Burg Strahlenfels geschafft hatte, um sie vor dem Inquisitor zu warnen und ihr das Gift zu geben? Und hatte die Zigeunerin ihr nicht geraten, in die Kapelle zu gehen und Gott zu bitten, ihr ein Zeichen zu geben? Sie hatte all das im Laufe der Jahre vergessen, aber plötzlich hörte sie die Worte der Alten wieder, als wäre es gestern gewesen. »Geht mit Ring und Kette in Kapelle und betet, dass Gott Euch gibt ein Zeichen, wenn Zeitpunkt ist gekommen.« Das hatte sie dann auch getan, nicht nur einmal, sondern mehrmals.

Katharina hob den Kopf zum strahlend blauen Himmel und flüsterte: »Herr, schütze meine Tochter vor den Grausamkeiten der Folter und gibt mir ein Zeichen, wenn der Zeitpunkt gekommen ist.«

In diesem Augenblick erhob sich ein Windstoß, und ein Schmetterling, ein prächtiges Pfauenauge, setzte sich auf den funkelnden Lapislazuli an Katharinas noch immer erhobener Hand. Katharina starrte auf die augenartigen Flecken auf den Schmetterlingsflügeln, die sie zu mustern schienen. Dann begann der Schmetterling zu wippen, schlug mehrfach mit den Flügeln und erhob sich in die Lüfte.

Katharina atmete tief durch. Das Zeichen! Es war so weit. Es gab keinen anderen Ausweg. Mit schnellen, entschiedenen Schritten ging sie weiter.

Zwei Basen kamen ihr entgegen. Auch das noch!, dachte Katharina seufzend. Doch halt! Vielleicht bot sich ihr so die Gelegenheit, Bonifatius unbemerkt zu beobachten.

»Wie schön, dass ich euch treffe«, sagte sie und zwang sich zu einem Lächeln. »Kommt, lasst uns etwas essen und trinken und dabei plaudern«, fügte sie hinzu und ging mit den beiden zu den Tischen auf dem Rasen.

Tatsächlich, dort saß Bonifatius – allein. Sie grüßte ihn mit kurzem Nicken. Er sah sie aus zusammengekniffenen Augen an, ohne ihren Gruß zu erwidern. Sie setzte sich so hin, dass sie ihn aus den Augenwinkeln beobachten konnte.

Ein Diener brachte Bonifatius einen großen, mit einem Deckel versehenen Becher. Der Inquisitor hob den Deckel, und der leichte Wind trug den Duft von Pfefferminze zu Katharina. Bonifatius hatte offenbar großen Durst, denn er trank den Becher mit dem Tee sogleich leer und befahl dem Diener, einen neuen zu bringen. Als dieser zu Katharina und den Basen trat, bat sie um einen Rosenblütentee, wohingegen sich die beiden anderen für Apfelsaft entschieden.

Während sie sich unterhielten, tastete Katharina nach der winzigen Blütenknospe neben dem Lapislazuli an ihrem Ring. Was hatte die Zigeunerin gesagt? »Ring ist innen hohl. Wenn man dreht drei Mal Knospe nach rechts, Kapsel öffnet sich, und Pulver rinnt in Ring.« Mit zitternden Fingern drehte Katharina die Knospe drei Mal nach rechts und tastete mit dem Daumen nach dem Schieber. Wieder konnte sie die Worte der Zigeunerin hören. »Wenn man Daumen unter Hand bewegt und mit Daumen Knopf zur Seite schiebt«, hatte sie gesagt, »man kann Pulver in Becher oder auf Speise tun.« Katharina ließ ihren Daumen auf dem knopfartigen Schieber an der Unterseite des Rings ruhen und wartete mit klopfendem Herzen.

Wenig später kam der Diener mit einem Tablett zurück, auf

dem neben den Gläsern mit Apfelsaft zwei Becher standen. Sie sah zu Bonifatius hinüber, der jedoch nicht mehr allein war, sondern sich mit einem beleibten, grauhaarigen Mann mit gichtig verkrümmten Fingern unterhielt. Als ihr der Diener den Rosenblütentee hinstellte, beugte sie sich über den Becher mit dem Pfefferminztee, hob den Deckel an und tat so, als fächelte sie sich das Aroma zu, während sie den Riegel an ihrem Ring über dem Becher kurz aufschob, sodass etwas Pulver herausrinnen konnte, und dann wieder schloss, sodass ihr für den Notfall noch etwas Pulver blieb.

»Ah, deutsche Pfefferminze«, sagte sie lächelnd zu dem erstaunten Diener und zog die Hand zurück, wobei sie das Tablett musterte, ob vielleicht Spuren des Pulvers zu sehen waren. Aber sie konnte in der Eile nichts entdecken.

»Du bist aber neugierig!« Ihre Base Hildegard lachte. Mit ihrer großen weißen Spitzenhaube, ihrem üppigen Busen unter einem hochgeschlossenen hellblauen Samtkleid mit weißem Spitzenkragen und ihrem runden, rotwangigen Gesicht sah sie aus wie eine Matrone.

»Gärtnerische Neugier«, erwiderte Katharina leichthin. »Wusstest du, dass es über fünfzig verschiedene Minzearten gibt? Leider gedeihen nicht alle in unseren Landen. Aber immerhin achtzehn wachsen in meinem geschützten Burggarten.«

Und während sie sich mit ihren Basen über die verschiedenen Teearten unterhielt, verfolgte sie bebend vor Anspannung, wie der Diener den Becher mit dem Pfefferminztee vor Bonifatius abstellte.

Doch dann griff nicht Bonifatius, sondern der Grauhaarige zu dem Becher und hob den Deckel. Katharina erschrak, und sie musste sich zwingen, nicht aufzuspringen und zu dem Tisch zu stürzen, um dem Mann den Becher aus der Hand zu schlagen. Langsam führte der Grauhaarige den Becher an die

Lippen. Katharina stockte der Atem. Doch dann setzte er den Becher, ohne getrunken zu haben, wieder ab und verschloss ihn mit dem Deckel. Er hatte wohl nur daran gerochen, denn er schüttelte den Kopf und sagte etwas zu dem Diener, der sich mit einer Verbeugung entfernte.

Katharina sog die Luft ein und legte den Kopf in den Nacken.

»Ist dir nicht gut, Katharina?«, fragte Hildegard besorgt.

»Nein … ja. … Die letzte Zeit war nicht ganz leicht für mich, und zuweilen spüre ich einen plötzlichen Schwindel.«

»Du musst zur Ruhe kommen und mehr essen«, sagte Hildegard und strich ihr über den Arm. »Du bist schon ganz mager. Komm, wir bestellen dir ein großes Stück Kuchen.«

»Lieb, dass du dir Sorgen um mich machst, Hildegard, aber Kuchen würde mir jetzt gar nicht bekommen. Heute Abend ist ja das Bankett, da muss ich noch genug essen. Jetzt bleibe ich lieber bei meinem Tee.«

»Wie du meinst«, entgegnete Hildegard kopfschüttelnd und sah seufzend zu der anderen Base, die nur mit den Schultern zuckte und die Brauen hob.

Während sie sich weiter unterhielten, verfolgte Katharina aus den Augenwinkeln, dass Bonifatius keine Anstalten machte, seinen Tee zu trinken. Mochte er nicht aus einem Becher trinken, an dem ein anderer zuvor gerochen hatte?, fragte sie sich nervös.

Wieder erschien ein Diener am Tisch des Inquisitors und stellte einen Teller mit einem großen Stück Fleisch und ein Glas vor den Grauhaarigen, das er mit rotem Wein füllte. Der prostete dem Inquisitor zu.

Endlich griff der Inquisitor zum Becher. Katharina hielt die Luft an, während Bonifatius den Deckel abhob. Er setzte den Becher kurz an die Lippen und stellte ihn wieder auf den Tisch.

Am liebsten hätte Katharina laut aufgeschrien. Hatte er von dem Tee getrunken? Er konnte höchstens daran genippt haben. Hatte er etwa das Pulver geschmeckt und war misstrauisch geworden?

Katharina hielt es kaum noch aus auf ihrem Stuhl. Immer wieder blickte sie heimlich zu Bonifatius hinüber. Warum trank er denn nicht? Was sollte sie tun, wenn er nicht weitertrank? Sie wusste nicht, wie viel von dem Pulver sie in den Becher geschüttet hatte und ob noch etwas davon in dem Ring zurückgeblieben war, sodass sie genug für einen zweiten Versuch hatte.

Endlose Augenblicke vergingen, bis der Inquisitor wieder zum Becher griff und einen kleinen Schluck trank und dann noch einen. Plötzlich erhob er sich, verabschiedete sich von dem Grauhaarigen und verschwand, ohne den Becher leer getrunken zu haben.

Katharina biss sich auf die Lippe. Der Tod, hatte die Zigeunerin gesagt, trat nach einer halben Stunde ein. Doch was, wenn sich das Pulver auf dem Boden des Bechers abgesetzt hatte und die Dosis nicht ausreichte? Wenn Bonifatius sich in Krämpfen wand, ohne zu sterben? Dann würde man der Sache nachgehen und herausfinden, dass Katharina den Becher geöffnet hatte, bevor er dem Inquisitor serviert worden war. Sie wusste, dass der Markgraf sie in dem Fall trotz ihrer guten Beziehungen ohne zu zögern hochnotpeinlich verhören und hinrichten lassen würde, um ihren Verstoß gegen die geltende Ordnung zu ahnden. Was würde dann aus Sophia werden? Niemand würde sie schützen.

Nun erhob sich auch der Grauhaarige schwerfällig von seinem Stuhl und stützte sich dabei auf einer Seite des Tisches ab. Der neigte sich daraufhin zur Seite und kippte schließlich mitsamt dem Geschirr, den Speisen und dem Becher um und fiel zu Boden. Aufatmend beobachtete Katharina, dass der Becher dabei zerbrach. Jetzt konnte kein anderer mehr daraus trinken, und außerdem würde nun niemand mehr irgendwelche Pulverreste auf dem Boden des Bechers finden können, falls sich dort welche abgesetzt hatten.

Sie nutzte das Durcheinander, um sich schnell zu verabschieden und den Tisch zu verlassen. Sie musste herausfinden, was mit Bonifatius geschah, und sie brauchte Ruhe zum Nachdenken.

Katharina eilte kreuz und quer durch die Gartenanlagen, aber sie konnte den Inquisitor nirgends entdecken. War er etwa schon aufgebrochen, um die Verhaftung von Sophia vorzubereiten? Von Unruhe getrieben, wandte sich Katharina den Quartieren für die Schutztruppen und die Dienerschaft der Gäste zu. Dort fand sie Hauptmann Deleda und nahm ihn zur Seite.

»Finde heraus, ob der Päpstliche Inquisitor schon abgereist ist. Ich habe beschlossen, ihm ein Friedensangebot zu machen, aber ich habe ihn nicht mehr gesehen. Du findest mich am Eingang zur Residenz. Dort steht eine Bank. Ich werde mich hinsetzen und ein wenig entspannen.«

Deleda hob die Brauen. »Wie Ihr wollt, Herrin. Aber ob der Inquisitor mit jemandem, den er ins Visier genommen hat, Frieden schließt ...« Damit verschwand er in Richtung der Pferdeställe.

Hatte sie richtig gehandelt?, überlegte Katharina, während sie zu der Bank ging. Sie hatte keine andere Wahl gehabt. Der Inquisitor würde nicht von ihrer Tochter ablassen, bis er sie vernichtet hatte. Ja, sie hatte richtig gehandelt.

Sie setzte sich auf die Bank und schloss die Augen. Vielleicht gelang es ihr, einen inneren Kontakt zu Bonifatius herzustellen, um zu erspüren, ob er noch lebte und, wenn ja, wie es ihm ging. Sie konzentrierte sich auf ihre Atmung und ließ alles los, auch ihre Ängste. Langsam wurde sie ruhiger und ging auf die Suche. Aber sie fand nichts als eine graue Leere.

Und plötzlich spürte sie es, ein fernes, mattes Pochen. Und dann sah sie einen durchsichtigen dürren Leib vor sich und sah sein Herz. Es schlug noch, aber es wurde mit jedem Schlag schwächer und immer schwächer. Und sie spürte die tiefe Einsamkeit, die dieses Herz umgab.

Und dann geschah etwas, das sie nie für möglich gehalten hatte: Sie fühlte so etwas wie Mitleid mit diesem Mann, der so viele Frauen auf grausamste Weise hatte foltern und bei lebendigem Leibe verbrennen lassen. Sie dachte an Maria, aber sie konnte auf einmal keinen Hass mehr empfinden gegen den Inquisitor, nur eine grenzenlose Traurigkeit über die furchtbaren Verirrungen seiner Seele. Was hatte ihn zu solchen Taten getrieben? Sie konnte es nur erahnen. Mochte Gott der Herr über ihn richten, sie wollte nur ihr Kind vor ihm schützen.

Eine große Traurigkeit ergriff sie. Sie trauerte um all die verirrten Seelen, die sich in Bosheit und Grausamkeit verrannten und die nicht begreifen wollten, dass alle Schöpfung miteinander verbunden war. Sie trauerte um Maria. Und sie trauerte um ihren Sohn und um ihren Mann. Die Welt war unendlich viel ärmer geworden ohne sie. Tränen rollten ihr über die Wangen. Schließlich wischte sie sich mit dem Handrücken über das Gesicht, öffnete die Augen und erschrak.

Vor ihr stand Antonius Deleda und musterte sie ratlos. Sie hatte ihn nicht kommen hören. Als sie ihn fragend ansah, räusperte er sich.

»Die Kutsche des Päpstlichen Inquisitors steht noch da, Herrin. Er muss also noch auf dem Fest sein.«

»Danke. Du hast doch niemandem etwas gesagt, oder?«

»Wo denkt Ihr hin, Herrin«, erwiderte der Hauptmann entrüstet.

»Schon gut. Geh zu den anderen zurück.« Sie erhob sich.

Der Hauptmann räusperte sich. »Herrin?«

»Ja?«

»Ich hoffe, dass Eure Aussöhnung mit dem Päpstlichen Inquisitor nicht so weit geht, dass Ihr mich aus Euren Diensten entlasst. Das wäre für mich und meine Familie …«

»Bist du von Sinnen?«, unterbrach Katharina ihn und legte ihm die Hand auf den Arm. »Deine Dienste brauche ich nun mehr denn je, denn es gibt wenige, denen ich so vertrauen kann wie dir. Solange ich lebe und atme, wirst du, wenn du es willst, in meinen Diensten bleiben. Und wenn ich nicht mehr bin, wird meine Tochter Sophia meine Nachfolge antreten, und ich bin sicher, auch sie wird für dich Verwendung haben.«

Der Hauptmann atmete erleichtert aus. »Dann bin ich beruhigt.«

Katharina ließ seinen Arm los und lächelte. »Und nun geh, und benachrichtige mich sofort, wenn der Inquisitor aufbricht.«

»Ich werde ein Auge auf die Ställe und die Kutschen haben«, erwiderte er und ging zu den Quartieren der Bediensteten zurück.

LXVIII.

Bonifatius von Ebenstatt atmete schwer. Den ganzen Tag über hatte er sich schon matt gefühlt, und jetzt kamen ein merkwürdiger Schwindel und eine Enge in der Brust hinzu. Schon seit zwei Stunden hörte er ein hohes Sirren in seinem Kopf, das einfach nicht mehr aufhören wollte. Dadurch hatte er die Worte von Winfred Graf vom Hohenstein kaum verstehen können. Lag es an der Magenverstimmung? Deswegen hatte er auf Wein verzichtet und lieber Pfefferminztee getrunken. Aber auch der schien nicht zu helfen. Dabei war das Gespräch mit dem Grafen so wichtig gewesen. Bischof Konrad hatte es vermittelt. Im Grafen von Hohenstein würde er einen Unterstützer mit besten Kontakten sowohl nach Rom als auch zum Kaiser finden, hatte ihm der Bischof versichert.

Der Inquisitor hatte sich bemüht, dem Grafen aufmerksam zuzuhören, aber es war ihm nicht gelungen. Seine Stirn und sein Rücken hatten sich mit kaltem Schweiß überzogen, und die Übelkeit war immer stärker geworden.

»Euer Hochgeboren«, hatte Bonifatius schließlich mühsam herausgebracht, »ich bin Euch zu unendlichem Dank verpflichtet, dass Ihr Euch der Mühe unterzieht, mit mir ein Gespräch zu führen. Das ehrt mich sehr. Aber ich fühle mich schon den ganzen Tag nicht wohl, und plötzlich befällt mich ein derartiger Schwindel und eine solche Übelkeit, dass ich gezwungen bin, mich zurückzuziehen. Ich komme gerade von einer Reise aus Rom zurück. Wahrscheinlich habe ich mich dabei ein wenig übernommen.«

Der Graf hatte ihn gemustert und bedauernd gesagt: »Ihr seht in der Tat elend aus, Freiherr von Ebenstatt. Legt Euch am besten ein wenig hin. Schlaf kann in solchen Fällen Wunder wirken.«

Bonifatius hatte sich verneigt und war schweren Schrittes in sein Schlafgemach im markgräflichen Gästehaus gegangen. Jetzt lag er schon eine Zeitlang auf dem Bett, aber die Übelkeit wollte nicht weichen. Er blickte hoch zu dem Deckengemälde. Es zeigte einen Kreis von Heiligen, die auf gelb angestrahlten Wolken ins gleißende himmlische Licht schwebten.

Während er das Gemälde betrachtete, bemerkte er, dass es sich langsam veränderte. Das Licht in der Mitte verlosch, die Wolken verfinsterten sich, und von fern hörte er ein bebendes Grollen.

Auf einmal trat aus dem Ring der Heiligen eine Figur hervor, die ihm bisher nicht aufgefallen war. Es war eine Frau in einem langen braunen Seidenkleid mit bauschigen Ärmeln, die nur an den Unteramen eng anlagen. Das hochgeschlossene Kleid endete am Hals in einem ringförmig gefächerten, steifen weißen Spitzenkragen, auf dem der Kopf der Frau ruhte wie auf einem Kranz aus Stacheln. Ihr Haar war von einer eng anliegenden, großen Haube bedeckt, welche die strengen Züge der Frau besonders deutlich hervortreten ließ.

Sie musterte ihn strafend, und ihre Augen funkelten böse. Plötzlich kam Wind auf. Er zerrte an ihrem Kleid und an ihrer Haube, und der Himmel hinter ihr wurde pechschwarz. Sie verzog den Mund zu einem höhnischen Lächeln. Ein Brausen ertönte, zuerst nur leise, dann immer lauter, und die Erde unter Bonifatius erbebte. Ohne den Blick von der Frau zu wenden, tastete er nach irgendetwas, an dem er sich festhalten konnte, aber er fühlte nur eine gähnende Leere unter sich. Er wollte aufspringen, aber sein Körper schien wie gelähmt zu sein.

Die Frau warf den Kopf zurück und brach in schallendes Gelächter aus, das in seinem Schädel schmerzhaft widerhallte. Der Wind wurde zu einem Sturm und schließlich zu einem Orkan, der heulend und donnernd durch das Schlafgemach fuhr und die verblassten Heiligen mit sich riss. Die Frau starrte ihn mit ihren stechenden Augen an. Sie öffnete den Mund, und es schien, als würde sie nach ihm rufen, lauter und immer lauter. Wie ein riesiger schwarzer Schlund legte sich ihr Mund über ihn und sog ihn in sich ein.

Das Letzte, was der Päpstliche Inquisitor wahrnahm, war ein herbsüßlicher Duft, der eine ferne, unangenehme Empfindung in ihm auslöste. Und während er noch überlegte, woher er diesen Duft kannte, verschlang ihn die donnernde Schwärze.

LXIX.

Katharina stocherte gedankenverloren in dem Gemüse herum, das sie sich und Sophia hatte auftragen lassen. Immer wieder sah sie sich um. Sie hatte Bonifatius nirgendwo mehr entdecken können, und auch zum Bankett war er nicht erschienen. Das war ungewöhnlich, aber es schien niemandem außer ihr aufzufallen, und daher hielt sie es für unklug, sich nach ihm zu erkundigen. Was, wenn er doch nicht tot war? Hauptmann Deleda hatte sich nicht bei ihr gemeldet, also war der Inquisitor noch nicht abgereist. Aber vielleicht lag er irgendwo, gepeinigt von Krämpfen, und lebte noch? Vielleicht hatte er ja so wenig von dem Pulver zu sich genommen, dass er gar nichts merkte, und er hatte sich einfach zurückgezogen? In dem Ring war noch ein Rest des Pulvers, sie hatte nachgesehen, aber sie wusste nicht, wie viel fehlte und ob überhaupt etwas davon in den Becher gerieselt war.

Sie blickte zu Sophia hinüber, die weiter unten an der Tafel neben einem gut aussehenden jungen Grafen saß. Mit seinem kurzen Schoßrock aus hellblauem Samt mit halblangen Ärmeln und prächtig geschlitzten, weiß unterfütterten gelben Stulpen und seiner kurzen, gepolsterten und geschlitzten weißen Kniehose mit gelbem Futter, unter der er weiße Beinkleider trug, war er auffallend modisch gekleidet. Er war offenbar sehr angetan von der schönen Sophia und versuchte, sie in ein Gespräch zu verwickeln. Aber Katharina konnte an der Gestik und Mimik ihrer Tochter ablesen, dass er nicht vermochte, ihr Interesse zu wecken.

Die Freifrau lächelte, weil sie sich an ihre eigene Zeit als heiratsfähige Jungfrau und an ihre Verehrer erinnerte, denen sie so gar nichts hatte abgewinnen können – bis Thassilo gekommen war. Sie zwinkerte Sophia zu, die angespannt wirkte, weil sie wohl dem Tanzfest entgegenfieberte, das sich an das Bankett anschließen würde und wo sie hoffte, den blonden jungen Mann wiederzusehen.

Auch während des Tanzfestes war von dem Inquisitor nichts zu hören oder zu sehen. Allerdings war das auch nicht zu erwarten gewesen, da er das Tanzen als Werkzeug Satans bezeichnet hatte, das die Unzucht förderte und die Jungfrauen zu unkeuschen Gedanken verführte. Dafür tauchte, wie von Katharina vorausgesehen, der blonde Jüngling auf. Sophia tanzte gerade, und er beobachtete sie vom Rand der Tanzfläche aus. Schließlich gelang es ihm, sich an ihre Seite zu drängen und ein paar Schritte mit ihr zu tanzen.

Schlagartig veränderte sich Sophia. Sie begann zu strahlen, und ihre Bewegungen wurden fließender und lebendiger. Vielleicht hatte sie ja das gleiche Glück wie ihre Mutter, und sie wählte auf Anhieb den richtigen Mann für sich. Aber Katharina würde es machen wie ihre Eltern und den jungen Menschen, wenn sie sich denn füreinander entschieden, eine längere Wartezeit verordnen mit vielen Möglichkeiten, sich zu treffen.

Leonhart Osiander hieß der junge Mann. Das hatten sie erfahren, als vor Beginn des Banketts Name, Titel und gesellschaftliche Stellung jedes Gastes ausgerufen wurden. Er war tatsächlich ein Patrizier aus Augsburg. Katharina beschloss, vorsorglich Erkundigungen über ihn einzuziehen.

Als der Päpstliche Inquisitor auch am nächsten Morgen nicht erschien, wurde man endlich aufmerksam und schickte einen

Kammerdiener, um nach ihm zu sehen. Der kam kurz darauf kreidebleich zurück und sagte, der Inquisitor liege reglos auf seinem Bett. Man schickte nach dem Leibarzt des Markgrafen, und der verkündete wenig später den Tod des Inquisitors.

Die Nachricht verbreitete sich wie ein Lauffeuer unter den Gästen. Niemand zeigte sonderlich große Trauer. Sophia kam zu ihrer Mutter gelaufen und nahm sie zur Seite.

»Mutter, er ist tot!«, flüsterte sie.

»Wer ist tot, mein Kind?«, flüsterte Katharina scheinbar ahnungslos zurück.

»Der Inquisitor! Bonifatius von Ebenstatt! Er ist endlich tot! Nun können wir aufatmen!«

Katharina strich ihrer Tochter seufzend eine Strähne aus der Stirn. »Ach, Kind, wäre es doch so. Ich fürchte, dass seine böse Saat noch so manchen Nachfolger wachsen lässt.«

»Glaubst du, dass er etwas mit dem Tod von Vater und Karl zu tun hatte?«

Katharina sah ihre Tochter lange nachdenklich an. »Ich weiß es nicht, Sophia«, sagte sie schließlich.

LXX.

Die Flammen im Kamin strahlten eine wohlige Wärme aus und führten ihren nie gleichen Tanz um die Holzscheite auf. Katharina konnte stundenlang zuschauen, ohne sich zu langweilen. Das immer wieder neue Spiel der Flammen regte sie an, ihre Gedanken treiben zu lassen und die unterschiedlichsten Dinge von verschiedenen, einander scheinbar widersprechenden Perspektiven aus zu betrachten.

Während sie ins Feuer blickte, erinnerte sie sich an die kluge Predigt von Andreas Osiander über das Wesen und den Sinn des Glaubens. Andreas Osiander, seit 1520 Pfarrer an der Nürnberger Sankt-Lorenz-Kirche, war ein Vetter von Leonhart Osiander. Unlängst hatte sich Katharina zusammen mit Sophia eine Predigt von ihm angehört. Der junge Pfarrer war zwar ein überzeugter Verfechter der Reformation, aber er argumentierte viel überlegter und feinsinniger als Luther. Er war weder der katholischen Kirche noch dem Judentum gegenüber ein Eiferer, sondern suchte im Gegensatz zu Luther einen wirklichen Dialog. Und während andere Pfarrer vor allem zu Ostern Hetzpredigten gegen die Juden als angebliche Jesusmörder hielten, was immer wieder zu furchtbaren Ausschreitungen gegen die Juden führte, wandte sich Andreas Osiander mit aller Entschiedenheit gegen deren Verunglimpfung.

Auch seine Nürnberger Verbündeten im Kampf um die Durchsetzung der Reformation – den Maler Albrecht Dürer, den humanistischen Ratsherrn Willibald Pirckheimer, den Ratsschreiber Lazarus Spengler und den Meistersinger, Stückeschreiber und Schuhmachermeister Hans Sachs – schätzte Katharina. Und da es kluge und verantwortungsvolle Männer waren, kam sie für sich zu dem Schluss, dass es selbst in Fragen der Religion keine zweifelsfreien Wahrheiten gab, sondern nur Annährungen und persönliche Einschätzungen.

Sie dachte an Bonifatius von Ebenstatt, der so viel Unheil angerichtet hatte, weil er keinen Zweifel und keinen Weg außer dem eigenen zuließ.

War sie für seinen Tod verantwortlich? Sie wusste es nicht. Noch auf dem Fest hatte sie erfahren, dass er sich schon länger unwohl gefühlt hatte. Es war also möglich, dass er an etwas anderem als an dem Gift gestorben war.

Sehr wohl aber wusste sie, dass sie im Fall äußerster Not bereit war, einen Mord zu begehen, vor allem, wenn das Leben ihrer Tochter bedroht war. Sie litt darunter, sehr sogar, aber sie wusste, dass sie in einer ähnlichen Situation das Gleiche wieder tun würde.

»Woran denkst du gerade?«, fragte Sophia, die aus der Küche in die Halle der Burg gekommen war.

Katharina fuhr erschrocken aus ihren Gedanken hoch. »Komm, setz dich ein wenig zu mir«, sagte sie. »Ich habe gerade darüber nachgedacht, ob wir Menschen in der Lage sind, die Wahrheit zu erkennen.«

Sophia schob einen Stuhl neben ihre Mutter und setzte sich. »Und wie lautet deine Antwort?«

»Nein, das sind wir nicht. Erst recht nicht in Fragen des Glaubens.«

»Und wie ist es mit Krankheiten? Wenn man sehr viel Erfahrung und Wissen hat, dann erkennt man doch, welche Krankheit jemand hat, und kann ihn heilen?«

Katharina seufzte. »Nicht immer, mein Kind. Selbst die besten Heiler und Ärzte können irren.«

»Und warum irren sie?«, fragte Sophia.

»Manchmal erkennt man die Haupterkrankung, aber nicht die Nebenerkrankungen, die das Hauptübel begleiten. Und auch wenn die Haupterkrankung richtig behandelt wird, führen zuweilen diese Nebenerkrankungen zum Tod des Patienten. Oder man behandelt nur eine besonders auffällige Nebenerkrankung und übersieht den Rest. Gerade unter den heutigen Ärzten hat sich viel Hochmut ausgebreitet. Sie lassen keinen Zweifel zu, und dann ist es ihre Blindheit, die zum Tod des Kranken führt.« Katharina blickte wieder in die Flammen, und erst nach einer Weile fuhr sie fort: »Oder die Ursachen werden übersehen, und nur die Symptome werden behandelt, wie das die an den Universitäten gelehrte Medizin tut. Das ist, als säßest du auf einem Nagel, und der Arzt gibt dir eine Arznei, damit du den Schmerz nicht spürst.«

Sophia musste lachen. »Aber wie kann man denn die Ursachen einer Krankheit aufspüren?«

»Nicht dadurch, dass man es sich einfach macht und sich, wie die heutige Schulmedizin, auf das Offensichtliche beschränkt, also auf das, was man unmittelbar sehen kann. Darum frage immer danach, was hinter dem liegt, was du siehst. Und nicht immer ist es ein Nagel, auf dem der Patient sitzt. Manchmal ist es auch ein giftiger Stachel in seinem Herzen, der ihn krank macht.«

»Du willst damit sagen, dass die Behandlung von Symptomen fast nie ausreicht, weil ein Symptom nur die Oberfläche bildet, hinter der die unterschiedlichsten Ursachen liegen?«

»Ganz genau, Sophia, ganz genau«, sagte Katharina lebhaft.

»Aber das heißt doch dann, dass man jeden Fall einzeln betrachten und jeden Patienten anders behandeln muss?«

Katharina nickte. »Alles hängt mit allem zusammen, und jeder Patient ist anders, und so kann es nie nur ein Mittel gegen eine Krankheit geben, mit dem man alle Patienten kuriert. Nimm zum Beispiel Blähungen. Die kannst du mit Kümmel, Kamille oder Fenchel lindern. Das hilft zwar fast immer im Moment, aber wenn man sonst nichts ändert und nicht die Ursachen beseitigt, kommen sie immer wieder, und die unbehandelten Ursachen richten im ganzen Körper schlimmen Schaden an. Es kommt also immer darauf an herauszufinden, was für den Einzelnen in seiner jeweiligen Situation auf Dauer das Richtige ist. Das macht die Kunst des Heilens so schwierig, aber auch so vielfältig.«

»Aber warum wird dann an den Universitäten gelehrt, dass der menschliche Körper einem mechanischen Uhrwerk gleicht, das aus Einzelteilen besteht, die auf gleiche Weise gebaut sind und die man einzeln reparieren muss, weshalb auch jedes Organ und jeder Körperteil einzeln betrachtet und behandelt werden müssen?«

Katharina seufzte. »Weil es viel einfacher ist, die Dinge isoliert zu betrachten, statt ihr vielschichtiges, oft noch zeitlich verschobenes Wechselspiel zu berücksichtigen und außerdem das Zusammenspiel der vielen Organe mit der Seele und den Lebensgewohnheiten und Umständen des Kranken einzubeziehen. Vielen ist das zu schwierig, und daher suchen sie lieber nach einfachen Lösungen. Doch das ist ein Rückschritt, kein Forschritt. Krankheiten heilen ist eben nur sehr selten einfach, und die alte arabische, jüdische, mystische oder auch chinesische Medizin liefert uns viel wertvollere Hilfestellungen als die mechanischen Menschenmodelle der Universitäten.«

»Puh, da muss ich aber noch viel lernen«, sagte Sophia. »Und ich dachte, ich wüsste schon sehr viel.«

Katharina lächelte. »Du weißt auch schon sehr viel, mehr als die meisten. Aber das sind nur dic notwendigen Grundlagen. Die wirkliche Heilkunst, die einen Kranken tatsächlich auf

Dauer gesund macht, erfordert vom Heiler große Mühen und ein umfangreiches Wissen. Und was ganz wichtig ist: Jeder gute Heiler und Arzt lässt Zweifel an seiner Diagnose und Therapie zu. Nimm Menachem Baruch, der wirklich sehr, sehr viel weiß und kann. Und trotzdem gibt er sich nie zufrieden, sondern lernt ständig hinzu und fragt andere um Rat, wenn er zweifelt. Darum ist er auch so erfolgreich. Ich habe oft mit ihm über diese Themen gesprochen, und wir sind uns immer einig. Ein Arzt, der statt mit Selbstzweifeln mit festen Kategorien und vorgefertigten Behandlungsmethoden zum Patienten kommt, ist kein Heiler, sondern ein Totengräber.«

Die beiden Frauen schwiegen nachdenklich und blickten ins Feuer. Irgendwann senkte Sophia den Kopf und fragte:

»Und wie ist es mit der Liebe?«

Katharina sah ihre Tochter an. »Wie meinst du das?«

»Wie erkennt man in der Liebe die Wahrheit?«

Katharina strich ihrer Tochter zärtlich über die Wange. »Mit der Liebe ist es wie mit der Medizin: Meist gibt es auch hier mehr als eine Antwort.«

»Und wie war das bei Vater und dir? Da warst du dir doch auch sofort sicher. Und er auch. Das habt ihr mir jedenfalls erzählt.«

»Ja, das waren wir. Aber wir hatten Glück. Unsere Liebe hätte genauso gut scheitern können.«

»Und wie habt ihr eure Liebe bewahrt?«

Katharina starrte eine Weile ins Feuer, dann erwiderte sie: »Auch zwischen uns gab es Probleme und Auseinandersetzungen. Menschen verändern sich, und manchmal sind die Umstände so widrig, dass einem die Liebe abhanden kommen kann, wenn man nicht immer wieder neu um sie ringt. Es ist nicht einfach, eine gute Ehe zu führen. Dazu gehört, dass man sich kein überhöhtes Bildnis macht – weder von sich noch vom anderen. Wir sind Menschen und haben alle unsere Fehler. Aber wichtiger als die Fehler des anderen zu sehen ist, dass man die eigenen Fehler erkennt und die Schwächen nicht nur beim anderen sucht.«

Katharina spürte, dass Sophia etwas sagen wollte, sich aber nicht traute.

»Du denkst an Leonhart und dich, nicht wahr?«

Sophia nickte.

»Lasst euch Zeit, und sprecht offen über alles miteinander, über eure Wünsche und was ihr voneinander erwartet. Wenn ihr das beherzigt und feststellt, dass es stimmig ist zwischen euch und passt, so habt ihr gute Aussichten, eine harmonische Ehe zu führen.«

»Und wie hast du es ausgehalten, dass Vater so oft fort war?«

»Fragst du, weil Leonhart als Kaufmann auch viel unterwegs sein muss?«

Sophia nickte wieder. »Er hat mir gesagt, dass sein Vater ihn im Frühjahr für ein Jahr auf Reisen schicken will. Bis nach Arabien!« Tränen traten ihr in die Augen, und sie seufzte tief. »Er hat mir aber versprochen, dass er mir oft schreibt.«

Katharina legte den Arm um ihre Tochter und zog sie an sich. »Das ist schön. Denk nur, was er alles sehen und lernen wird! In seinen Briefen wirst du viel über ihn erfahren. Und wenn ihr euch nach diesem Jahr wiederseht und ihr noch immer glaubt, dass ihr füreinander geschaffen seid, dann wartet eine wunderbare Zukunft auf euch.«

LXXI.

Auf der Burgterrasse wehte ein kühler Herbstwind, und Sophia hatte Mühe, das flatternde Blatt auf dem Tisch festzuhalten. Sie hatte sich dorthin gesetzt, um Leonharts Brief aus Rom zu beantworten. Ihre Mutter war zu einem langen Ritt durch ihre Lehen aufgebrochen und würde erst am Abend zurück sein.

Leonhart hatte auf seine ruhige, zielstrebige Art, die Sophia so sehr an ihm mochte, von dem Leben in Rom geschrieben, von den Menschen, aber auch von den Straßen, Häusern, Kirchen, Plätzen, Brunnen, Treppen, Kunstschätzen und Märkten. Außerdem hatte er betont, dass er jeden Abend beim Einschlafen und jeden Morgen beim Aufwachen an sie denke. Noch ein halbes Jahr würde es dauern, bis Leonhart zurückkam.

Sie hatte Leonhart schon mehrmals geschrieben, wie sie die Zeit bis zu seiner Rückkehr nutzte. Von einem vorbeiziehenden Händler hatte sie zwei alte lateinische Schriften über die heilende Wirkung orientalischer Gewürzpflanzen erstanden. Gleichzeitig stellte sie Würzöle, Würzmischungen und Würzpulver aus einheimischen Pflanzen her.

»Wenn du genug darüber in Erfahrung gebracht hast, werde ich auch deutsche Gewürze in mein Angebot aufnehmen«, hatte Leonhart ihr daraufhin geantwortet. »Und vielleicht kann ich dann einige davon in den Orient ausführen. Du kannst, wenn du willst, über diese Geschäfte wachen.«

Ihre Mutter unterstützte sie dabei, ermahnte sie aber immer wieder, auch nach dem Tod von Bonifatius von Ebenstatt weiter auf der Hut zu sein. Auch zum Benediktinerinnenkloster St. Marien war ihre Mutter mit ihr geritten, damit sie mit der Äbtissin über eine Zusammenarbeit sprechen konnte. Wenn Sophia ihre Waren unter dem Namen des Klosters verkaufen konnte, würde ihr das einen sicheren Schutz bieten, und sie käme nicht in Gefahr, der Hexerei bezichtigt zu werden. Außerdem konnten sie neue Einkünfte angesichts der immer höheren Abgabepflichten sehr gut gebrauchen.

Sophia ließ ihren Blick über den Burghof und den Kräutergarten schweifen. Sie hatte beschlossen, ihrer Mutter anzubieten, mit nach Augsburg zu kommen, wenn sie und Leonhart heirateten, und die Verwaltung von Burg und Lehen in die Hände von Gotthelf und Hauptmann Deleda zu legen. Aber noch stand ihre Zukunft in den Sternen.

Am frühen Nachmittag hörte Sophia Rufe und den Hufschlag von Pferden. Sie eilte zu Gotthelf, der zusammen mit ein paar Knechten zu ihrem Schutz auf der Burg geblieben war, und hastete auf den Burgturm, um zu sehen, wer da kam. Zu ihrer Verwunderung sah sie, dass es der Tross ihrer Mutter war.

Sophia lief hinunter zum Burgtor und öffnete es. Plötzlich verspürte sie eine beklemmende Angst, und sie eilte dem langsam sich nähernden Tross entgegen. Sofort sah sie, dass ihre Mutter verletzt war. Der Ärmel ihres hellen Baumwollkleides und die linke Seite waren blutdurchtränkt.

»Was ist geschehen?«, rief Sophia.

»Wir sind überfallen worden«, antwortete Hauptmann Deleda. Er war am Bein verletzt. »Zwar haben wir die Hälfte der Angreifer niedermachen und den Rest in die Flucht schlagen können, aber Eure Mutter ist von einem Pfeil am Arm getroffen worden. Den Pfeil haben wir schon entfernt. Es war ein glatter Durchschuss.«

»Lass uns erst einmal zur Burg hoch reiten, ich muss mich hinsetzen«, sagte ihre Mutter leise und ritt weiter. Das letzte Stück ging sie, auf Sophia gestützt, zu Fuß. »Hol Verbandszeug und die blutstillende Salbe in dem blauen Tiegel. Und sag einer der Mägde, dass sie uns einen starken Tee aus Hirtentäschel, Hainfelberich, Großem Wiesenknopf und Vogelknöterich kocht. Und hol frischen Breitwegerich«, wies sie Sophia an, die sofort loslief.

Katharina ließ sich auf die Bank vor dem Eingang zur Burg sinken und winkte den Hauptmann zu sich. »Komm, setz dich zu mir, damit ich mir deine Verletzung ansehen kann«, sagte sie. »Und du, Gotthelf, nimm ihm die Rüstung ab, und schneide uns die Kleider auf, damit wir die Wunden freilegen können.«

Als Sophia mit dem Verbandszeug, der Salbe, frischem Wegerich, einem Brett und einem scharfen, kleinen Messer zum Einritzen des Wegerichs zurückkam, hatte Gotthelf die Wunden schon freigelegt, und Katharina, die sich ihren Arm noch einmal notdürftig abgebunden hatte, untersuchte gerade die Beinwunde des Hauptmanns. Sie blutete nicht sonderlich stark, und er konnte sein Bein ohne Mühe bewegen.

»Verbinde als Erstes den Hauptmann«, sagte Katharina zu Sophia. Als die zögerte und zuerst ihre Mutter versorgen wollte, befahl Katharina barsch: »Tu, was ich dir sage! Du darfst nicht unnötig Zeit verlieren. Als Erstes bestreichst du die Wunden dick mit der Salbe, dann legst du Wegerichblätter darauf, und zum Schluss legst du einen leichten Druckverband an, wie ich es dir gezeigt habe.« Sie strich sich eine Strähne aus dem Gesicht. »Wird der Tee zubereitet?«

»Ja, Mutter.« Sophia nickte und begann, schnell und konzentriert zu arbeiten. Gotthelf ging ihr zur Hand. Dann wandte sie sich dem Arm ihrer Mutter zu. Als sie den Gürtel, mit dem sich Katharina den Arm abgebunden hatte, löste, quoll Blut aus der Wunde. Erst jetzt sah sie, dass ihre Mutter auch am Hals blutete.

»Das war eine Lanze, aber die hat mich nur gestreift«, sagte Katharina beruhigend. »Die Verletzung ist nicht weiter schlimm. Viel wichtiger ist der Arm, weil der Pfeil ein großes Blutgefäß durchschossen hat«, fuhr sie fort. »Ich weiß nicht, ob sich die Blutung noch rechtzeitig stoppen lässt. Versuch es mit einem starken Druckverband. Den Schnitt am Hals musst du nähen.«

Wieder arbeitete Sophia schnell und konzentriert. Katharina merkte, dass die Finger ihrer Tochter leicht zitterten, und sie musste lächeln.

»Das machst du sehr gut«, sagte sie anerkennend.

Dann holte Sophia den Medizinkorb ihrer Mutter aus der Vorratskammer, nahm einen dünnen Faden aus Darmhaut und vernähte mit zwei Stichen die Wunde am Hals ihrer Mutter, bestrich auch sie mit der Salbe, legte ein geritztes Wegerichblatt darauf und wickelte einen weichen Stoffstreifen um den Hals.

In diesem Augenblick kam die Magd Helga mit dem blutstillenden Tee. Katharina und der Hauptmann tranken sofort davon.

»Danke, Helga«, sagte Katharina mit schleppender, leiser Stimme. »Mach für jeden von uns noch einmal eine große Kanne voll. Bring meine nach oben, ich lege mich jetzt hin.« Unsicher stand sie auf.

Sophia stützte ihre Mutter, und langsam gingen sie in deren Schlafkammer. Nachdem sich Katharina hingelegt hatte, setzte sich Sophia auf die Bettkante. »Was kann ich noch für dich tun? Soll ich Physikus Baruch holen lassen?«

»Der kann auch nicht mehr tun als das, was du schon getan

hast. Das kann man nicht operieren. Die Wunde mit glühenden Eisen auszubrennen oder den Arm abzutrennen und dann den Stumpf auszubrennen, hat auch keinen Sinn. Vielleicht wirken Tee und Verband, und die Wunde hört auf zu bluten. Bring mir das Opium. Gib auch dem Hauptmann etwas davon, und sieh noch einmal nach seiner Wunde. Er soll auf jeden Fall die ganze Kanne mit dem Tee austrinken, auch wenn es scheußlich schmeckt. Und bring mir noch mehr Tücher, falls es weiterblutet.«

Sophia sah angstvoll auf den Verband, der sich schon rot zu färben begann, sagte aber nichts, sondern lief hinaus, um zu tun, was ihre Mutter ihr aufgetragen hatte.

Katharina öffnete die Augen, als Sophia ihr den Becher mit dem Tee an die Lippen hielt.

»Bitte trink, Mutter«, sagte sie.

Katharina nickte und leerte den Becher. Dann nahm sie ein paar Tropfen von dem Opium.

»Danke, mein Kind«, flüsterte sie, drückte Sophia die Hand und schloss die Augen.

Als sie sie wieder aufschlug, stand die Sonne schon am Horizont.

»Du bist ja noch immer da, meine liebe Sophia«, sagte Katharina lächelnd. »Gibt mir noch einen Becher Tee.« Sie trank ihn in vielen kleinen Schlucken langsam aus. Der dicke Verband um den Arm war schon wieder blutdurchtränkt.

»Bestimmt wird es bald besser«, sagte Katharina beruhigend.

»Aber es blutet noch immer viel zu stark. Du hast schon viel zu viel Blut verloren«, entgegnete Sophia besorgt.

»Wir werden sehen, wie es ausgeht, Kind«, erwiderte Katharina und zwang sich zu einem Lächeln. »Ich möchte noch einmal auf den Turm. Hilfst du mir?«

Sophia nickte. Auch sie versuchte zu lächeln, aber es gelang ihr nicht. Tränen traten ihr in die Augen.

»Weine nicht, mein Kind«, sagte Katharina tröstend. »Wir dürfen und wir sollen kämpfen, aber unser Leben liegt in Gottes Hand, und das ist auch gut so. Er allein bestimmt, wann es zu Ende gehen soll, nicht wir. Vergiss das niemals, Sophia.«

»Aber ich will nicht, dass du stirbst!« Sophia schluchzte. »Du bist doch die Einzige, die ich noch habe.«

»Du hast jetzt deinen Leonhart, Sophia. Er ist ein vernünftiger, zuverlässiger junger Mann. Und du bist alt genug, um die Burg und die Lehen allein zu führen. Wenn du Hilfe brauchst, wende dich an deinen Onkel Felix. Auch Gotthelf weiß über alles Bescheid.«

»Es muss doch noch irgendetwas geben, was dir helfen kann, Mutter!«, rief Sophia verzweifelt.

»Wir Heiler sind die Diener des Lebens, nicht seine Herren. Wir sind nicht allmächtig.« Sie versuchte, sich zu erheben, hatte aber nicht mehr die Kraft dazu.

»Ich hole zwei Knechte, damit sie dich auf den Turm tragen«, sagte Sophia und eilte aus dem Schlafgemach.

Katharina saß auf der schmalen Bank oben auf dem Turm und beobachtete, wie der glutrote Ball der Sonne allmählich hinter den bewaldeten Hügeln versank. Sophia setzte sich zu ihr und legte den Arme schützend um sie. Plötzlich bemerkten sie, wie in der Ferne ein Feuer aufloderte. Sophia sah entsetzt zu ihrer Mutter.

Katharina nickte. »Wir haben unterwegs schlimme Neuigkeiten erfahren«, sagte sie mit matter Stimme. »Sie haben aus Rom einen neuen Inquisitor geschickt. Inzwischen hat er schon sechs Frauen verhaftet und als Hexen verurteilt.«

»Das ist ja furchtbar!«, rief Sophia.

»Bonifatius' böser Geist lebt immer noch unter uns.« Katharina seufzte. »Und ich fürchte, dass er immer stärker wird.« Sie sah Sophia in die Augen. »Aber wir dürfen den Kampf nicht aufgeben, niemals!« Sie drückte ihrer Tochter müde lächelnd die Hand und winkte die im Hintergrund wartenden Knechte herbei.

»Bringt mich zurück in meine Kammer.«

In der Schlafkammer wollte sich Sophia wieder ans Bett ihrer Mutter setzen, aber die schüttelte den Kopf und sagte mit letzter Kraft: »Ich möchte jetzt allein sein und beten, meine liebe Sophia. Du bist eine wunderbare, starke Frau, und ich weiß, dass du deinen Weg gehen wirst, ob mit oder ohne Leonhart. Meinen Segen habt ihr. Und nun schenk mir noch einen Becher Tee ein, und dann lass mich beten.«

Sophia nickte nur. Sie goss den Becher voll, und dann entfernte sie sich.

Eine merkwürdige Scheu hielt sie davon ab, schon bald wieder nach ihrer Mutter zu sehen. Es war nach Mitternacht, als sie dann doch zögernd in die Kammer trat. Ihre Mutter lag mit geschlossenen Augen friedlich da, die Hände gefaltet. Sie hatte diese Welt verlassen.

Sophia trat an ihr Bett und küsste ihre eiskalte Stirn.

»Ich werde kämpfen, Mutter«, flüsterte sie, »das verspreche ich dir.«

Danksagung

Ich danke allen, die das Erscheinen dieses Romans ermöglicht haben. Mein Dank geht zunächst an Stefan Bauer, den Programmleiter Belletristik des Bastei Lübbe Verlags, für seine Entscheidung, das Risiko einer Buchveröffentlichung mit mir einzugehen. Ganz besonders dankbar bin ich meiner Verlagslektorin Judith Mandt, die trotz aller Anfangsschwierigkeiten an mich geglaubt und mich mit zahlreichen Anregungen unterstützt und inspiriert hat. Zutiefst dankbar bin ich auch meinem engagierten Außenlektor Dr. Lutz Steinhoff für seine wertvolle Kritik und seine hilfreichen Vorschläge. Bedanken möchte ich mich ferner bei der Grafik und der Herstellung des Bastei Lübbe Verlags für die schöne Gestaltung meines Buches. Meiner Familie und meinen Freunden danke ich für ihr Verständnis, wenn ich keine Zeit für sie hatte oder mit meinen Gedanken beim Roman und nicht bei ihnen war.

Alles Weitere liegt nun in Ihren Händen, liebe Leser. Sie ganz allein entscheiden darüber, ob dieser Roman ein Erfolg wird und eine Fortsetzung finden kann.

Jetzt anmelden!
VOM LESER ZUM SCHRIFTSTELLER!
WEITERE INFORMATIONEN UNTER:
www.bastei-luebbe-academy.de